HISTOIRE ABRÉGÉE

DE LA

LITTÉRATURE

SUIVIE

D'UNE HISTOIRE

DE LA

LITTÉRATURE FRANÇAISE CONTEMPORAINE

Par A. BÉZIERS

Ouvrage spécialement destiné à l'Enseignement

HAVRE

IMPRIMERIE LEPELLETIER

1868

HISTOIRE ABRÉGÉE

DE LA

LITTÉRATURE

SUIVIE

D'UNE HISTOIRE

De la Littérature Française Contemporaine

HISTOIRE ABRÉGÉE

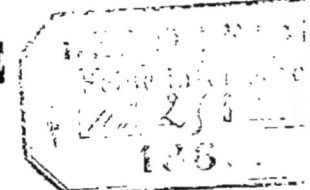

DE LA

LITTÉRATURE

SUIVIE

D'UNE HISTOIRE

DE LA

LITTÉRATURE FRANÇAISE CONTEMPORAINE

Par A. BÉZIERS

HAVRE

IMPRIMERIE LEPELLETIER

1868

AVERTISSEMENT

Cet ouvrage est spécialement destiné à l'enseignement. Il se compose de deux parties distinctes : la première est un abrégé de l'histoire de la littérature ; la seconde, un examen critique de la littérature de notre siècle.

Cette dernière partie est une innovation : on a pensé qu'il était bon de prévenir la jeunesse du mérite littéraire et de la moralité des œuvres nouvelles, et de la guider dans le choix de ses lectures, car on lit plutôt les écrivains contemporains que les anciens. Elle n'est guère, au reste, qu'un résumé du grand ouvrage de M. Alfred Nettement sur la littérature de la Restauration et de la Monarchie de Juillet, auquel l'auteur a ajouté quelques souvenirs et des appréciations personnelles.

Histoire Abrégée de la Littérature

On entend par *littérature* l'ensemble des productions de l'esprit humain, en poésie ou en prose, dans lesquelles se rencontre ce caractère indéfinissable, qu'on appelle *le beau*.

L'histoire de la littérature a pour objet de faire connaître et admirer ces productions; elle fait passer devant nos yeux tous les grands écrivains qui se sont illustrés par leur génie et qui ont, par leurs écrits, contribué à la civilisation du genre humain.

Les compositions littéraires se divisent en deux grandes classes : Poésie et Prose.

La poésie et la prose se subdivisent elles-mêmes en plusieurs genres.

Nous allons commencer par la poésie, car elle a partout, chez les sociétés naissantes, précédé la prose.

PREMIÈRE PARTIE

POÉSIE

On admet dans la poésie trois grands genres, savoir : la poésie lyrique, la poésie épique et la poésie dramatique, et un certain nombre de petits genres, dont les principaux sont: l'élégie, la pastorale, l'épître, la satire, l'apologue, la poésie didactique et la poésie descriptive. Nous allons raconter sommairement l'histoire de chacun de ces genres, depuis les temps les plus reculés jusqu'à nos jours.

CHAPITRE PREMIER

Poésie Lyrique

La poésie lyrique a été ainsi appelée du mot lyre, instrument de musique, parce que les premiers civilisateurs des peuples ont été tout à la fois poëtes et musiciens, et que cette sorte de poésie est celle qui s'adapte le mieux à la musique.

L'inspiration, l'enthousiasme est le caractère essentiel de la poésie lyrique. Elle apparaît la première, à l'origine des sociétés ; car les peuples facilement impressionnables dans leur enfance, s'enthousiasment pour tout ce qui frappe vivement leur imagination. Celui que la nature a fait plus éloquent que les autres, profondément ému des mêmes sentiments que la foule qui l'entoure, en est l'interprète et l'écho : cet homme, c'est le poëte lyrique.

Le poëte lyrique exprime avec enthousiasme un sentiment quelconque du cœur humain, tel que la reconnaissance de l'homme pour les bienfaits de la divinité, l'amour de la patrie, la passion des combats, l'admiration pour les exploits d'un héros, pour les vertus d'un sage. Les chants lyriques ont reçu différents noms, suivant la nature des sentiments qu'ils expriment. On les appelle *hymnes, cantiques*, quand ils ont un caractère religieux, *chansons, romances*, quand ils expriment un de ces mille sentiments gais ou tendres du cœur humain. Mais le mot *odes*, qui veut dire chants, comprend à peu près toutes les productions de cette muse. Un poëme lyrique, quel qu'il soit, doit être court, car il est dans la nature de l'homme que son enthousiasme ne dure pas longtemps, dans toute la force de son expression.

Outre l'enthousiasme, deux choses caractérisent encore la poésie lyrique : ce sont les écarts et les digressions. Les écarts sont une espèce de vide entre deux idées qui n'ont point de liaison apparente. Par exemple, Moïse fait dire à Dieu : « J'ai parlé, où sont-ils ? » C'est comme s'il avait dit : « J'ai parlé à mes ennemis dans ma colère ; ma seule parole les a fait disparaître. Vous qui êtes témoins de ma victoire, dites : où sont-ils ? » Mais le poëte sacré n'a pas jugé à propos de rendre les idées intermédiaires ; il a laissé ce vide qu'on appelle écart.

Les digressions sont des sorties que le poëte fait sur d'autres sujets, voisins de celui qu'il traite. On en trouve souvent dans Pindare : à propos d'une victoire remportée dans les jeux de la Grèce, il retrace les aventures des dieux, un événement tragique des anciens temps ; et c'est à peine s'il dit quelques mots flatteurs pour son héros.

La poésie lyrique fut cultivée, plus qu'aucune autre, par les Hébreux. Le plus ancien cantique est celui que Moïse composa, après le passage de la mer Rouge. Les prophéties, les psaumes, inspirés par l'esprit divin, sont les poëmes lyriques les plus beaux, les plus parfaits. On y sent une force surnaturelle, une puissance de génie qui confond l'imagination, soit que le chantre des douleurs pleure sur la ruine de Jérusalem, soit que le roi-prophète annonce la venue du Sauveur des hommes.

Chez les grecs, la palme, en ce genre de poésie, appartient à Pindare. (520-456 avant J.-C.) Il était de Thèbes, en Béotie, et contemporain de la célèbre Corinne qui suivit la même carrière et le vainquit cinq fois aux jeux olympiques. Pindare se faisait un devoir de la consulter. Ayant appris d'elle que la poésie doit s'enrichir des fictions de la fable, il commença ainsi une de ses poésies : « Dois-je chanter le fleuve Isménus, la nymphe Mélie, Cadmus, Hercule, Bacchus....? » Tous ces noms étaient accompagnés d'épithètes. Corinne lui dit en souriant : « Vous avez pris un sac pour ensemencer une pièce de terre ; et, au lieu de semer avec la main, vous avez, dès les premiers pas, renversé le sac. » On ne pouvait donner une meilleure leçon de goût, ni la donner mieux.

Pindare a chanté, dans des odes immortelles, les Grecs vainqueurs aux jeux Olympiques, Isthmiques, Néméens et Pythiques, mêlant ensemble les noms des dieux qui avaient fondé ces jeux et ceux des athlètes, qui venaient d'y triompher. Ses poésies avaient beaucoup d'attrait pour les Grecs ; car elles consacraient leurs solennités religieuses et nationales. Pour nous, qui ne croyons pas aux dieux de la fable, qui n'attachons pas d'importance aux exercices du corps ou aux courses de chars et de chevaux, nous ne pouvons les admirer autant. Néanmoins le nom de Pindare est resté le plus grand nom de la poésie lyrique.

Il eut pour rival Simonide. Celui-ci vendait ses vers fort cher aux athlètes. On raconte qu'ayant un jour mêlé les louanges de Castor et de Pollux à celles du vainqueur, l'athlète ne voulut payer que le tiers de la somme et le renvoya pour le reste aux dieux qu'il avait loués. Or les dieux ne furent pas ingrats, comme on va le voir. Quelque temps après, l'athlète célébrait sa victoire par un grand festin, auquel il avait invité Simonide. On venait à peine de s'asseoir à la table du banquet, qu'on avertit Simonide que deux jeunes et beaux cavaliers, montés sur des chevaux magnifiques, étaient à la porte et demandaient à lui parler. Il sort, et la maison s'écroule aussitôt, écrasant tous les convives dans sa chute. Simonide seul fut sauvé, et il le dut à Castor et à Pollux qu'il avait reconnus dans les deux cavaliers.

La littérature latine ne nous présente qu'un seul poëte lyrique, Horace (né en 66 avant J.-C.), également admirable dans plusieurs genres, car il a composé, outre ses odes, des épîtres, des satires et un poëme didactique, nommé l'Art poétique.

Les odes d'Horace offrent une grande variété : les unes sont inspirées par l'amour du plaisir ; d'autres contiennent des leçons de morale, mais d'une morale qui n'est jamais sévère ; d'autres, les plus importantes, sont des chants patriotiques, où il reproche aux Romains la corruption de leurs mœurs, qu'il oppose aux vertus de leurs ancêtres, et où il s'élève avec indignation contre la fureur des guerres civiles.

Plusieurs de ces odes sont adressées à Mécène, cet ami d'Auguste, qui, par la protection éclairée qu'il accordait aux lettres, excita l'émulation des talents et contribua beaucoup à la gloire littéraire de ce siècle. Horace se montre pénétré de reconnaissance pour les bienfaits de Mécène, mais il ne veut pas pourtant lui faire le sacrifice de son indépendance.

L'amitié a inspiré à Horace une de ses plus belles odes. Virgile venait de s'embarquer pour Athènes. Horace fait des vœux pour son ami et recommande à tous les Dieux favorables aux matelots, ce navire où il a déposé la plus chère moitié de lui-même. Puis il se peint les dangers qu'il court et sa frayeur les exagère. Il ne peut concevoir l'audace de celui qui le premier osa s'abandonner, sur un fragile esquif, à cet élément perfide. Les dieux avaient séparé les divers climats de la terre par le profond abîme des mers : l'impiété des hommes a franchi cet obstacle, et voilà comme leur audace ose enfreindre toutes les lois. Que peut-il y avoir de sacré pour eux ? Ils ont dérobé le feu du ciel ; et de là ce déluge de maux qui vint inonder la terre. N'a-t-on pas vu Dédale traverser les airs, Hercule forcer les demeures sombres ? Il n'est rien de trop pénible, de trop périlleux pour les hommes. Dans notre folie, nous attaquons le ciel, et nos crimes ne permettent pas à Jupiter de déposer un moment la foudre. En apparence, le poëte est maintenant bien loin de Virgile, mais non : cette sortie contre l'audace des hommes, cette indignation contre leurs tentatives périlleuses, tout cela est naturellement amené par l'idée du danger qui menace les jours de Virgile, par ce tendre intérêt qui pénètre l'âme du poëte.

Horace possède toutes les qualités du génie et du goût littéraire : imagination, raison, sensibilité. C'est un des écrivains les plus accomplis ; aussi a-t-il été étudié et pris pour modèle par les grands poëtes de notre littérature, surtout par Boileau qu'on a surnommé l'Horace français.

Les troubadours, poëtes du moyen-âge, qui florissaient aux XIe, XIIe et XIIIe siècles, furent nos premiers poëtes lyriques. On rencontre dans leurs compositions des ébauches souvent énergiques ou gracieuses. Ils chantaient les aventures chevaleresques, les luttes féodales, les dames et l'amour. Ils étaient répandus dans le Midi de la France et écrivaient dans la langue d'Oc. Les trouvères, poëtes du Nord de la France, qui se livraient de préférence à la poésie épique, écrivaient dans la langue d'Oïl : c'est de cette dernière que s'est formé le français moderne. On compte parmi les troubadours un roi fameux, Richard-Cœur-de-Lion. Renfermé, depuis un an, dans la prison du duc d'Autriche, sans qu'on sût où il était, il entendit son fidèle Blondel chanter, au pied des murs, une romance qu'il avait composée avec lui ; il lui répondit de la tour où il était prisonnier et révéla ainsi le lieu de sa captivité.

Au commencement du XVIIIe siècle, l'anglais Macpherson découvrit, dans les montagnes de l'Écosse, des chants gaéliques, attribués à un barde du IIIe siècle, nommé Ossian ; mais il les dénatura en leur donnant une forme et un style qui ne leur appartiennent pas : c'est ce qui a fait contester l'authenticité de ces poëmes. Tels qu'il les a présentés, cependant, ils offrent de la grandeur, de la noblesse. Ce sont des chants de guerre et de douleur. Ils plaisaient beaucoup, dit-on, à l'imagination sombre et grandiose de Buonaparte, quand il n'était encore qu'élève à l'école militaire de Brienne.

Si nous passons aux littératures modernes de l'Europe, nous trouvons, au XIVᵉ siècle, en Italie, Pétrarque, qui s'est illustré comme auteur de sonnets et de canzone, pleins de délicatesse et de grâce, et presque tous adressés à la célèbre Laure, dont le nom se trouve ainsi immortalisé. Pétrarque travailla à former la langue poétique de son pays : on le voit passer un mois à polir un sonnet.

En Angleterre, l'ode ne fut guère cultivée avec succès; on distingue les odes de Pope, celles de Gray, auteur plein de sensibilité et d'élégance. Mais la production lyrique la plus célèbre de cette littérature est l'ode à Sainte-Cécile, du poëte Dryden. On pourrait peut-être placer ici lord Byron, si la forme de ses poëmes le permettait ; et il serait le premier de tous pour sa fougue lyrique : nous ne disons pas *enthousiasme lyrique*, parce que c'est trop souvent le génie du mal qui l'inspire.

Le plus grand des poëtes lyriques allemands est Klopstock : « Tous ses ouvrages, dit Madame de Staël, ont eu pour but, » ou de réveiller le patriotisme dans son pays, ou de célé- » brer la religion : si la poésie avait ses saints, Klopstock de- » vrait être compté comme l'un des premiers. La plupart » de ses odes peuvent être considérées comme des psaumes » chrétiens ; c'est le David du Nouveau Testament, que » Klopstock ; mais ce qui honore surtout son caractère, sans » parler de son génie, c'est l'hymne religieuse, sous la forme » d'un poëme épique, à laquelle il a consacré vingt années, » la *Messiade.* »

Il y a eu en France, avant Malherbe, deux écoles de poésie lyrique : celle de Marot, qui avait un caractère naïf et gaulois, et celle de Ronsard dont la muse, comme le dit Boileau, en français parlait grec et latin : nous ne nous y arrêterons pas.

Malherbe, né à Caen, en 1555, est le véritable créateur de la poésie lyrique en France. Il fixa la langue poétique et répara le mal que lui avaient fait les tentatives ampoulées de Ronsard. Écoutons Boileau faire l'éloge de ce poëte :

> Par ce sage écrivain la langue réparée
> N'offrit plus rien de rude à l'oreille épurée.
> Les stances avec grâce apprirent à tomber,
> Et le vers sur le vers n'osa plus enjamber.
> Tout reconnut ses lois, et ce guide fidèle
> Aux auteurs de ce temps sert encore de modèle.

Malherbe pourtant a peu de belles odes. La plus connue est celle qu'il adressa à Duperrier, pour le consoler de la mort de sa fille. Un heureux hasard lui a valu un des plus jolis vers de cette ode. Cette jeune fille s'appelait Rosette. Malherbe avait mis son nom dans la strophe suivante :

> Mais elle était du monde, où les plus belles choses
> Ont le pire destin,
> Et Rosette a vécu ce que vivent les roses,
> L'espace d'un matin.

L'imprimeur crut voir sur le manuscrit :

> Et rose elle a vécu ce que vivent les roses...

Or Malherbe avait trop de goût pour se plaindre de ce changement. Nous devons, sans aucun doute, aux leçons et aux exemples de Malherbe, les grands poëtes du siècle de Louis XIV.

Racine s'est montré un poëte lyrique de premier ordre dans les chœurs d'Esther et d'Athalie, comme il s'est montré un excellent poëte comique dans les Plaideurs. Mais sa gloire principale est ailleurs, et nous le retrouverons bientôt.

Devons-nous parler ici également de l'opéra, qui tient à la

fois de la poésie lyrique et du drame ? Les personnages, pendant toute la durée de l'action, chantent, au lieu de parler, même pour exprimer les choses les plus insignifiantes ; cela a fait considérer l'opéra comme un genre faux, contraire à la nature. Du reste on recherche moins la poésie que la musique dans la représentation de ces sortes de drames. L'opéra était connu en Italie depuis longtemps, quand Quinault l'a introduit sur la scène française ; ses pièces ont souvent un grand intérêt et offrent des situations très pathétiques : *Armide* est son chef-d'œuvre.

J.-B. Rousseau, né en 1671, est considéré comme le premier poëte lyrique du siècle de Louis XIV. Disciple de Boileau, il avait composé, avant la mort du grand roi, ses psaumes, ses plus belles odes et ses cantates. Dans ses psaumes, on retrouve l'onction des livres saints, mais on y sent toujours un peu l'effort et la gêne de l'imitation ; ses odes sont harmonieuses et bien versifiées, mais on n'y respire pas réellement l'enthousiasme pindarique. La plus belle est celle qu'il adressa au comte du Luc. Sa plus belle cantate est celle de *Circé*. Malheureusement ce poëte satisfit trop son goût pour l'épigramme, et il fut condamné à l'exil pour des couplets satiriques, dont il a prétendu pourtant n'être pas l'auteur. Il est mort à Bruxelles, en 1741. Piron a composé pour lui l'épitaphe suivante :

Ci-gît l'illustre et malheureux Rousseau :
Le Brabant fut sa tombe, et Paris son berceau :
 Voici l'abrégé de sa vie,
 Qui fut trop longue de moitié :
 Il fut trente ans digne d'envie,
 Et trente ans digne de pitié.

Lamotte-Houdard, contemporain de J. B. Rousseau, et qui, avec beaucoup d'esprit, faisait des vers très prosaïques, essaya de lui disputer le premier rang. Malgré le bonheur de quelques rencontres, il ne réussit pas même à conquérir le second. Il s'essaya aussi dans la tragédie, et fit des pièces complètement oubliées. Voltaire se moque de lui dans le *Temple du Goût* ; il lui fait dire :

> Ouvrez, Messieurs, c'est mon Œdipe en prose ;
> Mes vers sont durs, d'accord ; mais *forts de chose*.
> De grâce, ouvrez : je veux a Despréaux,
> Contre les vers, dire avec goût deux mots.

Le Franc de Pompignan, poëte du XVIIIᵉ siècle, est le véritable héritier de J.-B.-Rousseau dans la poésie lyrique. Il était né avec plus de talent que Lamotte pour la poésie, et ses odes ont, en général, un caractère d'inspiration et de verve qui manque totalement à celles de Lamotte. Parmi ses odes profanes, on citera toujours, comme un modèle du genre, l'ode où il déplore la mort de Rousseau. Ses poésies sacrées, malgré les épigrammes de Voltaire, sont un de ses plus beaux titres de gloire.

Une belle ode de Malfilâtre, quelques chants touchants du malheureux Gilbert, mort à l'hôpital, quelques accents inspirés d'André Chénier qui porta sa tête sur l'échafaud, en 1794, victime de nos discordes civiles : telles furent les dernières traces que laissa la poésie lyrique dans le XVIIIᵉ siècle.

Notre siècle se glorifie de deux grands écrivains dont le génie lyrique égale pour le moins celui de leurs prédécesseurs. Nous voulons parler de Lamartine et de Victor Hugo. Ils ont opéré une révolution profonde dans l'art. Chez nos lyriques français des siècles précédents, on rencontre des détails empruntés à des mœurs, à des religions étrangères au sujet qu'ils traitent. C'est ainsi que dans son ode au comte du Luc, J.-B. Rousseau envoie un *prophète, jusque chez les dieux, interroger le sort* ; que Boileau dans *l'ode sur Namur*, fait tirer le canon *par dix mille vaillants Alcides*, et, dans le célèbre passage du Rhin, fait fuir devant Louis les *Naïades craintives*. Nos poëtes étaient devenus Païens, pour ainsi dire, au moins par la forme, en voulant trop imiter les poëtes de l'antiquité. Lamartine et Victor Hugo ont senti ce qu'il y avait de faux dans cette imitation soi-disant classique, et lais-

2

sant de côté les traditions mythologiques, ils se sont inspirés du christianisme et des idées de leur temps. Nous passerons en revue leurs principaux ouvrages, dans l'histoire littéraire de la Restauration et de la Monarchie de Juillet.

———

CHAPITRE II

De la poésie Epique.

On divise la poésie épique en épopée, poëme héroïque, épopée badine, poëme héroï-comique et poëme burlesque.

L'épopée est le récit, accompagné de merveilleux, d'un évènement important, qui a influé sur les destinées de l'humanité. Le merveilleux est considéré comme étant de l'essence de l'épopée ; et par merveilleux, on entend l'intervention, dans les actions des hommes, d'êtres supérieurs à l'humanité ; telles sont l'*Iliade* et l'*Enéide*.

On appelle poëme heroïque : le récit poétique, mais sans merveilleux, d'un grand évènement historique : telles sont la *Pharsale* de Lucain et la *Henriade* de Voltaire.

L'épopée badine est le récit poétique d'une action merveilleuse, mais tour à tour noble, gaie, grave et légère. C'est un mélange du sérieux et du plaisant; elle provoque alternativement la terreur et le rire : tel est le poëme de l'*Arioste*, le *Roland furieux*.

Le poëme héroï-comique est le récit, accompagné de merveilleux, d'une action sans importance, accomplie par des personnages vulgaires qui ont les passions et le langage des héros. Le *Lutrin* de Boileau est le chef-d'œuvre du genre.

Le poëme burlesque, au contraire, est le récit ridicule d'une grande action accomplie par des héros qui ont les passions et le langage des personnages vulgaires : telle est l'*Enéide travestie* de Scaron.

§ I. — De l'Epopée.

La Grèce est le berceau de l'Epopée ; Homère en est le père. On ne connait pas l'époque précise où il florissait ;

c'était probablement vers l'an 900 avant J.-C. On ne connaît pas davantage le lieu de sa naissance ; sept villes se disputent l'honneur de lui avoir donné le jour. (Smyrne, Chios, Colophon, Salamine, Rhodes, Argos et Athènes). Une tradition rapporte qu'il était aveugle dans sa vieillesse, et que, conduit par une jeune fille, il mendiait, en récitant ses poésies. Son livre est le livre le plus ancien du monde, après la Bible : il respire, comme elle, la simplicité des anciens jours.

Nous avons de lui deux Epopées, l'*Iliade* et l'*Odyssée*, qui sont, l'*Iliade* surtout, les plus beaux modèles du genre. On a cherché à imiter Homère ; mais on ne l'a jamais surpassé, ni même égalé.

Dans l'*Iliade*, il chante les causes et les résultats de la colère d'Achille ; dans l'*Odyssée*, les aventures d'Ulysse et son retour à Ithaque, sa patrie.

Voici le sujet de l'*Iliade* : Les Grecs, dans le sac d'une ville, voisine de Troie, avaient fait captive la fille d'un prêtre d'Apollon ; et elle était tombée au pouvoir d'Agamemnon, le roi des rois. Le prêtre supplie Agamemnon de lui rendre sa fille ; Agamemnon le refuse. Le prêtre invoque le Dieu dont il est le ministre, et le Dieu envoie la peste dans le camp des Grecs. Ceux-ci consultent l'augure Calchas. Il répond qu'on ne peut apaiser Apollon qu'en renvoyant la jeune fille à son père. Agamemnon furieux déclare que, puisqu'il faut la rendre pour sauver l'armée, il en exige une autre, et demande Briséis, l'esclave d'Achille. Achille s'enflamme de colère à cette menace ; il reproche au roi des rois son insolence et sa rapacité et jure solennellement que, puisque Agamemnon le traite de la sorte, il va se retirer avec son armée et ne combattra plus pour les Grecs. Il se retire en effet sur ses vaisseaux. Thétis, sa mère, implore le souverain des dieux qui, pour venger Achille de l'affront qu'il a reçu, prend parti contre les Grecs et leur fait éprouver de la part des Troyens de grands revers. Mais Patrocle, l'ami d'Achille, prenant les armes du héros, veut lutter contre Hector, le rempart des

Troyens, et succombe. La douleur qu'Achille ressent de la mort de son ami et le désir de le venger le font sortir de son repos. Il traîne trois fois autour des murailles de Troie le corps d'Hector ensanglanté, et le rend à Priam, son vieux père, moyennant une riche rançon.

L'*Odyssée*, quoique moins belle que l'*Iliade*, est peut-être encore plus intéressante. Ulysse, après la prise de Troie, où il s'est couvert de gloire, s'embarque pour retourner à Ithaque : mais des tempêtes l'en écartent et le jettent en plusieurs pays qui diffèrent de mœurs et d'usages. Sa sagesse et la protection de Minerve le soustraient à tous les dangers. Il s'échappe des mains du cyclope Polyphème ; il résiste aux charmes de Circé, fille du soleil, tandis que ses compagnons, moins sages que lui, sont métamorphosés en bêtes par cette magicienne ; il résiste également aux attraits de Calypso, qui ne peut le retenir dans son île. Ses aventures l'ont tenu durant dix ans entiers loin de sa chère Ithaque. Cependant l'anarchie règne dans ses États ; de nombreux prétendants attendent que Pénélope, son épouse, se décide à donner sa main à l'un d'eux. Pénélope leur a promis de se prononcer, dès que la toile à laquelle elle travaille sera achevée. Mais, la nuit, elle défait ce qu'elle a fait pendant le jour. Les prétendants se sont établis dans le palais même d'Ulysse ; ils mangent sa fortune et trament la mort de son fils Télémaque. Il est temps qu'Ulysse revienne. Il se présente en mendiant à la porte de son palais, et n'est reconnu que par son vieux chien, qui meurt de plaisir, en voyant son maître. Pénélope elle-même ne l'a pas reconnu ; car vingt ans d'absence l'avaient complètement changé. Mais Ulysse lui parle d'un secret qu'eux seuls connaissaient, et Pénélope ne doute plus qu'elle revoit son époux. Ulysse prépare sa vengeance, et, aidé des siens, il perce de flèches tous les prétendants, et rétablit le calme et la paix dans son île.

Les deux poëmes d'Homère ont eu une influence immense sur la civilisation de l'antiquité. Les beaux-arts de la Grèce y ont puisé leurs inspirations : c'est là, par exemple, que

Phidias a pris l'idée de son Jupiter Olympien, cette statue qui faisait trembler tous ceux qui la regardaient. Les poésies d'Homère étaient en outre, pour les Grecs, le code de leur religion et le premier document de leur histoire.

Après Homère il faut descendre jusqu'au IIIᵉ siècle avant J.-C., pour rencontrer un poëte épique de quelque valeur : Apollonius de Rhodes a célébré la fameuse expédition des Argonautes, la conquête de la Toison d'or. Mais nous trouvons chez les latins un digne émule d'Homère, nous voulons parler de Virgile.

Virgile a chanté l'établissement d'Enée en Italie, dans un poëme épique, nommé l'*Enéide*. Voici la marche de ce poëme : Enée, troyen, échappé aux désastres de sa patrie, vogue vers l'Italie où l'appellent les destins ; mais une tempête, suscitée par la haine de Junon, l'en éloigne et le jette sur le rivage africain, non loin de l'endroit où Didon bâtit la ville de Carthage. Celle-ci donne une hospitalité généreuse aux Troyens, et après un festin, elle engage Enée à raconter la ruine de Troie. Par le récit d'Enée, le poëte reprend les évènements de plus haut. Les Grecs avaient feint de se retirer et s'étaient cachés derrière l'île de Ténédos, laissant devant les remparts de Troie un énorme cheval de bois. Un traître, nommé Sinon, persuade aux Troyens que s'il entre dans leur ville, l'Asie aura la prépondérance sur la Grèce. On fait une brèche aux murailles, et tous, enfants, jeunes filles, vieillards s'attèlent sur le colosse pour le traîner. On passe la journée en réjouissances. Au milieu de la nuit, Sinon ouvre les portes du cheval, et des bataillons armés de Grecs sortent de ses flancs. Ils se répandent dans la ville, la mettent à feu et à sang. Enée voit en songe Hector qui l'engage à fuir. Il prend son vieux père Anchise sur ses épaules et ses Dieux pénates, et traverse les ennemis avec Ascagne son fils. Malheureusement il perd sa femme Créuse. Enée s'est retiré au pied du mont Ida, où il construit une flotte ; de nombreux compagnons se joignent à lui. Il se dirige d'abord vers la Thrace, où l'ombre de Po-

lydore, fils de Priam, qui a été égorgé par le tyran de ce
pays, lui apparaît et l'engage à fuir ce rivage inhospitalier. Il se rend à Délos pour consulter l'oracle d'Apollon ;
mais Anchise interprète mal la réponse de l'oracle et croit
qu'il ordonne aux Troyens de s'établir dans la Crète. Aussi
une peste affreuse vint-elle les chasser de cette île qui
ne leur était pas destinée, et les Dieux pénates d'Enée
l'avertirent en songe de tendre vers l'Italie. Une tempête les
pousse vers les îles Strophades, où ils ont à lutter contre les
Harpies. Ils vont de là en Epire, où Enée revoit avec plaisir
Andromaque, la veuve d'Hector, qui était devenue l'épouse
d'Helenus, un autre des fils de Priam ; ils régnaient là sur
une petite contrée. Ensuite les Troyens, après avoir évité
les Cyclopes, les dangers de Charybde et de Scylla, abordent
en Sicile, où Enée perdit son père. Ils partaient de cette île
pour gagner l'Italie, lorsqu'une nouvelle tempête , excitée
par Eole, à la demande de Junon, qui haïssait Enée et les
Troyens, les poussa sur les rivages de Carthage.

Ici le poëte reprend l'action interrompue par le récit. Junon
et Vénus s'entendent pour que Didon, reine de Carthage,
et Enée soient unis par l'hyménée, et que les deux peuples
ne forment qu'un seul Etat. Mais Jupiter, cédant aux prières
d'Iarbas, roi des Gétules, qui aspirait à la main de Didon,
envoya Mercure ordonner à Enée de fuir promptement.
Celui-ci obéit, tandis que l'infortunée Didon, inconsolable
de son départ, monte sur un bûcher et se perce de l'épée
du héros. Enée aborda en Sicile, où il célébra des jeux en
l'honneur de son père Anchise. Pendant ce temps-là, les
Troyennes qui étaient fatiguées de ces voyages sans fin, mirent le feu à la flotte. Elle aurait été brûlée tout entière,
si Jupiter n'eût éteint l'incendie par une pluie abondante :
on ne sauva que quatre navires. Enée remit à la voile, et
aborda enfin en Italie, au rivage de Cumes, où il y avait une
sybille célèbre, qui lui servit de guide dans sa descente aux
Enfers.

Voilà ce que contiennent les six premiers chants de l'É-

néide. Dans les six derniers, qui sont beaucoup moins intéressants, le poële décrit les guerres qu'Enée eut à soutenir
contre les Latins, avant de pouvoir s'établir dans leur pays.
Les plus beaux morceaux de cette seconde partie sont la
description du bouclier d'Enée et l'épisode de Nisus et d'Eu-
ryale.

L'Enéide est un de ces monuments impérissables qui ne
lassent pas l'admiration. Cependant Virgile n'en était pas satisfait, et voulait, dit-on, à son lit de mort, qu'on la brulât.

La littérature latine compte plusieurs autres poëtes épiques, soit avant, soit après Virgile, mais d'un talent bien
inférieur à lui. Ennius, contemporain de Caton-l'Ancien et
de Scipion, a composé un poëme célèbre, intitulé : les *Annales de la République.* Virgile lui faisait de fréquents emprunts
et disait qu'il tirait des perles du fumier d'Ennius. Sous Néron, Silius Italicus a chanté la deuxième guerre punique, et
s'est montré, dans son poème, servile imitateur de l'*Enéide*,
ce qui l'a fait surnommer le *singe de Virgile*. Sous Vespasien,
Valerius Flaccus a imité, avec un véritable talent, les *Argo-
nautiques* d'Apollonius de Rhodes. Sous Domitien, Stace a fait
une *Thébaïde*, poëme où il retrace la lutte impie des deux
fils d'Œdipe, Etéocle et Polynice. Plus tard, au IVe siècle de
notre ère, le poëte Claudien se distingua dans le genre épique, et jouit auprès de ses contemporains d'une telle réputation qu'ils l'égalèrent, mais avec beaucoup d'exagération, à
Homère et à Virgile : l'*Enlèvement de Proserpine* est le plus
estimé de ses ouvrages.

Avec Claudien, nous sommes déjà dans le moyen-âge, puisque le moyen-âge commence à la mort de Théodose (395).
Chaque nation eut alors ses chants épiques. Dans les ancien-
nes langues du Nord, on a nommé *Sagas* les traditions historiques ou mythologiques des peuples septentrionaux, consi-
gnés dans des récits poétiques que composaient les *Scaldes* ou
Bardes attachés aux princes scandinaves. Ces traditions recueillies plus tard ont formé les *Eddas.* Voici, en deux mots,
le jugement qu'en a porté M. Thalès Bernard, dans son his-

toire de la poésie : « Dans la mythologie scandinave, nous ne
» voyons que dieux gigantesques, que rochers de glace, que
» coups de sabre, que batailles sanglantes ; fatigués du récit
« de tant de meurtres, nous nous détournons de ces héros qui
» font rôtir le cœur de leur ennemi pour le dévorer. »

Le poëme des *Nibelungen*, n'est pas tiré des Eddas, suivant
le même auteur ; mais il a une origine purement germani-
que. La raison qu'il en donne, c'est que les héros de ce poëme
vont à pied ou à cheval, et que toutes les aventures ont lieu
sur terre, tandis que la poésie scandinave est remplie de
paysages maritimes et de voyages par mer. Quoi qu'il en soit,
le sujet du poëme est la lutte des Niebelungen, famille de
Burgundes contre le fameux Attila, et la destruction de cette
tribu ; ils sont tous massacrés dans un festin par les Huns.

Nous ne mettrons pas dans la poésie épique les romans de
nos Trouvères, bien qu'ils soient écrits en vers ; il nous semble qu'ils ont tous quelque chose de comique qui fait déroger
les héros : ils seront mieux placés ailleurs.

Mais il en est autrement du poëme fameux du Dante, la
Divine Comédie, qui comprend trois parties distinctes, l'*Enfer*,
le *Purgatoire* et le *Paradis*. Il feint que Virgile, son poëte
favori, l'accompagne dans l'Enfer et le Purgatoire, pour lui
faire connaître les âmes qui subissent le châtiment de leurs
fautes ; mais c'est une femme qu'il a aimée, pendant qu'elle
était sur la terre, une femme nommée Béatrix, qui lui sert
de guide pour s'élever de sphère en sphère, dans les Cieux,
jusqu'au trône du Très-Haut. Le Dante, né en 1265, était de
Florence, en Italie. Proscrit par les *Guelfes Noirs*, il se fit
gibelin. Il acheva dans l'exil son sublime ouvrage, qui fut sa
vengeance : maître de l'enfer, du purgatoire et du paradis,
les possédant par droit de génie, il pouvait donner là des
places à ses ennemis et à ses amis, et il n'y manqua pas.
Entre autres beaux morceaux, on cite, dans l'*Enfer*, l'épisode
d'Ugolin. La *Divine Comédie* est le premier poëme qui ait
été écrit en langue italienne ; jusque-là on n'écrivait qu'en
latin. Ce poëme excita une admiration universelle, et, dans

plusieurs villes, on créa des chaires où il devait être commenté. Bocace, le célèbre conteur, a été le premier commentateur du Dante, dans la ville de Florence.

L'Italie a eu la gloire de produire, dans le xvie siècle, un autre grand poëte épique, *Le Tasse*, auteur de la *Jérusalem délivrée*. Dans ce poème, il chante les exploits des croisés et la prise de Jérusalem par Godefroy de Bouillon. C'est le plus beau sujet qui pût échauffer le génie d'un poëte moderne : l'enthousiasme qui entraînait nos pères à la délivrance du tombeau de Jésus-Christ, en fait des héros plus grands que ceux d'Homère et de Virgile. Le merveilleux naissait du sujet même ; le ciel devait aider par des miracles les soldats de la croix, et l'enfer s'armer contre eux. Nos croyances nous disposent mieux à ce merveilleux, quoi qu'en dise Boileau, qu'à celui des religions antiques. Les malheurs du Tasse ont égalé sa gloire. Les persécutions de ses ennemis le rendirent fou, et il passa sept années de sa vie dans les prisons du duc de Ferrare. Par la tendre amitié d'une sœur, il avait retrouvé un instant de bonheur ; par la protection d'un cardinal, son admirateur, il triompha de l'envie ; et on venait de l'appeler à Rome pour lui décerner le prix *séculaire*, quand il mourut, en 1595, âgé de 50 ans.

Le Portugal a vu naître aussi un poëte épique, dans le même siècle : nous voulons parler du *Camöens*, dont la vie n'est qu'un tissu d'aventures, et qui, après des alternatives de prospérité et d'infortune, de crédit et de disgrâce, a fini par mourir à l'hôpital. Mais on célèbrera à jamais l'auteur des *Lusiades*. Dans ce poème, le Camöens chante les conquêtes des Portugais dans les Indes, et y entremêle toutes les grandes actions de ses compatriotes dans les autres parties du monde. Son principal héros est *Vasco de Gama*. On rencontre dans les *Lusiades* un double merveilleux : les dieux du Paganisme concourent à l'action avec les puissances célestes du Christianisme. La Vierge et Vénus favorisent les portugais, peuple tout à la fois dévot et galant. Bacchus, ainsi que Satan, veut leur ruine ; le premier, parce qu'il est jaloux que d'autres fassent la conquête de l'Inde après lui ; le second, parce qu'il voit avec peine le Christianisme prendre pied sur ces lointains rivages. Voltaire s'est moqué spirituellement de cette union monstrueuse. Mais, malgré ce défaut, le poëme du Camöens est une œuvre de génie, dont les Portugais sont fiers à juste titre. Deux passages sont particulièrement célèbres : l'un est l'épisode de la mort d'*Inès de Castro* ; l'autre, l'apparition fantastique du géant *Adamastor*, gardien du cap des *Tempêtes*.

L'Angleterre a eu, au XVIIe siècle, son poëte épique. Milton, dans le *Paradis perdu*, a peint, tantôt avec une grandeur imposante, tantôt avec une grâce touchante, la chute des anges rebelles et celle de nos premiers parents. Il vécut au milieu des orages de la révolution d'Angleterre et fut secrétaire de Cromwell. On pense que les sombres événements de cette époque firent une grande impression sur son génie, et qu'il en a reproduit les horreurs dans les conciliabules des démons. On raconte aussi que, dans la scène où Adam et Ève, après leur malheur, se pardonnent mutuellement, il a consacré un trait de sa vie, sa réconciliation avec sa première femme.

Nous ne ferons que mentionner ici le *Télémaque* de Fénélon, et les *Martyrs* de Châteaubriand, ouvrages auxquels on conteste à bon droit le titre de poëmes épiques, parce qu'ils sont écrits en prose. Nous n'avons rien dit non plus des poëmes indiens, qui font les délices des savants : il faut attendre, pour voir si le public les goûtera.

§ II. — DU POÈME HÉROÏQUE, DE L'ÉPOPÉE BADINE, DU POÈME HÉROÏ-COMIQUE.

Ce qui distingue le poëme héroïque de l'épopée, c'est, avons-nous dit, le *merveilleux*. Nous avons déjà cité plusieurs œuvres qui appartiennent à ce genre ; mais il nous faut parler un peu plus longuement de deux poëmes qui sont supérieurs aux autres, tant à cause de l'importance du sujet qu'ils traitent, que par le talent et la renommée de leurs auteurs : nous voulons parler de la *Pharsale* de Lucain et de la *Henriade* de Voltaire.

Lucain vivait sous Néron. Cet empereur, qui avait la prétention d'être poëte, haïssait un rival dans Lucain, et Lucain haïssait un monstre dans Néron. Il conspira contre lui, fut découvert et condamné à périr. L'infortuné se fit ouvrir les veines, à l'âge de 27 ans.

Lucain a traité un sujet tout romain, tout national, la lutte gigantesque qui eut lieu entre César et Pompée. Son poëme est intitulé la *Pharsale*, du nom de la bataille qui décida entre les deux rivaux. Pompée est le héros privilégié du poëte, car Pompée est à ses yeux le défenseur de la liberté romaine qui expira sous la domination de César. Mais Caton est le personnage dont il a tracé le mieux le caractère. L'image de cette âme sublime animait son génie et lui a inspiré ses plus beaux passages.

Voltaire a donné à la France la *Henriade*. Le sujet de ce poëme est Henri IV, cherchant à conquérir le royaume qui lui appartient et que lui disputent ses sujets révoltés ; il commence par ces mots :

> Je chante ce héros qui régna sur la France,
> Et par droit de conquête et par droit de naissance.

La conversion de Henri IV, obtenue par les prières de saint Louis, en est le dénouement ; elle lève les obstacles qui l'éloignaient du trône. Cet ouvrage est froid, peu intéressant ; mais il brille par le style et renferme un grand nombre de beautés de détail. Voltaire encore jeune en conçut l'idée à la Bastille, où il expiait des vers satiriques qui n'étaient pas de lui. C'est un des premiers fruits de son génie.

Dans l'épopée badine, aucun nom n'est plus populaire que celui de l'Arioste ; aucun poëme plus célèbre que le *Roland furieux*. L'Arioste qui était de Ferrare, composa cet ouvrage dans les premières années du XVIᵉ siècle. Il lisait à ses amis et aux gens de goût les chants à mesure qu'il les avait achevés ; et il profitait avec un soin scrupuleux de toutes les critiques. Le *Roland furieux* fut reçu par l'Italie avec le plus vif enthousiasme. Dans ce poëme, l'Arioste chante les exploits des Paladins de la cour de Charlemagne, pendant la guerre fabuleuse de ce monarque avec les Maures. Roland, le plus brave de tous, devint fou de jalousie pour Angélique, et sa fureur a donné son nom au poëme entier, quoiqu'elle ne commence qu'au 23e chant, à moitié de l'ouvrage qui en a 46.

L'Arioste se joue sans cesse de ses lecteurs, en interrompant chaque fois ses récits au moment le plus intéressant, pour les reprendre plus tard ; malgré cela, il captive par la singularité des événements, le piquant des situations et l'héroïsme chevaleresque des caractères.

Quant au poëme héroï-comique, le *Lutrin* de Boileau est le chef-d'œuvre du genre. Jamais la poésie noble n'a été mêlée à un plus spirituel badinage. Voici le sujet exposé par le poëte lui même.

> Je chante les combats, et ce prélat terrible
> Qui, par ses longs travaux et sa force invincible,
> Dans une illustre église exerçant son grand cœur,
> Fit placer à la fin un lutrin dans le chœur.

Après un combat acharné entre les chantres et les chanoines, sur les degrés du Palais de Justice, la Piété vient réclamer les secours de Thémis, et celle-ci s'adresse à Ariste, nom sous lequel le poëte a voulu désigner le premier président de Lamoignon. Celui-ci accorde enfin le Prélat et le Chantre.

Le mauvais goût a introduit pendant quelque temps, sous les auspices de Scarron, un genre qui n'est pas longtemps supportable, c'est le poëme burlesque. Il n'en faut faire mention que pour le condamner ; car il tend à ridiculiser les plus belles productions de l'esprit humain, en les travestissant. L'*Enéide* travestie de Scarron , malgré tout l'esprit qui s'y trouve, est donc une œuvre de mauvais exemple, non moins que de mauvais goût.

CHAPITRE III

De la Poésie dramatique et de la Tragédie en particulier

Le poëme dramatique est la reproduction directe d'une action réelle ou imaginaire, à l'aide de personnages qui parlent ou agissent selon la vérité ou la vraisemblance.

La poésie dramatique se divise en plusieurs genres, dont les principaux sont la tragédie et la comédie.

La tragédie a pour but d'émouvoir par la pitié et la terreur, à la vue des malheurs qui naissent des passions humaines. La comédie a pour but d'instruire et d'amuser par le ridicule qu'elle verse sur les vices et les travers des hommes. Elles ont pris naissance, l'une et l'autre, chez les Grecs, à Athènes, la patrie de tous les beaux-arts.

§ I. — DE LA TRAGÉDIE GRECQUE.

Eschyle (525-456 avant J.-C.) est le père de la tragédie grecque. Elle existait, il est vrai, avant lui ; mais ce n'était qu'un monologue mimique, précédé, interrompu et suivi de chants et de danses. Il créa le dialogue, sans lequel il ne peut y avoir de reproduction vraie de la vie humaine. Ses drames ont un caractère grandiose qui résulte de la présence du Destin, cette divinité puissante du paganisme, supérieure à Jupiter lui-même. Tous ses héros sont les instruments ou les victimes de la fatalité, contre laquelle ils luttent en vain. Il nous reste de lui sept tragédies : *le Prométhée enchaîné sur le Caucase, les Sept Chefs devant Thèbes, les Perses, Agamemnon, les Coéphores, les Euménides* et *les Suppliantes.*

Le *Prométhée enchaîné* représente le Titan attaché sur le

Caucase, par les ordres de Jupiter, pour avoir dérobé le feu du ciel et en avoir fait présent aux mortels. S'il voulait avouer ses torts, Jupiter lui pardonnerait. Io et les Océanides le supplient vainement de céder ; il résiste et la foudre tombe. — *Les Sept Chefs devant Thèbes* montrent la lutte impie des deux fils d'Œdipe, Etéocle et Polynice, sujet reproduit par Racine dans les *Frères ennemis*. — *Agamemnon*, les *Coéphores* et les *Euménides* s'enchaînent. Dans la première, Clytemnestre, aidée d'Egisthe, fait périr Agamemnon, son époux, à son retour de Troie ; dans la seconde, Oreste, fils d'Agamemnon, venge la mort de son père, en tuant ses meurtriers ; dans la troisième, il est poursuivi par les Furies, qui ne lui laissent pas un instant de repos, jusqu'au jugement que prononce en sa faveur l'Aréopage d'Athènes, grâce à la voix de Minerve qui forma la majorité. — *Les Perses* peignent la consternation de la cour de Suse, à la nouvelle de la bataille de Salamine. — *Les Suppliantes* représentent les filles de Danaüs, abordant en Grèce, après avoir égorgé leurs maris, et implorant l'hospitalité du roi des Argiens, pour échapper aux poursuites des fils d'Egyptus.

Sophocle porta l'art dramatique à sa perfection. Né à Colone, bourg voisin d'Athènes, l'an 416 avant J.-C., il reçut de la nature les dons du génie, et de ses parents une éducation brillante qui développa ses heureuses dispositions. Il disputa plusieurs fois le prix de la Tragédie au vieil Eschyle, qui dit-on, se retira en Sicile, de douleur d'avoir été vaincu par le jeune poëte. Sophocle avait la conscience de sa supériorité, quand il disait : « Eschyle fait ce qui est bien, mais il le fait sans le savoir ». Le génie du grand tragique se maintint sans défaillance jusque dans sa vieillesse, et on rapporte que ses enfants ayant demandé qu'on lui retirât l'administration de ses biens, parce qu'il n'avait plus ses facultés, il lut pour sa défense devant ses juges un chœur de la tragédie d'*Œdipe à Colone*, qu'il venait de composer et fut absous à l'unanimité. Il vécut 92 ans.

Nous possédons sept tragédies de Sophocle : *Ajax furieux*,

les *Trachiniennes ou mort d'Hercule, OEdipe roi, OEdipe à Colone, Antigone, Electre* et *Philoctète*. Les cinq dernières pièces sont les chefs-d'œuvre de la tragédie antique, et on ne sait à laquelle donner la préférence.

Dans l'*Ajax furieux*, il s'agit des fureurs qui transportent Ajax, après que les armes d'Achille ont été adjugées à Ulysse. Il égorge dans sa folie un troupeau de moutons qu'il prend pour ses ennemis ; puis honteux de son erreur, quand la raison lui est revenue, il se perce de son épée. Une dispute s'élève entre les chefs des Grecs, dont quelques-uns voudraient le priver de funérailles ; mais l'autre parti l'emporte.

Les *Trachiniennes* tirent leur nom du chœur formé de jeunes filles de Trachine, amies de Déjanire, qui a donné involontairement la mort à Hercule, son époux, en le revêtant de la robe empoisonnée, présent perfide du centaure Nessus.

Dans l'*OEdipe roi*, OEdipe qui avait tué son père Laïus, sans le connaître, en arrivant à Thèbes ; qui, ensuite, devenu roi de cette ville pour avoir vaincu le Sphinx, avait épousé Jocaste, qu'il ignorait être sa mère, découvre le fatal mystère de sa naissance et les crimes involontaires qu'il a commis. Lorsque ce secret est dévoilé, Jocaste se pend et l'infortuné se crève les yeux.

Dans *OEdipe à Colone*, ce malheureux prince cherche, conduit par sa fille Antigone, un tombeau sur le territoire d'Athènes : il veut priver son ingrate patrie de ses cendres qui doivent être une cause de prospérité pour le pays qui les possèdera. Créon, tyran de Thèbes, veut l'enlever ; mais Thésée, roi d'Athènes, le protège. Au moment où sa mort approche, il s'enfonce avec Thésée dans le bois des Euménides. Tout à coup on entend le tonnerre ; et quand Thésée regarde, OEdipe a disparu.

La Tragédie d'*Antigone* est le complément des deux précédentes : la malheureuse Antigone, après la mort de Polynice, son frère, veut lui donner la sépulture, malgré la défense de Créon. Ni la douleur d'Hémon, fils de Créon qui doit épouser Antigone, ni l'héroïsme de cette princesse, ni les menaces du devin Tirésias ne peuvent fléchir le tyran. Antigone est mise à mort. Cette tragédie a été traduite en français par MM. Meurice et Vacquerie et jouée à l'Odéon.

Le sujet d'*Electre* est, comme celui des Choéphores, le meurtre de Clytemnestre par Oreste, qui venge au nom des Dieux l'assassinat d'Agamemnon. L'*Oreste* de Voltaire est une imitation de cette belle tragédie.

Le *Philoctète* que la Harpe a imité et presque traduit, a fourni aussi à Fénelon un des plus beaux livres du Télémaque. Philoctète, abandonné dans l'île de Lemnos, a gardé les flèches d'Hercule nécessaires aux Grecs pour la prise de Troie. Ulysse et Néoptolème, fils d'Achille, sont envoyés pour l'engager à venir avec eux. Les artifices et l'éloquence d'Ulysse ne parviennent pas à vaincre les ressentiments de Philoctète; mais il cède enfin, grâce à l'intervention d'Hercule qui descend tout exprès de l'Olympe.

Euripide naquit le jour même de la bataille de Salamine; (480 av. J.-C.). Il est le plus pathétique des tragiques Grecs; aucun n'a su mieux que lui faire parler la passion. On lui reproche la haine qu'il portait aux femmes, haine qui se manifeste par des tirades trop fréquentes, souvent outrées et presque toujours déplacées ; ses malheurs domestiques en furent peut-être la cause. Euripide plaisait plus à la foule que ses devanciers ; les Syracusains disaient aux Athéniens captifs en Sicile, après la défaite de Nicias : « Chantez-nous des vers d'Euripide et nous vous donnerons la liberté. »

Il nous reste d'Euripide 18 tragédies dont les principales sont : *Iphigénie en Aulide, Iphigénie en Tauride, Médée* et *Alceste*.

L'*Iphigénie en Aulide* peut être considérée comme le chef-d'œuvre d'Euripide. Le sujet de cette tragédie est le sacrifice d'Iphigénie que Diane enlève dans un nuage, au moment où le sacrificateur va plonger le couteau dans son sein ; et, à sa place, on voit une chèvre expirant sur l'autel. Rien n'est plus touchant que la résignation douloureuse de cette jeune et belle princesse. Racine, qui a traité le même sujet, a donné

3

plus de noblesse à ce caractère ; mais il n'a pas égalé le naturel et le pathétique du poëte grec.

Dans l'*Iphigénie en Tauride*, la fille d'Agamemnon, après avoir échappé miraculeusement au couteau de Calchas et avoir été transportée en Tauride, est devenue prêtresse de Diane. Les lois de la Tauride ordonnent que tous les étrangers qui abordent dans ce pays soient sacrifiés à la déesse. Ce n'est pas Iphigénie qui égorge les victimes, mais elle les prépare au sacrifice. Par une fatalité singulière, Oreste, frère d'Iphigénie, est jeté sur ce rivage inhospitalier. Heureusement il est reconnu par sa sœur, au moment où il va périr. Il la ramène dans leur commune patrie, enlevant avec elle la statue de la déesse.

Médée est une tragédie qui fait frissonner. Médée est une magicienne, qui, après avoir, par sa connaissance dans la magie, aidé Jason dans la conquête de la Toison d'or, le suit en Grèce. Celui-ci, arrivé à Corinthe, l'abandonne pour épouser la fille du roi de ce pays. Médée médite alors une vengeance terrible. D'abord elle fait présent à Créuse, sa rivale, d'un voile qui s'enflamme à la lumière des flambeaux, et la consume. Le roi, père de Créuse, est consumé lui-même, en voulant éteindre les flammes. Ce n'est pas assez pour Médée. Elle monte sur une tour avec les deux enfants qu'elle a eus de Jason, et les égorge sous les yeux de leur père. Puis elle s'élance sur un char traîné par des dragons qui l'emportent à travers les airs. — Corneille a imité cette tragédie, sans égaler Euripide. C'est dans la *Médée* de Corneille qu'on trouve un mot souvent cité comme un exemple du sublime de sentiment : on demande à Médée quel secours lui reste contre tous ses ennemis, et elle répond : « Moi, moi seule, vous dis-je ; et c'est assez. »

La tragédie d'*Alceste* est un tableau touchant du dévouement d'une femme qui sacrifie sa vie pour racheter celle de son mari. Admète va mourir, si quelqu'un ne consent à quitter la vie à sa place. Alceste, son épouse, n'hésite pas à donner ses jours pour celui qu'elle aime. Mais Hercule que le roi Admète avait bien accueilli dans le malheur, est touché de la douleur de ce prince et descend aux enfers pour en retirer Alceste qui est rendue à son époux. Un poëte français, Ducis, a fondu cette pièce avec l'*OEdipe à Colone*, dans son *OEdipe chez Admète*, et il l'a dénaturée en rapprochant deux des plus beaux épisodes de l'histoire héroïque des Grecs.

Les romains passionnés pour les combats de gladiateurs et de bêtes féroces, n'auraient pas éprouvé des émotions assez poignantes, à la représentation de tragédies semblables à celles des Grecs ; aussi leur littérature manque-t-elle de cette sorte de poésie. On a, il est vrai, sous le nom de *Sénèque*, dix pièces appelées tragédies ; mais ces pièces faites plutôt pour être lues que pour être représentées, n'ont aucune valeur dramatique ; c'est une suite de monologues où celui qui parle ne semble pas s'apercevoir qu'il parle à quelqu'un. Du reste le style de ces pièces est élégant et brillant.

§. II. — Du théâtre français avant Corneille.

La tragédie, comme tous les beaux-arts, avait disparu durant la barbarie du moyen-âge. Mais une sorte de théâtre reparut sous Charles V. *Les Confrères de la Passion* obtinrent un privilège pour donner des représentations dramatiques. Cette confrérie était composée d'artisans qui se délassaient de leurs travaux, en représentant des scènes de l'Ancien et du Nouveau Testament. Deux autres associations, *Les Enfants sans souci*, recrutés parmi les étudiants et les fils de famille, mauvais sujets spirituels, et la *Basoche*, élite des clercs de procureurs et d'avocats, formaient deux troupes souvent distinctes, quelquefois réunies, qui jouaient des *farces*, des *moralités* et des *soties*, l'une sur des tréteaux publics, l'autre sur la Table de Marbre, dans la grand'salle du Palais de Justice, à Paris.

Les *Mystères* offraient au peuple les principaux faits de l'histoire religieuse, sous forme dramatique. Le bon Dieu, la vierge, les anges, les saints et les démons étaient les personnages obligés de ces sortes de drames. Le théâtre sur lequel on les jouait avait trois étages : celui du milieu était censé la terre ; l'étage supérieur, le ciel ; l'étage inférieur, l'enfer. L'on voyait, quand la pièce l'exigeait, le bon Dieu descendre du ciel par une échelle, afin de venir au secours des hommes, tandis que le diable montait par une autre échelle pour venir faire ses ravages sur la terre. Les mystères avaient une étendue telle que la représentation de quelques-uns demandait plusieurs jours consécutifs. *Les farces* étaient des nouvelles dialoguées, quelquefois spirituelles, presque toujours licencieuses, où maître renard jouait un grand rôle. La farce a produit un chef-d'œuvre, l'*Avocat Pathelin*. *Les moralités* représentaient allégoriquement les vices et les vertus transformés en personnages : c'étaient dame *sagesse*, dame *volupté*, etc., qui se disputaient le cœur de l'homme. Les *soties* mettaient en scène l'Église, l'État, la société tout entière, et rappelaient souvent par leur audace la comédie politique des Anciens. Voici, du reste, l'histoire du théâtre français au moyen-âge, retracée en quelques vers par Boileau, dans son Art poétique :

> Chez nos dévots aïeux, le théâtre abhorré
> Fut longtemps dans la France un plaisir ignoré.
> De pélerins, dit-on, une troupe grossière,
> En public, à Paris, y monta la première ;
> Et sottemement zélée en sa simplicité,
> Joua les saints, la vierge, et Dieu par piété.
> Le savoir, à la fin, dissipant l'ignorance,
> Fit voir de ce projet la dévote imprudence.
> On chassa ces docteurs prêchant sans mission ;
> On vit renaître Hector, Andromaque, Ilion,

C'est Jodelle qui, au milieu du XVIᵉ siècle, entreprit de restaurer le théâtre antique. Ses tragédies *Cléopâtre* et *Didon* sont de bien faibles essais qui eurent un grand succès : « Quelle joie, dit Demogeot, pour tous les savants, de retrouver sur la scène, de voir vivre et d'entendre parler

» ces personnages de l'histoire ancienne qui leur étaient
» familiers ? Auteurs et acteurs, dans l'ivresse de leur
» succès, se décernèrent à eux-mêmes un triomphe aussi
» classique que leur pièce. Dès que le cinquième acte fut
» terminé au milieu des applaudissements, ils partirent
» pour Arcueil ; là, dans un joyeux festin, ils amenèrent
» un bouc couronné de lierre et de fleurs, en l'honneur du
» poëte français et en souvenir de l'antique Thespis. »

Après Jodelle, Garnier, imitant la concision brillante de
Sénèque, contribua à donner à la tragédie française ce caractère de gravité imposante qui la distingue ; ce qui ne l'empêche pas d'être un auteur dramatique faible et médiocre.
Alexandre Hardy, mort en 1630, régna ensuite sans partage
sur la scène ; auteur, acteur, directeur de troupe, il trouva
le temps de composer six cents pièces. Une telle fécondité
n'a été surpassée que par les poëtes espagnols *Lopez de Vega*
et *Calderon*. Corneille fit bientôt oublier ces auteurs.

§ III. — CORNEILLE.

Corneille, né à Rouen en 1606 et mort en 1684, est pour
le théâtre ce que Malherbe avait été pour la poésie lyrique,
il en est le *père*. Il commença par imiter ses devanciers, en
faisant des pièces aussi difficiles à démêler qu'un écheveau
embrouillé, mais il les surpassait déjà par son style simple et
naturel. En outre, il resserra l'unité d'action et l'unité de lieu :
« Le bon sens, dit-il, me donna de l'aversion pour cet horri-
» ble dérèglement qui mettait Paris, Rome et Constantinople
» sur le même théâtre. » Il travailla quelque temps aux tragédies du cardinal Richelieu ; mais s'étant avisé de changer
quelque chose au plan d'un troisième acte dont il était chargé,
il fut accusé de n'avoir pas *l'esprit de suite* et fut congédié.
Un mariage que Corneille avait manqué par l'intrigue d'un
ami, lui donna l'idée de *Mélite*, sa première pièce. Il fit plus
tard une *Médée*, dans laquelle brillaient déjà des éclairs de
génie.

Mais hâtons-nous d'arriver aux chefs-d'œuvre de Corneille: Le *Cid*, les *Horaces*, *Cinna*, *Polyeucte*, sont des pièces hors ligne qui remplirent d'admiration ses contemporains et que la postérité admire, non sur la foi de ses pères, mais d'après ses propres sentiments. C'est qu'il y a dans Corneille une puissance de génie qui subjugue, c'est qu'il y a dans ses héros une grandeur d'âme qui fortifie la vertu, qui trempe les caractères et qui élève au-dessus de l'humanité. Voyons les sujets de ses principales pièces.

Le *Cid* est le premier chef-d'œuvre de Corneille ; cette tragédie fit une sensation profonde quand elle parut ; on n'avait jamais rien entendu de si beau. Le cardinal de Richelieu, jaloux de la gloire de Corneille, commanda des critiques, dans le but de faire tomber la pièce. L'Académie, par la plume de Chapelain, fit une critique modérée, tandis que Scudéri se déchaînait avec passion ; mais, malgré les critiques :

Tout Paris pour Chimène eut les yeux de Rodrigue.

Rodrigue et Chimène doivent se marier : leurs familles sont d'accord ; sur ces entrefaites le roi choisit un gouverneur pour son fils, et préfère le père du Cid au père de Chimène. Celui-ci, outré de la préférence, insulte son rival et lui donne un soufflet. Don Diegue est trop vieux pour venger cet affront ; il confie sa vengeance à son fils. Le Cid tue le père de son amante. De là une lutte dans le cœur de Chimène, entre l'honneur qui lui commande de poursuivre le meurtrier de son père et son amour qui lui reproche ses poursuites.

Le Cid est le fils d'un héros qui a jadis rendu de grands services à l'Espagne ; lui-même vient de rendre un service signalé à son roi et à son pays, en repoussant les Maures. Comment le roi pourrait-il le sacrifier ? Il cherche donc les moyens non seulement de le sauver, mais de le réconcilier avec Chimène. Celle-ci demande qu'un chevalier combatte pour elle contre Rodrigue. Don Sanche, un des prétendants, se présente et le roi y consent, à condition qu'elle épousera le vainqueur. Don Sanche est désarmé par le Cid ; Chimène cède enfin. Seulement le mariage est remis à un an, pour sauver les convenances. Cette pièce est imitée de Guilhem de Castro, poëte espagnol.

Dans les *Horaces*, il s'agit d'un fait bien célèbre de l'histoire romaine. Rome et Albe sont en guerre. Pour éviter l'effusion du sang, on convient de choisir des deux côtés trois guerriers auxquels on confiera la destinée des deux peuples. La ville dont les guerriers auront vaincu doit donner des lois à l'autre. Le choix tombe du côté de Rome, sur trois frères, les Horaces, et du côté d'Albe, sur trois frères, les Curiaces. Cruel sort ! les deux familles des Horaces et des Curiaces sont unies déjà par une alliance ; car Sabine, sœur des Curiaces, a épousé l'aîné des Horaces et une nouvelle alliance allait unir Camille, sœur des Horaces, à l'un des Curiaces.

Ces femmes font tous leurs efforts pour empêcher le combat. Mais le patriotisme parle au cœur de ces jeunes héros, et le vieil Horace arrête les épanchements si naturels qui allaient amollir leur courage. Cependant au moment où le fiancé de sa fille lui dit adieu, le vieux romain s'émeut, et il s'écrie :

> Ah ! n'attendrissez point ici mes sentiments !
> Pour vous encourager ma voix manque de termes ;
> Mon cœur ne forme point de pensers assez fermes ;
> Moi-même en cet adieu j'ai les larmes aux yeux.
> Faites votre devoir et laissez faire aux Dieux.

Le combat s'engage. La victoire paraît pencher d'abord pour Albe. Deux des Horaces sont tués et le troisième a pris la fuite. On vient raconter cela au vieil Horace. Il s'indigne que son fils ait pris la fuite.

> — Que vouliez-vous qu'il fît contre trois ?

lui demande-t-on ?

> Qu'il mourût,.....

s'écrie-t-il.

Mais ce qui afflige le vieil Horace console Camille.

Bientôt tout est changé. On annonce que la fuite d'Horace n'a été qu'une feinte, et qu'il a tué les trois Curiaces. C'est Camille qui maintenant se désespère. Elle insulte à la victoire de son frère ; elle éclate en imprécations contre Rome. Son frère outré la tue et obtient sa grâce du roi Tullius, à cause du service signalé qu'il vient de rendre à sa patrie.

Cinna. Emilie, fille d'un proscrit, consent à épouser Cinna, neveu de Pompée, mais à condition qu'il tuera Auguste : elle veut venger son père et rétablir la liberté. En conséquence Cinna, aidé de Maxime, a tramé une conspiration contre les jours d'Auguste. Il vient d'en exposer tous les détails à Emilie, quand on lui annonce que César le mande avec Maxime.

Tous deux en même temps, s'écrie Emilie, vous êtes découverts ! Mais non ! Auguste les a appelés pour les consulter. Il veut savoir s'il doit abdiquer ou conserver l'empire. Cinna lui conseille de le garder, Maxime est d'un avis opposé. Auguste cède aux conseils et aux prières de Cinna. Au sortir de là, Maxime témoigne à Cinna qu'il est étonné de sa conduite ; il ne comprend pas qu'un républicain ait pu flatter la tyrannie. Cinna lui répond qu'il veut tout à la fois affranchir et venger Rome. Cependant le remords s'empare de Cinna, car il songe aux bienfaits dont Auguste l'a comblé ; il fait tous ses efforts pour désarmer Emilie. Mais en vain, il faut obéir. La farouche romaine veut la tête d'Auguste, qui est pourtant aussi son bienfaiteur. Elle ne l'aura pas. Un affranchi de Maxime, Euphorbe, a tout découvert à Auguste. L'empereur appelle Cinna, il le confond en lui reprochant son ingratitude. Emilie vient s'accuser elle-même. Maxime aussi. Auguste est atterré d'abord quand il entend dire à Maxime, qu'il croyait son ami, qu'il n'a révélé le complot que pour enlever Emilie ; mais sa grande âme se relève et il prononce ces sublimes paroles:

> En est-ce assez, ô Ciel ! Et le sort pour me nuire
> A-t-il quelqu'un des miens qu'il veuille encore séduire ?
> Qu'il joigne à ses efforts le secours des enfers ;

Je suis maître de moi, comme de l'univers :
Je le suis, je veux l'être. ô siècles ! ô mémoire !
Conservez à jamais ma dernière victoire.
Je triomphe aujourd'hui du plus juste courroux
De qui le souvenir puisse aller jusqu'à vous,
Soyons amis, Cinna, c'est moi qui t'en convie.

Auguste met le comble à sa clémence en unissant Emilie et Cinna.

Polyeucte est un sujet chrétien. Polyeucte avait épousé Pauline, fille de Félix, gouverneur d'Arménie. Il s'est fait chrétien à l'insu de sa femme ; et, entraîné par Néarque, celui qui l'a converti, il va recevoir le baptême. Pauline essaie, mais en vain, par ses larmes de le retenir auprès d'elle. Un songe l'inquiète : elle a vu Sévère son ancien amant, Sévère que l'on croyait mort, poursuivre Polyeucte, la vengeance à la main, et des chrétiens le jeter aux pieds de son rival. Au même instant, comme pour confirmer ce songe, elle apprend que Sévère n'est point mort, qu'il est en Arménie, et elle en reçoit la visite. Polyeucte vient rassurer Pauline par sa présence ; mais bientôt il la quitte de nouveau pour courir au temple avec Néarque. Là ils troublent la cérémonie, renversent la statue de Jupiter. Félix les fait arrêter. Il espère ramener Polyeucte à la religion de ses pères, par la vue du supplice de Néarque. Mais Polyeucte est enflammé davantage du désir du martyre. Ni les prières, ni les larmes de Pauline ne peuvent le gagner ; il aime Pauline, mais il aime encore plus son nouveau Dieu. Pauline supplie Sevère de demander grâce à Félix pour son époux ; le généreux Sévère n'hésite pas à sauver Polyeucte. Mais Félix craint que Sévère ne le dénonce à l'empereur Décius ; il espère aussi que Sévère, qui est maintenant élevé au premier rang, épousera Pauline, après la mort de Polyeucte ; et, dans sa cruelle politique, il sacrifie son gendre. Les soldats entraînent Polyeucte à la mort ; mais Pauline le suit, et tout-à-coup la foi pénètre dans son cœur. Elle accourt vers son père ; elle s'écrie :

Père barbare, achève, achève ton ouvrage ;
Cette seconde hostie est digne de ta rage :
Joins ta fille à ton gendre ; ose, que tardes-tu ?
Tu vois le même crime, ou la même vertu :

Sévère éclate lui-même contre Félix et le menace. Qui
le croirait ! Félix, se sent aussi touché de la grâce, et on
est tout surpris de l'entendre s'écrier à la fin de la pièce.

Allons à nos martyrs donner la sépulture,
Baiser leurs corps sacrés, les mettre en digne lieu,
Et faire retentir partout le nom de Dieu.

La *mort de Pompée* est inférieure aux tragédies précédentes, mais elle renferme encore de grandes beautés. Après
la bataille de Pharsale, Pompée s'est réfugié en Egypte. Les
ministres du roi Ptolémée l'ont fait assassiner, malgré Cléopâtre, croyant que sa mort serait agréable à César. César
arrive, verse des larmes sur Pompée, s'empare d'Alexandrie.
On lui amène Cornélie, femme de Pompée, qui l'étonne par
sa grandeur d'âme. Le roi et ses ministres conspirent contre
César qui, séduit par Cléopâtre, veut lui donner le trône
d'Egypte. C'est Cornélie qui l'avertit. Elle hait César ; elle
veut venger Pompée, mais non par une trahison. Malgré
la clémence de César qui la traite en reine, elle jure, sur
l'urne qui contient les cendres de son époux, de poursuivre
sa vengeance. César a fait périr les ministres du roi Ptolémée ; Ptolémée lui-même a disparu au milieu d'un combat
livré aux Romains. Les meurtriers de Pompée ne sont plus,
Cornélie n'est pas satisfaite : c'est César qu'il lui faut. Si elle
ne réussit pas, Cléopâtre, dit-elle, la vengera.

Corneille eut encore de beaux moments dans *Rodogune,*
Héraclius et *Nicomède.* Mais il termina sa longue carrière par
des échecs qui l'attristèrent. On connaît l'épigramme où l'on
tournait ses dernières pièces en ridicule :

Après l'Agésilas,
Hélas !
Après l'Attila,
Holà !

§ IV. — RACINE.

J. Racine, né à la Ferté-Milon, (1639-1699) est le plus parfait des poëtes tragiques français. La nature avait réuni sur lui tous les dons qu'elle partage si inégalement entre les hommes. La beauté de sa physionomie exprimait la dignité et la tendresse de son âme et les rares qualités de son intelligence. Elève de Port-Royal, il puisa à cette école sévère la connaissance et l'admiration des chefs-d'œuvre de l'antiquité. Il débuta dans la carrière dramatique, par les *Frères ennemis* et *Alexandre*, pièces imparfaites, mais qui annonçaient un grand talent pour la poésie. Après ces essais, il s'éleva dans *Andromaque* à une hauteur où il se maintint jusqu'à ce qu'il atteignit dans *Athalie* une beauté qui semble la limite du génie de l'homme. Voltaire disait que le seul commentaire de Racine était dans ces deux mots : Admirable : sublime ! Avouons cependant que la galanterie toute moderne de quelques-uns des héros de Racine, tribut payé aux mœurs et au goût de la cour, abaisse, par instants, la dignité de la tragédie. Entre *Andromaque* et *Athalie*, Racine a produit *Britannicus*, *Bérénice*, *Bajazet*, *Mithridate*, *Iphigénie*, *Phèdre* et *Esther*. Analysons brièvement quelques-unes de ces tragédies.

Andromaque, la veuve d'Hector, est captive chez Pyrrhus, roi d'Epire. Pyrrhus avait demandé en mariage Hermione, fille de Ménélas, roi de Sparte. Elle est à sa cour depuis quelque temps, mais il a différé de l'épouser parce qu'il était épris d'Andromaque. Sur ces entrefaites, Oreste, qui a aimé et qui aime encore malgré lui Hermione, est député par les Grecs vers Pyrrhus pour lui demander le jeune Astyanax ; fils d'Hector et d'Andromaque : ils veulent faire périr cet enfant qui les inquiète. Pyrrhus refusera, si Andromaque consent à l'épouser. Mais cette infortunée ne peut oublier son Hector. Pyrrhus outré retourne à Hermione qu'il avait délaissée. Hermione triomphe, mais c'est pour un moment, car l'amour entraîne de nouveau Pyrrhus aux pieds d'Andromaque, à laquelle il offre pour la dernière fois l'alternative de l'épouser ou de perdre son fils. Andromaque s'écrie :

> Allons sur son tombeau consulter mon époux.

Pour sauver son fils, elle se résigne enfin à épouser Pyrrhus, mais elle mettra fin à sa vie immédiatement après.

> Voilà ce qu'un époux m'a commandé lui-même.

dit-elle à sa confidente.

A la nouvelle du mariage de Pyrrhus avec Andromaque, Hermione mande Oreste :

> . . . . Je veux savoir, Seigneur, si vous m'aimez.

Oreste proteste de son amour.

> Vengez-moi, je crois tout, ...

s'écrie Hermione.

Il faut immoler Pyrrhus au pied des autels. Oreste se défend de l'immoler par un assassinat ; Hermione commande, il cède à l'amour.

Un moment après, Oreste vient apprendre lui-même à Hermione que Pyrrhus est mort. A ce mot, la haine s'éteint dans le cœur de cette femme, elle s'emporte contre Oreste.

> . . . . . Tais-toi, perfide,
> Et n'impute qu'à toi ton lâche parricide ;
> Va faire chez les Grecs admirer ta fureur.
> Va, je te désavoue, et tu me fais horreur.

Hermione court au temple et se perce d'un poignard sur le corps de Pyrrhus, tandis qu'Oreste s'abandonne à des transports violents.

Cette pièce renferme de grandes beautés. Rien de plus touchant que l'amour d'Andromaque pour son époux, amour que rien ne peut effacer dans son cœur. Rien de plus tou-

chant non plus que sa tendresse pour son fils, mais l'épouse
paraît l'emporter chez elle sur la mère. L'amour d'Hermione
pour Pyrrhus a été traité aussi d'une manière admirable.
Enfin n'oublions pas la scène de l'entrevue d'Oreste et de
Pylade, scène qui a consolé deux amis, deux poëtes, André
Chénier et Roucher pendant qu'ils allaient à l'échafaud.

Britannicus est une tragédie dont le sujet est emprunté à
l'histoire romaine. L'empire appartenait à Britannicus, fils
de Claude, dernier empereur ; mais l'ambition d'Agrippine,
seconde femme de Claude, l'en avait exclu, pour le donner
à Néron, son fils, qu'elle avait eu d'un premier mariage.
Cette femme ambitieuse s'était flattée qu'elle gouvernerait
elle-même, à la place de Néron, et qu'elle le tiendrait toujours
sous sa dépendance. Mais Néron commençait à s'affranchir
et à manifester son mauvais naturel. Il fait enlever Junie,
petite-nièce d'Auguste, sans qu'on sache trop pourquoi. On
l'amène dans son palais ; il en devient tout-à-coup amoureux,
et songe à répudier Octavie, sœur de Britannicus, pour
l'épouser. Junie avoue à Néron qu'elle aime Britannicus.
Néron lui ordonne de le congédier elle-même. Britannicus
arrive sur ces entrefaites et Néron se cache, de manière à
les voir et à entendre leur entretien. Ce qu'il entend le con-
firme dans l'idée que Britannicus aime Junie et sa jalousie
s'accroît. Un moment après, il surprend Britannicus aux
pieds de Junie. Furieux, il fait mettre des gardes à l'appartement de l'un et de l'autre, ainsi qu'à celui d'Agrippine,
qu'il accuse de servir les amours de son rival.

Agrippine demande une explication à son fils ; elle lui
rappelle ses bienfaits. Néron paraît se réconcilier avec elle et
Britannicus ; mais le monstre, dès qu'il est seul avec Burrhus,
montre le fond de son cœur et s'écrie :

> Elle se hâte trop, Burrhus, de triompher :
> J'embrasse mon rival, mais c'est pour l'étouffer.

Burrhus est confondu à la vue de tant de dissimulation ;

il rappelle à Néron ses premières années et le conjure à genoux de pardonner à Britannicus. Néron était touché, mais l'affranchi Narcisse, ami perfide de Britannicus, qui tirait à ce malheureux ses secrets pour les dire à Néron, vient réveiller les mauvais sentiments de l'Empereur. Alors la perte de Britannicus est résolue. Néron l'invite à un festin, où ils doivent sceller leur réconciliation. On sert une coupe empoisonnée à Britannicus. Junie se sauve aux pieds de la statue d'Auguste ; le peuple la prend sous sa protection et la fait entrer dans l'ordre des Vestales.

Après *Britannicus* parut *Bérénice*. Bérénice était une reine de Palestine, qui avait suivi Titus à Rome, après la destruction de Jérusalem. Titus l'aimait passionnément. Il lui avait même, disait-on, promis de l'épouser. Devenu empereur, il comprit que la haine des Romains pour les rois ne lui permettait pas de s'unir à celle qu'il aimait et il la renvoya de Rome, malgré lui et malgré elle. Leurs adieux sont déchirants. Racine composa cette pièce à la demande de *Madame*. Comme Bérénice, elle avait aimé un grand roi et elle en avait été aimée, et il leur avait fallu aussi faire violence à leurs sentiments. Le poëte demanda, dit-on, souvent, pendant la composition, des inspirations au cœur et des conseils au goût de cette princesse.

On a reproché à cette pièce, même du temps de Racine, de n'être qu'une élégie, contenant les regrets, regrets passionnés, il est vrai, de deux personnes. Voici ce que répondait Racine : « Ce n'est point une nécessité qu'il y ait du sang et des morts dans une tragédie ; il suffit que l'action en soit grande, que les acteurs en soient héroïques, que les passions y soient excitées, et que tout s'y ressente de cette tristesse majestueuse qui fait tout le plaisir de la tragédie. »

A *Bérénice* succéda *Bajazet*. Ici nous ne sommes plus dans la Grèce, ni à Rome ; l'action se passe à Constantinople, au XVII⁰ siècle, quelques années avant la représentation de cette pièce. En deux mots, le sultan Amurat, occupé au siége de

Babylone, envoie à Constantinople l'ordre de trancher la tête de Bajazet, son frère. Roxane, sultane favorite, est décidée à sauver Bajazet, qu'elle aime, s'il consent à l'épouser ; mais Bajazet ne peut accepter cette condition ; l'usage s'oppose, dit-il, à ce qu'un sultan s'unisse à une femme par le mariage ; et il en aime d'ailleurs une autre ; il aime Atalide, princesse du sang ottoman. Roxane découvre leur amour ; furieuse, elle livre Bajazet aux muets. L'envoyé d'Amurat la poignarde elle-même, d'après un ordre secret du sultan, et la malheureuse Atalide se tue de désespoir. Ceux qui se plaignaient qu'il n'y eût pas de morts dans Bérénice, doivent être contents de cette tragédie, car en voilà trois, sans compter celle de l'envoyé dont nous ne parlons pas. Du reste ces morts nombreuses ne sont pas invraisemblables chez les turcs. Il n'en n'est pas de même des mœurs de cette tragédie. On a dit avec raison que les personnages étaient des français habillés à la turque.

Mithridate, roi de Pont, aime Monime, princesse grecque et songe à l'épouser, au milieu de ses guerres éternelles contre les Romains. Les deux fils de Mithridate, Pharnace et Xipharès, sont les rivaux de leur père ; mais le cœur de Monime est pour Xipharès, qui partage la haine de son père contre les Romains; elle déteste les trahisons de Pharnace. Mithridate s'est aperçu de l'amour de Pharnace et l'a fait enfermer ; mais Pharnace lui découvre qu'il n'est pas le seul qu'il ait à redouter. Alors Mithridate emploie la ruse pour connaître les sentiments de Monime. Il fait semblant de renoncer à elle; il lui propose la main de Pharnace, qu'elle repousse et la malheureuse finit par avouer qu'elle aime Xipharès. Mithridate lui envoie du poison, et lui-même, dans un combat contre les Romains, se perce de son épée pour ne pas tomber vivant entre leurs mains. Monime allait boire le poison, quand un messager de Mithridate vint arrêter sa main ; Xipharès et elle assistent aux derniers instants du héros.

L'*Iphigénie* de Racine est une imitation de l'*Iphigénie* d'Euripide ; mais il y a fait des changements assez importants.

Dans Euripide, une biche paraît sur l'autel à la place d'Iphigénie qui a été enlevée par Diane. Dans Racine, c'est une princesse grecque, nomme Eriphile, que l'on sacrifie au lieu de la fille d'Agamemnon.

Dans *Phèdre*, Racine a peint les transports de la passion. Phèdre aime éperdûment Hippolyte, le fils de Thésée, son mari. Hippolyte a horreur de cet amour, que Phèdre a fait éclater en l'absence de Thésée. Pour se venger, la malheureuse reine accuse Hippolyte du crime dont elle est elle-même coupable. Thésée maudit son fils et appelle sur sa tête la colère de Neptune. Phèdre mourante avoue tout : mais il est trop tard. Neptune, comme Hippolyte se promenait dans son char au bord de la mer, a envoyé contre lui un monstre marin. Les chevaux d'Hippolyte, à la vue du monstre, se sont emportés et quand ils se sont arrêtés, le corps du héros n'était plus qu'un cadavre défiguré.

Après *Phèdre*, Racine dégoûté du théâtre par les cabales de ses ennemis, qui avaient préféré la *Phèdre* de Pradon, aujourd'hui entièrement oubliée, et cédant en outre à des scrupules de conscience, cessa d'écrire pour la scène. Il y avait dix ans que sa muse se taisait, quand Madame de Maintenon le pria de faire pour St-Cyr la tragédie d'*Esther*, bientôt suivie d'*Athalie*.

Esther est une jeune Juive, qu'Assuérus, roi de Perse, a choisie entre mille beautés pour en faire son épouse. Elle avait été élevée par Mardochée, son oncle, qu'elle continue de voir en secret depuis son élévation. Celui-ci vient l'avertir qu'un arrêt du roi condamne tous les Juifs à périr dans dix jours, et il l'engage à se présenter devant Assuérus pour lui demander leur grâce. Cela est difficile, parce qu'une loi défend, sous peine de mort, de paraître devant le souverain sans son ordre. Esther s'y prépare néanmoins, après avoir adressé une prière fervente au Tout-Puissant. L'arrêt qui proscrivait les Juifs avait été arraché au roi par Aman, son premier ministre. Ce monstre se vengeait ainsi de Mardochée,

qui avait blessé son orgueil, en ne se prosternant pas devant
lui. Mais sur ces entrefaites, le roi se faisant relire les annales
de son règne, se rappela qu'un Juif lui avait sauvé la vie,
en découvrant un complot ; et ce Juif était Mardochée. Alors
il fait appeler Aman et lui dit :

> . . . . Que doit faire un prince magnanime,
> Qui veut combler d'honneurs un sujet qu'il estime ?

Aman crut qu'il s'agissait de lui et dit :
Qu'il voudrait que ce mortel heureux fût conduit en triomphe dans Suze, et que le premier seigneur de l'empire, tenant
la bride de son coursier, proclamât son mérite, Eh bien ! lui
dit le roi, rends toi-même ces honneurs au Juif Mardochée.

A peine Aman est-il sorti, qu'Esther entre chez le roi ; elle
est toute tremblante, mais Assuérus la rassure.

Un intérêt pressant veut que je vous implore, dit-elle. Per-
mettez qu'avant tout Esther puisse à sa table, recevoir aujourd'hui son souverain seigneur, et qu'Aman soit admis à cet
excès d'honneur ; j'ai pour m'expliquer besoin de sa présence.

Dès que le roi est réuni avec Aman chez la reine, celle-ci
se jette aux pieds d'Assuérus et lui demande grâce pour les
Juifs. Assuérus est étonné de voir qu'elle appartient à cette
nation, qu'elle a été élevée par Mardochée, ce même homme
qui lui a sauvé la vie. Il est saisi d'horreur, quand Esther
lui dévoile la cause pour laquelle Aman persécute les Juifs,
et le supplice qu'il réserve au fidèle Mardochée. Il s'éloigne
un instant, Aman en profite pour implorer Esther ; mais
Assuérus l'apercevant aux genoux de la reine, ordonne qu'on
le mette à la potence, préparée à sa porte pour Mardochée. Il
donne à celui-ci les biens et la puissance d'Aman. Cette tragédie comprend trois actes qui sont terminés par des chœurs
de jeunes filles ; dans le premier chœur, les jeunes filles
pleurent sur la ruine d'Israël ; dans le second elles expriment
tour à tour des sentiments d'espérance, d'inquiétude et de
résignation. Enfin le dernier acte est un chant d'allégresse
et de reconnaissance pour le Dieu de Sion. Racine composa

cette tragédie en 1689, à la prière de Mme de Maintenon. Elle ne fut jouée que dans la maison de St Cyr, devant le roi et sa cour, et elle obtint un succès prodigieux.

Certains critiques n'ont voulu voir qu'une idylle charmante dans *Esther* ; mais *Athalie* est bien une tragédie. Athalie était fille d'Achab et de Jésabel, qui régnèrent sur Israël. Elle avait épousé Joram, roi de Juda, de la race de David, duquel elle avait eu Ochosias. Mais après la mort de son époux et de son fils, elle fit massacrer tout ce qui restait de la race de David, et s'empara ainsi du trône. Un fils d'Ochosias cependant avait échappé à ce massacre, sauvé par *Josabeth*, la femme du grand-prêtre *Joad*. Il s'agit, dans la tragédie de Racine, de faire remonter sur le trône ce jeune prince, nommé Eliacin, tant qu'il vécut caché dans le temple, et qui ensuite porta le nom de Joas. Il est inutile de faire l'analyse de cette tragédie qui est à présent entre les mains de tout le monde, après avoir été longtemps méconnue du public : c'est le chef-d'œuvre de Racine.

Parmi les poètes dramatiques du second ordre, appartenant au XVIIe siècle, quelques noms ont été sauvés de l'oubli, par des succès durables. *Ariane* et le *Don Juan* mis en prose, protègent la mémoire de Thomas Corneille : le public courait à la représentation de ses pièces, à cause de l'intérêt de l'intrigue ; aujourd'hui qu'on est parvenu à faire des tours de force sous ce rapport, il n'a plus guère pour lui qu'une glorieuse fraternité. Lafosse survit avec *Manlius*, pièce où il y a des caractères bien tracés, mais dont le style est diffus. *Inès de Castro* a procuré un succès à Lamotte-Houdart, qui fut poète, sans être né poète, à force d'esprit. Longepierre a surpassé la *Médée* de Corneille, sauf ce fameux *Moi*, qui annonçait le poète sublime. Campistron chercha surtout à reproduire la grâce de Racine, et il outra la galanterie déjà trop fade de ses personnages ; mais c'était encore à la mode, et le public applaudit plus d'une fois son *Andronic* et son *Tiridate*. Duché, plus incorrect, mais un peu plus animé, n'est pas parvenu à être vraiment tragique, même dans son *Absalon*. Citerons-nous enfin PRADON, qui n'a gagné à sa lutte contre Racine que l'avantage d'avoir été comparé au soleil par Boileau :

> Pradon, comme un soleil, en nos ans a paru.

Il faut entrer dans le XVIIIe siècle pour trouver un poëte tragique de premier ordre.

§ V. — VOLTAIRE.

Voltaire est le roi de la poésie du XVIIIe siècle. Arouet de Voltaire, né à Châtenay, en 1694, mort à Paris, en 1778, a cultivé tous les genres de poésie, depuis l'épopée jusqu'à l'épigramme. Supérieur dans le poëme héroïque, rival de Corneille et de Racine dans la tragédie, il se place, dans l'épitre et la satire, à côté de Boileau, qu'il n'imite pas ; comme conteur, il n'a d'égal que La Fontaine et il est incomparable dans la poésie fugitive. Médiocre dans la comédie, dans l'opéra et dans l'ode, sa part, comme poëte, demeure encore assez belle. Nous parlerons plus tard de Voltaire historien et philosophe. Malheureusement le philosophe a laissé de tristes souvenirs ; il a exercé sur son siècle une influence funeste. Le poëte n'a pas été toujours non plus l'écho du ciel ; il a des poëmes dont le nom seul fait rougir la pudeur. Passons sur ces désordres de son génie, et étudions sommairement ses tragédies.

Les tragédies de Voltaire n'ont ni l'exquise pureté de celles de Racine, ni la vigueur et l'énergie de celles de Corneille ; mais elles ont plus de mouvement et d'éclat. *OEdipe*, *Brutus*, *Zaïre*, *Alzire*, *Mérope*, *Mahomet*, *Sémiramis*, *Tancrède* et la *Mort de César*, sont de puissantes créations où la passion est éloquente, l'action animée et intéressante, le syle pur, facile et brillant.

OEdipe nous retrace l'épouvantable malheur du roi de Thèbes, vainqueur du Sphinx, meurtrier de son père, époux de sa mère, qui descend du trône et se crève les yeux, pour expier des crimes involontaires. Voltaire, quoiqu'il se soit moqué de l'*OEdipe* de Sophocle, n'a pas égalé le poëte grec.

La tragédie de Brutus nous représente un épisode de la conspiration des jeunes patriciens pour le rétablissement de Tarquin. Titus, fils de Brutus, qui s'est illustré dans plusieurs combats contre les Tarquins, cédant à un malheureux amour et aux suggestions d'un ami perfide, trahit sa patrie et la liberté. La conspiration a été découverte par l'esclave Vindex. Le sénat veut que Brutus prononce lui-même sur le sort de son fils. Brutus monte sur son tribunal, Titus se jette à ses pieds et le prie de lui pardonner son crime.

Le vieux Romain est attendri. On croit qu'il va pardonner. Son remords me l'arrache, dit-il. — Mais bientôt Rome reprend le dessus :

O Rome ! ô mon pays ! s'écrie-t-il. — Puis s'adressant au tribun militaire Proculus.

> . . . . A la mort que l'on mène mon fils !

Après cette condamnation, le père et le fils se font des adieux déchirants.

BRUTUS

> Lève-toi, triste objet d'horreur et de tendresse,
> Lève-toi, cher appui qu'espérait ma vieillesse ;
> Viens embrasser ton père : il t'a dû condamner,
> Mais s'il n'était Brutus, il t'allait pardonner.
> Mes pleurs, en te parlant, inondent ton visage.
> Va, porte à ton supplice un plus mâle courage ;
> Va, ne t'attendris point, sois plus romain que moi ;
> Et que Rome t'admire, en se vengeant de toi.

TITUS

> Adieu, je vais périr, digne encor de mon père !

Un moment après un sénateur vient dire que c'en est fait. Brutus, redevenu impassible, répond :

> Rome est libre ; il suffit : rendons grâces aux dieux ?

Zaïre est le chef-d'œuvre de Voltaire. Voici l'abrégé de cette tragédie.

Orosmane, fils de Noradin, tartare d'origine, régnait sur la Syrie, au temps de St-Louis. C'était un prince plein de grandeur et de loyauté, qui traitait avec douceur les esclaves chrétiens. Parmi ses esclaves, se trouvaient un jeune homme nommé Nerestan et une jeune fille, nommée Zaïre, pris autrefois au sac de Césarée. Nérestan était retombé dans les fers pour la seconde fois ; car jadis ayant été racheté par des chrétiens, à l'âge de neuf ans, il avait été amené en France au roi St-Louis, qui avait pris soin de son éducation et de sa fortune. Ils ignoraient leur naissance ; ils savaient seulement qu'ils étaient nés chrétiens, et Zaïre avait toujours conservé un ornement qui renfermait une croix. Une autre esclave nommée Fatime, née chrétienne et mise au sérail à l'âge de dix ans, tâchait d'instruire Zaïre du peu qu'elle savait de la religion de ses pères. Nérestan, de son côté, animé du zèle qu'avaient alors les chevaliers français, touché d'ailleurs pour Zaïre de la plus tendre amitié, la disposait au christianisme. Il se proposa de racheter Zaïre, Fatime et dix chevaliers. Il demanda à Orosmane la permission d'aller chercher leur rançon et le soudan eut la générosité de le permettre. Nérestan fut deux ans hors de Jérusalem.

Cependant la beauté de Zaïre croissait avec son âge; Orosmane la vit et l'aima éperduement. Zaïre fut touchée et aima aussi Orosmane, sans que l'ambition se mêlât en rien à sa tendresse. Elle était prête à épouser le sultan, lorsque Nérestan arriva avec la rançon de Zaïre, de Fatime et des dix chevaliers. J'ai satisfait à mes serments, dit-il à Orosmane ; c'est à toi de me remettre Zaïre, Fatime et les dix chevaliers : mais j'ai épuisé ma fortune à payer leur rançon, et je viens me remettre dans tes fers.

Le sultan frappé de tant de générosité, refusa la rançon; donna cent chevaliers au lieu de dix ; mais il refusa Zaïre, et Lusignan, le dernier des rois de Jérusalem, celui principalement que Nérestan avait voulu racheter. Ce refus accabla Nérestan, qui reçut l'ordre de partir le lendemain. Mais à la prière de Zaïre, Orosmane accorde aussi la liberté au vieux Lusignan Celui-ci retrouve dans Zaïre et Nérestan, les enfants dont il est séparé depuis bien des années ; la croix de Zaïre et une cicatrice de Nérestan ont servi surtout à cette reconnaissance.

> Ma fille, mon cher fils, embrassez votre père,

s'écria Lusignan.

Mais sa joie est bientôt empoisonnée, il découvre que Zaïre est musulmane. La religion et la nature l'inspirent ; il touche sa fille, il l'ébranle ; elle se jette à ses pieds et lui promet d'être chrétienne.

Quelque temps après, Nérestan apprend à Zaïre que son père se meurt et qu'il lui ordonne en mourant d'être baptisée ce jour-là même. Zaïre jure qu'elle lui obéira, avant d'épouser Orosmane. A peine avait-elle prononcé ce serment qu'Orosmane vient la prendre pour la conduire à la mosquée ; elle s'échappe de ses mains ; elle lui demande un jour de délai. La jalousie dont Orosmane avait déjà senti les atteintes, se réveille dans son cœur et il ordonne que le sérail soit fermé à tous les chrétiens. Alors Nérestan écrivit une lettre pressante à Zaïre ; il lui demandait d'ouvrir une porte secrète qui conduisait vers la mosquée et de remplir ses engagements. La lettre tomba entre les mains d'un garde, qui la porta à Orosmane. Le soudan la fit rendre à Zaïre, mais il l'attendit la nuit dans le souterrain. Zaïre arrive enfin ; elle approche, elle appelle Nérestan ; et, à ce nom, Orosmane la poignarde. Dans l'instant on amène Nérestan enchaîné. Ah! ma sœur, s'écrie-t-il, en voyant Zaïre expirant. A ce mot, Orosmane reconnaît son erreur et se tue auprès de Zaïre.

Gusman, gouverneur du Pérou, homme farouche et cruel qui a persécuté les Américains, aime Alzire, fille de l'indien Montèze. Montèze est prêt à la conduire à l'autel ; mais elle lui objecte que c'est le jour où Gusman détruisit l'empire du soleil, le jour où périt Zamore, son amant, avec les plus vail-

lants Américains. Elle déclare qu'elle aime toujours Zamore
et que ce serait offenser le nouveau Dieu qu'elle sert, de pro-
mettre à Gusman un cœur qui brûle pour un autre. Gusman
est résolu à l'épouser de force.

Mais son amant n'est pas mort ; Zamore étant venu du
fond des forêts pour observer la ville, a été pris et jeté
dans un cachot avec ses compagnons. On lui rend bientôt
la liberté, car un Américain a sauvé autrefois Alvarès, le
père du gouverneur actuel. Alvarès, homme doux et humain,
a demandé grâce pour les captifs, quand il reconnaît parmi
eux son sauveur. Ils s'embrassent avec joie. Hélas ! la joie
de Zamore est de courte durée. Apercevant Montèze, il se
jette dans ses bras, lui parle de ses projets pour la délivrance
de son pays. Mais la réponse de Montèze porte le trouble
dans son âme. Montèze a changé de religion et il ne veut
pas s'expliquer sur le compte d'Alzire. Au même instant, un
garde vient annoncer à Montèze qu'on l'attend pour la cérémonie, et il ordonne, au nom de Gusman, qu'on retienne
Zamore.

A peine Alzire est-elle unie à Gusman, que Zamore lui
demande un entretien. Il apprend de la bouche même de
celle qu'il aime, l'excès de son malheur ; il apprend que
Gusman, son plus cruel ennemi, est l'époux d'Alzire !
Gusman arrive en ce moment ; Zamore ne peut se contenir ;
il se nomme, il s'emporte contre Gusman. Celui-ci le condamne à la mort, malgré les larmes d'Alzire et les prières
d'Alvarès ; mais il n'a pas le temps d'en commander l'exécution, car il apprend qu'une armée d'Américains s'avance
contre la ville.

Gusman revient bientôt vainqueur des Américains ; pendant son absence, Alzire a préparé l'évasion de Zamore.
Celui-ci, rendu à la liberté, s'introduit dans le palais et
frappe Gusman de son épée. Zamore et Alzire sont condamnés
à périr tous les deux. Alvarès vient les sauver, si Zamore
consent à se faire chrétien.

Zamore combattu par son zèle pour sa religion et par son

amour, s'en remet à Alzire. Celle-ci lui conseille de ne pas renoncer à ses Dieux, s'il ne reçoit du ciel des clartés nouvelles. A ce moment, on apporte Gusman mourant. Il s'est converti, à la mort, et il vient pardonner à Zamore :

> Des Dieux que nous servons connais la différence,
> Les tiens t'ont commandé le meurtre et la vengeance ;
> Et le mien, quand ton bras vient de m'assassiner,
> M'ordonne de te plaindre et de te pardonner.

Il fait plus : il lui donne Alzire et lui laisse pour adieux ces mots :

> Zamore, sois chrétien, je suis content, je meurs.

Maintenant nous allons voir dans *Mérope*, le développement du sentiment le plus fort du cœur humain, l'amour maternel. Cette pièce est un des chefs-d'œuvre de la tragédie.

Mérope a vu tomber Cresphonte, roi de Messine, son époux, sous les coups d'assassins. L'un de ses fils, nommé Egisthe, a été arraché à la mort, confié aux soins d'un vieillard et caché dans un pays étranger. Plusieurs prétendants aspirent à la main de Mérope. Elle les refuse ; elle veut conserver la couronne à son fils qu'elle fait rechercher en tous lieux. Mais ses recherches sont restées jusqu'à ce jour infructueuses. Cependant Polyphonte est sur le point d'être nommé roi par le peuple. Il propose à Mérope de partager le trône avec elle ; celle-ci refuse et soutient son droit et celui de son fils. Polyphonte lui oppose les services qu'il a rendus à sa patrie et prononce ces deux beaux vers :

> Le premier qui fut roi, fut un soldat heureux,
> Qui sert bien son pays, n'a pas besoin d'aïeux.

Polyphonte toutefois n'est pas tranquille. Il craint le retour d'Egisthe. En vain son confident le rassure en lui rappelant qu'on a pris toutes les mesures pour le faire périr ; il sent que, même Egisthe mort, il lui faut la main de Mérope pour s'attacher le peuple.

Ce jour-là, on amène à Mérope un jeune étranger, accusé d'un meurtre. Elle lui demande quel est celui qu'il a tué. Il ne le connaît pas. Un vieillard et un jeune homme se sont précipités sur lui, en l'entendant implorer le ciel pour Mérope ; le jeune a été tué, le vieillard a pris la fuite. Mérope verse des larmes. Elle a cru reconnaître dans le meurtrier les traits de Cresphonte. Elle presse ses questions : de quel pays est-il ? A-t-il entendu parler d'Egisthe ? Quels sont ses parents ? Egisthe répond qu'il est de l'Elide ; Egisthe lui est inconnu ; ses parents sont pauvres et obscurs. Il les a quittés au récit des malheurs de la reine, et il venait lui offrir son faible secours, quand il est tombé dans le malheur.

Tout à coup des cris annoncent au dehors que Polyphonte est roi ; mais le peuple lui impose comme condition d'épouser Mérope. La malheureuse, atterée par ce coup, apprend, pour comble d'infortune, que l'étranger sur le sort duquel elle s'apitoyait a tué son fils. Les preuves sont certaines, dit-on. Mérope éperdue promet sa main à Polyphonte, s'il veut lui laisser le soin de punir elle-même le meurtrier d'Egisthe.

Par bonheur, Narbas, ce vieillard qui avait été chargé d'élever Egisthe, en secret, arrive à Messène. Il apprend qu'Egisthe est mort et que Mérope va bientôt immoler le meurtrier auprès du tombeau de Cresphonte. En effet on amène le malheureux enchaîné. Mérope furieuse lève le poignard, quand Narbas l'arrête. Elle le reconnaît ; elle apprend que c'est son fils qu'elle allait immoler. Mais il faut qu'elle dissimule ; sans cela Egisthe court un nouveau danger.

Le danger est bientôt menaçant, car Polyphonte demande l'assassin pour le punir lui-même. Pour le sauver, Mérope a l'idée de révéler tout et d'épouser Polyphonte. Mais Narbas lui découvre que Polyphonte est l'assassin de son époux. Polyphonte insiste auprès de Mérope pour qu'elle lui laisse le jeune homme. Celui-ci éclate contre le tyran, et Polyphonte irrité ordonne à ses soldats de le tuer : Mérope se jette entre Egisthe et les soldats en s'écriant :

. . . . . . Barbare ! Il est mon fils !

Puis elle se précipite aux genoux de Polyphonte, et lui demande grâce. Egisthe dit fièrement à sa mère de se relever des pieds d'un tyran. Polyphonte dissimule ; il adopte Egisthe pour son fils, si Mérope consent à l'épouser. En attendant sa résolution, il fait emmener Egisthe par ses gardes. « Vous le verrez au temple » dit-il à Mérope.

Mérope se rend au pied des autels, où la suit Egisthe. Peu de temps après, on entend un grand bruit. C'est un combat qui se livre dans le temple. La suivante de Mérope entre éperdue et raconte les scènes de ce combat. Egisthe a tué le tyran. Sa naissance n'est pas longtemps un objet de doute pour le peuple, car le ciel s'est déclaré pour lui, en faisant gronder son tonnerre.

Dans *Mahomet*, Voltaire a peint les horreurs du fanatisme. Il dédia cette tragédie au pape, qui lui adressa une lettre de félicitations.

Zopire, shérif de la Mecque, est disposé à ne pas céder à Mahomet, déjà maître de Médine. Mais le sénat et le peuple permettent à Mahomet d'entrer dans la Mecque pour traiter de la paix. Celui-ci découvre ses desseins au shérif. Il veut faire de l'Arabie la maîtresse des nations, en changeant sa religion et prêchant un seul Dieu. Il lui offre de lui rendre ses enfants qui sont ses prisonniers depuis quinze ans, s'il veut livrer la Mecque et embrasser la religion du Koran. Zopire aime mieux perdre ses enfants.

Alors Mahomet conçoit une résolution horrible. Il allume le fanatisme de Séide, élevé dans la nouvelle religion ; et ce jeune homme qui est né avec de la vertu, assassine son père, qu'il ne connaît encore que comme l'adversaire de Mahomet. Pour l'exciter à ce meurtre, l'imposteur lui a offert la main de Palmire, sa sœur, promettant ainsi un inceste comme la récompense d'un parricide.

A peine le crime est-il commis, que Séide et Palmire apprennent qu'ils sont les enfants de Zopire: Séide brûle de venger son père ; il excite une sédition parmi le peuple ; mais tout-à-coup il tombe empoisonné. Mahomet fait croire à la foule que c'est un châtiment de Dieu et elle se retire. Palmire se tue, pour ne pas devenir l'épouse de Mahomet. Celui-ci la pleure et s'abandonne un moment à ses remords. Mais il les comprime aussitôt pour reprendre son rôle de prophète.

La Mort de Sémiramis nous retrace la fin tragique de cette grande reine de Babylone, qui fut l'épouse de Ninus et la mère de Ninias.

Un jeune officier, nommé Arsace, vient d'être rappelé de l'armée par Sémiramis. C'était après la mort de Ninus, que Sémiramis avait fait périr, de concert avec Assur, un des principaux officiers de l'empire. Ce jeune homme dont on ignore la naissance, mais qui n'est autre que Ninias, confié par Ninus aux soins d'un vieillard, est porteur d'une cassette, que le vieillard en mourant lui a ordonné de remettre au grand-prêtre. Elle contient le sceau de Ninus, la lettre qu'il écrivit avant d'expirer, son bandeau royal et le fer destiné à venger son trépas.

Arsace, dans la guerre qu'il faisait aux Scythes, a délivré une jeune princesse, nommée Azéma. Ils s'aiment tous les deux ; mais Arsace a un rival redoutable dans Assur. D'un autre côté Arsace est aimé de Sémiramis qui conçoit le projet de l'épouser. Elle fait assembler sa cour ; le grand-prêtre est là avec ses mages. Assise sur son trône, Sémiramis rappelle ses services, sa grandeur ; mais elle veut la partager pour le bien du monde. L'époux qu'elle s'est choisi, c'est Arsace. Tout-à-coup, le tonnerre gronde, le tombeau de Ninus s'ent'rouvre et son ombre s'avance. Tu règneras, Arsace, dit-elle, mais il est des forfaits que tu dois expier. Puis l'ombre rentre dans le tombeau. Sémiramis a pris pour un heureux augure les paroles adressées à Arsace.

Le grand-prêtre déclare à Ninias que le temps est venu de venger Ninus. Il lui apprend le meurtre de Ninus et sa naissance. Sémiramis arrive au moment même ; elle aperçoit et

exige le billet qui vient d'instruire Ninias ! C'est un coup
de foudre pour elle ! Elle supplie son fils de frapper ; Ninias
n'en veut qu'à Assur. Celui-ci pendant ce temps-là rassem-
blait son parti. Azéma accourt éplorée avertir Sémiramis
qu'Assur va pénétrer dans le tombeau de Ninus pour y égorger Ninias. Il a fait croire aux siens qu'Arsace est la victime
réclamée par Ninus.

Sémiramis rencontre Ninias ; elle veut l'empêcher de se
rendre au tombeau où l'attend un perfide. C'est pour lui un
motif d'y voler. Une minute après, on voit les éclairs briller
et on entend gronder le tonnerre. Ninias revient couvert de
sang. Hélas ! ce n'est pas Assur qu'il a tué ; car celui-ci paraît au milieu des gardes de la reine. Il a tué Sémiramis,
dans les ténèbres du mausolée. A la vue de sa mère mourante, Ninias veut se tuer ; mais elle lui pardonne et, avant
d'expirer, lui donne Azéma pour épouse.

Nous caractériserons brièvement les autres tragédies de
Voltaire. On trouve dans *la Mort de César* et dans *Rome sauvée*
de beaux détails, des scènes éloquentes, plutôt qu'un ensemble imposant. Adélaïde et Tancrède se distinguent par la couleur locale et la vérité des sentiments. On a fait un mérite à
Voltaire d'avoir traité des sujets modernes, des sujets français, quand Racine et Corneille se plaisaient surtout au milieu des grecs et des romains.

« Voltaire dans son *Orphelin de la Chine*, dit M. Saint-Marc-
Girardin, a voulu opposer l'un à l'autre l'amour paternel et
l'amour maternel, et montrer quelle différence il y a entre
la tendresse de la mère, toujours prête à tout sacrifier à la
vie de son enfant, et celle du père, qui sacrifie son fils aux
devoirs que l'honneur ou la loi lui impose. Ce contraste est
intéressant. Je regrette seulement que, dans Voltaire ce contraste soit plutôt une discussion qu'une action dramatique. »

CRÉBILLON, (1674-1762) qui avait donné *Idoménée, Electre,
Atrée, Rhadamiste* et *Zénobie* dans les premières années du
XVIIIe siècle, et qui avait fait espérer un successeur de Cor-

neille et de Racine, avait laissé le champ libre à Voltaire, après les premiers succès de son jeune rival. Il avait 72 ans, lorsqu'une intrigue de cour, ourdie par Madame de Pompadour, essaya de le ressusciter, en le galvanisant, pour l'opposer à Voltaire qui commençait à décliner. Le réveil de Crébillon ne produisit rien de durable ; mais *Atrée* et surtout *Rhadamiste* lui assurent une place élevée parmi nos poëtes tragiques. Crébillon manque de correction et d'élégance, mais il a de la vigueur et du mouvement ; il a forcé le ressort de la tragédie en portant la terreur jusqu'à l'horreur.

Un écrivain qui obtint une grande réputation, et qui la dut en partie au choix de ses sujets historiques, DU BELLOY (1727-1775) a laissé plusieurs tragédies faites avec plus d'industrie que de talent; tels sont le *Siége de Calais*, *Gaston et Bayard*, *Gabrielle de Vergy*. Ses succès qui furent brillants, auraient été plus durables, s'il n'eût pas altéré l'intérêt historique par des intrigues romanesques ; néanmoins le *Siége de Calais* fait époque dans les annales de notre théâtre.

LEMIERRE (1721-1793), qui ne manquait pas de talent, mais de goût, a obtenu quelques succès sur la scène tragique : la *Veuve du Malabar* et *Guillaume Tell* ont eu quelque vogue. On estimait son caractère, mais la dureté de ses vers, et la naïveté de son amour-propre donnaient prise à la raillerie. Il se vantait d'avoir fait le plus beau vers du siècle, quand, pour caractériser la prépondérance politique que donne la puissance maritime, il avait dit :

Le trident de Neptune est le sceptre du monde.

GUIMOND DE LA TOUCHE (1723-1760) n'eut qu'un succès au théâtre, mais il fut éclatant : l'*Iphigénie en Tauride* est une des meilleures tragédies parmi celles qui ne sont pas des chefs-d'œuvre.

SAURIN (1706-1731) a laissé un *Spartacus* qu'on lit encore.

LA HARPE (1739-1803) célèbre surtout comme critique, a

donné au théâtre trois pièces dignes d'estime. *Warwich*, son début, et sa meilleure pièce ; *Philoctète*, imité et presque traduit de Sophocle, et *Mélanie*, drame larmoyant, qui ne manque pas d'intérêt.

Ducis (1733-1817) mérite une place à part parmi les tragiques du XVIIIᵉ siècle. Il lui a manqué, pour monter au premier rang, un style plus châtié et l'art de composer un plan. La plupart de ses tragédies renferment des scènes dignes des grands maîtres, mais l'ensemble en est défectueux. Ducis a tiré de Shakspeare tout ce qui pouvait s'approprier à la scène française. *Hamlet, Roméo et Juliette, Macbeth, Othello, le Roi Léar*, sont d'heureuses importations que le suffrage public a naturalisées. Il a emprunté au théâtre grec *OEdipe chez Admète* ; et son talent poétique s'est déployé avec plus d'indépendance dans le drame pathétique d'*Abufar*. On a dit avec raison que Ducis était le poète de l'amour filial et de l'autorité paternelle. Personne ne le surpasse dans l'expression des sentiments moraux.

Marius à Minturnes et les *Vénitiens* d'ARNAULT, *Epicharis et Néron* de LÉGOUVÉ, *Agamemnon* de Le MERCIER, une des plus énergiques inspirations de la tragédie moderne, la noble et élégante tragédie des *Templiers* de RAYNOUARD, enfin les pièces correctes, mais un peu froides de Marie Joseph CHÉNIER, entre lesquelles une juste admiration doit distinguer son *Tibère*, nous conduisent jusqu'aux œuvres des auteurs tragiques contemporains. Celui qui les domine tous est sans contredit le poète du Havre, le Racine du XIXᵉ siècle, enlevé malheureusement à la poésie dans la force de son talent. Mais nous l'étudierons plus tard.

§ VI. — DU DRAME ÉTRANGÉR

Le drame diffère de la tragédie sous plusieurs rapports : d'abord il admet le mélange du tragique et du comique, sous prétexte que la vie humaine offre ce mélange, tandis que la

tragédie a toujours un langage grave et triste. En second lieu,
le drame n'observe pas la règle des trois unités d'action, de
temps et de lieu, auxquelles la tragédie française est restée
peut-être trop fidèle ; il se contente de l'unité d'intérêt. En
outre, le drame comporte toutes sortes de personnages, en
sorte qu'on en est venu à distinguer des drames nobles, bourgeois et populaires. Les personnages de la tragédie, au contraire, sont toujours nobles, sinon par la naissance, au moins
par l'éducation et le caractère. Enfin la versification est obli-
gatoire dans la tragédie, tandis que le drame peut être écrit
en prose ou en vers. Le drame et la tragédie sont des poëmes
également légitimes : le drame convient mieux, quand il
s'agit de représenter une action historique avec tous ses développements ; et la tragédie, quand on veut représenter
seulement les derniers incidents qui ont précédé immédiatement le dénouement. Nous allons faire connaître rapidement
les écrivains étrangers qui ont excellé dans le drame.

En Angleterre, il est un nom qui éclipse tous les autres :
SHAKSPEARE (1563-1610) fut méconnu d'abord en France, parce
que sa manière s'éloignait trop de nos habitudes. Mais depuis
que Ducis a transporté quelques-unes de ses pièces sur la
scène française, il est devenu l'objet d'un enthousiasme sans
bornes chez ceux qui n'aiment point la tragédie française,
tandis qu'il excitait une admiration moins exclusive chez les
autres. Shakspeare peint le monde tel qu'il est, et il a représenté une multitude de types parfaitement vivants. On regrette seulement de rencontrer çà et là des scènes grossières,
ne tenant pas à la trame du drame, et qu'il jetait comme un
appât à la populace de son temps. La plupart de ses pièces
ont subi de graves altérations entre les mains des comédiens,
de Garrick surtout, qui fut son plus éloquent interprète : les
plus populaires parmi nous sont *Roméo et Juliette*, *Macbeth*,
le *Roi Lear*, *Hamlet* et *Othello*.

Dans *Roméo et Juliette*, nous voyons la mort tragique de
deux pauvres enfants, survenue deux jours après qu'ils ont
contracté une union secrète, à cause de la haine héréditaire

qui divisait leurs familles. — Dans *le Roi Lear*, c'est un vieux monarque, chassé de ses États par deux de ses filles, en faveur desquelles il avait abdiqué, et recevant, dans son exil, les soins touchants de Cordelia, sa troisième fille, dont il avait méconnu l'amour sincère et désintéressé.

Macbeth est un ambitieux qui parvient au trône d'Ecosse, en égorgeant Duncan, son roi, son bienfaiteur et son hôte ; après avoir commis plusieurs autres crimes, pour s'assurer la possession de ce trône usurpé, il le perd enfin avec la vie.

Hamlet, prince de Danemark, découvre par des visions et des observations que le roi Claudius, son oncle, est le meurtrier de son père ; il médite alors une vengeance contre Claudius et contre la reine Gertrude, sa mère, qui a donné sa main au meurtrier : mais il arrive, par une suite de circonstances fatales, que lui-même périt avec eux.

Othello, général more au service de la république de Venise, a écouté la plus mauvaise conseillère du cœur humain, la jalousie ; et, dans son égarement, il donne la mort à la charmante Desdemona, son épouse, puis se tue ensuite lui-même, après avoir reconnu son erreur.

« Le drame allemand, dit Mme de Staël, n'existait pas avant LESSING (1729-1781); on n'y jouait que des traductions ou des imitations des pièces étrangères.... Lessing employa l'activité naturelle de son caractère à donner un théâtre national à ses compatriotes. » Mais les deux grands représentants du théâtre allemand sont Schiller et Goëthe. Les chefs-d'œuvre de Schiller sont *Walstein*, *Marie-Stuart*, *Jeanne-d'Arc* et *Guillaume-Tell*, tous sujets historiques, car ce sont ceux que l'on préfère en Allemagne. Le *Walstein* est une trilogie partagée en trois pièces différentes où l'on voit les causes et les effets de la *Guerre de Trente ans*. La mort du héros est le sujet de la troisième partie.

Marie-Stuart est, selon Mme de Staël, la plus pathétique et la mieux conçue de toutes les tragédies allemandes ; mais « la beauté même de cette histoire, ajoute-t-elle, si favo-

rable au génie, écraserait la médiocrité. » Schiller reproche aux
français de n'avoir pas montré de reconnaissance pour Jeanne-
d'Arc : c'est probablement l'infâme livre de Voltaire qui nous
a valu de sa part ce reproche peu mérité. La pièce de Schiller
suit l'histoire jusqu'au couronnement à Reims ; Mais le dénouement s'en écarte beaucoup trop. Il suppose que Jeanne-
d'Arc brise miraculeusement ses fers, qu'elle va rejoindre le
camp des français, décide la victoire en leur faveur et reçoit
une blessure mortelle.

« Le *Guillaume Tell* de Schiller est revêtu, dit Mme de Staël,
de ces couleurs vives et brillantes qui transportent l'imagination dans les contrées pittoresques, où la conjuration du
Rütli s'est passée. »

« La carrière dramatique de Goëthe, dit le même auteur,
peut être considérée sous deux rapports différents. Dans les
pièces qu'il a faites pour être représentées, il y a beaucoup
de grâce et d'esprit, mais rien de plus. Dans ceux de ses
ouvrages dramatiques, au contraire, qu'il est très difficile de
jouer, on trouve un talent extraordinaire. Il paraît que le
génie de Goëthe ne peut se renfermer dans les limites du
théâtre ; quand il veut s'y soumettre, il perd une portion de
son originalité, et ne la retrouve tout entière que quand il
peut mêler à son gré tous les genres. » Ses principales pièces
sont : *Goetz de Berlichengen*, le *Comte d'Egmont, Iphigénie
en Tauride, Torquato Tasso* et *Faust*.

Dans *Goetz*, le poëte a peint un vieux chevalier, sous le
règne de Maximilien, défendant dans son château cette indépendance féodale dont les seigneurs jouissaient au moyen-âge,
et mourant après que tous ses guerriers ont succombé.

Le Comte d'Egmont est un sujet historique ; mais Goëthe
a joint aux sombres événements de cette époque l'amour
touchant de la jeune Clara, qui se donne la mort, lorsqu'elle
apprend la condamnation de celui qu'elle aime. Elle lui apparaît dans son sommeil, quand il est près d'aller à l'échafaud, et lui annonce que la cause qu'il a servie doit triompher un jour.

5

L'*Iphigénie en Tauride* de Goëthe offre des scènes d'une grande beauté ; il a donné un caractère nouveau à la jeune grecque, qui réunit le calme d'un philosophe à la ferveur d'une prêtresse.

Dans *Torquato Tasso*, on voit les malheurs qui résultèrent pour le Tasse de la susceptibilité de son caractère et de son amour pour Léonore d'Est, la sœur du duc de Ferrare.

Enfin la pièce de *Faust* nous montre tout ce que l'esprit du mal peut produire de crimes et de monstruosités, quand il l'emporte sur l'esprit du bien. Ce drame étrange contient la matière de dix autres drames, entre lesquels la mort de Marguerite, la pauvre victime de Faust, est le plus terrible et le plus touchant.

CHAPITRE IV

De la Comédie

La tragédie d'un peuple est comprise de tous les autres, parce que les maux de l'humanité sont les mêmes partout, mais la comédie n'est pas également comprise, parce que les ridicules ne se ressemblent pas. C'est pourquoi nous insisterons peu sur la comédie des temps anciens et sur celle des nations étrangères et nous nous hâterons d'arriver à notre comédie, et à notre Molière.

ARISTOPHANE, né vers le milieu du vᵐᵉ siècle avant J.-C., est le plus spirituel représentant de la comédie grecque. Mais il ne respecte rien, et on doute en lisant ses comédies, s'il fut un homme de bien, cherchant à corriger les autres hommes par le spectacle des vices ridiculisés, ou un bouffon de génie à qui tous les moyens de provoquer le rire semblaient bons et légitimes. Socrate fut sa principale victime; dans la comédie des *Nuées*, il le représente comme un homme dangereux qui, animé d'une curiosité coupable, cherchait à pénétrer ce qui se passe dans le ciel et sur la terre, et qui enseignait l'art de faire paraître bonnes les mauvaises causes.

Sa comédie la plus intéressante est le *Plutus*, où il tourne en ridicule l'avarice et la corruption des Athéniens.

Un autre poëte surpassa Aristophane dans la comédie de mœurs; c'est MÉNANDRE, né à Athènes (342 avant J.-C.) et qui malheureusement ne nous est connu que par des fragments, car tous les critiques de l'antiquité louent dans ce poëte le charme du style et la vérité des peintures. C'est sur la foi de ces témoignages que Boileau a dit :

> La comédie apprit à rire sans aigreur ;
> Sans fiel et sans venin sut instruire et reprendre
> Et plut innocemment dans les vers de Ménandre.

Toute la gloire de la comédie latine est dans Plaute et Térence qui ont laissé dans leurs imitations de la comédie grecque des modèles que le théâtre moderne a souvent reproduits.

PLAUTE, (227-184 avant J.-C.), poëte et acteur, avait gagné à ce métier quelque argent qu'il perdit dans des spéculations : réduit pendant quelque temps à tourner la meule au service d'un meunier, cette misérable condition ne l'empêchait pas de travailler pour le théâtre.

TÉRENCE, né à Carthage, (192-159), d'abord esclave, puis affranchi, devint l'ami de Scipion et de Lélius, qui l'aidèrent, dit-on, dans la composition de ses comédies.

Ils ont des qualités opposées : Plaute, c'est le poëte populaire qui veut plaire à tous ; Térence, le poëte de la bonne compagnie.

MOLIÈRE, après Rotrou, a imité *l'Amphytrion* de Plaute et lui a emprunté *l'Avare*. Il a trouvé dans les *Deux Frères* de Térence le sujet de *l'École des Maris*. Le *Phormio* du même poëte lui a fourni l'idée des *Fourberies de Scapin*.

Si le moyen-âge avait ses *Mystères*, berceau informe de la tragédie moderne, il avait aussi ses *farces* et ses *soties* d'où la comédie devait sortir un jour.

Au XVe siècle parut une pièce pleine de vrai comique, *l'Avocat Pathelin*. « Le sujet est peu de chose, dit M. Villemain; ce sont les ruses d'un avocat pauvre et fripon pour avoir un habit » ; mais le dialogue est parfait de naturel.

La comédie du *Menteur*, qui précéda de vingt ans celles de Molière, fut empruntée aux espagnols, comme le *Cid* : ainsi nous devons à d'heureuses imitations, embellies par la muse de Corneille, la première tragédie touchante et la première comédie de caractère que l'on ait vues sur notre théâtre ; et l'auteur fut dans l'une et dans l'autre également supérieur à tous ses contemporains. C'est dans le *Menteur* qu'on entend pour la première fois sur la scène la conversation des honnêtes gens ; on n'avait eu jusque-là que des farces grossières, telles que les *Jodelets* de Scarron, et de mauvais romans dialogués. L'intrigue du *Menteur* est faible et ne roule que sur une méprise de nom qui n'amène pas des situations fort comiques ; mais la facilité et l'entrain des mensonges de Dorante, et la scène entre son père et lui où le poëte a su être éloquent sans sortir du ton de la comédie, font encore voir cette pièce avec plaisir, au bout de cent cinquante ans. *La Suite du Menteur* n'a pas été heureuse ; mais Voltaire pense que, si les derniers actes répondaient aux premiers, cette suite serait au-dessus du *Menteur*. Plusieurs vers de cette comédie sont restés proverbes, mérite unique avant Molière.

Molière est, de tous ceux qui ont jamais écrit, celui qui a le mieux observé l'homme, sans annoncer qu'il l'observait. Il a peint non seulement les ridicules qui passent, mais ceux qui ne changent point, et qui sont de tous les temps.

On ne lui avait donné que quinze jours pour composer et faire apprendre les *Fâcheux*, qui furent joués à Vaux devant le roi. Il n'en fit pas un ouvrage régulier, puisqu'il n'y a ni plan ni intrigue ; mais c'est la meilleure de ces pièces qu'on appelle *comédies à tiroir*. Chaque scène prise à part est un chef-d'œuvre ; on voit là une suite d'originaux supérieurement peints. La partie de chasse et la partie de piquet sont des prodiges de l'art de raconter en vers. L'homme qui veut mettre toute la France en ports de mer est la meilleure critique de la folie des faiseurs de projets.

Les Précieuses ridicules, quoique ce ne fût qu'un acte sans intrigue, firent une véritable révolution : l'on vit pour la première fois sur la scène le tableau d'un ridicule réel, et la critique de la société.

Elles furent jouées quatre mois de suite avec le plus grand succès. Le jargon des mauvais romans qui était devenu celui du beau monde, le galimatias sentimental, le phébus des conversations, les compliments en métaphores et en énigmes, la galanterie ampoulée, la recherche des jeux de mots, toute cette malheureuse dépense d'esprit, pour n'avoir pas le sens commun, fut foudroyée d'un seul coup; un comédien corrigea la cour et la ville.

Le *Misanthrope* est la peinture d'un honnête homme, aux prises avec une société corrompue, mais outrant la sagesse et la vertu, se rendant ridicule par son exagération et surtout par son amour pour Célimène, franche coquette qui se moquait de lui.

Un célèbre critique, la Harpe, a dit : « Autant Molière avait été jusque-là au-dessus de ses rivaux, autant il fut au-dessus de lui-même, dans le *Misanthrope*. » Le public n'avait pas, à ce qu'il paraît, autant de goût que la Harpe. Il n'entendit pas le *Misanthrope*, qui fut abandonné après la quatrième représentation. Ce qui contribua à l'indisposer, ce fut l'effet produit par le sonnet d'Oronte, terminé par ces deux vers :

> Belle Philis, on désespère,
> Alors qu'on espère toujours !

Ce jeu de mots plut au parterre, qui applaudit à plusieurs reprises. Lorsqu'à la fin de la scène, Alceste démontra que le sonnet était détestable, les spectateurs, honteux d'avoir pris le change, se vengèrent en dénigrant la pièce. Il n'est pas bien étonnant que le public n'ait pas goûté cette pièce, car c'est un ouvrage plus fait pour les gens d'esprit que pour la multitude, et plus propre à être lu qu'à être joué.

Le *Bourgeois Gentilhomme* était une amère critique des marchands enrichis qui voulaient singer la noblesse ; elle faisait en même temps ressortir les côtés ridicules de la postérité dégénérée des seigneurs féodaux : aussi les courtisans l'accueillirent-ils froidement. Louis XIV n'avait rien dit après la première représentation, et Molière était découragé. Après la seconde représentation, le roi rendit son arrêt : « je ne vous ai rien dit de votre pièce, parce que j'avais peur d'être séduit par la manière dont elle avait été représentée ; mais en vérité, Molière, vous n'avez encore rien fait qui m'ait mieux diverti, et votre comédie est excellente. »

L'*Avare* est une des pièces de Molière où il y a le plus

d'effets comiques. L'avare a un fils et une fille, Elise et Cléanthe. Elise aime un jeune homme nommé Valère, et Cléanthe aime une jeune personne du voisinage, nommée Marianne.Mais comment se marier, quand on a un père avare? Harpagon a enterré dix mille écus dans son jardin ; apercevant Laflèche, valet de Cléanthe qui l'observe, il est pris de peur ; il s'imagine qu'il l'a volé et le chasse, après l'avoir fouillé partout. Il aperçoit ensuite ses enfants, comme il parlait tout haut de son argent, et il est également pris de peur : il craint qu'ils ne l'aient entendu. Or ils venaient lui parler de mariage. Harpagon les prévient et commence par parler de Marianne à Cléanthe ; mais quel n'est pas l'étonnement de celui-ci, quand son père lui dit qu'il est résolu de l'épouser lui-même, s'il trouve quelque bien. Cléanthe est pris d'un éblouissement. Cela ne sera rien, dit Harpagon, allez boire dans la cuisine un grand verre d'eau claire. Quant à Elise, il veut la marier au seigneur Anselme, parce qu'il la prend sans dot. Valère donne tort à Elise qui refuse : son but est de s'emparer de l'esprit d'Harpagon et de le tromper en le flattant sur tout.

Cléanthe est conduit par Laflèche chez un maître Simon, où on doit lui prêter une somme de quinze cents francs dont il se servira au besoin pour fuir avec Marianne et Elise. Quel est l'usurier qu'il y rencontre ? Son père. Une scène des plus vives a lieu entre eux. Je te donne ma malédiction, s'écrie Harpagon. Je n'ai que faire de vos dons, répond Cléanthe. Une femme d'intrigue vient trouver Harpagon ; elle lui promet que son mariage avec Marianne est en bonne voie ; elle le flatte pour en tirer quelque argent. Mais Harpagon est sourd, toutes les fois qu'elle prononce ce mot.

Harpagon donne ses ordres à maître Jacques, qui est tout à la fois son cocher et son cuisinier, pour un souper et pour une promenade en carrosse, dont il veut régaler sa maîtresse ; mais il faut faire le moins de dépense possible. Marianne arrive sur ces entrefaites. Harpagon se présente à elle avec des lunettes, parce que Frosine lui a fait accroire

qu'elle aime ainsi les vieillards. Il lui présente sa fille
et son fils, comme à leur future belle-mère. Cléanthe
détache du doigt de son père un diamant dont il fait présent
à Marianne, mais au grand déplaisir du pauvre Harpagon qui
n'ose rien dire. On ne peut partir tout de suite pour la promenade, car les chevaux sont déférés. En attendant qu'ils
soient prêts, Cléanthe conduit Marianne dans le jardin pour
la collation, et Harpagon recommande à Valère de lui en
sauver le plus possible pour le renvoyer au marchand.

Cléanthe, Marianne et Frosine, se trouvant seuls, cherchent
les moyens d'empêcher le mariage. Mais Harpagon aperçoit
Cléanthe qui baisait la main de Marianne. Il se doute qu'il
la connaît et qu'il l'aime ; il lui arrache son secret, en fei-
gnant de la lui donner pour femme, puis il le force d'y
renoncer. Cléanthe ne le veut pas. Pendant leur dispute, Laflèche a volé la cassette : Harpagon qui a toujours l'œil au
guet, s'aperçoit bientôt qu'elle lui manque ; il crie au voleur
et s'adresse à tout le monde pour avoir des nouvelles de sa
chère cassette. Un commissaire vient. Qui soupçonnez-vous
de ce vol, dit-il. — Tout le monde, répond Harpagon, je veux
que vous arrêtiez la ville et les faubourgs. On interroge
maître Jacques ; il accuse Valère qu'il n'aime pas d'être le
voleur. Valère, quand Harpagon éclate contre lui, croit qu'il
veut lui reprocher son amour pour Elise et avoue qu'ils se
sont signé une promesse de mariage. Anselme survient et
reconnait Valère pour son fils. C'est votre fils, dit Harpagon,
je vous prends à partie pour me payer dix mille écus qu'il
m'a volés. Mais Cléanthe promet à son père de lui rendre
sa cassette, s'il consent à son mariage avec Marianne. Harpagon consent, mais ne veut pas donner de dot. Il faut de plus
qu'Anselme lui fasse faire un habit pour les noces et qu'il
paie le commissaire.

Dans les *Femmes savantes*, Molière acheva d'écraser la
prétention au bel esprit, qu'il avait déjà attaquée dans les
Précieuses ; mais cette pièce est invoquée à tort, par les

hommes qui sont opposés à l'instruction des femmes, car Molière n'attaque que les femmes pédantes.

Dans le *Tartuffe*, il rendit ridicule et odieux tout à la fois le dévot hypocrite. Ces deux pièces et le *Misanthrope* sont considérées comme ses meilleures productions. Dans un ordre inférieur, on met à côté des *Précieuses ridicules*, *l'Ecole des Maris* et *l'Ecole des Femmes*, pièces qui égalent ou surpassent les meilleurs ouvrages des autres comiques. Puis viennent ses œuvres de bas comique, telles que le *Médecin malgré lui*, les *Fourberies de Scapin*, le *Malade imaginaire*, *Monsieur de Pourceaugnac*. Ces farces bouffonnes ont donné lieu au reproche sévère que Boileau fait à Molière, d'avoir allié *Tabarin* à *Térence*. Mais on y trouve encore le grand peintre et l'observateur profond. Disons aussi, pour la justification de Molière, que les pièces bouffonnes, en attirant le public à son théâtre, lui procuraient des bénéfices plus considérables, sans lesquels il n'aurait pu entretenir la troupe dont il était le directeur.

23 ans après Molière, parut REGNARD (1656-1710); ce qui le caractérise surtout, c'est une gaîté intarissable qui lui est particulière, un fonds inépuisable de saillies, de traits plaisants ; il ne fait pas souvent penser, mais il fait toujours rire. La seule pièce où l'on remarque ce comique de caractère, ces résultats d'observation qui lui manquent ordinairement, c'est le *Joueur*, et c'est aussi son plus bel ouvrage, et l'un des meilleurs qu'on ait mis au théâtre depuis Molière ; il est bien intrigué et bien dénoué.

Après le *Joueur* il faut placer le *Légataire*. Il y a même des gens d'esprit et de goût qui préfèrent cette dernière pièce à toutes celles de Regnard ; c'est peut-être le chef-d'œuvre de la gaîté comique. Elle est remplie de situations qui, par la forme, approchent du grotesque, telles que le déguisement de *Crispin* en veuve et en campagnarde ; mais qui, dans le fond, ne sont ni basses ni triviales et qui ne sortent point de la vraisemblance. Un homme de lettres prétendait que Regnard était un auteur médiocre : « Il n'est pas *médiocrement gai*, » répondit Boileau.

BOURSAULT (1658-1701) eut le malheur d'être le détracteur de Molière, dont il se crut le rival. Ce poëte a du naturel et de la gaîté. Le *Mercure galant*, pièce à tiroirs, contient des scènes fort amusantes qui excitent un rire franc et prolongé.

Esope à la ville et *Esope à la cour*, pièces du même genre que la précédente, sont d'un ordre plus élevé. Voici quelques lignes de Montesquieu qui protègeront longtemps la mémoire de Boursault : « Je me souviens qu'en sortant d'une pièce intitulée *Esope à la cour*, je fus si pénétré du désir d'être plus honnête homme, que je ne sache pas avoir formé une résolution plus forte. »

Il ne faut pas non plus oublier au XVIIme siècle, parmi les comiques de second ordre, ce DUFRESNY (1648-1724), qui mit en défaut, par sa prodigalité et son insouciance, la libéralité de Louis XIV. Esprit original et varié, que Régnard est soupçonné d'avoir dérobé et qui a fourni à Montesquieu le cadre des *Lettres persanes*, Dufresny, rival de Lenôtre comme dessinateur de jardins, a composé plusieurs comédies agréables, les unes en prose, les autres en vers. L'*Esprit de contradiction* en prose est resté au théâtre.

La comédie du XVIIIe siècle a produit une œuvre digne de Molière, le *Turcaret* de LE SAGE, écrit en prose et qui est pour les traitants ou financiers ce que *Tartuffe* est pour le faux dévot. On eut aussi en vers trois bonnes comédies : le *Glorieux* de DESTOUCHES ; le *Méchant* de GRESSET et la *Métromanie* (ou manie de faire des vers) de PIRON. Pendant ce temps-là MARIVAUX se perdait dans des analyses alambiquées des sentiments, auxquels on a donné le nom de *Marivaudage* : « cet homme, disait Voltaire, sait tous les sentiers du cœur humain, mais il n'en connaît pas la grande route. » BEAUMARCHAIS, auteur du *Barbier de Séville* et du *Mariage de Figaro*, attaquait en face, au contraire, les préjugés et préparait la révolution par le théâtre, tandis que d'autres la préparaient par leurs écrits.

En allant jusqu'au XIX⁵ siècle, il faudrait citer encore COLLIN D'HARLEVILLE, l'un des plus aimables écrivains de la scène comique, l'auteur des *Châteaux en Espagne* et de *l'Optimiste* ; FABRE D'ÉGLANTINE, dont la révolution fit le secrétaire de Danton, pour l'envoyer ensuite à l'échafaud avec lui ; ANDRIEUX, plus célèbre par ses contes que par ses comédies qui sont cependant fines et ingénieuses ; son ami PICARD, remarquable par une gaîté franche et une abondance iné-puisable, et ÉTIENNE, l'auteur des *Deux Gendres*, qui fut assez habile en combinaisons dramatiques.

CHAPITRE V. -

Des Genres secondaires

§ I.   DE L'APOLOGUE.

La fable ou l'apologue est un petit drame dont les personnages sont des êtres fictifs, hommes, animaux, êtres ina-
nimés même, et duquel il résulte pour les hommes un enseignement utile appelé moralité.

L'histoire de l'apologue, telle que nous la connaissons,
est bornée à la Grèce, à Rome et à la France. Non que les
nations étrangères ne possèdent des fabulistes de mérite ;
mais aucun n'a obtenu une de ces réputations populaires qui
franchissent les mers et les montagnes. ESOPE chez les Grecs,
PHÈDRE chez les Romains, LA FONTAINE en France, voilà les
trois grands fabulistes. Il ne faut pas s'étonner de ce petit
nombre de célébrités ; car rien n'est plus rebelle à la médiocrité que ce genre facile en apparence. La Fontaine a marqué lui-même la difficulté de l'apologue en même temps que
son mérite dans ces vers célèbres :

> L'apologue est un don qui vient des immortels,
> Ou, si c'est un présent des hommes,
> Quiconque nous l'a fait mérite des autels.
> Nous devons, tous tant que nous sommes,
>   Eriger en divinité
> Le sage par qui fut ce bel art inventé.
> C'est proprement un charme ; il rend l'âme attentive
>   Ou plutôt il la tient captive,
>   Nous attachant à des récits
> Qui mènent à son gré les cœurs et les esprits.

On regarde à tort Esope comme l'inventeur de l'apologue.

Les moralistes, les poëtes l'employèrent bien avant lui, comme un moyen adroit d'instruire les hommes et de les corriger. Ainsi, dans l'ancien testament, Nathan, voulant convaincre David de son injustice et le forcer à prononcer lui-même sa propre condamnation, lui raconte l'apologue de l'homme riche qui, ayant plusieurs brebis, avait enlevé celle d'un pauvre qui n'en avait qu'une.

Dans l'Ecclésiaste, la fable du *Pot de terre* et du *Pot de fer* se trouve rapportée pour démontrer qu'il ne peut exister d'union solide entre le faible et le fort.

L'histoire profane nous fournit aussi des exemples semblables. Stésichore veut mettre en garde les habitants d'Himère contre la tyrannie de Phalaris ; il accompagne le discours qu'il leur adresse de la fable du *Cheval* et du *Cerf*. Cyrus, dans Hérodote, pour retracer les devoirs des rois qui ont épuisé tous les moyens de persuasion, rapporte l'apologue du *Pêcheur* obligé de recourir à ses filets pour prendre les poissons qui s'étaient rendus sourds aux sons de sa flûte. Ménénius Agrippa, voulant rappeler dans Rome le peuple mutiné et réfugié sur le mont sacré, termine sa harangue par l'apologue des *Membres révoltés contre l'estomac*.

Le Ligurien, désirant prouver au roi Comanus combien il a eu tort d'accorder aux Phocéens une portion de territoire de son royaume pour bâtir Marseille, ajoute à son discours la fable de la *Lice* qui demande qu'on lui prête une place pour mettre bas ses petits, et qui, lorsqu'ils furent devenus grands, s'arrogea par force la propriété des lieux.

Mais si Esope n'a pas inventé l'apologue, il s'en servit plus souvent que ceux qui l'avaient employé avant lui, pour rendre les conseils de la sagesse plus évidents, plus persuasifs.

Les fables citées par les anciens, comme étant de l'invention d'Esope, faisaient partie de discours prononcés par lui dans des occasions importantes. Il n'écrivait rien : c'est pourquoi on oublia bientôt ses discours, et les circonstances qui l'avaient engagé à les prononcer ; mais les apologues ingénieux, dont il les avait accompagnés, restèrent dans la mémoire des hommes. Socrate fut le premier qui entreprit de mettre en vers les fables d'Esope, pour tromper l'ennui de sa prison ; il ne nous en est resté que quelques vers.

Phèdre a été plus heureux que Socrate. Ce fabuliste vécut sous Auguste, et écrivit au plus tard sous Tibère. Il fut peu connu, peu apprécié de son temps, et demeura dans l'oubli jusqu'au xvi⁰ siècle, où François Pithou le remit à la lumière. Aussitôt qu'il reparut, on rendit avec usure au fabuliste les honneurs dont il avait été privé pendant si longtemps. Aujourd'hui, il est dans les mains des jeunes latinistes auxquels on fait remarquer sa précision et son élégance.

La Fontaine a surpassé Esope et Phèdre et tous les fabulistes. On adore en lui cette bonhomie devenue dans la postérité un de ses attributs distinctifs, mot vulgaire, mais ennobli en faveur de deux hommes rares, Henri IV et La Fontaine. On admire aussi sa naïveté, qualité qui est pour l'esprit ce que la bonhomie est pour le caractère.

La plupart de ses fables sont des scènes parfaites pour le caractère et le dialogue. Comme il a bien peint, par exemple, le caractère de l'hypocrite dans la fable *du Chat et du Rat.* Le chat pris dans les filets, conjure le rat de le délivrer, l'assurant qu'il l'aime comme ses yeux, et qu'il était sorti pour aller faire sa prière aux dieux, comme tout dévot chat en use les matins. Quoi de plus parfait que la confession de l'âne dans la fable des *Animaux malades de la peste*? Comme toutes les circonstances sont faites pour atténuer sa faute, qu'il semble vouloir aggraver si bonnement !

> En un pré de moines passant,
> La faim, l'occasion, l'herbe tendre, et, je pense
> Quelque diable aussi me poussant,
> Je tondis de ce pré la largeur de ma langue.

On citerait mille autre traits aussi beaux ; on n'a que l'embarras du choix, quand il s'agit de louer La Fontaine.

Son recueil de fables est divisé en douze livres qu'il publia en deux fois : il dédia les six derniers à Mme de Montespan.

A une immense distance de La Fontaine, nous placerons LAMOTTE, homme d'esprit qui a fait d'heureuses rencontres, mais qui était privé du sentiment poétique, et aussi éloigné que possible du naturel inimitable de son maître. Il se piqua de ne point imiter, et inventa tous ses sujets ; il annonça qu'il ferait cent fables, et tint cette singulière et prosaïque gageure. Cependant, il se distingue quelquefois par un mérite de finesse et de précision qu'il serait injuste de lui refuser.

FLORIAN est le plus populaire en France après La Fontaine. Dussault a dit : « Tous ceux qui ont fait des fables depuis La Fontaine ont l'air d'avoir bâti de petites huttes au pied d'un édifice qui s'élève jusqu'aux cieux ; la hutte de Florian est construite avec plus d'élégance et de solidité que les autres, et les domine de quelques degrés. » Ce jugement nous semble exagéré ; Dussault place Florian trop au-dessous de La Fontaine ; il y a même des gens qui préfèrent Florian.

On se demande pourquoi Boileau dans son *Art poétique*, a passé sous silence la Fable et La Fontaine : ce n'est pas du dédain, car on sait le cas qu'il faisait du talent et des œuvres du grand fabuliste. C'était plutôt, dit-on, dans la crainte de déplaire à Louis XIV, qui n'aimait pas La Fontaine.

On a vu avec peine aussi naguère M. de Lamartine, cherchant à rabaisser La Fontaine et à présenter ses fables comme autant de leçons d'immoralité ; l'opinion publique a protesté contre ce paradoxe, et on continue de faire apprendre les fables de La Fontaine aux petits enfants.

§ II. — DE L'ÉLÉGIE

L'Elégie est un chant plaintif sur un malheur public ou privé ; elle est née de la douleur. Nous la rencontrons d'abord chez les Hébreux. Le roi David pleure ainsi la mort d'Abner devant le peuple :

« Non, Abner n'est point mort, comme meurent les coupables.

» Tes mains , ô vaillant guerrier, n'ont point été liées , tes pieds n'ont point été chargés de fers. Mais tu es tombé comme tombent les justes devant les enfants de l'impieté. »

La plupart des Psaumes du même écrivain sont des élégies touchantes qui expriment non seulement les douleurs du roi David, mais on peut dire, les douleurs de l'humanité entière ; c'est pourquoi elles ont tant d'attrait pour les âmes mélan- coliques qui sentent plus vivement que les autres les misè- res de la vie.

Mais ce que les Hébreux ont eu de plus pathétique en ce genre, c'est sans contredit les *Lamentations de Jérémie*. Elles ont pour sujet la ruine de la ville sainte et du temple, le ren- versement du trône de Juda et l'extermination du peuple Juif ; les événements y sont, non prédits et annoncés comme devant arriver, mais décrits et racontés comme ayant déjà reçu leur accomplissement.

Quoi de plus tendre et de plus touchant que ces plaintes :

« Serez-vous donc insensibles à mes maux, ô vous qui passez en ces lieux ?

» Regardez, et voyez s'il fut jamais une douleur égale à la douleur qui a fondu sur moi !

« Depuis que le Seigneur, dans le feu de sa colère, m'a plongée dans l'affliction !

» C'est pour cela que je pleure, et que mes yeux versent des torrents de larmes !

» Loin de moi, en effet, s'est retiré le consolateur qui m'au- rait rendu la vie !

» Mes fils sont dans l'abandon, parce que notre ennemi a prévalu. »

L'Elégie n'eut pas toujours des accents aussi vrais. La cou- tume s'introduisit chez les Hébreux, d'où elle se répandit chez les Grecs et les Romains, d'appeler aux funérailles des personnes qui se louaient à prix d'argent pour pleurer, fonc- tion qui était presque toujours remplie par des femmes, à cause de leur sensibilité. Les chants composés par des indifférents pour ces cérémonies, et chantés par des pleureuses, ne pouvaient guère exprimer une douleur véritable.

Les Grecs ne nous ont laissé aucune pièce élégiaque. Les poëmes de Simonide, qui excellait en ce genre, ne sont pas parvenus jusqu'à nous.

CATULLE, TIBULLE, PROPERCE et OVIDE, tous poëtes du siècle d'Auguste, furent les plus célèbres entre les poëtes élégiagiaques romains ; mais la plupart de leurs poésies roulent sur des sujets frivoles. Les plus graves sont celles qu'Ovide a composées durant son long exil sur les rivages barbares du Pont-Euxin.

La littérature française possède dans l'élégie quelques œuvres du plus grand mérite. Il faut mettre au premier rang, pour la date comme pour la perfection, les stances de Malherbe à Duperrier sur la mort de sa fille.

La touchante élégie de La Fontaine aux nymphes de Vaux est tout à la fois une bonne action et un bon ouvrage. Quand on se souvient que l'immortel fabuliste implorait avec dignité la clémence d'un roi absolu, de Louis XIV, en faveur du surintendant Fouquet, son ami, condamné par ses ennemis qu'on lui avait donnés pour juges, on goûte mieux le charme mélancolique de ces beaux vers où il peint la confiance qu'inspire la prospérité :

Lorsque sur cette mer on vogue à pleines voiles,
Qu'on croit avoir pour soi les vents et les étoiles,
Il est bien malaisé de régler ses désirs ;
Le plus sage s'endort sur la foi des zéphyrs.

Et la noblesse de ceux-ci, où il fait un appel direct au monarque offensé :

Nymphes, qui lui devez vos plus charmants appas,
Si le long de vos bords Louis porte ses pas,
Tâchez de l'adoucir, fléchissez son courage ;
Il aime ses sujets, il est juste, il est sage.
Du titre de clément rendez-le ambitieux,
C'est par là que les rois sont semblables aux Dieux.

Du magnanime Henri qu'il contemple la vie :
Dès qu'il put se venger, il en perdit l'envie.

L'histoire de l'Elégie pourrait réclamer, comme celle de l'ode, les *stances* composées par GILBERT, peu de jours avant sa mort :

J'ai révélé mon cœur au Dieu de l'innocence,
Il a vu mes pleurs pénitents.....

DE FONTANES a fait entre autres, une élégie intitulée le *Jour des Morts*, dans laquelle il y a de l'élévation et du sentiment.

La Chute des Feuilles de MILLEVOYE est d'un intérêt douloureux, et, en même temps qu'on y admire un poëte, on y reconnaît ses derniers accents.

CASIMIR DELAVIGNE a débuté dans la carrière poétique par l'Elégie. Dans ses pièces intitulées *les Messéniennes*, il déplore les maux causés à la France, en 1815, par l'invasion étrangère. Il a ainsi nommé ces élégies, par allusion à ce peuple de la Grèce, les Messéniens, qui, voisins de Sparte, tombèrent après une lutte héroïque, sous les coups de leurs ennemis.

Plusieurs des Méditations de M. DE LAMARTINE et des poésies de VICTOR HUGO, pourraient passer pour des élégies ; mais on est habitué à les assimiler aux odes, et nous ne contredirons pas ce jugement de l'opinion.

§ III. — DE LA PASTORALE.

La pastorale est, en général, un petit poëme dramatique, dont la scène est aux champs, et dont les personnages sont des bergers. Elle présente une peinture embellie des champs ; elle est destinée à inspirer l'amour de la nature et le goût de la vie champêtre, ou du moins à charmer l'imagination par le contraste d'une vie innocente et paisible avec les agitations et les vices du monde.

Ce poëme demande du naturel et de la simplicité : Boileau recommande ces qualités dans l'églogue par les vers suivants de son *Art poétique* :

> Telle qu'une bergère, au plus beau jour de fête,
> De superbes rubis ne charge point sa tête,
> Et, sans mêler à l'or l'éclat des diamants,
> Cueille en un champ voisin ses plus beaux ornements ;
> Telle aimable en son air, mais humble dans son style,
> Doit éclater sans pompe une élégante Idylle.

La poésie pastorale est née en Sicile, où subsiste encore entre les bergers l'usage de disputer le prix de la flûte et du chant.

L'inventeur de la pastorale est Daphnis, berger sicilien, doué de toutes les grâces de l'esprit et du corps, et qui avait commerce avec les Dieux. Le temps n'a pas respecté ses ouvrages, mais sa mémoire est toujours restée chère aux anciens, ainsi que les traditions qui se rapportaient à lui.

Théocrite de Syracuse, qui florissait dans le IIIᵉ siècle avant J. C., recueillit en Sicile les souvenirs que Daphnis y avait laissés, et s'inspira à la vue des belles campagnes qui avoisinent l'Etna. Médiocrement récompensé par Hiéron, le jeune roi de Syracuse, il passa en Egypte à la cour de Ptolémée Philadelphe qui encourageait les arts par sa libéralité. Il s'est élevé à la perfection dans la pastorale ; il donne la vie aux personnages qu'il met en scène ; on croit les entendre et les voir. Tous ses bergers ont une physionomie particulière ; et lorsqu'il fait agir et parler des pêcheurs, il est également vrai, également dramatique.

Virgile, poëte latin, a imité Théocrite, sans l'égaler, dans la Pastorale. Il a laissé dix églogues ; mais ses bergers ne sont pas simples comme ceux du poëte grec, ils ont souvent un langage trop savant ; puis ils ont tous un caractère uniforme. Virgile a d'ailleurs mis dans leur bouche l'expression de ses propres sentiments, et tracé le tableau des situations dans lesquelles il s'était trouvé lui-même, ce qui affaiblit encore l'illusion. Malgré ces causes d'infériorité, les églogues de Virgile charmeront toujours par la beauté de la poésie.

L'Allemagne moderne a produit un écrivain célèbre en ce genre : c'est GESSNER, qui vient immédiatement après Théocrite et Virgile. La Suisse, sa patrie, lui présentait des tableaux d'une simplicité champêtre et naïve, dont son génie s'est inspiré. On cite avec éloges, entre autres pastorales de Gessner, celle qui est intitulée *Myrtile ou l'amour filial*.

Dans notre littérature, nous trouvons d'abord RACAN, auquel Boileau a donné un brevet de poëte bucolique, quand il dit :

> Malherbe, d'un héros, peut vanter les exploits,
> Racan, chanter Philis, les bergers et les bois.

Pour justifier la bonne opinion de Boileau, les critiques ont cité souvent l'églogue de Racan sur *La Retraite* dont voici la première strophe :

> Tircis, il faut songer à faire la retraite :
> La course de nos jours est plus qu'à demi faite ;
> L'âge insensiblement nous conduit à la mort ;
> Nous avons assez vu sur la mer de ce monde
> Errer au gré des vents notre nef vagabonde ;
> Il est temps de jouir des délices du port.

Malheureusement on trouve peu d'autres églogues comme celle-ci dans Racan, et les imperfections l'emportent de beaucoup sur les beautés.

Nous en dirons autant du poëte SEGRAIS, également recommandé par Boileau, dans ce passage du 4me livre de l'*Art poétique*, où il engage les Muses à célébrer Louis XIV :

> Muses, dictez sa gloire à tous vos nourrissons :

Après avoir souhaité que Corneille pour lui rallume son audace, que Racine enfante des miracles nouveaux, que Benserade de son nom amuse les ruelles, il ajoute :

> Que Segrais dans l'églogue en charme les forêts.

Enfin Mme DESHOULIÈRES a fait quelques jolies pièces dans le genre pastoral ; mais elles manquent de naturel et de naïveté. On a retenu d'elle surtout la pièce allégorique par laquelle elle attire sur ses enfants les regards de Louis XIV, et qui commence par ces vers :

Dans ces prés fleuris
Qu'arrose la Seine,
Cherchez qui vous mène,
Mes chères brebis !

§ IV. — DE LA SATIRE.

La Satire est un petit poëme qui censure avec amertume ou malice les vices et les ridicules.

Elle est personnelle ou générale : personnelle, si elle attaque et nomme les coupables ; générale, si elle ne s'en prend qu'aux vices et aux travers de la société.

Sous un autre point de vue, elle est ou littéraire, ou morale, ou politique, suivant qu'elle attaque les écrits, les mœurs ou les abus d'un gouvernement.

Les Grecs eurent des poëtes satiriques très violents ; on rapporte que l'un d'entre eux, nommé Archiloque, par ses vers satiriques, porta sa fiancée et le père de sa fiancée à se donner la mort. Leurs ouvrages sont perdus et n'ont pas même servi de modèles aux Romains, qui ont pu dire : la Satire est toute romaine.

Horace n'est pas le premier poëte satirique des Romains par la date, car il fut précédé par Lucilius, mais il l'est par le génie.

Cet écrivain aimable ne se déchaîna pas avec fureur contre les travers de son siècle ; il fit mieux peut-être, il prit le parti d'en rire et d'en faire rire ses contemporains. Son bon sens l'avertissait que, si la satire peut produire de l'effet, c'est lorsqu'elle est modérée ; le médecin ne se met pas en colère contre les malades qu'il essaie de guérir. Dans ses satires, il fait la revue des passions humaines, particuliérement de celles qui sont le plus ennemies du bonheur, comme l'ambition, la jalousie, la cupidité, l'avarice, l'avarice surtout, à laquelle il en veut plus qu'aux autres ; et, lorsqu'il rencontre sur son chemin un pervers, un sot, un important, il le fait servir de preuve à ce qu'il dit.

La satire prit de PERSE et de JUVÉNAL un nouveau caractère. Perse né à Volaterres, en Toscane, l'an 34 de J.-C., mort à Rome l'an 62, devint satirique par amour de la vertu. Il connaissait peu les hommes : la timidité de son caractère et la faiblesse de sa santé l'avaient tenu éloigné d'eux. Il n'ignorait pas, malgré cela, quelle était la corruption de ses contemporains, et le dégoût qu'elle lui inspirait l'arma du fouet de la satire. Mais il attaqua la corruption en général et non dans les individus ; ses satires sont des sermons en vers qui n'atteignent personne directement, et qu'on ne comprend pas toujours. L'obscurité de Perse est proverbiale. Elle désespérait St-Jérôme qui, par un assez mauvais jeu de mots, dit qu'il le rendrait clair en le brûlant. Du reste si Perse est obscur, son style plein d'images est d'un vrai poëte.

Juvénal, contemporain de Perse, n'a rien de commun avec lui. Chez lui la satire devint personnelle.

L'indignation du poëte s'attaque aux individus et laisse soupçonner moins de haine pour le vice que de colère ou d'envie contre les corrompus heureux. D'ailleurs s'il eût aimé sincèrement la vertu, il n'aurait pas souillé ses vers de tant d'images obscènes. Quoi qu'il en soit, Juvénal, souvent déclamateur, mais souvent éloquent, est un écrivain distingué, vraiment poëte. Les seize satires, parmi lesquelles on distingue surtout la première sur les femmes, la huitième sur la noblesse, et la dixième, sur les mœurs, sont les plus beaux monuments de la poésie de son époque.

Les poëmes satiriques ne manquent pas en France; et comment pourrait-il en être autrement chez le peuple le plus railleur qui ait jamais existé, si l'on excepte le peuple

Athénien ? Au moyen-âge, on distingue, en ce genre, le roman de la *Rose*. La première partie de ce poëme qui appartient au XIII° siècle, et qui est de Guillaume de Lorris, contemporain de Saint-Louis, est tout à fait inoffensive. C'est
une allégorie galante, semée de détails agréables, de traits de
sentiment et de descriptions souvent ingénieuses. Mais la seconde partie, due à JEAN-DE-MEUNG, poëte du siècle suivant,
respire un esprit satirique. Le héros de Jean-de-Meung est
faux-semblant, symbole de l'hypocrisie et aïeul de Tartuffe !
Là on rit du siècle, de sa fausse science, de sa corruption
et de ses préjugés.

Le plus curieux monument de l'esprit railleur du moyen-
âge, est le roman du *Renard*. Maître Renard joue perpétuel-
lement des tours à son compère Isengrin, le loup, et aux autres animaux : sous ses traits, il est facile de reconnaître ces
hommes habiles et fourbes dont les autres sont toujours les
dupes.

Sous Henri IV, le protestant d'AUBIGNÉ a stigmatisé son
siècle dans les *Tragiques*. Cet ouvrage est un chaos ; mais,
dans ce prodigieux fatras, brillent çà et là des traits d'une
grande énergie et des étincelles de génie. Il surpasse
l'hyperbole de Juvénal, et les tableaux qu'il trace n'inspirent
pas moins d'effroi.

Vers la même époque, la satire *Ménippée* tourne la Ligue
en ridicule ; mais cet ouvrage, où la prose domine, est plutôt un drame qu'une satire.

Dans les temps modernes, Mathurin REGNIER (1573-1613)
de Chartres, fut le rival des poëtes de l'antiquité dans le
genre satirique :

> Regnier, seul parmi nous formé sur ces modèles,
> Dans son vieux style encore, a des grâces nouvelles,

a dit l'auteur de l'*Art poétique*. Régnier a de l'originalité et
de la force, mais une crudité d'expressions qui en interdit
la lecture aux esprits délicats. Son chef-d'œuvre est *Macette*,

encore une vieille hypocrite, encore une des aïeules de Tartuffe.

Boileau a été l'héritier non seulement de Régnier, mais encore d'Horace, qu'il a imité sans l'égaler. Il commença sa mission de réformateur de la poésie et du langage par des satires.

Sa satire littéraire a souvent un caractère général, mais elle devient aussi personnelle et elle est même très mordante. Malheur aux Scudéri, aux Chapelain, aux Cotin ! Malheur à tous les mauvais écrivains !

Mlle Scudéry avait fait des romans interminables et extrémement ennuyeux par la fadeur des compliments et la multiplicité des intrigues. L'un de ses romans se nommait *Cyrus*. Dans la satire III, Boileau fait ces vers à son adresse :

> Le couvert était mis dans ces lieux de plaisance
> Où j'ai trouvé d'abord, pour toute connaissance,
> Deux nobles campagnards, grands lecteurs de romans,
> Qui m'ont dit tout *Cyrus*, dans leurs longs compliments.

Dans la même satire, il trouve l'occasion de mordre deux mauvais prédicateurs :

> Moi qui ne compte rien, ni le vin ni la chère,
> Si l'on n'est plus au large assis en un festin,
> Qu'aux sermons de Cassagne ou de l'abbé Cottin.

Puis c'est le tour de Quinaut, qui n'est pourtant pas un mauvais poète lyrique :

> Si je veux exprimer un auteur sans défaut,
> La raison dit Virgile, et la rime Quinault.

Dans la satire VII, il attaque plusieurs mauvais poëtes à la fois :

> Faut-il d'un froid rimeur dépeindre la manie,
> Mes vers, comme un torrent, coulent sur le papier ;
> Je rencontre à la fois Perrin et Pelletier,
> Bonnecorse, Pradon, Colletet, Titreville ;
> Et pour un que je veux, j'en trouve plus de mille.

Mais c'est CHAPELAIN, l'auteur de *la Pucelle*, mauvais poëme épique, qui excite surtout sa bile satirique.

Il a l'air de se justifier dans la satire IX de ces attaques personnelles :

> Il a tort, dira l'un : Pourquoi faut-il qu'il nomme.
> Attaquer Chapelain ! Ah ! c'est un si bon homme ! etc.

Mais c'est pour mieux l'accabler.

Boileau est plein aussi de traits satiriques contre les mœurs ; les grands coupables ne sont pas ménagés, pas plus que les mauvais poëtes.

Il a fait douze satires. Les plus belles sont : La satire III, la description d'un repas ridicule : la satire V sur la Noblesse ; la satire VI sur les Embarras de Paris ; la satire VIII sur l'Honneur, et la satire IX où il fait l'apologie de la Satire. Les trois dernières satires sont faibles. La satire contre les Femmes, quoiqu'elle offre des portraits bien frappés, n'est qu'un lieu-commun qui rebute par la longueur et révolte par l'injustice. La satire XII sur l'Equivoque est généralement condamnée. On ne reconnaît point le bon sens de l'auteur dans cette longue déclamation qui roule tout entière sur un abus de mots, et où l'on attribue à l'Equivoque tous les malheurs et les crimes de l'univers, depuis le péché originel jusqu'à la morale du Jésuite Escobar.

Le successeur de Boileau dans la satire, fut le malheureux GILBERT. Dans son *Tableau du* XVIIIe *siècle* et dans son *Apologie*, il rencontra des traits mâles, énergiques, injustes souvent, mais partis d'un cœur sincère, et portant l'empreinte d'un talent qui se serait mûri aux rayons d'un plus doux soleil. Les Philosophes qu'il attaquait, et La Harpe dont il avait livré le nom à la risée publique, découragèrent son génie et le jugèrent avec une partialité sévère que n'adopte pas la postérité.

§ V. — De l'Épitre.

L'épître est une petite pièce de vers adressée à quelqu'un sur un sujet quelconque.

Horace est l'inventeur de l'épître, genre de poésie inconnue des Grecs. Dans ses épîtres, il aborde familièrement la morale, la philosophie et l'histoire littéraire. On y voit un sage aimable qui persuade tout ce qu'il enseigne. Ses épîtres sont adressées à toutes sortes de personnages ; à Mécène, à Auguste, à Tibère, à son fermier......

Dans notre littérature, Marot, poète du siècle de François Ier, excella dans l'épître familière. Celle dans laquelle il raconte comment il a été volé par son valet, est un chef-d'œuvre d'adresse et de fine plaisanterie.

Boileau excelle aussi dans ce genre. S'il est inférieur à Horace, son modèle, dans les satires, il est pour le moins son égal dans les épîtres. Il dialogue mieux ici que dans ses satires ; il supprime toutes ces formules de liaison : dis-tu, pourrais-tu, diras-tu, qui allongent et refroidissent. Le dialogue, par cette suppression, devient plus vif et plus précis : témoin l'entretien de Cinéas et de Pyrrhus qui est un modèle ; témoin l'épître à Lamoignon dans plus d'un endroit :

> Hier, dit-on, de vous on parla chez le roi,
> Et d'attentat horrible on traita la satire.
> — Et le roi, que dit-il ? — Le roi se prit à rire....

Boileau a composé douze épîtres. La première, adressée au roi, célèbre les bienfaits de la paix. On y remarque le dialogue de Cinéas et de Pyrrhus, et quelques vers que tout le monde sait par cœur, tels que ceux-ci :

> Mais quelques lauriers que promette la guerre,
> On peut être héros sans ravager la terre.

Puis ces autres où il célèbre la construction du canal du Languedoc :

> J'entends déjà frémir les deux mers étonnées
> De voir leurs flots unis au pied des Pyrénées

Dans la seconde épître, adressée à l'abbé Des Roches contre les procès, on remarque la fable de l'*Huître et des Plaideurs*, sujet traité avec une grande supériorité par La Fontaine. La troisième adressée au docteur Arnauld est contre la mauvaise honte. Dans la quatrième, adressée au roi, il chante le passage du Rhin. Dans la cinquième, il annonce son dessein de consacrer sa vie au repos. On y trouve cette tirade contre l'argent :

> L'argent, l'argent, dit-on, sans lui tout est stérile ;
> La vertu, sans l'argent, est un meuble inutile.
> L'argent en honnête homme érige un scélérat ;
> L'argent seul au palais peut faire un magistrat

La sixième épître, adressée à M. de Lamoignon, met les plaisirs de la campagne en opposition avec la vie inquiète et agitée des villes, c'est une des plus belles. Dans la septième, il fait l'éloge de Racine :

> Que tu sais bien, Racine, à l'aide d'un acteur,
> Emouvoir, étonner, ravir un spectateur !

et il le console des maux que lui cause l'envie de ses rivaux.

La huitième, encore adressée au roi, commence par ce vers :

> Grand roi, cesse de vaincre, ou je cesse d'écrire

et il continue à peu près sur ce ton, mêlant l'enjouement à la flatterie.

La neuvième, adressée à M. de Seignelai, sur le *Vrai*, est une des plus estimées. On y trouve ce vers qui est devenu un axiome littéraire :

> Rien n'est beau que le vrai ; le vrai seul est aimable.

Nous autres Normands, nous y sommes frappés d'un trait satirique, écoutez :

> Jadis l'homme vivait au travail occupé,
> Et ne trompant jamais, n'était jamais trompé ;
> On ne connaissait point la ruse et l'imposture ;
> Le Normand même alors ignorait le parjure.

Ensuite viennent sa charmante épître *A ses Vers* et l'épître assez agréable *A son Jardinier*. Mais il termine sa carrière par une épître bien ennuyeuse sur l'*Amour de Dieu*, où il fait de la théologie tant soit peu janséniste.

Dans le XVIIIe siècle, Gresset a composé de charmantes épîtres en vers de huit syllabes. La plus belle de toutes est la *Chartreuse*, qui est une description de son habitation au quartier latin et de ses occupations.

Mais personne ne brilla jamais dans l'épître familière comme VOLTAIRE. Il n'est pas possible d'avoir plus d'esprit qu'il en montre dans ces compositions légères et badines qui sont peut-être son principal titre de gloire.

§ VI. — DE LA POÉSIE DIDACTIQUE ET DESCRIPTIVE.

La poésie didactique a pour but d'enseigner une science, un art, en parant ses leçons de toutes les grâces du langage. Mais pour élever ce genre à la hauteur de la poésie, il faut toutes les ressources du génie. Aussi les poëtes éminents ont seuls été capables de réussir complètement dans le poëme didactique.

L'antiquité grecque nous a transmis deux poëmes didactiques composés par HÉSIODE, qui vivait un siècle après la guerre de Troie. Ces poëmes sont : 1° la *Théogonie*, où il raconte l'origine du monde et la généalogie des Dieux ; 2° les *Travaux et les Jours*, qui renferment des préceptes sur l'agriculture, mêlés à des leçons morales. On trouve dans ce poëme la charmante allégorie de Pandore.

La poésie didactique débute à Rome par un chef-d'œuvre :

LUCRÈCE, contemporain de Cicéron, célébra dans une poésie souvent sublime la philosophie matérialiste d'Epicure. On pense qu'il est mort fou à l'âge de 44 ans. L'athéisme eût suffi à troubler sa raison, et il y ajouta l'intempérance.

Bientôt un poëte du siècle d'Auguste, HORACE, donna, sous la forme d'un épître, les règles de la composition poétique. Ce code de bon sens et de bon goût a servi plus tard de canevas au poëme plus parfait et plus étendu de Boileau.

Mais le chef-d'œuvre du genre didactique, chez les Romains, c'est sans contredit les *Géorgiques* de VIRGILE sur l'agriculture. L'agriculture était florissante et honorée parmi les anciens. A Rome, on allait prendre à la charrue les consuls et les dictateurs. Mais les guerres civiles avaient presque dépeuplé les campagnes, et les terres de l'Italie étaient restées en friche. Il fallait réveiller parmi les Romains le goût de l'agriculture. Mécène, l'ami d'Auguste, engagea Virgile à se charger de ce soin. Le poëte employa sept ans à la composition de cet ouvrage dont le style n'est pas moins beau que le fond est vrai. Il ennoblit les opérations les plus simples et les instruments les plus vils, et il fait aimer la campagne aux citadins les plus délicats.

Quand on parle de poëme didactique dans notre littérature française, on pense tout de suite à l'*Art poétique* de BOILEAU, poëme qui ne laisserait rien à désirer, si l'auteur n'avait pas omis l'Apologue, peut-être pour faire sa cour à Louis XIV, qui n'aimait pas La Fontaine, et s'il n'avait pas accordé trop d'importance au sonnet, petite pièce de vers ordinairement fade et insipide :

> Un sonnet sans défaut vaut seul un long poëme.

Après l'*Art poétique* de Boileau, il faut placer le poëme de *la Religion* par Louis RACINE. Il avait débuté dans la carrière littéraire par le poëme de *la Grâce* : c'était un sujet malheureux ; et puis l'auteur l'avait traité en théologien plus qu'en poëte. Mais le poëme de *la Religion* a placé Louis Racine au

premier rang des poëtes du second ordre. Ce poëme a un
beau début :

> Oui, c'est un Dieu caché que le Dieu qu'il faut croire ;
> Mais tout caché qu'il est, pour révéler sa gloire,
> Quels témoins éclatants devant moi rassemblés !
> Répondez, cieux et mers'; et vous, terre, parlez !
> Quel bras peut vous suspendre, innombrables étoiles ?
> Nuit brillante, dis-nous qui t'a donné tes voiles.
> O cieux, que de grandeur et que de majesté !

Il renferme un grand nombre d'autres morceaux brillants,
de tirades magnifiques, et les preuves de l'existence de Dieu
ne perdent rien de leur force à être revêtues de belles images.

La poésie didactique devint dominante dans les années qui
précédèrent la révolution. LEMIERRE a mis quelque talent
dans son poëme de la *Peinture* et dans ses *Fastes* en seize
chants, où il voulut rivaliser avec Ovide. Il a un style dur,
mais il rencontre quelquefois des beautés énergiques.

St-LAMBERT (1717-1803), imitateur du poëte anglais Thomp-
son, se fit une grande réputation par le poëme des *Saisons*,
composition froide qui renferme de belles descriptions. Rou-
CHER, mort sur l'échafaud avec André Chénier, a composé le
poëme des *Mois*, production informe, où il y a de la sensibilité, et où s'égarent de beaux vers. LEBRUN, mieux inspiré
dans ses odes, a fait l'emphatique poëme de *la Nature*. La
lyre monotone, mais parfois harmonieuse d'ESMÉNARD, a
célébré *la Navigation*. Le poëte Virois, l'ami de Châteaubriand,
CHÊNEDOLLÉ, a chanté *Le Génie de l'homme* dans des vers
souvent nobles et élégants, tandis que LÉGOUVÉ chantait le
Mérite des Femmes dans un poëme où il a été heureux quelquefois. Enfin nous terminerons cette nomenclature par CAM-
PENON, l'aimable auteur de la *Maison des Champs*, qui se plaignait que DELILLE lui enlevait tous les sujets qu'il avait
rêvés. Nous réservons celui-ci, le maître de tous, pour la
poésie descriptive, quoiqu'il ait droit de réclamer une place

parmi ces poëtes didactiques, mais il est surtout poëte descriptif.

Le poëme descriptif est l'abus du poëme didactique ; il décrit pour décrire, sans intention morale ou scientifique. Longtemps la description n'a été qu'une dépendance, que l'ornement d'un poëme ; elle aurait dû rester toujours dans ce rôle secondaire. Mais elle est devenue un genre à part ; on a décrit en vers tous les phénomènes de la nature ; on a entassé tableaux sur tableaux. Ce sont des galeries remplies de paysages où l'on n'a devant les yeux qu'une nature déserte et silencieuse ! Un poëte français, dira-t-on, y a acquis une grande réputation. Delille, dans des vers admirablement faits, dont un grand nombre sont dans toutes les mémoires, a décrit différentes scènes avec exactitude, avec éclat, avec grâce, avec un talent incontestable. C'est vrai ; néanmoins son immense talent n'empêche point qu'on ne puisse de suite lire sans ennui trois de ses pages. Pourquoi? parce que l'intérêt manque, parce qu'il n'y a pas de personnages, ni de drames, dans toutes ces belles descriptions.

Delille débuta par la traduction en vers des *Géorgiques* de Virgile. Il composa ensuite une foule de poëmes originaux, entre autres : le poëme des *Jardins* ; celui des *Trois Règnes de la Nature*, dans lequel il reproduit tout, depuis l'aurore-boréale jusqu'au crapaud accoucheur ; l'*Homme des Champs* et le poëme de la *Pitié*. Mais le poëme de l'*Imagination* est son chef-d'œuvre ; seulement il n'a pas assez restreint son sujet : tous nos sentiments, toutes nos facultés, tout ce qui est au dedans ou au dehors de l'homme est, selon lui, de l'imagition. C'était la même chose lorsqu'il chantait la pitié ; toutes nos vertus étaient de la pitié ou étaient liées avec ce sentiment.

§ VII. — DE QUELQUES ESPÈCES DE POÉSIES FUGITIVES.

On ne saurait guère se dispenser, dans une histoire élémentaire de la littérature, de signaler encore quelques petites pièces de vers, qui étaient fort à la mode autrefois. Voici ce que nous écrivions naguère, dans un autre ouvrage, au sujet de ces sortes de poésies.

« On a donné le nom de poésies légères à de petites pièces, à ces petites pièces qui sont la ressource des poëtes de courte haleine, ayant de l'esprit, de la grâce, si l'on veut, mais auxquels manque le génie ; et le génie lui-même est venu quelquefois badiner parmi ces fleurs qu'on appelle des rondeaux, des madrigaux, des sonnets, des épigrammes. Jadis cela faisait partie des jeux de société : on venait dans la maison où l'on était invité pour la soirée, avec des impromptus qu'on savait par cœur d'avance ; on amenait adroitement la conversation sur le sujet préparé ; puis saisissant l'à-propos, on prenait un air d'Apollon inspiré, et l'on régalait dame ou damoiselle d'un joli madrigal. » Ces temps-là sont passés, mais il en reste quelques souvenirs.

Le madrigal est un compliment en vers, adressé à une dame. Citons celui que Desmarets de Saint-Sorlin composa pour la belle Julie d'Angennes, à la demande de M. de Montausier. Ce madrigal est une des fleurs de la guirlande de Julie, à laquelle ont travaillé, comme on le sait, tous les poëtes de l'époque. C'est la violette qui parle :

Modeste est ma couleur, modeste est mon séjour ;
Franche d'ambition, je me cache sous l'herbe ;
Mais si sur votre front je puis me voir un jour,
La plus humble des fleurs sera la plus superbe.

L'épigramme est le contraire d'un madrigal : le madrigal flatte, l'épigramme pique. Il nous répugne d'en citer des exemples, parce que c'est tout à fait contraire à la charité chrétienne. Néanmoins, en voici une de Piron qui ne fera de mal à personne, parce qu'elle s'attaque à un corps qui est bien au-dessus de cela. Piron fit pour lui l'épitaphe suivante :

Ci gît Piron qui ne fut rien,
Pas même académicien.

Le sonnet est un poëme de quatorze vers, dont les huit premiers partagés en deux quatrains, roulent sur deux rimes, et les six autres, en deux tercets, sur trois rimes différentes. Voici un exemple de sonnet, intitulé *La Mère :*

Il est une personne ayant plus de génie
Que n'en reçut des dieux le sublime Platon,
Que n'en put réunir toute une académie,
Même celle où brilla l'astronome Newton ;

Qui sans avoir jamais su la philosophie,
En sagesse dépasse Aristote et Caton,
A qui pour la vertu beaucoup plus je me fie
Qu'à Socrate de tous le plus sage, dit-on ;

De laquelle l'esprit sans aucun art, me semble
Au-dessus de celui que possèdent ensemble
Tous ceux dont fut le roi Voltaire triomphant ;

Une personne enfin dont la bonté féconde
Rappelle le bon Dieu : c'est la mère qui fonde,
Avec un doux sourire, un homme dans l'enfant.

Le rondeau a une forme très variée, mais il est asservi à des refrains réglés.

Clément Marot sut, le premier, suivant Boileau :

A des refrains réglés asservir les rondeaux.

En voici un qui a été fait par un inconnu contre Benserade, auteur de mauvais rondeaux :

A la fontaine où s'enivre Boileau,
Le grand Corneille et le sacré troupeau
De ces auteurs que l'on ne trouve guère,
S'il faut donner un bon tour au rondeau ;
Quoique j'en boive aussi peu qu'un moineau,
Cher Benserade, il faut te satisfaire,
T'en écrire un. Hé ! c'est porter de l'eau
A la fontaine !

7

De tes refrains un livre tout nouveau
A bien des gens n'a pas eu l'heur de plaire.
Mais quant à moi, j'en trouve tout fort beau :
Papier, dorure, image, caractère,
Hormis les vers qu'il fallait laisser faire
            A la Fontaine !

———————

DEUXIÈME PARTIE.

PROSE.

Sous le nom de Prose, l'on comprend tous les ouvrages qui ne sont pas assujettis aux lois de la versification ; on oppose la Prose à la Poésie.

Les ouvrages en prose peuvent se partager en six genres principaux : genre oratoire, genre historique, genre philosophique et moral, genre didactique, genre épistolaire et roman.

CHAPITRE PREMIER.

Genre oratoire ou Eloquence.

L'Eloquence, suivant la division des anciens rhéteurs, comprend trois genres distincts : le genre délibératif qui conseille ou dissuade, le genre judiciaire qui accuse ou défend, et le genre démonstratif qui loue ou blâme. Nous mentionnons ici cette division, mais nous ne la suivrons pas; nous étudierons seulement les orateurs principaux de la Grèce, de Rome et des temps modernes.

§ I. — ELOQUENCE GRECQUE ET ROMAINE.

L'Éloquence devait naître chez les Grecs, le peuple le plus heureusement doué pour exprimer et communiquer ses émotions. Mais l'histoire de l'éloquence grecque ne commence pour nous qu'au moment où Périclès prit la direction des affaires ; car il n'est resté aucun monument de l'éloquence des temps antérieurs.

L'éloquence de Périclès était irrésistible ; suivant le poëte Aristophane, elle ébranlait la Grèce et produisait l'effet de la foudre. André Chénier l'a caractérisée dans les vers suivants :

> . . . . Ici de Périclès
> La voix, l'ardente voix, de tous les cœurs maîtresse,
> Frappe, foudroie, agite, épouvante la Grèce. »

« Quand je l'ai terrassé, disait l'orateur Thucydide, il prétend que je ne l'ai pas vaincu, et il le persuade à tout le monde. »

La peste d'Athènes emporta ce grand homme qui a eu la gloire de donner son nom à un siècle littéraire. Nous n'avons pas le texte de ses discours, mais il est probable que l'historien Thucydide en a conservé la substance.

Dès que l'on s'aperçut de l'effet que produisit un discours éloquent, il y eut des hommes qui se donnèrent pour professeurs dans l'art de la parole. Gorgias, Protagoras, Hippias se firent un nom dans ce genre, au vᵉ siècle avant J.-C. On raconte que Gorgias, ayant été envoyé par les Léontins, ses compatriotes, à Athènes, pour y demander des secours, se fit tellement admirer par son éloquence qu'on le retint dans cette ville pour y donner des leçons de rhétorique.

Protagoras avait été portefaix dans sa jeunesse ; il acquit plus tard une fortune immense, en donnant des leçons dans les différentes villes de la Grèce, de la Grande-Grèce et de la Sicile.

Hippias, qui se vantait de tout savoir, n'acquit pas moins de fortune et de renommée. Ces hommes enseignaient à soutenir indifféremment sur toutes questions le pour et le contre. Socrate s'éleva contre eux et les fit tomber en discrédit. Ils furent ensuite livrés au ridicule par Platon, disciple de

Socrate, dans les dialogues qui portent leurs noms. La postérité les connaît sous le nom de sophistes et elle a réservé le
nom de rhéteurs aux professeurs d'éloquence qui n'ont pas
abusé de cet art.

Tel est Isocrate, (436 à 338 avant J.-C.) Il ne parla jamais
en public, la faiblesse de son organe l'empêcha de prendre
part aux luttes de la tribune ; mais il forma dans son école
les plus grands orateurs de la Grèce. Il a laissé plusieurs discours, entr'autres le *Panégyrique* où il fait l'éloge de sa patrie. Aucun écrivain n'a porté aussi loin que lui l'élégance et
l'art du langage. L'issue funeste de la bataille de Chéronée
(338) brisa son cœur ; il refusa dès lors de prendre aucune
nourriture ; il avait 98 ans.

Nous dirons aussi quelques mots des deux plus grands
orateurs de la tribune Athénienne, Eschine et Démosthène,
rivaux par le talent et dans la politique.

Eschine, né vers 389 avant J.-C., dans une condition obscure, aida d'abord son père dans l'exercice de ses fonctions
de maître d'école. Il fut acteur dans sa jeunesse, devint plus
tard avocat, et arriva enfin aux affaires dans un âge déjà avan-
cé. Ses succès, comme orateur, le désignèrent aux suffrages
du peuple, pour d'importantes missions, à Lacédémone, auprès de Philippe de Macédoine et devant le conseil des Amphyc-
tions. Ce fut à la cour de Philippe qu'il se brouilla avec Démosthène, son collègue, pour s'être laissé corrompre par l'or du
Macédonien.

Ayant succombé dans un procès qu'il avait intenté à Démosthène, et ne pouvant payer l'amende que la loi prononçait dans ce cas, il fut obligé de s'expatrier : son projet était
de se rendre en Asie, auprès d'Alexandre ; mais ayant appris
en route la mort de ce prince, il s'arrêta à Rhodes, où il ouvrit une école de rhétorique qu'on a appelée l'École Asiati-
que, et qui se distingue par la pompe et l'emphase du style.

Eschine charmait la multitude par l'éclat de son organe,
la véhémence de son action, l'heureux choix des mots, l'abon-

dance et la clarté des idées. Il avait les qualités extérieures qui séduisent et l'assurance qui entraîne ; il lui manquait la considération que donne une vie irréprochable.

Après sa rupture avec Démosthène, il s'attacha tout-à-fait au parti macédonien et caressa les penchants mauvais du peuple, pendant que son rival, s'adressant aux nobles instincts du cœur, commandait, au nom de la patrie, de douloureux sacrifices.

Nous ne possédons que trois discours d'Eschine qui se rapportent à la lutte de ces deux orateurs. Le premier est dirigé contre Timarque, citoyen d'Athènes. Celui-ci s'était uni à l'accusation de corruption que Démosthène porta contre Eschine, au sujet de son ambassade. Mais Eschine le prévint en le traduisant lui-même en justice, comme dissipateur ; cette conduite excluait de la tribune celui qui s'en était rendu coupable ; Timarque se pendit, dit-on, de désespoir.

Démosthène ne se découragea pas, il accusa Eschine de prévarication. Eschine, dans un second discours, repoussa les allégations de son adversaire avec assez de vraisemblance pour détourner une condamnation. Mais si Démosthène ne réussit pas en attaquant directement Eschine, celui-ci échoua plus complètement, lorsqu'il voulut faire condamner la politique de son rival : c'est l'affaire de la *Couronne* dont nous allons parler bientôt.

DÉMOSTHÈNE, né à Athènes, (381-322 av. J.-C) est le prince de l'éloquence. Il débuta au barreau en plaidant contre des tuteurs infidèles ; il gagna sa cause, et ce premier succès l'enhardit à paraître à la tribune. Mais il avait deux défauts graves : il bégayait et haussait continuellement une épaule en parlant. Il ne recueillit d'abord que des huées, et peut-être eût-il renoncé à cette carrière, si l'acteur Satyrus n'eût relevé son courage. A force d'art et de patience, il triompha de ses défauts naturels : pour corriger sa prononciation, il haranguait au bord de la mer, en tenant des petits cailloux dans sa bouche ; pour corriger son geste, quand il déclamait il suspendait une épée au-dessus de l'épaule qu'il avait l'habitude de hausser.

A vingt ans, il reparut à la tribune et ne tarda pas à se mettre au premier rang des orateurs politiques. Il se montra l'adversaire constant de Philippe, roi de Macédoine, dont il avait deviné les desseins ambitieux ; les *Philippiques* et les *Olynthiennes* sont les monuments de sa vigilance patriotique. Il fut également l'adversaire politique d'Alexandre. La gloire du héros macédonien le réduisit un moment au silence ; mais, après sa mort, il essaya de réveiller la Grèce et paya de sa vie cet effort. Condamné à mort par ses concitoyens, il se réfugia dans le temple de Neptune, à Calaurie, où, poursuivi par les satellites d'Antipater, il s'empoisonna.

Le discours pour la Couronne est le chef-d'œuvre de Démosthène et de l'éloquence grecque. Voici l'occasion qui y donna lieu : après la perte de la bataille de Chéronée, les Athéniens, craignant d'être assiégés, firent réparer leurs murailles. Ce fut Démosthène qui leur donna ce conseil et ce fut lui qui se chargea de l'exécution. Il s'en acquitta si généreusement qu'il fournit de son bien une somme considérable dont il fit présent à la république. Ctésiphon, son ami, proposa de l'honorer d'une couronne d'or pour le récompenser de sa générosité. Le décret passa, il portait que la proclamation du couronnement se ferait au théâtre pendant les fêtes de Bacchus, temps où tous les Grecs se rassemblaient dans Athènes, pour assister à ces spectacles.

Eschine attaqua le décret de Ctésiphon comme contraire aux lois. Son accusation roule sur trois chefs :

1° Une loi d'Athènes défend de couronner aucun citoyen chargé d'une administration quelconque avant qu'il ait rendu ses comptes ; et Démosthène, chargé de la réparation des murs et de la dépense des spectacles, est encore comptable, première infraction ;

2° Une autre loi défend qu'un décret de couronnement porté par le sénat soit proclamé ailleurs que dans le sénat même, et celui de Ctésiphon, quoique porté par le sénat, devait être proclamé au théâtre, seconde infraction ;

3° Enfin le décret porte que la couronne est décernée à Démosthène pour les services qu'il a rendus et qu'il ne cesse de rendre à la république, et Démosthène, au contraire, n'a fait que du mal à la république.

Démosthène répondit victorieusement à ces trois chefs d'accusation.

Après Démosthène périt l'éloquence grecque avec la liberté ; et au lieu de ces grandes inspirations oratoires, on ne rencontre plus que la rhétorique des écoles. Les maîtres donnaient à leurs disciples, tantôt des sujets historiques, tantôt des sujets imaginaires à développer : ces exercices n'ont pas laissé de traces.

L'éloquence fut, dès l'origine de la république romaine, cultivée avec succès, parce qu'elle donnait l'influence politique et menait à la considération et aux honneurs.

Rome eut beaucoup de grands orateurs, mais Cicéron les surpassa tous. Il avait reçu de la nature le talent de la parole ; mais il le développa par un travail infatigable ; on dit que pour s'exercer, il copia plusieurs fois Démosthène tout entier. Cicéron plaida pour la première fois au Forum, à l'âge de 25 ans, lorsque Sylla venait de donner une nouvelle constitution à la république. Il remplit de sa renommée, comme orateur et comme homme d'État, toute la période qui s'étend de la dictature de Sylla au triumvirat d'Antoine, d'Octave et de Lépide. Son plus beau titre de gloire est d'avoir, par son éloquence, sauvé sa patrie des fureurs de Catilina. Sa fin fut digne de lui ; proscrit par Antoine, il tendit courageusement la gorge au fer de ses ennemis.

Cicéron a composé un grand nombre de discours, entre lesquels on distingue : 1° les *Catilinaires*, discours véhéments prononcés contre Catilina ; par son éloquence, Cicéron sauva Rome des fureurs de ce monstre ; 2° les *Philippiques*, violentes invectives contre Marc-Antoine dont le triumvir se vengea plus tard par la mort de l'orateur, et jusque sur son cadavre ; Fulvie, la femme de Marc-Antoine, s'étant fait apporter la tête de Cicéron, eut la barbarie de percer sa langue avec une aiguille ; 3° les *Verrines*, plaidoyer éloquent contre le préteur Verrès qui avait pillé la Sicile ; 4° la *Milonienne*, discours écrit pour la défense de Milon, accusé d'avoir tué Clodius. Ce n'est pas le discours que Cicéron prononça devant le tribunal ; celui-ci est bien supérieur, dit-on, et quand il l'envoya à Milon, exilé en Gaule, Milon lui répondit : « Si vous eussiez prononcé ce discours, je n'aurais pas le plaisir de manger des figues à Marseille. »

Jules César serait peut-être devenu un aussi grand orateur que Cicéron, son contemporain, s'il eût eu le temps de perfectionner ses talents oratoires. L'historien Salluste nous a conservé le discours qu'il prononça dans le sénat en faveur des complices de Catilina ; il fit une vive impression sur le sénat, mais Caton, qui parla après lui, en détruisit l'effet.

Cicéron eut un rival au barreau dans Hortensius ; mais celui-ci fut plutôt un brillant improvisateur qu'un grand écrivain, et ses œuvres tombèrent promptement dans l'oubli.

Sous les empereurs, il y eut des rhéteurs qui déclamaient avec plus ou moins d'habileté et de goût, mais non des orateurs. Il faut excepter Pline-le-Jeune qui, dans son *Panégyrique* de l'empereur Trajan, a un style souvent digne des meilleurs temps. On lui a reproché d'avoir loué l'empereur en face et sans mesure ; mais nous ne pouvons guère en juger, parce que le discours que nous possédons aujourd'hui n'est pas le même que celui qui fut prononcé.

§ II — Eloquence des Pères de l'église grecque et latine.

Le IVme siècle est l'âge d'or de la littérature chrétienne.

On remarque parmi les orateurs de l'église grecque : St-Athanase, évêque d'Alexandrie, dont la vie est un combat contre l'arianisme ; St-Grégoire de Nazianze qui a atteint la véhémence des Catilinaires et des Philippiques dans ses discours contre Julien l'apostat ; St-Basile de Césarée, condisciple et ami de St-Grégoire. M. Villemain a dit de ces deux hommes : « ils sont les premiers modèles de cette docte et pieuse éloquence consacrée à l'enseignement religieux du peuple. Dans leur bouche, la religion s'applique surtout à la réforme des mœurs et à la consolation des affligés. » Le chef-d'œuvre de St-Basile est l'*Héxaméron*, ouvrage des six jours : il contient neuf homélies dans lesquelles l'orateur chrétien explique les merveilles de la création.

Mais le plus illustre des pères grecs est St-Jean-Chrysostome. Il passa par le barreau, avant d'aborder la chaire chrétienne dont il fut l'oracle pendant vingt ans à Antioche ; une foule immense se pressait à ses prédications ; on venait de fort loin pour l'entendre, car il interprétait l'Ecriture avec cette imagination vive qui plaît aux Orientaux, et la sublime morale du Christ sortait de sa bouche parée de toutes les grâces de la poésie. Son éloquence se signala surtout pendant la révolte d'Antioche ; elle apaisa les passions du peuple et calma les ressentiments de Théodose. Appelé plus tard au siège de Constantinople, il y déploya le même zèle et la même éloquence ; mais les intrigues d'une cour corrompue l'en chassèrent ; il mourut dans l'exil, abreuvé d'outrages.

Les grands orateurs, parmi les pères de l'église latine sont : St-Hilaire, St-Ambroise, St-Jérome et St-Augustin.

St-Hilaire, de Poitiers, né à la fin du IIIe siècle, fut l'Athanase de l'église d'Occident ; il combattit et vainquit l'arianisme. St-Jérôme a caractérisé son éloquence en la comparant au Rhône ; en effet le mouvement de sa parole a l'irrésistible impétuosité de ce fleuve.

St-Ambroise, fils du préfet de la Gaule méridionale, né en 340, se forma dans les écoles de Lyon ; il se distingua au barreau dans sa jeunesse ; nommé plus tard évêque par l'acclamation du peuple, il apporta beaucoup de zèle dans l'exercice de son ministère. Son refus d'admettre l'empereur Théodose dans la cathédrale de Milan, avant qu'il eût expié le massacre de Thessalonique, est une des scènes héroïques de l'église primitive. Son éloquence est grande et sainte, dans une lettre à Théodose ; mais, en général, il suit la mode de son temps et donne à ses discours les faux ornements qu'on estimait alors.

St-Jérôme, né en Dalmatie vers 330, était doué d'une imagination puissante ; nourri de l'étude des lettres profanes et des Saintes Écritures, il est le plus original des écrivains catholiques ; ses expressions sont mâles et grandes ; il n'est pas régulier, mais il est bien plus éloquent que la plupart des gens qui se piquent de l'être. Du reste, ses ouvrages ne nous offrent pas un seul morceau qui appartienne par la forme au genre oratoire, mais l'éloquence éclate à chaque pas dans ses lettres.

St-Augustin est né en Afrique ; il étudia d'abord dans la ville de Madaure, puis à Carthage. Plus tard, envoyé à Milan pour enseigner l'éloquence, il y trouva St-Ambroise qui le convertit ; les prières de sa mère avaient déjà préparé cette conversion. De retour dans son pays, et devenu évêque d'Hippone, il dirigea l'église d'Afrique par son génie. Il mourut pendant le siége de Carthage par les Vandales, le cœur déchiré à la vue des maux de sa patrie.

St-Augustin est l'homme le plus extraordinaire de l'église latine ; il avait étudié tout, théologie, métaphysique, histoire, antiquités, beaux-arts, etc. Ses ouvrages les plus célèbres sont la *Cité de Dieu* et les *Confessions*.

§ III. — Eloquence française.

L'Éloquence française compte peu de monuments avant le XVIIe siècle ; mais depuis nous avons eu de grands orateurs dans tous les genres, dans la chaire chrétienne, à la tribune, au barreau, à l'académie. Le genre académique est particulier à la France, et il a produit des discours fort remarquables. Mais avant de parler des orateurs proprement dits, il est impossible de passer sous silence deux productions qui ne sont pas des discours, il est vrai, mais qui sont pleines d'éloquence : Ce sont les *Provinciales* de Pascal et les *Mémoires* de Pélisson.

BLAISE PASCAL (1623-1662), fut un génie extraordinaire, un savant universel, et en outre un écrivain de premier ordre, un de ceux qui ont le plus contribué à la formation de notre belle prose française. Les *Lettres provinciales* sont un chef-d'œuvre ; il y discutait les questions théologiques qui étaient débattues alors et combattait la morale relâchée de plusieurs Jésuites, tantôt avec une grande verve comique, tantôt avec une véhémence vraiment oratoire. Mais ce livre, fait pour défendre les Jansénistes persécutés alors, contre les Jésuites tout puissants dans l'Église et dans l'État, fut condamné en France par le Roi, et à Rome par le Pape. Les lettres sur l'*Homicide* et la *Calomnie* sont les plus belles.

PÉLISSON (1624-1693), qui avait été commis de Fouquet, partagea sa disgrâce et fut incarcéré à la Bastille. Là il composa trois Mémoires pour justifier son ami et les écrivit sur la marge d'un livre avec un cure-dents trempé dans de la suie délayée. Ces Mémoires sont, au jugement de Voltaire, les seuls plaidoyers écrits en France qui rappellent la manière de Cicéron.

L'éloquence religieuse brilla du plus vif éclat sous Louis XIV. La chaire chrétienne fut occupée sans interruption pendant soixante ans, par de grands orateurs. Bossuet, Bourdaloue, Fénélon, Fléchier, Massillon ne laissèrent pas languir l'admiration de la cour et du public.

Bossuet excelle entre tous les orateurs de la chaire. Il a été, au XVIIe siècle, ce que St-Bernard avait été au XIIe. Tous deux eurent la Bourgogne pour berceau ; tous deux eurent l'honneur de rouvrir la liste des pères de l'Église de France par leur génie ; enfin tous deux eurent à lutter contre un adversaire qu'ils aimaient, qu'ils admiraient et

qu'ils ont vaincu ; ces adversaires sont Abélard au XIIe siècle,
Fénelon au XVIIe siècle.

Ce fut en 1661 que Bossuet prêcha pour la première fois
devant Louis XIV, dans la chapelle du Louvre ; et le roi fut
tellement émerveillé qu'il fit écrire au père de Bossuet pour
le féliciter d'avoir un tel fils.

Le secrétaire de Bossuet nous a laissé des traits de son éloquence extérieure, cette partie si importante pour le succès :
« Son regard, dit-il, était doux et perçant ; sa voix paraissait toujours sortir d'une âme passionnée ; ses gestes étaient
modestes, tranquilles et naturels : tout parlait en lui, avant
même qu'il commençât à parler. »

Quant à l'éloquence de sa parole, écoutons M. de Châteaubriand : « Trois choses se succèdent continuellement dans les
discours de Bossuet : le trait de génie ou d'éloquence , la citation si bien fondue avec le texte, qu'elle ne fait plus qu'un
avec lui : enfin la réflexion ou le coup-d'œil d'aigle sur les
causes de l'évènement rapporté.... L'évêque de Meaux a créé
une langue que lui seul a parlée. »

Bossuet, comme orateur de la chaire, a fait des sermons et
des oraisons funèbres. Ses sermons longtemps mutilés par les
éditeurs ont enfin été rétablis pour la plupart dans leur in-
tégrité primitive ; et on a reconnu qu'il n'était pas inférieur,
dans ce genre, aux Bourdaloue et aux Massillon. Un de ses
plus beaux sermons est celui qu'il prononça sur l'*Unité de
l'Église*, devant cette fameuse assemblée du clergé de 1682,
chargée de résoudre les difficultés qui s'étaient élevées entre
le roi et le pape.

Mais la gloire de Bossuet, une gloire incomparable , lui
vient surtout de l'oraison funèbre. Rien n'est plus difficile
que l'oraison funèbre, parce qu'il faut louer quand même les
choses humaines qui laissent, hélas ! bien à désirer ; mais
proclamer leur néant en les exaltant, inspirer pour elles du
mépris et du dédain, tout en satisfaisant l'amour-propre de
ceux qui ont occupé les premières places sur la terre, il faut
pour cela être le dieu de l'éloquence.

Le recueil classique des oraisons funèbres de Bossuet n'en contient que six, savoir : celle de Henriette de France, l'épouse de Charles 1er, roi d'Angleterre, celle d'Henriette d'Angleterre, leur fille, celle de la reine de France, Marie-Thérèse d'Autriche, celle de la princesse Palatine, celle de Michel-le-Tellier chancelier de France, et celle enfin du prince de Condé. L'exorde de la première et la péroraison de la dernière sont ce que l'éloquence a jamais produit de plus magnifique et de plus touchant.

Bourdaloue succéda à Bossuet comme prédicateur, et ses succès dans le sermon dépassèrent peut-être ceux de l'évêque de Meaux. Ses prédications étaient l'événement de la ville : « On allait en Bourdaloue, écrivait Mme de Sévigné, avec un incroyable empressement. » Le roi entendit ce père prêcher dix Carêmes de suite ; la cour ne parlait que de ses sermons. Il ne ménageait pas pourtant les courtisans ni les grands de la terre : « Il frappe comme un sourd, écrivait Mme de Sévigné à sa fille, disant des vérités à bride abattue, parlant à tort et à travers de l'adultère : sauve qui peut ! »

Fénelon, dans ses *Dialogues sur l'éloquence*, a dit de lui qu'il était très-capable de convaincre, mais qu'il ne connaissait guère de prédicateur qui persuade et qui touche moins. En effet, ses discours sont de longs et froids raisonnements, semblables à des démonstrations de géométrie, et qui demandent, pour être suivis, une certaine contention d'esprit : « Il m'a souvent ôté la respiration, dit Mme de Sévigné, par l'extrême attention avec laquelle on est pendu à la force et à la justesse de ses discours. » Mais il y avait dans l'ordonnance de ses preuves, dans le choix des développements, dans l'inépuisable fécondité de sa logique, quelque chose qui surprenait et captivait l'esprit et qui empêchait qu'on fît attention aussi à ses défauts extérieurs, car il parlait les yeux fermés, d'un ton monotone, avec un geste toujours le même.

Fléchier n'est pas un orateur, mais seulement un rhéteur ingénieux. Il faut faire pourtant une exception en faveur de son oraison funèbre de Turenne. Mme de Sévigné ayant lu celle que Mascaron avait prononcée en l'honneur du héros, avait écrit à sa fille qu'elle défiait Fléchier d'en faire une pareille. Quelque temps après, passant par Malicorne où Fléchier venait de prononcer la sienne, elle se la fit lire et, immédiatement après cette lecture, elle écrivait : « Je demande mille et mille fois pardon à M. de Tulle ; mais il me parait que celle-ci était au-dessus de la sienne. Je la trouve *plus également belle partout*...... » Elle avait raison, car l'inégalité était le défaut principal de Mascaron.

Fénelon improvisait presque toujours : aussi nous reste-t-il très peu de sermons de lui ; mais ce sont des modèles d'une éloquence noble et familière. On n'y trouve pas la sublimité de Bossuet, et moins encore la vigueur de Bourdaloue, mais quelque chose de semblable à cette douce lumière qui inonde les bienheureux des Champs-Elysées dans la belle description du Télémaque.

Massillon est le digne continuateur de ces grands maîtres ; son éloquence consola la vieillesse de Louis XIV et instruisit l'enfance de Louis XV. Il se distingue, entre tous les orateurs de la chaire, par le pathétique et par la connaissance du cœur humain. On lui reproche des développements trop abondants ; mais cette abondance a cela de commun avec celle de Cicéron, que les développements n'y sont pas des redites. Son *Avent* et son *Carême*, prêchés à Versailles devant Louis XIV, sont une suite presque continuelle de chefs-d'œuvre. Le *Petit Carême*, prêché en 1718 devant Louis XV, âgé de neuf ans, est peut-être plus remarquable encore, par l'union merveilleuse de l'éloquence et de la simplicité. « Il semble, comme le lui dit l'abbé Fleury, en le recevant à l'Académie Française, qu'il ait voulu imiter le prophète qui, pour ressusciter le fils de la Sunamite, se rapetissa pour ainsi dire en mettant sa bouche sur la bouche, ses yeux sur les yeux et ses mains sur les mains de l'enfant. » Le jeune roi goûta fort ses discours et il en parlait souvent à son précepteur. Voltaire regardait le *Petit-Carême* comme le modèle de la prose française, et l'avait toujours près de lui, quand il composait.

Massillon avait les deux éloquences, celle de l'âme et celle du corps. Au moment où il paraissait dans la chaire, il semblait vivement pénétré des grandes vérités qu'il allait annoncer ; sa parole s'animait peu à peu et prenait une foule d'inflexions naturelles, et il faisait pénétrer dans ses auditeurs le sentiment religieux que son extérieur annonçait. Sur la réputation seule de son débit, l'acteur Baron voulut assister à un de ses sermons : « Voilà, dit-il, en sortant, voilà un orateur, et nous ne sommes que des comédiens. » On sait quel effet il produisit, quand il prêcha dans l'église St-Eustache son sermon sur le petit nombre des Élus ; toute l'assemblée, croyant assister à la scène terrible du jugement dernier, se leva, saisie d'effroi.

Parmi les pasteurs protestants de la même époque, nous citerons le ministre Claude qui fut souvent aux prises avec Bossuet, et Saurin dont les sermons sont remarquables par l'austérité du langage et l'énergie des pensées.

L'éloquence du barreau n'a pas eu chez nous le même succès, dans le XVIIᵉ siècle, que l'éloquence de la chaire. Le barreau a été longtemps encombré de science pédantesque, de diffusion, de citations. Racine s'est agréablement moqué de tous ces défauts dans la comédie des Plaideurs. Le barreau a conquis toutefois un éclat récent, mais il brille plutôt par les qualités fugitives de l'improvisation que par les qualités durables de la composition littéraire.

Pendant le XVIIIᵐᵉ siècle, l'habitude de consacrer par un éloge posthume la mémoire des savants qui faisaient partie de l'Académie des sciences, a constitué un genre d'éloquence qui tient à l'oraison funèbre et à l'histoire.

Fontenelle qui remplit, pendant près de 40 ans, les fonctions de secrétaire perpétuel à l'Académie, a donné les premiers modèles de ce genre ; il y a déployé toute la finesse de son esprit. Les concours ouverts par l'Académie française et les discours de réception ainsi que les réponses qui y sont faites ont créé l'éloquence académique proprement dite. Au XVIIᵉ siècle, l'Académie proposait pour sujet du prix d'éloquence fondé par Balzac, ou quelque lieu commun de morale, ou l'éloge d'une des vertus du roi. On sortit enfin de ce cercle de déclamations et de flatteries, pour honorer la mémoire des hommes éminents par leurs vertus et leur génie. Ce fut en 1758 que l'Académie ouvrit cette voie nouvelle à l'éloquence. Thomas se distingua le premier par ses éloges académiques. Il a de la force dans les idées ; mais il est souvent emphatique, et par suite monotone. L'éloge de Marc-Aurèle, où ses défauts sont moins sensibles, passe pour son chef-d'œuvre, et la péroraison de ce discours est vraiment éloquente. L'*Essai sur les Eloges* qui devait servir d'introduction aux discours de Thomas, est un travail de critique fort estimé. Le discours de Buffon sur le *style* appartient aussi à l'éloquence académique.

L'Eloquence de la Tribune ne date chez nous que de la révolution. Parmi les orateurs que l'assemblée des Etats-généraux de 1789 révéla à la France, on distingue Mirabeau, l'abbé Maury et Cazalès, le tribun, le prêtre et le gentilhomme. Mais Mirabeau domine les deux autres de toute la supériorité du génie sur le talent.

MIRABEAU (1749-1791) était du Tiers-Etat, pour la ville d'Aix. Il prononça une foule de discours éloquents qui lui valurent le surnom de Démosthène Français. On remarque surtout son Adresse au roi pour le renvoi des troupes campées à Versailles, ses discours sur la banqueroute, sur la constitution civile du clergé, sur la sanction royale, sur le droit de paix et de guerre. Après s'être montré le plus audacieux réformateur, il se rapprocha de la royauté. Cette conduite lui fit beaucoup d'ennemis ; et déjà sa popularité commençait à baisser, lorsqu'il succomba tout-à-coup aux fatigues de sa vie orageuse. Il mourut en improvisant un hymne sublime à la Nature. Ses restes furent conduits en grande pompe au Panthéon. Deux ans plus tard la populace les exhuma pour les jeter au vent.

La tribune française a brillé sous la Restauration et sous le gouvernement de Juillet ; nous en parlerons plus tard.

CHAPITRE II.

De l'Histoire.

L'histoire est le récit des faits qui ont influé sur la destinée des nations et sur la civilisation du genre humain.

Si l'on considère l'étendue des faits que l'histoire embrasse, on la divise en histoire *universelle*, histoire *générale*, histoire *particulière*.

L'histoire universelle embrasse l'histoire de l'humanité tout entière.

L'histoire générale raconte la vie d'un peuple à commencer dès son origine.

L'histoire particulière raconte un fait pris dans la vie d'un peuple ; telle est l'*Histoire de la Ligue* par Anquetil ; ou bien elle suit la marche d'un seul des éléments de la civilisation, la religion ou les lettres, etc ; et elle s'appelle alors histoire *ecclésiastique*, histoire *littéraire*.

Quand l'histoire est écrite sèchement, année par année, on la nomme *Chroniques* ; on pourrait aussi la nommer *Annales* ; mais plusieurs ouvrages de ce nom, notamment les *Annales* de Tacite, sont écrits d'une manière plus littéraire. Quand c'est un témoin oculaire qui raconte les faits qu'il a vus et où il a joué un rôle, son récit s'appelle *Mémoires*. Enfin quand on raconte la vie d'un seul personnage, c'est une *Biographie*.

Si l'on considère l'histoire sous le rapport de la composition, on dit qu'elle est *dramatique* ou *philosophique*.

Si elle raconte les faits avec leurs principales circonstances et qu'elle mette les personnages en scène, elle est dramatique. Si au contraire elle ne prend que les grands faits pour en montrer l'enchaînement et raisonner sur leurs causes et leurs effets, elle est philosophique.

Nous constaterons ces différents caractères dans les historiens que nous étudierons.

§ 1. — HISTORIENS GRECS ET LATINS.

L'histoire ne commence chez les Grecs qu'après les guerres médiques.

Le premier historien grec est Hérodote, né en 484 avant J.-C., surnommé le *père de l'histoire*. Son ouvrage est divisé en neuf livres auxquels on a donné le nom des neuf muses. Les premiers traitent de l'histoire universelle ; les derniers sont le récit de la guerre d'Ionie et des guerres médiques, ces grandes expéditions dirigées successivement contre la Grèce par Darius et Xerxès.

La narration d'Hérodote a un caractère à la fois épique et dramatique. On raconte qu'ayant lu quelques fragments de son ouvrage, à Athènes, pendant la fête des grandes Panathénées, les Athéniens avaient été tellement émerveillés de ses récits qu'ils lui avaient voté une somme de dix talents, plus de cinquante mille francs de notre monnaie, en témoignage de leur admiration et de leur reconnaissance.

Le second historien grec est Thucydide, né à Athènes, 473 avant J.-C. ; il a raconté, avec une grande vigueur de style, les vingt et une premières années de la guerre du Péloponèse, où il prit une grande part, et durant laquelle il fut condamné à l'exil par les Athéniens, parce qu'il n'avait pu prévenir la prise d'Amphipolis.

Homme d'Etat et guerrier, il est le premier des historiens politiques.

On admire entre autres choses, dans Thucydide, le récit de la peste d'Athènes et le portrait de Périclès que nous citons ici. « Périclès, puissant par sa dignité personnelle, par la sagesse de ses conseils et reconnu incapable, entre tous, de se laisser corrompre jamais à prix d'argent, con-

tenait la multitude par le simple ascendant de sa pensée :
c'était lui qui la menait, et non pas elle qui le menait lui-
même ; car n'ayant pas acquis son autorité par des moyens
illégitimes, il n'avait pas besoin de dire des choses agréables ;
il savait, en conservant sa dignité, contredire la volonté du
peuple et braver sa colère. Quand il voyait les Athéniens se
livrer, hors de saison, à une audace arrogante, il rabattait
leur fougue par ses discours, et les frappait de terreur ;
tombaient-ils mal à-propos dans la crainte, il relevait leur
abattement et ranimait leur audace. C'était, de nom, un
gouvernement populaire ; de fait, il y avait un chef, et l'on
obéissait au premier de tous les citoyens. »

Xénophon, d'Athènes, (455 avant J.-C.) a été surnommé
l'Abeille attique à cause de la douceur et de la grâce de son
style.

Son histoire prend les évènements au moment où se termine la narration de Thucydide, pour la conduire jusqu'à la
bataille de Mantinée.

Xénophon a en outre écrit l'*Anabase* ou retraite des Dix
Mille, qu'il dirigea lui-même ; les *Mémoires* de Socrate ou
recueil des dits et faits mémorables de ce philosophe ; et
la *Cyropédie*, sorte de roman historique, où il raconte l'éducation de Cyrus et fait l'histoire de sa vie.

Après Xénophon, il faut descendre deux siècles pour trou-
ver un historien de génie. Polybe de Mégalopolis, (203 avant
J.-C.), mérite ce titre à tous égards. Il servit d'abord sous
Philopémen, et plus tard il accompagna Scipion au siège de
Carthage ; il apprit à fond l'art de la guerre et de la poli-
tique auprès de ces deux grands hommes dont il fut l'ami.

Son histoire qui comprenait les guerres puniques et qui
s'étendait jusqu'à la guerre de Macédoine, est considérée
comme un chef-d'œuvre d'histoire politique et militaire. Elle
a été bien longtemps le bréviaire des hommes d'Etat et des
hommes de guerre ; malheureusement elle a été mutilée.

PLUTARQUE, né à Chéronée, en Béotie, vers l'an 56 avant

J.-C., a élevé la biographie à la hauteur de l'histoire ; ses *Vies parallèles* des grands hommes de la Grèce et de Rome font les délices des gens du monde ainsi que des hommes de lettres, par les détails intéressants qu'elles renferment et par les agréments du récit. Cet ouvrage a été traduit au XVIe siècle par Amyot, dont la traduction originale a elle-même une grande réputation. Montaigne a dit de cette traduction les paroles suivantes : « Nous autres ignorants étions perdus, si ce livre ne nous eût relevés du bourbier ; sa merci (grâce à lui) nous osons à cette heure et parler et écrire ; les dames en régentent les maîtres d'école : c'est notre bréviaire. »

Rome a produit d'aussi grands historiens que la Grèce ; les principaux sont Jules César, Salluste, Tite-Live et Tacite.

Jules CÉSAR, (100 ans avant J.-C.), est le premier des historiens latins. Il a écrit des *Commentaires* sur la guerre des Gaules et sur les guerres civiles. Son style est simple, clair, élégant. On a comparé cet ouvrage avec les Mémoires dictés à Ste-Hélène, par Napoléon, sur les campagnes d'Italie et d'Egypte.

Après César, vient SALLUSTE, l'écrivain le plus concis, le plus nerveux qu'ait produit la littérature latine. La *Guerre de Jugurtha* et la *Conspiration de Catilina* sont des ouvrages du premier ordre.

Il avait aussi écrit une *Grande Histoire*, comprenant tous les évènements depuis la mort de Sylla jusqu'à la conspiration de Catilina, mais il n'en reste que des fragments.

Le troisième des grands historiens latins, TITE-LIVE, né à Padoue (59 avant J.-C.), vécut sous le règne d'Auguste, et fit une histoire romaine en 140 livres ; nous n'en possédons que 35; les autres sont perdus. Son style est abondant et harmonieux, ses discours sont éloquents, ses récits ont tous de l'intérêt. Des critiques l'ont taxé de susperstition et de crédulité à cause des prodiges dont son histoire est remplie. Mais pourquoi l'historien ne rapporterait-il pas les traditions merveilleuses des temps anciens ? Et pourquoi irait-il faire le philosophe, en se moquant de ces traditions qui sont toujours respectables, même quand elles sont fausses, parce qu'elles ont fait partie de la vie morale des peuples ?

Enfin TACITE, (69 de J.-C.), est le plus éloquent, le plus profond, le plus moral des historiens romains et peut-être des historiens de tous les temps. Il nous reste de Tacite quatre ouvrages : les *Mœurs des Germains*, satire indirecte des vices des Romains ; la *Vie d'Agricola*, chef-d'œuvre, dit Montesquieu , d'un auteur qui n'a fait que des chefs-d'œuvre ; Les *Annales*, qui racontent l'histoire des empereurs depuis la mort d'Auguste jusqu'à celle de Néron ; les *Histoires* qui embrassent les règnes dont Tacite a été le témoin : ces deux derniers ouvrages ont été mutilés.

§ II. — CHRONIQUEURS FRANÇAIS.

GRÉGOIRE, de Tours, au ve siècle, joua un rôle politique, défendit contre Chilpéric et Frédégonde l'évêque Prétextat et le jeune Mérovée qui était venu chercher un asile auprès du tombeau de St-Martin. Il a écrit une *Histoire des Francs* qui embrasse l'espace de 174 ans (417-591) ; c'est une révélation naïve et pittoresque de la société barbare.

FRÉDÉGAIRE, abréviateur et continuateur de Grégoire de Tours, a continué l'Histoire des Francs jusqu'à l'année 641 ; il fournit des renseignements précieux sur les règnes de Clotaire II, de Dagobert et de Clovis-le-Jeune ; mais sa diction est sèche et pâle.

Il faut descendre jusqu'au règne de Charlemagne pour trouver un écrivain, car la barbarie des derniers Mérovingiens avait éteint toute lumière.

EGINHARD, secrétaire de Charlemagne, avait été élevé à la cour avec les princes par Alcuin ; il épousa même la fille de l'empereur, Emma, si l'on en croit certains récits romanesques. Il a laissé deux ouvrages importants : la *Biographie de Charlemagne* et les *Annales des Rois francs*, de 741 à 829.

Ces auteurs ont tous écrit en latin. Ce n'est qu'à partir du XIIᵉ siècle qu'on trouve des monuments historiques écrits dans notre langue nationale.

Le premier de nos chroniqueurs français est VILLEHAR-DOUIN, maréchal de Champagne, né vers 1160. Il prit une part glorieuse à la quatrième croisade, et assista à la prise de Constantinople. Ses mémoires contiennent le récit des faits dont il a été le témoin et se distinguent par une noble simplicité.

JOINVILLE (1223-1319) était maréchal de Champagne, du temps du bon Thibaud. Il fut l'ami et le conseiller de Louis IX, l'accompagna dans sa première croisade, partagea sa captivité et lui inspira, par sa franchise, une si vive amitié que le roi ne voulut plus qu'il le quittât. De retour en France, il l'admit à sa table et souvent il le chargeait de rendre la justice à ses sujets.

« Joinville, dit Demogeot, est l'inventeur de ce genre historique qui nous appartient en propre et qu'on nomme des *Mémoires*. Il y a un charme tout particulier dans le mélange des grands faits de l'histoire avec les impressions et les aventures personnelles de celui qui les raconte ; les détails particuliers rapprochent de nous les évènements, et leur donnent une couleur et en quelque sorte un parfum de vérité.... »

Le XIVᵉ siècle a eu son historien dans le plus célèbre des chroniqueurs, FROISSART, né à Valenciennes, en 1337. Il embrassa l'état ecclésiastique, mais sans en remplir les fonctions, et passa sa vie à la cour des princes et des seigneurs, recueillant de leur bouche des récits qu'il s'empressait de consigner dans ses écrits, et il charmait leurs loisirs par la lecture de ses histoires et de ses poésies. Sa chronique qui va de 1326 à 1400, est un tableau pittoresque de la vie féodale ; il ne règne pas un grand ordre dans la suite de ses récits, mais chacun, pris à part, est parfait : le roi Jean, prisonnier dans la tente du prince de Galles, offre une peinture admirable ; le récit de la bataille de Crécy est digne d'Homère.

CHRISTINE DE PISAN, née en 1363, auteur d'une histoire de Charles-le-Sage, est bien éloignée du naturel et de la viva-cité pittoresque de Froissart ; mais si elle est gourmée et pédante dans sa prose, ses vers ont toujours de la délicatesse et de la grâce.

L'écrivain éminent du XVe siècle est PHILIPPE DE COMMINES (1445-1511). Il servit d'abord le duc de Bourgogne, Charles-le-Téméraire, puis il le quitta pour s'attacher à Louis XI dont le caractère lui convenait mieux. Ce prince le combla de richesses et d'honneurs et fit de lui le confident et le mi-nistre de ses desseins.

Il fut disgracié, pendant la régence d'Anne de Beaujeu, pour avoir pris le parti du duc d'Orléans. Il rentra en grâce sous Charles VIII qui le chargea de plusieurs missions. Sous Louis XII, il consacra sa retraite à écrire ses *Mémoires* qui contiennent les plus précieux renseignements sur les règnes de Louis XI et de Charles VIII ; on regrette seulement qu'il raconte avec indifférence les actes les plus iniques et qu'il juge les évènements non d'après l'équité, mais d'après le succès.

§ III. — HISTORIENS FRANÇAIS.

L'histoire véritable commence, chez nous, avec MÉZERAI, sous Louis XIV ; il a écrit une *Histoire de France* qui se termine au règne de Henri IV, et il a fait aussi un *Abrégé*, qui est supérieur à sa grande histoire.

SAINT-RÉAL a écrit avec force et élégance, l'histoire de la conjuration des Espagnols contre Vénise, qui n'est guère qu'un roman historique.

Le Père d'ORLÉANS nous intéresse au Tableau des révolu-tions d'Angleterre.

On estime encore l'*Histoire Ecclésiastique* de l'abbé FLEURY,

qui s'étend depuis l'établissement du christianisme jusqu'en
1414 et comprend 20 volumes in-4°. Mme Swetchine, cette
princesse russe, si célèbre de nos jours par sa conversion au
catholicisme, et dont le père Lacordaire a prononcé l'oraison
funèbre, a eu le courage de lire cet ouvrage tout entier,
prenant des notes, faisant des résumés, des réflexions, et
marchant lentement pour mieux arriver.

Aucun des travaux historiques dont nous venons de parler
n'est du premier ordre. Le siècle de Louis XIV n'a produit,
dans le genre historique, que deux chefs-d'œuvre ; l'*Histoire
Universelle* de Bossuet et les *Mémoires* du cardinal de Retz.

L'*Histoire Universelle* de Bossuet est divisée en trois parties :
la première est une chronologie rapide des évènements
écoulés depuis l'origine du monde jusqu'à Charlemagne ; la
deuxième renferme l'histoire de la religion ; et dans la troisième, il montre la succession des grands empires s'élevant
et tombant l'un après l'autre, selon les desseins de la providence. Bossuet avait conçu l'idée de cet ouvrage dès sa
jeunesse, et en avait recueilli patiemment les matériaux. Il
les mit en œuvre, lorsqu'il fut chargé de l'éducation du
Dauphin, et ce fut pour son élève comme un résumé de
l'histoire universelle. Ce livre fait l'admiration même de
ceux qui n'admettent pas le point de vue où Bossuet s'est
placé.

Les *Mémoires* du cardinal de Retz nous offrent un tableau
animé et piquant des troubles de la Fronde ; c'est un écrivain
original, singulièrement spirituel, mais l'imagination chez
lui vient trop souvent en aide à la mémoire, pour transfi-
gurer les faits et dénaturer les intentions.

Nous rencontrons, au XVIIIe siècle, trois grands noms
dans l'histoire : St-Simon, Montesquieu et Voltaire.

St-Simon, né en 1675, d'une famille noble et ancienne, se
distingua d'abord aux batailles de Fleurus et de Nerwinde, et
se voua ensuite à la diplomatie. Il entra à la cour à la fin du

règne de Louis XIV, s'attacha au duc de Bourgogne et ensuite au duc d'Orléans qui l'appela au conseil de régence.

Après la mort du régent, il perdit de son crédit, et se retira dans ses terres où il s'occupa de rédiger ses *Mémoires*. Cet ouvrage est un des chefs-d'œuvre de notre langue, par l'originalité du style, par l'importance des révélations historiques, l'énergique peinture des caractères et la profondeur des réflexions. M. Villemain n'a pas craint de le comparer à Tacite. On lui reproche seulement trop de partialité pour la noblesse.

MONTESQUIEU, dont tout le monde connaît la biographie, dans son livre sur la *Grandeur et la Décadence des Romains*, a dévoilé les principes qui font la force et la faiblesse des empires. Son livre commence à Romulus et finit un peu avant la chute de Constantinople. On a dit qu'il abrégeait tout parce qu'il voyait tout. Peut-on mettre aussi au nombre des ouvrages d'histoire, son livre intitulé l'*Esprit des lois*? oui, si l'on considère les lois comme l'élément principal de la civilisation des peuples. Nous n'acceptons pas, relativement à cet ouvrage, la critique de Mme du Deffant qui a dit que c'était de l'esprit sur les lois : il y a plus que de l'esprit dans cet ouvrage savant et profond.

Nous avons déjà vu VOLTAIRE dans plusieurs genres, sinon au premier rang, toujours au moins au second, c'est encore un de nos meilleurs historiens. Ses principaux ouvrages sont : l'*Histoire de Charles XII*, qui unit l'intérêt d'un roman à la sévérité de l'histoire ; *Le siècle de Louis XIV*, où malheureusement la division par matières nuit à l'intérêt, en détruisant l'unité ; et enfin, l'*Essai sur les mœurs et l'esprit des nations*, ouvrage philosophique autant qu'historique, où l'auteur montre trop souvent des intentions hostiles au christianisme, mais aussi où l'idée, toute nouvelle encore de l'amour de l'humanité trouve un ardent panégyriste. La narration de Voltaire est claire et rapide, ses réflexions ingénieuses et judicieuses.

Parmi les écrivains de second ordre on distingue VERTOT,

dont le style est coulant et la narration attachante. On lit toujours avec intérêt ses *Révolutions de Suède* et ses *Révolutions romaines*. L'*Histoire des chevaliers de Malte*, dont la lecture est si attrayante, a été discréditée par sa fameuse réponse : « Il est trop tard, mon siège est fait! » Il s'agissait du siège de Malte sur lequel on lui offrait des renseignements précieux.

RAYNAL écrivit l'*Histoire philosophique des Deux Indes*, où les déclamations d'une philosophie orgueilleuse se mêlent à des recherches historiques dont tout le monde n'admet pas l'exactitude.

L'université de Paris a donné au XVIIIe siècle trois historiens : Rollin, Crevier et Le Beau.

ROLLIN a écrit avec une simplicité charmante l'*Histoire ancienne* et les commencements de l'*Histoire romaine*. Montesquieu a dit de lui : « Un honnête homme a par ses ouvrages enchanté le public. C'est le cœur qui parle au cœur ; on sent une secrète satisfaction d'entendre parler la vertu, c'est l'abeille de la France. »

CREVIER a continué, sur le même plan, mais avec un talent bien inférieur, le travail de Rollin : on lui doit l'*Histoire des Empereurs romains*.

LEBEAU a écrit l'*Histoire du Bas-Empire* ; cet ouvrage est aride et fatigant, mais d'une érudition consciencieuse.

Notre histoire de France trouvait en même temps ses écrivains « En l'année 1713, dit Augustin Thierry, le père Daniel, jésuite, fit paraître une nouvelle *Histoire de France*, précédée de deux disssertations sur les premiers temps de cette histoire, et d'une préface sur la manière de la traiter. Daniel prononça d'un seul mot la condamnation de son prédécesseur : « Mézeray, dit-il, ignorait ou négligeait les sources. » Pour lui, sa prétention fut d'écrire d'après elles, de suivre les témoignages et de revêtir la couleur des historiens originaux. » Malheureusement l'abbé Daniel ne se tint pas assez longtemps dans la bonne voie, mais il avait enseigné la vraie méthode de l'histoire de France.

Entre ceux qui ont écrit après lui, bien peu en profitèrent. VELLY, dont l'ouvrage eut un succès que M. Aug. Thierry ne comprend pas, se mit à composer son histoire sans préparation et sans études, sans autre talent qu'une déplorable facilité à faire des phrases vagues et sonores.

Les deux continuateurs de Velly, VILLARET et GARNIER, eurent plus de gravité et d'instruction, mais n'ont pas compris le sens des événements qu'ils ont racontés, faute de connaître suffisamment les premiers temps de notre histoire.

L'*Histoire de France* d'Anquetil a joui aussi d'une réputation non méritée ; elle est prise au hasard de l'Histoire de Mézeray et de celle de Velly qu'il extrait et cite à tour de rôle. Pourtant c'était un homme d'un grand sens, comme le prouvent son Histoire de la ville de Reims et son ouvrage intitulé l'*Esprit de la Ligue* : on trouve dans ces deux ouvrages l'empreinte du temps, sa couleur et son langage.

§ IV — HISTORIENS ÉTRANGERS.

Mme de Staël, dans son livre sur l'*Allemagne*, parle de trois historiens célèbres de ce pays : Herder, Schiller et Müller.

HERDER a fait un ouvrage intitulé la *Philosophie de l'Histoire* : « c'est peut-être, dit Mme de Staël, le livre allemand écrit avec le plus de charme. On n'y trouve pas la même profondeur d'observation que dans l'ouvrage de Montesquieu sur les *Causes de la Grandeur et de la Décadence des Romains* , mais comme Herder s'attachait à pénétrer le génie des temps les plus reculés, peut-être que la qualité qu'il possédait au suprême degré, l'imagination, servait mieux que toute autre à les faire connaître.

SCHILLER, non content de sa réputation de grand poëte dramatique, aspira aussi à la renommée d'historien et l'obtint par son histoire de la *Révolution des Pays-Bas* et par celle de la *Guerre de Trente ans*. Les Allemands lui reprochent de n'avoir pas assez étudié les faits dans leurs sources.

MULLER est auteur d'une histoire de la *Confédération Suisse* ; il y décrit en peintre la contrée où se sont passés les faits qu'il raconte. Il venait de mourir, lorsque Mme de Staël parlait de lui ; on sent qu'elle a été profondément touchée de sa pauvreté et de son désintéressement : « Il ne laisse point de fortune, dit-elle, et il demande qu'on vende ses manuscrits pour payer ses dettes. Il ajoute que si cela suffit pour les acquitter, il se permet de disposer de sa montre en faveur de son domestique qui ne recevra pas sans attendrissement la montre qu'il a montée pendant vingt années. »

L'Italie compte aussi des historiens célèbres parmi lesquels nous remarquerons Machiavel, Guichardin et Vico, les deux premiers appartenant au XVIe siècle et le dernier au XVIIe.

MACHIAVEL a composé une *Histoire de Florence*, sa patrie, aux affaires de laquelle il prit part, comme secrétaire du Conseil des dix, et comme ambassadeur chargé de missions en France, en Allemagne et à Rome. Il a écrit aussi un livre intitulé le *Prince*, où il a érigé en système la politique sans bonne foi et sans loyauté qu'on a flétrie depuis sous le nom de *Machiavélisme*.

GUICHARDIN apprit aussi dans les affaires l'expérience nécessaire pour écrire l'histoire ; il fut employé par les papes Léon X et Clément VII et se mit ensuite au service des Médicis ; mais il consacra ses dernières années à des travaux historiques. Il a laissé une *Histoire d'Italie* qui commence en 1490 et finit en 1534.

VICO fut méconnu de ses contemporains, et c'est M. Michelet qui a le premier en France appelé l'attention sur lui. Il fut un des créateurs de la philosophie de l'histoire, qu'il nomme la *science nouvelle*. Il a tracé à grands traits l'histoire du genre humain, mais on lui reproche son système fataliste, qui condamne l'humanité à repasser toujours par la même route et à rouler dans un cercle éternel.

Les historiens Anglais les plus renommés sont au XVIIIe siècle, Hume qui a fait une histoire d'Angleterre ; Robertson, auteur de l'histoire de Charles-Quint, et Gibbon qui a composé une histoire détaillée de la décadence des Romains. Le premier volume de cette histoire a été traduit en français par Louis XVI.

CHAPITRE III.

Philosophie

La philosophie ne tient pas, dans la littérature, une place moins grande que l'éloquence et l'histoire, car elle n'a pas exercé une influence moins profonde sur les destinées de l'humanité. Si les orateurs ont gouverné les Etats par la parole; si l'histoire instruit l'avenir par l'expérience du passé, la philosophie a soulevé, discuté et résolu les plus grands problèmes sur l'homme, sur le monde et sur Dieu.

Nous n'exposerons pas ici tous les systèmes des philosophes, nous indiquerons seulement les plus célèbres de l'antiquité, du moyen-âge et des temps modernes.

§ I. — Philosophie de l'Antiquité.

La philosophie, chez les Grecs, fut une espèce de sacerdoce; tandis que les prêtres païens n'étaient occupés qu'à égorger les victimes, les philosophes enseignaient aux hommes leurs devoirs. Parmi une foule nombreuse de philosophes, nous en citerons quatre seulement : Pythagore, Socrate, Platon et Aristote.

Nous n'avons point d'ouvrages des deux premiers; ceux de Pythagore sont perdus, et Socrate n'a rien écrit; mais l'un a donné des législations à un grand nombre de peuples et a laissé des traces profondes dans toutes les sciences; l'autre a été, par son enseignement oral, la source principale de la vraie philosophie.

Thalès passe pour être le fondateur de la philosophie; mais Pythagore, qui vivait à peu près dans le même temps, pourrait peut-être à plus juste titre revendiquer cet honneur.

PYTHAGORE, né à Samos, au commencement du ve siècle avant J.-C., voyagea longtemps pour s'instruire, et s'établit à Crotone, en Italie. Il y fonda une école et se vit bientôt entouré d'une foule de disciples. Les disciples vivaient en communauté avec le maître, et les aspirants étaient soumis à diverses épreuves, entre autres à un silence de plusieurs années. Ils menaient la vie la plus frugale et s'abstenaient de la chair des animaux. Pythagore exerçait sur ses disciples un empire absolu et obtenait d'eux une foi aveugle ; quand on leur demandait raison de leurs croyances, ils répondaient : Le maître l'a dit !

On ne connaît pas bien les détails de sa mort ; on croit qu'il périt à Métaponte dans une émeute ; il avait près de cent ans.

Pythagore substitua au nom de Sages qu'avaient porté ses devanciers, le nom de Philosophes, c'est-à-dire, *amis de la sagesse*. Il embrassa toutes les sciences connues de son temps et cultiva surtout avec le plus grand succès les sciences mathématiques, dans lesquelles il fit plusieurs découvertes. Il enseignait la Métempsycose, et ce fut pour ce motif qu'il proscrivait l'usage de la chair ; il prétendait, dit-on, se souvenir d'avoir existé autrefois dans le corps d'Euphorbe qui assista au siège de Troie. Il ne nous reste de Pythagore que des préceptes moraux, connus sous le nom de *Vers dorés*.

SOCRATE, (470-400 avant J.-C.), né à Athènes, était fils d'un sculpteur nommé Sophronisque et d'une sage-femme nommée Phénarète. Il exerça d'abord la profession de son père, mais la quitta de bonne heure pour se livrer aux sciences. Il crut avoir reçu la mission spéciale de réformer ses compatriotes, et se vit bientôt entouré d'un grand nombre de jeunes gens qu'il formait par ses leçons. Sa conduite était d'accord avec ses principes et il donna l'exemple de toutes les vertus, soit publiques, soit privées. Il mérita enfin d'être proclamé par l'oracle de Delphes le plus sage des hommes.

Néanmoins, il se fit, par la hardiesse de ses censures,

de nombreux ennemis. Dès l'année 424, le poëte Aristophane l'avait livré au ridicule, dans la comédie des *Nuées* ; enfin un prêtre, un démocrate et un mauvais poëte se réunirent contre lui et l'accusèrent de corrompre la jeunesse et d'introduire des divinités nouvelles. Il refusa de se défendre, et fut malgré son innocence, condamné à boire la ciguë. Pendant qu'il était en prison, ses amis lui offrirent les moyens de s'évader, mais il repoussa leurs offres, ne voulant pas, disait-il, désobéir aux lois.

Il eut le jour même de sa mort un entretien avec ses disciples sur l'immortalité de l'âme.

Socrate disait avoir un génie particulier qui le dirigeait dans sa conduite. Sa maxime principale était : *Connais-toi toi-même*. Sa méthode consistait à interroger ; mais ses interrogations étaient différentes, selon qu'il s'adressait aux Sophistes ou à ses disciples. Pour les premiers, il les faisait tomber dans des contradictions, et triomphait d'eux facilement ; on a appelé ce moyen l'*ironie socratique*. Pour ses disciples, il leur faisait trouver la vérité eux-mêmes par des questions habilement dirigées.

Il eut parmi ses disciples Xénophon et Platon. Xénophon nous a conservé, dans ses *Mémoires*, de précieux détails sur Socrate. Platon le met en scène dans tous ses dialogues, mais il lui prête le plus souvent ses propres idées.

PLATON, né vers 430 avant J.-C., s'attacha, vers l'âge de vingt ans, à Socrate dont il fut le disciple assidu pendant dix-huit ans. A la mort de ce philosophe, il se mit à voyager. Il alla trois fois à Syracuse : une première fois, sous Denys l'ancien dont il excita la colère par sa franchise, et qui le fit vendre comme esclave ; une seconde fois, sous Denys le jeune qui venait de monter sur le trône, et qui voulait, disait-il, se conduire d'après les conseils de la philosophie, mais qui n'en fit rien ; enfin une troisième fois, dans le but d'opérer une réconciliation entre Denys et Dion, mais il ne put y réussir. Après douze ans de voyages il se fixa à Athènes et y ouvrit l'école si connue sous le nom d'*Académie*.

Cette école fut fréquentée par les personnages les plus distingués de la Grèce : on compte au nombre de ses disciples Aristote, Isocrate, et même des femmes. Il acquit une telle réputation de sagesse que plusieurs États lui demandèrent des lois ; il voulut néanmoins rester toute sa vie éloigné de la pratique des affaires. Il mourut à l'âge de 82 ans.

Platon a laissé un grand nombre d'écrits qui sont presque tous sous la forme de dialogues ; Socrate y joue le premier rôle. On admire la sublimité de ses conceptions et la noblesse de son style : aussi, a-t-il mérité le nom de *divin* Platon.

ARISTOTE, surnommé le prince des philosophes, naquit à Stagyre, en Macédoine, en 384, et fonda la secte des Péripatéticiens. Il suivit pendant vingt ans les leçons de Platon dont il devint ensuite l'adversaire. Après la mort de son maître, il quitta Athènes. Il était à Mitylène, dans l'île de Lesbos quand il reçut de Philippe une lettre dans laquelle ce prince le priait de se charger de l'éducation de son fils Alexandre, lui disant qu'il se félicitait moins de ce qu'il lui était né un fils, que de ce que ce fils était né du temps d'Aristote. Il passa plusieurs années à la cour du roi de Macédoine, et, pendant l'expédition de son élève contre les Perses, il revint à Athènes ; mais il se vit accusé d'impiété, et sortit de cette ville sans attendre le jugement, voulant, disait-il, épargner aux Athéniens, déjà coupables, un nouvel attentat contre la philosophie. Il se retira dans l'Eubée où il mourut à l'âge de 62 ans.

Ses écrits forment une sorte d'encyclopédie ; pendant un grand nombre de siècles, ils furent regardés comme la dernière limite possible du savoir humain, et jouirent d'une autorité absolue. Au moyen-âge on poussa si loin l'enthousiasme pour Aristote qu'on persécutait ceux qui parlaient mal de sa logique.

Rome n'a pas produit de philosophes originaux, car Cicéron et Sénèque qui sont les plus grands représentants de la philosophie à Rome, étaient les disciples de l'Académie et du Portique.

Cicéron nous a laissé un grand nombre d'ouvrages philosophiques, presque tous imités de Platon ; il a écrit comme Platon, sur la république, sur les lois ; mais son plus bel ouvrage est le *Traité des devoirs* qui contient la morale la plus pure.

Sénèque, précepteur de Néron, est, après Cicéron, le plus grand philosophe de Rome ; mais, comme il était stoïcien, on trouve quelque exagération dans ses ouvrages. Les principaux sont : le *Traité de la clémence*, où Corneille a puisé le sujet de *Cinna*, et le *Traité des bienfaits*. On reproche à son style de la diffusion et l'abus des antithèses ; mais il a des pages d'une grande beauté.

Ajoutons encore à la liste des philosophes anciens Marc-Aurèle et Epictète, le maître et l'esclave qui, par leurs vertus, protestèrent contre la dépravation de leur temps.

§ II. — Philosophie du moyen-age.

La philosophie du moyen-âge prit naissance dans les écoles ecclésiastiques fondées par Charlemagne ; on l'appela à cause de cela la Scolastique ; elle fut enseignée depuis le IXe jusqu'au XVIe siècle. La Scolastique a pour caractère essentiel l'union plus ou moins intime de la philosophie avec la théologie. On la divise en trois périodes qui répondent à son enfance, à sa maturité et à sa décadence.

St-Anselme, (1033-1109), abbé du Bec, puis archevêque de Cantorbéry, ouvre la liste des philosophes scolastiques ; il essaya d'appuyer la religion sur la philosophie, et donna de nouvelles preuves de l'existence de Dieu.

Le plus célèbre philosophe de la première période est Abeilard (1079), né près de Nantes. Dès l'âge de 22 ans, il ouvrit une école ; il enseigna avec le plus grand succès à Melun, à Corbeil, et enfin à Paris où il attira plus de 3,000 auditeurs. Le chanoine Fulbert le choisit pour donner des leçons à sa nièce, Héloïse, jeune fille pleine d'esprit et de charmes ;

mais il conçut pour son élève une vive passion qui fut la cause de grands malheurs pour elle et pour lui. On a conservé plusieurs ouvrages de philosophie d'Abeilard ; ses lettres à Héloïse jouissent d'une grande popularité. On les a souvent imitées et paraphrasées, ainsi que celles d'Héloïse ; la plus belle imitation est celle du poëte anglais Pope.

Les ouvrages d'Aristote et les leçons des Arabes donnèrent une nouvelle impulsion à la scolastique et elle parvint à son apogée dans les XIIIᵉ et XIVᵉ siècles. Les trois grands docteurs de la deuxième période sont : Albert-le Grand, St-Thomas et Duns-Scot.

ALBERT-LE-GRAND possédait toutes les sciences cultivées de son temps ; sa réputation de savoir était si grande qu'il passait pour magicien. Son principale mérite est d'avoir commenté les ouvrages d'Aristote.

ST-THOMAS, né en 1227, d'une grande famille, dans le royaume de Naples, entra dans l'ordre des Dominicains, afin de satisfaire son goût pour l'étude et pour la piété. Il vint à Paris avec Albert dont dont il était le disciple et se concilia l'estime de St-Louis qui l'admit souvent à sa table. Le principal ouvrage de St-Thomas est la *Somme,* livre qui fut longtemps classique. Il eut pour adversaire Duns Scot, le plus habile et le plus intrépide disputeur de son temps. L'école, attentive à leurs débats, se partagea en deux camps : les Thomistes et les Scotistes.

Bientôt on sentit le vide de cette philosophie qui apprenait à discuter, et non à observer. Deux philosophes modernes, Bacon et Descartes, ouvrirent des voies nouvelles.

Paris fut surtout, dans les deux premières périodes, le principal siège de la scolastique ; son université fut fréquentée par des milliers d'écoliers de toutes les nations. On a reproché à la philosophie du moyen-âge l'abus qu'elle a fait du syllogisme. En effet le syllogisme est une méthode d'enseignement et non de découverte : aussi les sciences sont-elles restées stationnaires pendant toute la durée du moyen-âge.

§ III. — Philosophie des temps modernes.

Deux grands hommes, Bacon et Descartes, l'un en Angleterre et l'autre en France, ont donné l'impulsion à la philosophie moderne en lui fournissant chacun une méthode. Descartes lui a montré quel devait être son point de départ par le fameux enthymème : *Je pense, donc je suis* ; et Bacon l'a munie de la méthode d'induction qui lui avait manqué jusque-là ; Aristote n'avait enseigné que la méthode de déduction.

François Bacon, né à Londres en 1561, conçut de bonne heure le dessein de réformer les sciences, mais il fut longtemps détourné de ce projet par le soin de sa fortune. Il remplit diverses fonctions dans son pays ; mais ayant été condamné pour le crime de corruption , il consacra les dernières années de sa vie à des travaux de philosophie. Sa méthode a exercé une influence salutaire sur les sciences et a beaucoup contribué à leurs progrès.

Descartes (René), né à la Haye, en Touraine, l'an 1596, sentit de bonne heure le vide des doctrines qui étaient professées de son temps. Après quelques années de service à l'étranger et des voyages dans différentes contrées de l'Europe, il se retira en Hollande et s'enferma dans un poële pour se livrer à l'étude. Il publia en 1637 le *Discours de la Méthode*, premier chef-d'œuvre de la prose française, et quatre ans plus tard, ses *Méditations*. Les ouvrages de Descartes lui attirèrent un grand nombre d'admirateurs, entre autres la reine Christine de Suède qui voulut prendre des leçons de lui. Ce fut la cause de sa mort ; à peine arrivé à Stockolm, il succomba à la rigueur du climat. Ses restes furent rapportés en France, et sont déposés dans l'église de Ste-Geneviève.

La philosophie de Descartes se propagea dans toute l'Europe, et y obtint, sous le nom de *Cartésianisme*, un grand nombre de partisans, qui furent appelés *Cartésiens*. Il fut, en France, la philosophie dominante jusqu'à Condillac.

Plusieurs ouvrages excellents ont été écrits d'après les principes de Descartes. Nous nous contenterons de citer : les *Entretiens du père Mallebranche* qu'on a appelé le Platon chrétien, à cause de la beauté de son style et de l'élévation de ses pensées ; la *Logique* de Port-Royal, composée par Arnaud et Nicole, deux des plus illustres solitaires de cette maison ; le *Traité de la Connaissance de Dieu et de soi-même* par Bossuet, qui était destiné à l'instruction du dauphin, fils de Louis XIV; le *Traité de l'existence de Dieu,* par Fénélon, dont la première partie contient la preuve physique de l'existence de Dieu, tirée de l'ordre qui règne dans l'univers, tandis que la seconde contient quelques unes des preuves métaphysiques.

Le XVIIe siècle resta attaché au cartésianisme ; puis le sensualisme le remplaça dans le siècle suivant. Cette philosophie, qui consiste à n'admettre qu'une source de nos connaissances, les sens, prit naissance en Angleterre où Locke l'enseigna avec une certaine modération dans son *Essai sur l'entendement humain.* C'était l'époque où Voltaire, exilé de son pays, se trouvait en Angleterre ; il en rapporta la philosophie nouvelle, et décria l'ancienne. Mais c'est l'abbé de Condillac qui a attaché son nom au sensualisme ; il alla encore plus loin que Locke ; celui-ci admettait la réflexion et la sensation, Condillac n'admit que la sensation. Ce système conduisait au matérialisme et beaucoup, en effet, s'y précipitèrent : d'Argens, le baron d'Holbach et Lamettrie se sont fait un triste renom par cette philosophie, ainsi que par leurs attaques contre le Christianisme.

Pendant que le cartésianisme et le sensualisme étaient aux prises, un homme de génie cherchait à les concilier. LEIBNITZ, né à Leipsick en 1646, embrassa toutes les sciences, comme les philosophes de l'antiquité, et fit de grandes découvertes en mathématiques ; mais par une fatalité singulière, d'autres savants les faisaient en même temps que lui : c'est ainsi que Newton lui disputa la priorité de l'invention du calcul différentiel.

En philosophie il ne se borna pas au rôle de conciliateur :
il imagina à son tour le fameux système des *Monades*,
substances simples, capables d'action par elles-mêmes. Il
soutenait l'*Optimisme*, prétendant que Dieu avait fait le
meilleur des mondes possibles. Il enseignait l'*Harmonie
préétablie*, disant que Dieu avait combiné les opérations de
l'esprit et du corps de manière qu'ils pussent marcher toujours ensemble, comme deux horloges bien réglées.

Leibnitz eut, comme on le sait, une correspondance suivie
avec Bossuet, pour la réunion des Eglises catholique et
protestante ; mais cette correspondance interrompue et
reprise ne pouvait aboutir à une transaction, car le principe
d'infaillibilité ne permet point au catholicisme de faire
aucune concession sous le rapport du dogme.

A la fin du xviiie siècle, une école célèbre fut fondée en
Ecosse par Thomas REID : elle se distingue par un esprit
scrupuleux d'observation et elle a fait faire de grands progrès à la *Psychologie* : on entend par ce mot la science de
l'esprit humain et de ses facultés.

Dans le même temps, Kant de Kœnigsberg dotait l'Allemagne d'une philosophie profonde, mais non exempte d'erreurs.

Enfin, la France du xixe siècle compte deux hommes éminents dans cette science : COUSIN et JOUFFROY. Le premier a
professé avec éloquence, à la Sorbonne, un éclectisme éclairé et impartial ; le second, supérieur en psychologie, a res-
senti pendant toute sa vie les tourments du doute, mais a
eu le bonheur de s'endormir dans la foi chrétienne. Nous
reviendrons à l'un et à l'autre.

§ IV. — MORALISTES.

L'histoire de la morale remonte aussi haut que l'histoire
de la philosophie.

La morale fut d'abord enseignée sous forme de maximes
et de conseils pratiques. C'est sous cette forme qu'elle se

présente dans la *Sagesse* et les *Proverbes* de Salomon, dans les
Maximes des sept sages de la Grèce, et dans les vers des
poëtes gnomiques ; ensuite elle parut sous forme d'apologues,
de fables et d'allégories.

On attribue l'invention de l'apologue au Phrygien Esope.
Un auteur indien et un auteur arabe lui disputent, il est vrai,
la priorité ; mais ses fables n'en sont pas moins une des
sources principales de la sagesse des nations, et notre La Fontaine a fait sur ce canevas de bien jolies choses.

Deux écoles célèbres de morale, le Stoïcisme et l'Epicu-
réisme se partagèrent, pour ainsi dire, l'humanité jusqu'au
triomphe du christianisme. Le stoïcisme, dont la doctrine
était austère, et qui regardait la vertu comme le souverain bien, eut pour lui les âmes fortes : les Catons, les
Brutus. L'épicuréisme, qui plaçait le souverain bien dans le
plaisir, eut pour lui tous ceux qui aiment mieux céder que
lutter, et c'est le plus grand nombre. Ces deux doctrines ont
produit beaucoup d'ouvrages dont nous avons déjà signalé
les principaux. Mais il y a une autre classe d'auteurs qu'on
appelle spécialement moralistes, et qui enseignent la morale
pratique plutôt que des systèmes ; c'est d'eux que nous allons
parler seulement.

Parmi les moralistes de la Grèce, on distingue Théophraste
et Lucien. THÉOPHRASTE, 371, fut choisi par Aristote pour le
remplacer comme chef du lycée. Il attira un grand nombre
de disciples, et les charma tellement par les grâces de son
élocution qu'ils lui donnèrent le nom de divin parleur. Il a
laissé plus de deux cents traités, mais ses *Caractères* sont
considérés comme son principal ouvrage ; c'est un recueil
de portraits moraux qui a servi de modèle à La Bruyère.

LUCIEN (120 après J.-C.), entre autres ouvrages, a laissé
les *Dialogues des Morts* ; il s'y montre moraliste enjoué,
satirique plein de sel ; mais il professe un scepticisme et
affiche un cynisme révoltants ; il n'épargne, dans ses attaques, ni les dieux du paganisme, ni les croyances des chrétiens, ni les doctrines et les prétentions des philosophes.

Si nous passons aux moralistes français, nous rencontrerons d'abord MONTAIGNE, 1533. Il s'est rendu à jamais célèbre par ses *Essais*, ouvrage où il a traité les sujets les plus divers, et où il s'est peint lui-même avec une parfaite sincérité. Il les écrivait sans ordre, sans plan, à mesure que les réflexions lui venaient. Son style a une facilité et une naïveté que notre langue a perdues depuis. Montaigne était sceptique et il avait pris pour devise de son livre : « *Que sais-je ?* » mais son scepticisme ne portait que sur la philosophie et respectait la foi.

CHARRON, disciple et ami de Montaigne, publia un traité de la *Sagesse*, qui est encore un des meilleurs traités de morale que nous ayons.

Au XVIIᵉ siècle, LAROCHEFOUCAULD fit le livre des *Maximes* : ses pensées remarquables par leur concision et leur finesse ne sont que le développement d'un paradoxe ; l'auteur essaie de prouver que l'amour de soi est le mobile de toutes les actions humaines.

NICOLE, de Port-Royal, publia ses *Essais de morale*. On estime particulièrement l'*Essai sur les moyens de conserver la paix entre les hommes*. Mᵐᵉ de Sévigné le goûtait beaucoup et l'estimait même au delà de sa valeur ; c'est de ce traité qu'elle a dit : « Je voudrais en faire un bouillon et l'avaler. »

LA BRUYÈRE publia son livre intitulé les *Caractères de notre siècle*, ouvrage dans lequel il s'élève bien au-dessus de Théophraste, son modèle ; ce livre fut lu avec avidité ; la malignité y chercha des allusions et l'on mit des noms propres au-dessous de chaque portrait.

Au XVIIIᵉ siècle, nous trouvons un moraliste dans VAUVEVENARGUES, jeune officier plein de distinction, qui mourut à l'âge de 32 ans, mûr pour les lettres et la vertu ; Voltaire faisait le plus grand cas de ses œuvres.

Nous pourrions encore appeler J.-J. ROUSSEAU un moraliste, à cause de son *Emile*, traité sur l'éducation, impraticable, il est vrai, dans presque toutes ses parties. Quant à ses *Confessions*, faites avec une sincérité cynique, on devrait proscrire ce genre qui ne compte qu'un seul ouvrage de bien : les *Confessions de St-Augustin* ; pour les autres confessions et confidences, elles n'ont fait que du scandale.

L'éducation de la jeunesse a inspiré une foule de livres de morale ; tel est celui qui traite de l'éducation des filles, par Fénelon ; telles sont les œuvres de Mme Guizot, la première femme de notre célèbre historien. Des prix mêmes ont été institués et sont décernés chaque année par l'Académie aux meilleures compositions de ce genre.

§ V. — DE DIFFÉRENTS OUVRAGES DIDACTIQUES.

On appelle de ce nom les ouvrages qui ont pour objet d'instruire et d'enseigner les principes d'une science ou les préceptes d'un art. La philosophie, à cause de son influence sur les destinées de l'humanité, est la première des sciences, et elle renferme dans la logique le premier des arts ; nous avons, à cause de cela, fait figurer son nom en tête de tous les ouvrages didactiques. Trois grandes idées dominent l'esprit humain, ce sont les idées du vrai, du bien et du beau : elles se retrouvent partout ; mais les idées du vrai et du bien servent plutôt de phares aux philosophes et aux moralistes ; quant à l'idée du beau, elle guide principalement les littérateurs ; il nous reste à parler des ouvrages didactiques où elle tient la plus grande place.

Les écrits d'Aristote sur la Poétique et la Rhétorique sont les ouvrages didactiques les plus célèbres de la Grèce : depuis on n'a fait que répéter à peu près, et en moins bons termes, ce qu'Aristote avait dit sur ces deux arts qui ont pour but de perfectionner le double langage de l'homme. Cependant, la Grèce compte encore un chef-d'œuvre, le *Traité du Sublime*, de Longin.

LONGIN, né à Athènes, florissait vers la fin du IIIe siècle de notre ère ; il fut le professeur et le ministre de la fameuse

Zénobie, reine de Palmyre ; et c'est lui qui lui dicta la fière réponse qu'elle fit à l'empereur Aurélien. Cette lettre coûta la vie à Longin qui mourut en héros, tandis que Zénobie prenait le chemin de Rome, pour servir d'ornement au triomphe de l'empereur. Nous citerons seulement deux passages du *Traité du Sublime.* Dans l'un, l'auteur nous montre sa puissance et ses effets , dans l'autre, il indique la source où on le puise.

« La simple persuasion, dit-il, fait sur nous une impression agréable à laquelle nous nous laissons aller volontairement ; mais le sublime exerce sur nous une puissance irrésistible ; il nous commande comme un maître ; il nous terrasse comme la foudre. Naturellement notre âme s'élève quand elle entend le sublime ; elle est comme transportée au-dessus d'elle même, et se remplit d'une espèce de joie orgueilleuse, comme si elle avait produit ce qu'elle vient d'entendre. »

Voici l'autre passage. Il a dit qu'il faut tenir de la nature cette disposition au grand et au sublime, puis il ajoute :

« On peut cependant la fortifier et la nourrir par l'habitude de ne remplir son âme que de sentiments honnêtes et nobles. Il n'est pas possible qu'un esprit toujours rabaissé vers les petits objets produise quelque chose qui soit digne d'admiration et fait pour la postérité. On ne met dans ses écrits que ce qu'on puise dans soi-même, et le sublime est pour ainsi dire, le son que rend une grande âme. »

Quatre écrivains : Cicéron , Quintilien , Pline l'Ancien et Sénèque, représentent le genre didactique, dans l'antiquité latine ; nous avons parlé du premier et du dernier, nous dirons un mot seulement des deux autres.

Quintilien vivait du temps des Flaviens ; il renonça aux exercices du barreau et donna, pendant 20 ans, des leçons à la jeunesse romaine. Ensuite, il entra dans une retraite studieuse, et composa ses *Institutions oratoires.* L'antiquité nous a transmis son nom avec les plus grands éloges, et Martial l'appelle « la gloire de la toge romaine ! » Dans son ouvrage il prend l'orateur dès le berceau et le suit jusque dans la carrière. Les deux premiers livres contiennent en outre, pour les parents et les maîtres, d'excellents principes d'éducation.

PLINE l'ancien nous a transmis une *Histoire Naturelle*, qui a servi de modèle à Buffon. Ces deux écrivains pensaient, contrairement à l'avis de quelques savants sans imagination, qu'il ne suffit pas d'analyser et de disséquer la nature, mais qu'il faut encore la peindre, parce que la nature n'est *pas un cadavre*, mais un ouvrage vivant. On reproche à Pline des inexactitudes scientifiques, on lui reproche aussi certains défauts de style qui n'empêchent pas qu'il ne soit un grand écrivain.

Nous citerons, en Angleterre, l'ingénieux ADDISON et son collaborateur STEEL, qui, dans un ouvrage périodique, le *Spectator*, donnèrent des leçons de goût qui n'ont rien perdu de leur valeur, même aujourd'hui.

En Allemagne, la critique appliquée à l'histoire, aux lettres et aux arts, a produit un grand nombre d'ouvrages didactiques. Lessing, Winckelmann, et les deux Schlegel représentent cette partie de la littérature allemande. Si l'on veut connaître ces écrivains, il faut lire l'*Allemagne* de Mme de Staël.

LESSING commença par la critique, il analysa le théâtre français et prétendit que le théâtre anglais convenait mieux au caractère allemand ; il revendiqua même pour l'Allemagne une originalité propre, prétendant qu'il existe dans chaque pays un goût national, une grâce native, et qu'on peut arriver par différentes routes à la gloire littéraire. L'ouvrage de Lessing le plus remarquable est le *Laocoon*, où il caractérise les sujets qui conviennent à la poésie et à la peinture.

Le principal ouvrage de WINCKELMANN est son *Histoire de l'Art chez les Anciens*. « Il sut, dit Mme de Staël, appliquer à l'examen des monuments des arts l'esprit de jugement qui sert à la connaissance des hommes ; il étudie la physionomie d'une statue comme celle d'un être vivant Il saisit avec une grande justesse les moindres observations, dont il sait tirer des conclusions frappantes. » Elle le loue d'avoir allié l'imagination et l'érudition qui s'excluaient auparavant et d'avoir donné les vrais principes sur l'idéal, ce culte de la beauté que notre âme seule peut concevoir et reconnaître.

W. SCHLEGEL faisait, à Vienne, un cours de littérature dramatique auquel assista quelquefois Mᵐᵉ de Staël, et on sent qu'elle est encore sous l'impression de l'éloquence du professeur, quand elle parle de lui; nous ne citerons que quelques lignes de son admirable critique : « W. Schlegel a donné à Vienne un cours de littérature dramatique qui embrasse ce qui a été composé de plus remarquable pour le théâtre, depuis les Grecs jusqu'à nos jours. Ce n'est point une nomenclature stérile des divers auteurs; l'esprit de chaque littérature y est saisi avec l'imagination d'un poëte ; l'on sent que, pour donner de tels résultats, il faut des études extraordinaires ; mais l'érudition ne s'aperçoit dans cet ouvrage que par la connaissance parfaite des chefs-d'œuvre. On jouit en peu de pages du travail de toute une vie; chaque jugement porté par l'auteur, chaque épithète donnée aux écrivains dont il parle, est belle et juste, précise et animée. »

On a reproché aux deux Schlegel d'avoir méconnu la littérature française du xviiᵉ siècle, et d'avoir appliqué à notre amour des beaux-arts ces vers de Corneille :

> Othon à la princesse a fait un compliment
> Plus en homme d'esprit qu'en véritable amant.

Il y a un peu d'exagération dans le reproche; d'ailleurs, comme l'a dit Lessing, chaque nation a son caractère particulier, d'où dérive son goût particulier : rien d'étonnant alors que les Français aient un air moins sérieux, et qu'ils aient de l'esprit même dans leurs ouvrages.

La France abonde en écrivains didactiques. Le premier de tous est sans contredit BUFFON, dont l'*Histoire naturelle* est un des plus beaux monuments de la prose française.

Chaque écrivain a sa qualité dominante ; celle de Buffon est la richesse. Il forma son style par un long et patient effort ; et ce ne fut qu'à l'âge de 43 ans qu'il prétendit ouvertement à la renommée d'écrivain ; mais il conserva sans déclin tout son talent jusqu'a la fin de sa vie qui se prolongea jusqu'a plus de 80 ans.

Le *Voyage du jeune Anacharsis* en Grèce, par l'abbé BARTHÉLEMY, nous initie à tous les détails de mœurs que l'histoire ne saurait peindre. Anacharsis est un jeune philosophe scythe qui a visité la Grèce dans le temps d'Alexandre, et qui raconte ce qu'il a vu. Il y a beaucoup d'érudition dans ce livre ; mais Anacharsis a peut-être un esprit trop français.

BERNARDIN-DE-ST-PIERRE nous a laissé, dans le but de nous faire connaître la nature, deux ouvrages charmants : les *Etudes de la nature* et les *Harmonies*. Mais il a réussi plutôt à la faire aimer par ses tableaux, qu'à la faire connaître par ses raisonnements ; il a presque toujours tort quand il raisonne, et presque toujours raison quand il peint.

Nous avons déjà parlé de l'*Allemagne* de Mme de Staël : ce livre a modifié nos idées relativement à la littérature allemande, et a mis un esprit nouveau dans le nôtre. Nous retrouverons, au commencement du xixe siècle, ce génie puissant et fécond, qui a exercé plus d'une sorte d'influence sur notre pays.

CHAPITRE IV

Genre épistolaire.

C'est presque un contre-sens de dire le genre épistolaire ;
car un genre suppose des règles et le style épistolaire n'en
reconnaît pas. Une lettre est une conversation par écrit entre
des personnes absentes ; or la conversation n'est soumise à
aucune loi ; l'esprit et l'imagination peuvent s'y donner carrière tout à leur aise. On ne leur demande qu'une chose,
dans une lettre comme dans la conversation, c'est d'être
naturels.

Il y a deux sortes de lettres ; les véritables lettres écrites
dans l'épanchement de l'amitié pour se dire ce que l'on se
dirait, si l'on causait ensemble, et celles qui traitent des sujets littéraires ou scientifiques. Les lettres de Mme de Sévigné,
par exemple, sont du premier genre, et les *Lettres à Emilie
sur la Mythologie* nous offrent un exemple du second. Celles-
ci rentrent dans le genre didactique et nous ne considérons
ici que les auteurs de lettres véritables.

L'histoire littéraire de ce qu'on appelle le genre épistolaire
se borne à un petit nombre de modèles.

La littérature grecque ne nous offre point de recueil de
lettres. Nous en trouvons deux dans la littérature latine,
celles de Cicéron et de Pline le jeune. Nous ne parlons pas
des lettres de Sénèque à Lucilius, parce qu'elles sont des
lettres philosophiques.

Les lettres de Cicéron ont été véritablement écrites dans la
confidence de l'amitié ; elles ne nous retracent pas seulement
le portrait fidèle de cet écrivain qui s'y est peint avec toutes
ses vertus et ses faiblesses ; elles forment encore un des do-

cuments les plus précieux pour l'histoire romaine. Cicéron ne
les avait pas publiées lui-même et il ne se doutait pas qu'elles
le seraient après lui. Elles furent recueillies après sa mort
par Tiron, son affranchi. Une grande partie de ses lettres
sont adressées à Atticus, ou à son frère Quintus, ou à Brutus.
Elles ont un grand caractère de simplicité et sont très-inté-
ressantes.

Pline le jeune a laissé aussi des lettres, mais il les a écrites, comme on l'a dit, sous les yeux de la postérité. Il en résulte qu'elles ont beaucoup moins de naturel que celles de
Cicéron ; une autre cause d'infériorité, c'est que les événements de son temps offrent moins d'intérêt. Il le savait bien,
aussi a t-il dit dans une de ses lettres : « Je n'ai pas les avantages
qu'avait Cicéron dont vous me proposez l'exemple ; son génie
était très fertile et le temps où il vivait ne l'était pas moins,
soit par la diversité, soit par la grandeur des événements
qu'il fournissait en abondance. » Parmi ses lettres, on remarque celle où il demande à Trajan quelle est la conduite qu'il
doit tenir, comme gouverneur de la Bithynie et du Pont, envers les chrétiens qui se multipliaient déjà dans ces provinces ;
il se montre tolérant envers eux et rend justice à la pureté
de leurs mœurs.

Toutes les nations modernes ont de ces recueils de lettres
où l'on trouve une image plus ou moins complète des mœurs
d'une époque.

Au début du XVIIe siècle, la France produisit deux écrivains
célèbres dans ce genre, Balzac et Voiture.

Les lettres de Balzac eurent une vogue prodigieuse et valurent à leur auteur le nom assez bizarre de *Grand Epistolier.*
Leur principal défaut, c'est de viser à l'éloquence pompeuse
du discours : on peut être éloquent partout, mais on ne l'est
pas dans la conversation ou dans une lettre , comme à la
tribune. Toutefois il passe comme un des fondateurs de la
prose française ; il lui donna une élégance et une harmonie
qu'elle n'avait pas eues jusque-là. Plusieurs de ses lettres

sont adressées à deux victimes de Boileau : à Conrart, secrétaire perpétuel de l'Académie française, dont le satirique a
dit :

Imitons de Conrart le silence prudent.

Puis à Chapelain, le plus maltraité de tous.

Balzac eut lui-même des ennemis littéraires ; quelques
prêtres firent de ses ouvrages des critiques amères qui le dégoûtèrent du séjour de Paris. Il se retira dans sa terre de
Balzac et s'y livra presque entièrement à des exercices de
piété jusqu'à sa mort qui eut lieu en 1655.

VOITURE (1598-1648) ne ressemble pas à Balzac : si celui-ci
vise à la pompe, celui-là vise à l'esprit et à la grâce ; quelquefois il atteint le but, mais souvent il le manque : Cet
écrivain fut porté aux nues de son vivant ; il était l'idole de
l'hôtel de Rambouillet et ses lettres eurent un succès prodigieux, mais la postérité n'a vu que son afféterie et l'a né-
gligé complètement. Une spirituelle enfant de 12 ans, Mlle de
Bourbon, qui devint Mme de Longueville, a dit de Voiture
qu'il « fallait le conserver dans du sucre.» c'est la meilleure
critique qu'on puisse en faire. Pour être juste cependant il
faut reconnaître qu'il a contribué à polir la langue française
avec la société de Rambouillet.

La plupart des grands écrivains du siècle de Louis XIV ont
laissé des lettres curieuses et familières, entre autres Bossuet,
Fénelon et Racine ; mais ce sont deux femmes qui se sont
le plus distinguées dans ce genre, et leurs lettres resteront
comme des monuments de la société la plus polie qui exista
jamais et de l'esprit français avec toutes ses grâces. Ces deux
femmes sont Mme de Sévigné et Mme de Maintenon.

M^{rie} de RABUTIN-CHANTAL, marquise de SÉVIGNÉ, née en 1626,
perdit dès le berceau son père, mort en défendant l'île de Ré
contre les Anglais. Elle fut élevée avec soin par son oncle maternel, l'abbé de Coulanges auquel elle voua une affection
inaltérable. Elle reçut les leçons de Ménage et de Chapelain

et passa les plus belles années de sa jeunesse à la cour
d'Anne d'Autriche. Mariée dès l'âge de 18 ans au marquis de
Sévigné, il la laissa veuve quelques années après avec un
fils et une fille à l'éducation desquels elle se voua entièrement.
Elle maria sa fille (1669) à Monsieur de Grignan qui remplis-
sait un emploi à la cour et qui, deux ans après, fut nommé
gouverneur de la Provence. Ce fut pour Mme de Sévigné une
vive douleur de voir éloigner cette fille qu'elle idolâtrait.
Elle chercha des consolations dans une active correspondance
et écrivit ainsi ces lettres si pleines à la fois de sensibilité,
de naturel et d'enjouement, qui sont justement admirées
comme le modèle du genre, modèle qu'il est impossible d'i-
miter.

Elle mourut en 1696 en Provence auprès de sa fille qu'elle
venait de soigner dans une maladie dangereuse.

Que dirons-nous du style de Mme de Sévigné ? Quelles
qualités a-t-il ? Il les a toutes : il est comique, par exemple,
dans le récit de l'aventure de l'archevêque de Reims, ou de
la colique de Madame de Brissac ; il est pathétique dans le
récit de la mort de Turenne ; il est tragi-comique dans celui
de la mort de Vatel ; il est tour à tour simple, tempéré et
sublime suivant les sujets qu'elle traite. Mais ce qui le
caractérise par dessus tout, ce en quoi elle est supérieure à
tous, c'est sa vivacité : « J'écrirais, dit-elle, jusqu'à demain ;
mon papier, ma plume, mon encre, tout vole. »

Tout le monde peut gagner beaucoup à la lecture de
Mme de Sévigné ; mais l'historien surtout y trouvera une
foule de traits qui peignent la cour de Louis XIV. Elle était
enivrée, comme presque tout son siècle, de la grandeur de
ce prince. C'est avec une joie d'enfant qu'elle raconte la
conversation qu'elle eut avec lui un jour, après la représentation d'*Esther* à Saint-Cyr, pièce sur laquelle il lui demanda
son avis.

Une autre fois qu'il dansa avec elle un menuet, elle dit à
Bussy : « Il faut avouer que nous avons un grand roi. — Oui,
sans doute, ma cousine, répondit Bussy ; ce qu'il vient de

faire est vraiment héroïque. » La vanité de Mme de Sévigné ne méritait pas une si forte correction.

C'est encore parce qu'elle aimait la grandeur qu'elle préférait Corneille à Racine et Mascaron à Fléchier. Voltaire l'a accusée, à cause de ces préférences, de manquer de goût. Nous l'accuserions plutôt, nous, d'en avoir manqué à l'égard de Nicole ; et nous avons, dans un autre ouvrage, recueilli toutes les pièces nécessaires pour que ceux qui voudront la juger sous ce rapport, puissent le faire en parfaite connaissance de cause.

La plupart de ses lettres s'adressent à sa fille ; elle sait y dire *je vous aime* de cent mille manières différentes. Il y en a cependant un certain nombre écrites à M. de Pomponne relativement au procès de Fouquet, leur ami commun ; d'autres à Bussy qui, malgré la parenté, a fait d'elle un vilain portrait dans les *Amours des Gaules* et enfin d'autres à M. de Coulanges, son tuteur : c'est à lui qu'elle raconte le mariage manqué de Mademoiselle avec M. de Lauzun.

Mme de Maintenon est au-dessous de Mme de Sévigné. FRANÇOISE D'AUBIGNÉ, née en 1635, vécut dans un état voisin de la misère jusqu'à l'âge de 18 ans, époque où le poëte Scarron, touché de ses infortunes, l'épousa. Sa maison fut le rendez-vous de ce qu'il y avait de plus spirituel dans Paris. Après la mort de Scarron, elle fut chargée par Louis XIV d'élever les enfants de Mme de Montespan ; le roi s'attacha à elle peu à peu et l'épousa à la fin par un mariage secret. Elle fonda à cette époque à Saint-Cyr une maison religieuse pour l'éducation des jeunes filles nobles et pauvres ; et Racine, à sa demande, composa pour cet établissement *Esther* et *Athalie*.

Ses lettres ne ressemblent pas à celles de Mme de Sévigné. Ce qu'on y remarque surtout, c'est la justesse, c'est la solidité, c'est le bon sens. Elles ne peignent pas autant qu'elles expriment le dégoût du monde ; cette femme qui fut l'épouse du premier monarque de la terre n'a cessé de soupirer au milieu des grandeurs.

» Que ne puis-je, écrit-elle à Madame de la Maisonfort, vous faire voir l'ennui qui dévore les grands, et la peine qu'ils ont à remplir leurs journées ! Ne voyez-vous pas que je meurs de tristesse, dans une fortune qu'on aurait eu peine à imaginer, et qu'il n'y a que le secours de Dieu qui m'empêche d'y succomber ! J'ai été jeune, j'ai goûté des plaisirs, j'ai été aimée, j'ai passé des années de ma jeunesse dans le commerce de l'esprit, je suis venue à la faveur, et je vous proteste, ma chère fille, que tous les états laissent un vide affreux, une inquiétude, une lassitude, une envie de connaître autre chose, parce que tout cela ne satisfait pas entièrement. On n'est en repos que lorsqu'on s'est donné à Dieu, mais avec cette volonté déterminée dont je vous parle quelquefois. Alors on sent qu'il n'y a plus rien à chercher, et qu'on est arrivé à ce qui seul est bon sur la terre. On a des chagrins, mais on a aussi une solide consolation et la paix au fond du cœur, au milieu des plus grandes peines. »

Le genre épistolaire, au xviiie, siècle est représenté urtout par Voltaire, dans une correspondance intarissable, étincelante d'esprit, mais où le fiel ne manque pas : il aimait à répandre ses préventions, ses haines, ses jugements sans retenue sur les personnes et sur les choses. Ses lettres aux philosophes étaient des ordres du jour qui préparaient et dirigeaient les coups contre l'ennemi commun : on y trouve quelquefois même un cynisme révoltant, plus propre à déconsidérer qu'à faire estimer le chef et l'armée qu'il commandait. Les autres correspondances des hommes de ce siècle sont plutôt des ouvrages de critique que des lettres proprement dites.

CHAPITRE V.

Du Roman.

§ I. — DES ROMANS ANCIENS.

Dans l'origine, le mot Roman ne désignait point un genre distinct de littérature, mais tout poëme écrit dans la langue romane.

Aujourd'hui on entend par roman le récit en prose d'une action imaginaire, dans le but d'exciter l'intérêt par la peinture des passions et des caractères ou par la singularité des aventures.

On peut distinguer au reste plusieurs sortes de romans : le roman *de mœurs*, où l'on peint les mœurs d'une société, le roman *historique*, où la fiction est mêlée à l'histoire, le roman *pastoral*, dont la scène est aux champs, et dont les personnages sont des bergers, le roman *philosophique* qui se propose de rendre sensible une vérité philosophique, moyennant une action, attendu que cela fera plus d'effet qu'un raisonnement ; enfin le roman *comique* et *satirique*, qui fait ressortir le côté ridicule des mœurs ou des caractères.

En général dans les romans, la narration est suivie ; cependant il en est qui sont écrits sous forme de lettres.

Le roman est fort ancien. Les Orientaux ont cultivé, de tous temps, ce genre de composition : un peuple apathique, des femmes inoccupées ont besoin de cet aliment pour leur imagination. Mais il est inconnu dans les beaux temps de la Grèce ; la nation active des Hellènes n'avait pas de loisir pour la lecture des romans. Ce n'est que bien plus tard, après le mélange des Grecs et des Orientaux, qu'on en vit paraître à Alexandrie. Le premier digne de ce nom est le fruit de la jeunesse d'Héliodore, évêque de Trica, en Thessalie, qui vivait au IVᵉ siècle, sous Théodose. On a de lui les *Amours de Théagène et de Chariclée.*

Le hasard fait rencontrer les deux amants au temple de Delphes ; le même hasard les sépare et les fait tomber dix fois entre les mains des voleurs, puis les délivre chaque fois miraculeusement jusqu'à ce que Chariclée, qui était la fille du roi d'Ethiopie, soit reconnue et partage le trône avec son fiancé. Malgré les invraisemblances de cet ouvrage, le Tasse en faisait un grand cas et l'a imité dans le récit de l'*Enfance de Clorinde.* Racine, élève de Port-Royal, le lisait en cachette avec enthousiasme, et voulait, plus tard, en faire une tragédie. Raphaël, aidé de Jules Romain, a reproduit, dans deux beaux tableaux, deux incidents de ce roman : la rencontre de Théagène et de Chariclée au temple de Delphes ; la prise par les pirates du vaisseau qui portait les amants en Sicile.

Longus, écrivain grec qui vivait un siècle environ après Héliodore, est l'auteur du roman célèbre de *Daphnis et Chloé* : c'est une pastorale naïve et gracieuse, où l'on raconte comment deux enfants qui avaient été exposés furent élevés l'un auprès de l'autre par des bergers ; comment ils s'aimèrent plus tard, et comment après des aventures terminées par une double reconnaissance ils furent unis et vécurent heureux. Avant 1810, on avait la pastorale de Longus incomplète ; c'est Paul Louis Courier qui retrouva le fragment qui manquait.

Ces romans, malgré leurs imperfections, font plaisir, parce que, pour la première fois, on y voit la femme, rabaissée et dégradée dans la société grecque reprendre la place que lui assigne la nature, et le titre d'amie et de compagne de l'homme.

Les *Contes Milésiens* ont été connus des Romains d'assez bonne heure ; ils ont été traduits à l'époque de Sylla ; ce sont des histoires plaisantes, où règne beaucoup de gaieté. En voici un exemple : Un précepteur se promenait dans une ville avec son élève ; celui-ci vola des figues. Le précepteur s'en étant aperçu lui fit une remontrance très longue et très sévère, et à la fin, il lui arracha les figues et les mangea.

Plutarque rapporte qu'après la défaite de Crassus par les Parthes, ceux-ci trouvèrent un grand nombre de copies de contes Milésiens, dans les tentes des Romains ; et le Suréna fut indigné que des hommes pussent trouver du plaisir et perdre leur temps à de pareilles futilités. Bocace a imité plusieurs de ces contes.

Un des romans les plus fameux de la littérature latine est le *Satyricon* de Pétrone, qui fut ministre des *Elégances* sous l'empereur Néron. Ce livre est très licencieux, et répugnerait à notre délicatesse ; car, comme l'a dit l'auteur de l'Art poétique :

> « Le latin, dans les mots, brave l'honnêteté,
> Mais le lecteur français veut être respecté. »

cependant il contient de grandes beautés, entre autres le passage où le poête s'élève contre les guerres civiles.

Nous préférons pour notre part l'histoire de l'*Ane d'or* d'APULÉE, auteur qui vivait l'an 20 de notre ère. Apulée est à la fois le héros et l'historien de l'action. Il était allé en Thessalie, pour apprendre la magie. Là il avait vu une magicienne se métamorphoser en oiseau, au moyen d'une essence. Il voulut en faire autant ; mais il se trompa, il se frotta avec une autre essence, et fut métamorphosé en âne. Il apprit en même temps de la servante de la magicienne qu'il ne pourrait recouvrer la figure humaine qu'en mangeant des feuilles de roses. Le reste de l'histoire est rempli du récit des peines que se donne Apulée pour rechercher ce précieux antidote et des maux qu'il endure sous la peau d'âne. Enfin, un jour qu'il était au bord de la mer ; une multitude innombrable s'avance vers le rivage pour solenniser la fête d'Isis. Apulée remarque le souverain pontife portant sur sa tête une couronne de roses ; il s'approche pour la saisir. Le pontife cédant à une inspiration secrète, lui présente la guirlande ; Apulée reprend aussitôt sa première forme et se consacre au service de la déesse.

On ne vit d'abord, dans cet ouvrage, qu'une fable faite dans le but d'amuser. Plus tard, on supposa qu'Apulée avait eu l'intention de satiriser les vices de ses compatriotes : c'est l'avis de Saint-Augustin. Enfin, le savant Béroald suppose que la métamorphose en âne signifie que l'homme s'abrutit en se plongeant dans les plaisirs des sens, mais qu'en goûtant des roses, emblème de la science et de la sagesse, il est rendu à la religion et à la vertu. C'est dans cet ouvrage que se trouve la charmante fable de Psyché. On y trouve aussi l'histoire d'une caverne de voleurs, passage qui a été imité par Le Sage, dans Gil Blas.

§ II. — Romans du Moyen-Age.

On peut ranger les romans du moyen âge en trois classes : 1° les romans de chevalerie, 2° les romans d'amour, 3° les romans satiriques.

Les romans de chevalerie forment trois cycles : le cycle de Charlemagne, le cycle de la table ronde et le cycle d'Alexandre.

I. — Charlemagne avait fait une vive impression sur l'imagination des peuples ; et de même que les peuples lui ont attribué une foule d'exploits qui lui sont étrangers, aussi les littérateurs ont marqué de son nom le cycle des héros français des deux premières races, et l'ont créé, en quelque sorte, monarque de ce vaste empire de poésie. Les poëmes carlovingiens sont tous d'une longueur considérable et contiennent vingt, trente ou quarante mille vers. Ils célèbrent surtout la lutte des chrétiens contre les musulmans, et sont appelés des *chansons de gestes*.

La plus célèbre chanson est celle de Roland ; elle dit la défaite de Roncevaux et la mort du Paladin. Rien n'est beau comme cette mort héroïque du guerrier abandonné sur la montagne, seul avec son épée à laquelle il adresse ses adieux et qu'il cherche à briser pour la sauver de la honte de tomber entre les mains des mécréans. Il frappe contre le rocher avec sa noble *Durandal* et c'est le rocher qui se brise ; et les paysans des Pyrénées montrent encore aujourd'hui au voyageur une brèche gigantesque qu'on nomme la *Brèche de Roland.*

L'épopée carlovingienne est féodale ; elle n'est pas encore chevaleresque ; elle ne remplit qu'à moitié le programme que l'Arioste a tracé et réalisé si heureusement lui-même : elle chante les chevaliers et les armes, mais non les dames et les amours.

II — C'est dans le cycle breton qu'on voit apparaître la chevalerie. Le héros de ce cycle est Arthur, roi de la Grande-Bretagne, au vi^e siècle Il institua l'ordre de chevalerie si connu sous le nom de la *Table Ronde.* A cette table régnait la plus grande égalité ; tous les convives y étaient assis et servis sans distinction, quels que fussent d'ailleurs leur rang et leurs titres.

Il faut distinguer deux sortes de chevalerie : la chevalerie mondaine et galante d'une part, et la chevalerie religieuse d'autre part. La première a inspiré un grand nombre de poëtes au xiie siècle qui fut une époque de renaissance littéraire, après la longue barbarie des derniers carlovingiens. La deuxième a produit aussi plusieurs romans dans lesquels il s'agit de la recherche du St Graal. Le Graal est le vase avec lequel, au dire des romanciers, Jésus-Christ et ses disciples célébrèrent la Cène, la veille de la Passion. Les anges l'emportèrent au ciel jusqu'à ce qu'ils trouvassent ici-bas une race assez pure pour en devenir dépositaire. Cette famille fut à la fin trouvée ; son chef était un prince d'Asie nommé Pérille, qui vint s'établir dans la Gaule.

Outre les biens temporels que procure la contemplation du Graal, tels qu'une perpétuelle jeunesse, une force invincible dans les combats, elle donne aux chevaliers pieux une joie céleste, un pressentiment du bonheur éternel.

III. — Enfin, au xiiie siècle, l'antiquité fournit des héros à nos romanciers :

On vit renaître Hector, Andromaque, Ilion.

Mais de tous les héros de l'antiquité, il n'en est pas un qui prêtât plus à la transfiguration chevaleresque qu'Alexandre-le-Grand. Tel que l'histoire le montre, c'est déjà presque un chevalier errant. Nos trouvères mettent peu de bornes à leur admiration pour lui ; non contents de lui avoir fait faire une course en Italie et donné Rome pour conquête, avant son expédition en Perse, ils le conduisent jusqu'au plus haut des airs où il entend le langage des oiseaux et reçoit leurs hommages. Après cette expédition aérienne, il redescend contraint par l'excès de la chaleur, et pénètre dans les abîmes de l'Océan. La terre ne lui offre pas moins de merveilles à admirer. Il rencontre un pays où les femmes, enterrées durant l'hiver, renaissent au printemps comme les fleurs, avec une beauté nouvelle.

IV. — Au roman chevaleresque et au roman d'amour succéda le roman satirique. Le roman de la *Rose* est l'œuvre la plus populaire du Moyen-Age : c'est une longue, savante et ennuyeuse allégorie de vingt-deux mille vers, encadrée dans un songe où il s'agit de savoir si le héros parviendra à cueillir une rose qu'il a entrevue dans un verger, et que défendent Dangier, Malbouche (médisance), avec tous les péchés capitaux. Le héros du poëme a pour auxiliaires Bel-Accueil, Doux-Regard et Dame Oiseuse (oisiveté). La rose si difficile à cueillir est la femme aimée que l'amant n'obtient qu'après avoir surmonté mille obstacles.

Deux poëtes ont travaillé à cette œuvre : le premier, Guillaume de Lorris, vivait au temps de St-Louis, vers le milieu du xiiie siècle ; le second Jean de Meung, vivait sous Philippe-le-Bel, à la demande duquel il continua le roman.

Il y a encore de la chevalerie dans Guillaume de Lorris ; mais il n'y a plus que de la satire dans Jean de Meung. Il s'exprimait avec une trop grande liberté sur les prêtres et les femmes, ce qui lui fit beaucoup d'ennemis. Il a créé le personnage de Faux-Semblant, un des ancêtres de Tartufe.

Après les longs poëmes vinrent les fabliaux, petits contes en vers. Le trouvère Rutebœuf s'est distingué dans ce genre ; et le plus curieux fabliau est le roman du *Renard*. Maître Renard partage la gloire de Charlemagne, d'Alexandre et d'Arthur ; il est le centre d'une épopée badine fort divertissante. Les tours de fripon qu'il joue à son compère Isangrin, le loup, composent une légende qui a fourni le sujet de plusieurs poëmes : Le cycle du Renard est le prélude des fables de La Fontaine.

§ III. — ROMANS MODERNES.

Trois grands romans, l'*Amadis*, au milieu du XVIe siècle, l'*Astrée* au commencement du XVIIe, la *Clélie* un peu plus tard, représentent successivement l'idéal que la société se faisait de l'amour.

AMADIS était fils de Périon, roi fabuleux de France, Il joue en Espagne un rôle analogue à celui du roi Arthur en Angleterre et de Charlemagne en France. Son amour pour Oriane est l'amour tel que l'enseignait la chevalerie, l'amour honnête, fidèle, persévérant, qui excite l'homme aux grandes actions.

Le poëme d'Amadis fut composé par divers auteurs ; il comprend vingt-quatre livres dont treize sont écrits en Espagnol et les autres en Français. Les quatre premiers sont regardés comme un chef-d'œuvre par Cervantès, l'immortel auteur de *Don-Quichotte*.

Dans l'Amadis, les amoureux sont de grands batailleurs ; dans l'*Astrée*, le roman d'Honoré d'Urfé, ils deviennent des bergers spirituels et galants. Le héros de ce poëme se nomme

Céladon, amant d'Astrée : ce personnage est devenu le type de l'amour pur et constant. Peu de romans ont eu de leur temps plus de vogue que l'*Astrée*. Elle eut parmi ses approbateurs de pieux évêques ; elle était adoptée dans le monde comme le manuel de la bonne compagnie ; et en 1624, l'auteur reçut une lettre signée de vingt-neuf princes ou princesses, dix-neuf grands-seigneurs ou dames d'Allemagne qui, ayant pris les noms des personnages de l'*Astrée*, avaient formé sous le nom d'*Académie des Vrais Amants*, une réunion pastorale à l'imitation de celle de ce roman. Cette lettre, datée du carrefour de Mercure, priait d'Urfé de vouloir bien prendre pour lui le nom de Céladon qu'aucun des membres de cette académie n'avait eu l'audace d'usurper, dans le sentiment de son imperfection.

Dans *Clélie*, l'honnête homme, ce que nous appellerions aujourd'hui l'homme comme il faut, l'homme du monde, remplace les bergers de l'*Astrée* ; mais c'est l'honnête homme amoureux. Ce roman est l'œuvre de M¹ˡˡᵉ de Scudéry. Le sujet est emprunté à l'antiquité romaine ; car Clélie est cette jeune romaine qui ayant été livrée en ôtage à Porsenna, se sauva et traversa le Tibre sous une grêle de traits.

C'est dans *Clélie* que se trouve la carte du pays de Tendre. On y voit le fleuve d'Inclination, ayant sur la droite le village de Jolis-Vers et d'Epîtres Galantes ; sur la gauche, ceux de Complaisances, de Petits-Soins et d'Assiduités. Plus loin, sont les hameaux de Légèreté et d'Oubli, avec le lac d'Indifférence. Une route conduit au district d'Abandon et de Perfidie ; mais en suivant le cours naturel du fleuve, on arrive à la ville de Tendre-sur-Inclination ou de Tendre-sur-Estime.

Malgré le ridicule de cette froide galanterie, on ne peut méconnaître dans les romans de Mˡˡᵉ de Scudéry une certaine finesse d'analyse et une certaine délicatesse dans l'expression des sentiments.

Mˡˡᵉ de SCUDÉRY fut poète aussi. Parmi ses vers on a retenu

ceux qu'elle fit sur les œillets que cultivait le Grand Condé,
alors détenu à Vincennes :

> En voyant ces œillets, qu'un illustre guerrier
> Arrosa d'une main qui gagna des batailles,
> Souviens-toi qu'Apollon bâtissait des murailles,
> Et ne t'étonne pas si Mars est jardinier.

Si les romans de Mlle de Scudéry peignent un monde de
convention, tel que l'imaginait l'Hôtel de Rambouillet, ceux
de Mme de La Fayette nous représentent un monde réel. Cette
dame, amie de Mme de Sévigné et de La Rochefoucauld, a vécu
comme eux dans la société la plus polie du grand siècle, et
nous en a laissé comme eux des portraits intéressants. Un
critique célèbre de la *Revue des Deux-Mondes* fait commencer l'âge d'or du roman français à la princesse de Clèves par
Mme de Lafayette.

Un peu plus tard un prélat aimable, précepteur d'un jeune
prince, composait pour son élève un roman grec par les noms
et le style, mais dont les maximes politiques ou morales sont
de tous les temps et de tous les lieux : ce livre est le *Télémaque*, l'auteur est Fénelon et l'élève le duc de Bourgogne.
On dit que le précepteur encourut la disgrâce de Louis XIV,
pour ce livre qui parut trop libéral à un monarque absolu.
Mais il est bien à regretter que ce prince, formé par de telles
leçons, n'ait pas régné sur la France.

On cite, parmi les plus beaux passages du *Télémaque*, la
description des Champs-Elysées et les aventures de Philoctète
abandonné par les Grecs dans l'île de Lemnos.

Les deux plus grands écrivains du xviiie siècle ont payé
leur tribut au roman. VOLTAIRE a fait des romans philosophiques pleins d'esprit et de malice ; J.-J.-ROUSSEAU a fait un
roman passionné, *La nouvelle Héloïse*, dont l'auteur a dit
lui-même que toute femme qui le lirait serait perdue.

MARMONTEL est célèbre par deux romans historiques :
Bélisaire où il montre les infortunes du général de Justinien,

tombé. dans la disgrâce et réduit à mendier pour vivre ;
Les Incas, roman destiné à montrer les excès où le fanatisme
religieux avait entraîné les Espagnols, conquérants du Nou-
veau-Monde . Le héros de ce poëme est le vertueux Las
Cases qui défendait en vain les pauvres Indiens.

Mais le chef-d'œuvre du XVIIIᵉ siècle dans ce genre, c'est
Gil Blas. LESAGE est parvenu à peindre à peu près tous les
caractères et toutes les conditions au moyen des aventures et
des transformations de son héros.

L'Angleterre eut un romancier célèbre dans le même siècle.
RICHARDSON est l'auteur d'un grand nombre de romans, entre
autres, de *Clarisse Harlow*. Cette malheureuse victime de
l'amour a fait verser bien des larmes ; et le nom du séducteur est resté comme le type du séducteur de bon ton : on dit
un Lovelace, comme on dit un Tartufe. L'abbé PRÉVÔT imi-
ta ou traduisit en Français les romans de Richardson. Il fit en
outre *Manon-Lescaut* que l'on regarde comme un chef-
d'œuvre ; il est fâcheux seulement que les deux amants
soient des filous : cela diminue beaucoup l'intérêt qu'on
éprouverait pour leurs malheurs.

Au commencement du XVIIIᵉ siècle parut en Ecosse un
romancier de génie, WALTER SCOTT. Il a un art admirable pour
tracer les caractères et faire parler les personnages, un talent
magique pour peindre les lieux et les costumes, un mélange
d'héroïsme, de détails familiers et de traits comiques fondus
avec habileté, une extrême variété, des incidents dramatiques
ou des scènes sublimes ; mais aussi, souvent on trouve des
longueurs, des redites et de l'embarras dans sa mise en
scène.

Ses romans sont presque tous historiques ; son *Quentin-
Durward*, par exemple, nous retrace le caractère de Louis XI,
mieux que ne l'ont fait les historiens eux-mêmes. Cet auteur
eut une vogue européenne et on le lira toujours avec
plaisir.

L'Américain COOPER est le disciple et l'émule de Walter-

Scott ; il s'est distingué en peignant un monde nouveau, la nature vierge de l'Amérique, le caractère des Indiens, la vie maritime, ou en s'emparant des évènements de l'histoire nationale pour les poétiser. Ainsi *l'Espion* est un sujet tiré de la guerre de l'indépendance.

Il ne faut pas oublier parmi les romans du XVIIIe siècle, *Paul et Virginie*. Ce roman eut le double avantage de déplaire aux coryphées de la littérature et d'obtenir un succès immense dans le public. Les grandes dames qui assistaient à la première lecture étaient toutes honteuses de pleurer sur les amours naïves de deux pauvres enfants. L'emphathique Thomas témoigna de la froideur, et M. de Buffon demanda à haute voix sa voiture, au milieu de la lecture ; mais l'accueil du vrai public dédommagea bien Bernardin, et dans presque toutes les familles, les enfants reçurent au baptême les noms de Paul et de Virginie.

Nous aurons à parler de plusieurs autres romanciers célèbres, en racontant l'histoire littéraire de la première moitié du siècle où nous vivons.

Histoire de la Littérature

DURANT LA PREMIÈRE MOITIÉ DU XIXᵉ SIÈCLE

CHAPITRE PREMIER

La Littérature du Consulat et de l'Empire

Sur le seuil même du XIXᵉ siècle, nous voyons apparaître trois hommes éminents : De Maistre, De Bonald, Châteaubriand, et une femme non moins éminente, Mᵐᵉ de Staël, qui vont se mettre à la tête de la réaction tout à la fois politique et religieuse. Le premier consul venait de rouvrir les églises et de raffermir le principe d'autorité. La génération nouvelle, effrayée des scènes et des récits lugubres de la révolution, était prête à écouter ceux qui, par leurs écrits, lui montreraient des routes nouvelles, et qui, sans sacrifier les conquêtes légitimes de la révolution, relèveraient, du milieu des ruines, certaines institutions nécessaires à la raison ainsi qu'au cœur de l'homme.

Parmi les émigrés auxquels Bonaparte venait de rouvrir la France, se trouvait un jeune homme, d'une famille noble de la Bretagne, dernier rejeton de la maison de Châteaubriand. Elevé par un père sévère, il avait eu une enfance comprimée, qui l'avait rendu rêveur. Dans cette disposition, son imagination lui présenta la vie sauvage comme un idéal supérieur à l'état de nos sociétés ; il voulut la connaître et la pratiquer, et passa quelque temps en Amérique, chez la tribu indienne des Natchez : or, là il sentit une poésie nouvelle qui devait lui fournir une source abondante de beautés littéraires.

De retour en Europe, Châteaubriand avait trouvé la France fermée aux nobles et avait été réduit à manger le pain de l'étranger. Or, en contemplant à Londres, de l'étroite fenêtre de sa chambre où il était sans feu l'hiver et quelquefois sans pain, les maisons voisines où habitaient des hommes pauvres comme lui, il avait dit : *j'ai là des frères !* Et la misère avait aussi été pour lui une source de sentiments chaleureux.

Malheureusement l'esprit philosophique du xviiie siècle avait flétri de son souffle sa jeune et belle intelligence, et il eût fait avorter les fruits magnifiques qu'elle promettait, sans une grâce d'en haut. Châteaubriand assista aux derniers moments d'une mère pieuse ; il entendit les prières qu'elle adressait à Dieu pour le salut de son fils, et dès lors il fut chrétien : « J'ai pleuré, dit-il, et j'ai cru. » Sans cela nous n'aurions pas eu le *Génie du Christianisme* ; le premier de ses ouvrages, l'*Essai sur les Révolutions* (1797), est empreint d'un scepticisme plein d'indécision.

C'est en 1802 que Châteaubriand publia le *Génie du Christianisme*. Pendant la composition de ce grand ouvrage, il avait souvent consulté de Fontanes, émigré comme lui à Londres; il lui en lisait des passages en se promenant au bord de la Tamise. De Fontanes se chargea d'en préparer l'avènement au moyen de la presse ; et pour bien disposer l'opinion publique, on choisit dans l'ouvrage un épisode marqué d'un caractère de nouveauté qui devait frapper les esprits : « *Attala*, comme la colombe biblique, sortit gracieusement de l'arche pour effleurer de ses ailes le monde, lui aussi récemment sorti du déluge. » D'autres extraits parurent aussi dans le *Mercure*. L'effet fut grand et la Harpe qui tenait en ce moment la tête de la critique, envoya chercher l'auteur :

« Voici de la critique, s'écriait-il, voici de la littérature ! Ah !
messieurs les philosophes, vous avez affaire à plus fort que
vous ! » Dans son enthousiasme, le vieux professeur classique
défendait contre de Fontanes le *merveilleux chrétien* et accep-
tait les nouveautés du jeune écrivain.

René ajouta à l'enthousiasme : on sympathisa vivement avec
ce jeune homme dévoré d'une passion malheureuse et s'échap-
pant en Amérique pour y chercher la paix du cœur.

Le *Génie du Christianisme*, lui, fut plus qu'un livre,
ce fut un évènement qui excita l'admiration des uns,
la colère des autres, au point que la polémique soulevée
à son occasion a duré près de vingt ans. Pour avoir une
idée de l'animation du parti opposé au christianisme, il faut
lire les rapports présentés quelques années plus tard (1811)
à l'Institut qui, sur l'invitation du Ministre de l'Intérieur,
avait procédé à l'examen de cet ouvrage. Le Mercier n'y voit
qu'une œuvre dépourvue de bon sens ; un autre accuse l'auteur d'avoir manqué de délicatesse dans son langage. Depuis
le mémoire de l'Académie française contre le *Cid* de Corneille
on n'avait rien vu de pareil.

Châteaubriand a parlé du christianisme en poëte, en artiste, en philosophe, en politique, en homme du monde,
comme il fallait en parler à ceux auxquels il s'adressait. On
lui a reproché de n'avoir pas traité son sujet en théologien :
il ne le devait pas, d'abord parce qu'il était laïque ; ensuite
parce qu'il n'aurait pas atteint son but, qui était de ranimer
la foi au moyen du sentiment religieux. Un des hommes les
plus spirituels de l'émigration, le chevalier de Passat, qui
avait entendu à Londres la lecture de plusieurs morceaux,
écrivait à l'auteur : « Si les vérités de sentiment sont les premières dans l'ordre de la nature, personne n'aura mieux
prouvé que vous celles de notre religion ; vous me retracez
ces philosophes qui donnaient leurs leçons la tête couronnée
de fleurs et les mains remplies de parfums. »

M. de Bonald, l'homme du raisonnement, ne semble pas
avoir autant apprécié les preuves de M. de Châteaubriand ;

mais il faut citer la phrase célèbre qui a fait fortune : « La vérité, dit-il, dans les ouvrages de raisonnement, est un roi à la tête de son armée, au jour du combat ; dans l'ouvrage de M. de Châteaubriand , elle est comme une reine au jour de son couronnement, entourée de tout ce qu'il y a de magnifique et de gracieux. »

Le plan seul du *Génie du Christianisme* en indique la portée. Il se divise en quatre parties : la première traite des dogmes et de la doctrine ; la deuxième et la troisième renferment la poétique du christianisme, ou les rapports de la religion avec la poésie, la littérature et les arts ; la quatrième contient le culte, c'est-à-dire tout ce qui concerne les institutions religieuses et les cérémonies de l'église. De cette division l'auteur tire trois sortes de développements pour faire apprécier l'excellence du christianisme : il montre ce qu'il offre de touchant pour le cœur et de satisfaisant pour l'esprit dans ses mystères et dans ses dogmes ; ce qu'on lui doit de jouissances intellectuelles dans les beaux-arts qui y ont puisé leurs inspirations ; enfin ce que la société lui doit d'institutions utiles et de bienfaits.

Le *Génie du Christianisme* fit un bien immense, et les deux générations qui suivirent en ressentirent l'influence salutaire. On le lit beaucoup moins de nos jours ; mais il ne faut pas considérer cela comme un signe de décadence religieuse. On n'envisage plus le christianisme du même point de vue ; c'est moins sa poétique et sa philosophie que son importance sociale qui est l'objet de nos méditations actuelles ; nous lui demandons surtout de sauver la société !

Tandis que M. de Châteaubriand s'adressait à l'imagination et au cœur, MM. de Maistre et de Bonald s'adressaient à la raison pour rétablir le principe d'autorité sur des bases qu'ils croyaient inébranlables.

M. de Bonald fut rayé de la liste des émigrés par le premier consul auquel il avait adressé un exemplaire de son ouvrage intitulé la *Théorie du pouvoir*. Cet ouvrage avait été mis au pilon par le directoire ; un seul exemplaire avait été épargné par l'effet du hasard. Or un jour que l'auteur visitait l'imprimerie nationale, il aperçut ce volume et ne put retenir un cri de surprise. L'employé qui l'accompagnait en ayant demandé la cause, lui remit cet enfant de son génie qu'il croyait à jamais perdu ; et c'est ce même enfant qui lui valut plus tard la bienveillance du premier consul.

Quant à son ouvrage capital, intitulé la *Législation primitive*, il conçut des craintes pour lui, à cause de la théorie qu'il y soutenait. Prenant le contre-pied de J.-J. Rousseau qui faisait dépendre le *Contrat social* de la souveraineté du peuple, M. de Bonald fondait la société sur la volonté de Dieu, et cette volonté est transmise selon lui d'âge en âge par le langage qui est également d'origine divine. Comme Bonaparte s'appuyait sur le principe révolutionnaire de la souveraineté du peuple, le livre aurait pu encourir la censure, et l'auteur se crut obligé, pour se mettre à l'abri, d'appeler son système un rêve politique.

M. de Bonald réduit tout à trois choses sur la terre et dans le ciel ; il appelle ces trois choses *la cause, le moyen* et *l'effet*. En philosophie, la cause est Dieu ; le moyen, le médiateur ; l'effet, les hommes. En religion, la cause est l'église ; le moyen, le clergé ; l'effet, les fidèles. Dans l'État la cause est le roi ; le moyen, la noblesse ; l'effet, le peuple. On retrouve ces trois éléments au sein de la famille, dans le père, la mère et l'enfant ; chez l'homme individuel, dans l'âme les sens et le corps. Sa formule, appliquée à la politique et surtout à la religion, ne pouvait convenir non plus au premier consul.

Le comte Joseph de Maistre n'est pas moins absolu que M. de Bonald. Il avait publié, dès 1796, ses *Considérations sur la France*. D'après son système qui se reproduit dans les trois ouvrages qu'il publia plus tard, les *Soirées de St-Pétersbourg*, le *Livre du Pape* et l'*Église Gallicane*, il part de la corruption originelle de l'homme et en tire la nécessité de la souffrance comme expiation. Il est content de voir la France châtiée par les Montagnards, pour avoir commis le crime le plus irrémissible, un crime contre la souveraineté royale. Il fait l'apologie de la guerre, car elle sert à purifier les nations coupables. Pour que la paix universelle pût régner, il faudrait que l'humanité fût restée dans un état d'innocence primitive. Il s'est complu, on le sait, à tracer le portrait du bourreau et à glorifier cet instrument de l'expiation infligée aux individus qui violent les lois de la société. Ce génie sombre et dur a mis quelques pages gracieuses en tête des *Soirées de St-Pétersbourg*, mais elles sont dues à la collaboration de son frère Joseph de Maistre, l'auteur de la touchante nouvelle du *Lépreux de la cité d'Aoste* et du spirituel *Voyage autour de ma Chambre*.

Si MM. de Bonald et De Maistre étaient hostiles à l'esprit moderne, Mme de Staël (1766-1817) le propagea de toutes les forces de son âme. Fille de Necker, ce ministre libéral de Louis XVI, elle puisa l'amour de la liberté, en même temps que la passion de l'étude dans les enseignements d'un père qu'elle idolâtrait. Environnée dès son enfance des représentants illustres du xviiie siècle, elle sentit fleurir son génie dès le premier printemps de la vie. A l'âge de 20 ans, elle publiait des *Lettres sur le caractère et les écrits de J.-J. Rousseau*, qu'elle reconnaissait hautement pour son maître.

Huit ans plus tard, 1796, parut son livre *de l'Influence des Passions sur le bonheur des individus et des nations*. Les passions y sont décrites avec une profondeur qui étonne ; ce n'est pas sous le rapport du devoir, c'est sous celui du bonheur qu'elle les examine : on voit qu'elle a traité cette question un peu sous l'influence du sensualisme, système qui régnait en France depuis Condillac.

Mais son spiritualisme chrétien s'affirma avec une grande élévation dans son troisième ouvrage de *La Littérature considérée dans ses rapports avec les institutions sociales* (1800). Le titre disait ce qu'on avait trop ignoré dans les temps antérieurs où la poésie décrivait des sociétés mortes plutôt que la société vivante qu'elle avait sous les yeux. Mais on a peut-être trop répété depuis que la littérature est l'expression de la société ; que de romans, que de livres, en effet, ont paru de notre temps, et qui n'expriment que les fantaisies et les songes-creux de leurs auteurs, sans que la société actuelle puisse y reconnaître aucun de ses traits, aucun de ses caractères.

Le roman de *Delphine* fut publié en 1801. C'est un roman un peu métaphysique, et, qui pis est, un roman par lettres ; mais il intéressa les contemporains par les personnalités transparentes qu'il contenait ; on reconnaissait avec plaisir dans le pays de la fiction un Benjamin Constant, un Talleyrand et autres que l'auteur avait dépeints suivant ses sympathies ou ses antipathies. Sous les traits de Delphine on ne pouvait méconnaître Mme de Staël elle-même.

L'Empire commença en 1804. La littérature, qui a besoin de liberté, se sentit étouffer durant cette époque. Aussi voyons-nous les deux grands écrivains dont nous venons de parler, M. de Châteaubriand et Mme de Staël, contraints à un exil volontaire pour l'un et forcé pour l'autre.

Châteaubriand fut d'abord séduit par le génie et la gloire du grand homme. Mais la mort du duc d'Enghien l'indigna, et il donna sa démission de chargé d'affaires dans le Valais. Cette démission, audacieusement donnée, au milieu d'un silence universel, valut à la littérature française un ouvrage qui est la mise en œuvre des théories littéraires exposées dans le *Génie du Christianisme*. Les *Martyrs* sont une sorte d'épopée historique dont Châteaubriand avait conçu l'idée sur les ruines du Colisée, arrosé du sang chrétien, et qui était destinée à montrer la supériorité de la religion chrétienne sur le paganisme.

Avant d'écrire les *Martyrs*, il voulut visiter les lieux qu'il devait peindre ; il s'embarqua, à cet effet, le 14 Juillet 1806, visita l'Italie, la Grèce, la Terre-Sainte, revint par l'Egypte, l'Afrique, l'Espagne, et rentra en France le 5 Mars 1807. Dans la première partie de son voyage, il avait pris des notes qu'il a rédigées depuis et publiées sous le titre de l'*Itinéraire à Jérusalem*. A son retour, l'Espagne et son Alhambra lui inspirèrent l'idée d'un roman charmant, le *dernier des Abencérages.* C'est un jeune musulman que sa religion éloigne de celle qu'il aime et dont il est aimé : « Fais toi musulmane, dit l'un ; » — « fais-toi chrétien, dit l'autre. » Et leur refus mutuel les sépare dans cette vie et dans l'autre : *le dernier des Abencérages* est à nos yeux le chef-d'œuvre de Châteaubriand.

Ce fut deux ans après son retour, en 1809, que l'illustre voyageur publia les *Martyrs*, qui n'obtinrent pas le succès du *Génie du Christianisme* ; beaucoup n'y virent qu'un amalgame du christianisme et du paganisme qui distrait constamment l'attention ; on blâma les longues descriptions du Paradis et de l'Enfer, et surtout le dénouement qui est d'une froideur telle qu'on voit mourir indifféremment les deux amants Eudore et Cymodocée, sous la dent et la griffe des bêtes féroces. Mais il faut reconnaître aussi que cet ouvrage contient des pages admirables, de ces pages, qui comme l'a dit Georges Sand des *Mémoires d'Outre-Tombe,* sont du plus grand maître de ce siècle. Rien de plus beau que le tableau d'une famille grecque et d'une famille chrétienne (Ier et IIe livre) ; rien de plus animé que le combat de Mérovée (VIe livre), de plus terrible que la tempête du XVIIIe livre, rien de plus gracieux que Cymodocée, de plus noble que Velléda, de plus pittoresque que la description d'Athènes, de Rome, de Jérusalem ! nul écrivain ne surpasse Châteaubriand dans ses descriptions, qui réunissent le coloris le plus brillant au dessein le plus exact.

Plus tard, en 1811, l'Empereur essaya de ramener à sa cause l'écrivain rebelle, en le faisant nommer à l'Académie française, à la place de Marie-Joseph Chénier qui venait de mourir. Ce fut en vain, le discours du récipiendaire était hostile à Napoléon. La commission académique, devant laquelle M. de Châteaubriand l'avait lu, le repoussa presque à l'unanimité. L'Empereur voulut en prendre connaissance lui-même ; il en ratura de sa main une grande partie et fit rendre le manuscrit à l'auteur. On voulait l'obliger à en composer un autre, il refusa. A partir de ce moment, il y eut rupture éternelle entre le conquérant et le poëte. On ne peut du reste reprocher à Napoléon d'avoir persécuté directement M. de Châteaubriand.

Il n'en est pas de même relativement à Mme de Staël : le Premier Consul et l'Empereur eurent contre elle une animosité qui ne se démentit pas. Mais la proscription fut utile à son génie ; si elle fût toujours restée à Paris, il lui eut manqué deux choses, la connaissance de la nature et la connaissance des nations étrangères ; et nous n'aurions pas eu *Corinne*, ce roman que lui inspira l'Italie, ni l'*Allemagne*, ouvrage qui est un des meilleurs qu'on ait écrits sur ce sujet, quoiqu'il soit le premier de tous en date.

Elle visita deux fois l'Allemagne, une première fois en 1803 et 1804, et une seconde fois en 1808. C'est à son retour de ce second voyage qu'elle publia son livre sur l'Allemagne. Un pouvoir ombrageux y trouva des idées trop libérales, et des injustices envers la France, et invita l'auteur qui était rentrée à Paris, à voyager de nouveau hors des frontières, attendu, lui écrit le Ministre de la police « qu'il a paru que l'air de la France ne lui convenait pas. » Ces exils étaient bien douloureux à son cœur : quelqu'un lui montrait un jour avec enthousiasme le beau lac Léman, en Suisse : « O le ruisseau de la rue du Bac, s'écria-t-elle ! » ses regrets tenaient principalement à son amour de la société française, la seule où l'on sait causer ; et *causer* était son triomphe ! Elle avait beaucoup plus de facilité à improviser ses idées qu'à les écrire.

C'est en 1805 qu'elle visita l'Italie, où elle composa *Corinne:* qui est son portrait idéalisé ; elle avait peint la femme dans *Delphine*, elle peignit dans Corinne l'artiste enthousiaste. Corinne improvisant au Capitole, c'est Mme de Staël, tenant une branche de laurier à la main, et improvisant dans un des salons aristocratiques de Paris. Tout dans ce roman n'est pas propre du reste à plaire à des français ; le personnage qui nous y représente, est sacrifié injustement à un anglais gourmé dans tout le cours de l'intrigue, et cruel sans motif sérieux au dénouement.

Mme de Staël mourut en 1817, et fut vivement regrettée de Châteaubriand. « On ne saurait trop déplorer, dit-il, la fin prématurée de Mme de Staël. Son talent croissait, son style s'épurait, à mesure que la jeunesse pesait moins sur sa vie, sa pensée se dégageait de son enveloppe et prenait plus d'immortalité. »

Ces deux esprits, si dignes l'un de l'autre, inaugurent ensemble le mouvement intellectuel du XIXe siècle. Sous le rapport littéraire, ils nous ont octroyé un certain libéralisme dont la prose et la poésie ont profité l'une et l'autre ; sous le rapport moral, ils ont fait triompher le spiritualisme chrétien.

On pourrait citer encore plusieurs autres écrivains éminents de l'Empire qui ne subirent pas l'ascendant de Napoléon et qui restèrent à l'écart. Nommons d'abord Ducis, qui mérite si bien l'éloge qu'on a fait de lui avec un de ses vers :

L'accord d'un beau talent et d'un beau caractère.

Dès le Consulat, Napoléon avait inutilement tenté de le rattacher à sa cause. Le vieux poëte tragique avait été invité à dîner à la Malmaison. A la fin du repas, Bonaparte l'emmena dans le parc. — Comment êtes-vous venu ici, dit-il, papa Ducis ? — Dans une bonne voiture de place. — Quoi ! en fiacre, à votre âge, cela ne convient pas ! — Général, je n'ai jamais eu d'autre voiture. — Non, vous dis-je, cela ne se peut pas ; il faut qu'un homme comme vous ait une voiture à lui. Laissez-moi faire, je veux arranger cela. — Général, reprit Ducis, en apercevant une bande de canards sauvages au-dessus de sa tête ; voyez-vous cet essaim d'oiseaux qui fend la nue ? Il n'y en a pas un seul qui ne sente de loin l'odeur de la poudre et ne flaire le fusil du chasseur. Eh bien ! je suis un de ces oiseaux ; je me suis fait canard sauvage. Cette réponse fit une espèce de scandale à la Malmaison. Un bel esprit de salon s'écria : « Ce Ducis est un Romain ? » — « Oui, répondit quelqu'un, mais pas du temps des Empereurs. » Ducis demeura inébranlable jusqu'à la fin de sa vie : il refusa trois fois la dignité de sénateur ; aussi, quand on voulut lui donner plus tard la croix d'honneur, il se contenta de répondre : « J'ai refusé pis ! » Nous avons parlé ailleurs de ses tragédies, qui appartiennent à une époque antérieure.

Avec Ducis il faut nommer DELILLE, dont la vie toujours prête à honorer les adversités des Bourbons, gardait envers les prospérités du nouveau pouvoir un silence inflexible. Il a publié pourtant sous le Consulat et l'Empire, la plupart de ses poésies, dont il est question dans le chapitre de la poésie descriptive.

M. de Fontanes est l'écrivain qui joua le plus grand rôle sous l'empire. Les rapports de M. de Fontanes avec Napoléon dataient de loin. L'homme d'esprit, dans une lettre publiée par un journal sous le Directoire, avait prévu la destinée de l'homme de génie. Proscrit à cause de cette lettre, il revint à Paris après le 18 brumaire, et le Premier Consul le raya de la liste de proscription, tout exprès pour lui faire prononcer l'éloge funèbre de Washington. Fontanes montra dans ce discours les deux qualités distinctives de son talent : la mesure et la convenance ; et, depuis ce moment, se manifesta le goût que Napoléon eut toujours pour lui. Il le choisit en 1804 pour présider le Corps Législatif. Devenu Empereur, il le nomma Grand-Maître de l'Université.

Fontanes, quoique serviteur dévoué, ne renonça cependant pas à toute espèce d'indépendance ; il écouta sa conscience dans certaines occasions graves. Le lendemain du jour où le duc d'Enghien fut fusillé dans les fossés de Vincennes, il dut prononcer un discours. Il louait dans ce discours, les nouvelles *lois* que venait de promulguer le gouvernement consulaire. Au mot de *lois* on substitua dans le *Moniteur* celui de *mesures*, ce qui étendait l'éloge à la condamnation et à l'exécution du prince. Fontanes alla au *Moniteur*, exigea un *erratum* et l'obtint.

La Muse était aussi pour lui une confidente secrète, avec laquelle il parlait un langage qui différait souvent de son langage officiel. Il venait se délasser de ses fonctions publiques dans son sein, et lui confier à la dérobée ses émotions et ses ennuis. Le courtisan de l'Empire se dédommageait de ses flatteries en chantant la *Grèce sauvée* et l'antique liberté du temps des Léonidas. Il exhalait secrètement dans l'*Ode au duc d'Enghien* les sentiments qu'il était forcé de refouler dans son cœur. Il exprimait avec plus d'énergie encore, dans l'*Ode sur l'Enlèvement du Pape*, les inquiétudes du monde catholique. Il aurait peut-être été un grand écrivain, s'il avait eu plus de loisirs et surtout plus d'indépendance ; mais son génie découragé se plaignait de la stérilité des muses de l'Empire.

> Heureux si les Muses divines
> Sous lui reprenaient leur essor !
> Si des Boileaux et des Racines
> A sa cour habitaient encor.
> Hélas ! on a perdu leur trace ;
> Des Pradons qui tiennent leur place
> L'orgueil stupide s'est accru.
> Homère chantait les Achilles
> Et nous n'avons que des Chérilles,
> Quand Alexandre a reparu.

En effet la condition de la littérature était alors précaire. Sans doute on ne cessa pas d'écrire, et même il parut des ouvrages qui dénotaient du talent ; mais, sauf quelques exceptions, les lettres durent se borner à être une récréation intellectuelle dans les entr'actes fort courts de la guerre, sans exercer une action marquée sur la société.

Cette société continuait à être sensualiste, comme la philosophie de cette époque ; et si le sensualisme n'avait pas une chaire officielle, c'est que le chef de l'Etat n'aimait pas ce système ; il avait même infligé à ceux qui le professaient, le nom d'*idéologues*. De là, sans doute, la haine que lui portait

Destutt de Tracy, l'un des chefs les plus célèbres de cette école. Il poussait jusqu'à l'imprudence la liberté de ses saillies contre l'Empereur. Lié d'une etroite amitié avec M. de Narbonne, aide-de-camp de Napoléon, il lui dit plus d'une fois devant des Ministres : « Comment va ton Tibère ? » — Si l'Empereur était un Tibère, lui répondit un jour Narbonne, il y a longtemps que tu aurais cessé de l'appeler ainsi.

D'autres hommes intelligents de cette époque, dans leur découragement, s'abstenaient même de la réflexion philosophique. On demandait au métaphysicien Siéyes sous l'empire : « Que pensez-vous ? Il répondit : « Je ne pense pas. » Beaucoup d'autres auraient pu faire la même réponse : on était trop occupé de ce qu'on voyait pour avoir le loisir de se replier sur soi-même.

Quelques philosophes cependant n'avaient pas abdiqué, et se livraient même à des travaux qui préparaient la décadence du sensualisme. Ce qui avait séduit surtout dans le système de Condillac, c'était son extrème simplicité et l'harmonie qui unit toutes ses parties. La Romiguière et Maine de Biran s'aperçurent qu'il ne suffisait pas à expliquer la production de toutes nos idées, et ils le modifièrent d'une manière assez considérable. Maine de Biran arriva même par degrés jusqu'au spiritualisme. Mais il était réservé à Royer-Collard d'assurer le triomphe de la nouvelle philosophie qui convenait beaucoup mieux que l'ancienne au génie et au caractère de Napoléon. Le choix de l'Empereur alla chercher le penseur dans la studieuse retraite où il s'était enfermé, pour l'appeler à une chaire de philosophie dans l'université qu'il fondait. Royer-Collard remplit ces fonctions de 1811 à 1813, et ce temps lui suffit pour exercer une action puissante sur le monde intellectuel. Son enseignement n'attira point la foule, mais il attira un auditoire d'élite, des élèves destinés à devenir des maîtres illustres. Au pied de sa chaire se tenaient deux jeunes hommes, MM. Cousin et Jouffroy, l'un vif et ardent, l'autre sérieux et mélancolique, qui recueillaient avidement sa parole et qui furent ensuite les apôtres de la nouvelle doctrine.

M. GUIZOT, ami de Royer-Collard, et M. VILLEMAIN, ami de Fontanes, étaient déjà maîtres à un âge où l'on est encore élève ; et tous deux avaient peu de sympathie pour le gouvernement de cette époque. M. Guizot ayant été nommé professeur d'histoire moderne devait, selon l'usage, dans son discours d'ouverture, faire l'éloge de l'Empereur. M. de Fontanes l'avertit de cet usage et lui dit que la veille on plaçait une copie de ce discours sur le bureau de l'Empereur, qui souvent en prenait connaissance, nouveau motif pour ne pas omettre l'éloge demandé : « Je ne le ferai pas, répondit le jeune professeur ; reprenez la chaire que vous m'avez donnée ; je n'aime pas l'Empereur ! »

M. Villemain rêvait également autre chose que l'Empire. Accueilli avec bonté par M. de Narbonne, il recevait souvent de lui la mission de traduire pour Napoléon quelques unes des grandes séances du parlement anglais. Or cela lui donnait du goût pour le gouvernement représentatif, et il exprimait ses désirs à M. de Fontanes qui grondait alors son élève chéri : « Allons, lui dit-il un jour, vous vous gâterez avec toutes ces lectures. Que feriez-vous sous un gouvernement représentatif? Bedoch vous passerait. » Bedoch était un auditeur au Conseil d'Etat, homme positif s'il en fut jamais.

L'Empereur sentait bien qu'il y avait une lutte sourde entre l'épée et l'idée : « Fontanes, disait-il un jour au grand maître de l'Université, savez-vous ce que j'admire le plus dans le monde? c'est l'impuissance de la force pour organiser quelque chose. Il n'y a que deux puissances dans le monde, le sabre et l'esprit. J'entends par l'esprit les institutions civiles et religieuses. A la longue le sabre est toujours battu par l'esprit. » Il y a, selon nous, un bon moyen d'empêcher cet antagonisme, c'est que le sabre ne soit jamais qu'au service de l'esprit. Napoléon, avec son génie universel qui comprenait si bien les beautés littéraires des auteurs du grand siècle, qu'il commentait quelquefois avec éloquence, a dû gémir plus d'une fois de n'avoir pas, comme Louis XIV, des Corneille, des Racine et des Molière sur la scène, de n'avoir pas des Bossuet, des Bourdaloue et des Massillon dans la chaire chrétienne, et de voir presque tous les écrivains supérieurs de son règne rester à l'écart du trône dont ils auraient pu augmenter la splendeur. Mais la faute n'en est pas à lui seul, ainsi qu'on le verra dans le chapitre suivant.

CHAPITRE II

De la Poésie sous la Restauration

On a souvent accusé le régime impérial d'avoir réprimé l'essor de la pensée ; mais ce serait une injustice, à notre avis, si la poésie de cette époque fut médiocre, de lui en faire un crime. La principale cause de sa faiblesse était l'asservissement volontaire des poëtes eux-mêmes à des formes littéraires qui ne convenaient plus à l'expression des idées nouvelles. La preuve que ce n'est pas ce qu'on appelle le despotisme de l'Empire qui étouffa la poésie, c'est que la Restauration donna à la France une certaine liberté, dont les partis usèrent sans réserve ; et, néanmoins, la poésie resta stationnaire durant les premières années : les royalistes voyaient dans la poésie du grand siècle un complément de la monarchie de Louis XIV, qu'ils auraient voulu ressusciter ; les libéraux tenaient aux formes de cette même poésie en souvenir de Voltaire, dont le vers léger et malin, comme une flèche décochée par une main habile, avait si souvent touché le but. Et on peut douter que la muse française fût sortie d'elle-même de cette sorte d'apathie qui naît de l'imitation, sans le secours de ses sœurs de l'étranger, qui étaient plus indépendantes qu'elle. Mais une nouvelle brise poétique souffla du côté du Rhin, et vint faire rendre des sons nouveaux à des harpes éoliennes, dont l'existence n'aurait peut-être jamais été révélée sans cela. Déjà la poésie allemande avait rendu l'indépendance à la poésie anglaise ; le génie de Goëthe avait suscité celui de lord Biron : et bientôt, sous la double influence de la poésie anglaise et allemande, deux génies également puissants se manifestèrent en France. C'est d'eux qu'il faut parler d'abord.

§ I. — De Lamartine

Méditations et Harmonies

Lamartine est né à Mâcon, le 21 Octobre 1790. Son nom
de famille est De Prat, ce n'est que plus tard qu'il a pris le
nom d'un oncle maternel. Son enfance s'est écoulée calme et
heureuse, dans la petite terre de Milly, Milly-aux-sept-Tilleuls,
qu'il a chantée dans ses *Harmonies*. Il a raconté lui-même son
éducation toute chrétienne : « Ma mère, dit-il, avait reçu de sa
mère, au lit de mort, une belle bible de Royaumont, dans laquelle elle m'apprenait à lire, quand j'étais petit enfant.
Cette bible avait des gravures de sujets sacrés à toutes les
pages. Quand j'avais bien récité ma leçon et lu à peu près
sans faute la demi-page de l'Histoire Sainte, ma mère décou-
vrait la gravure, et, tenant le livre ouvert sur ses genoux,
me la faisait contempler, en me l'expliquant pour ma récompense. Le son argentin, affectueux, solennel et passionné
de sa voix ajoutait à tout ce qu'elle disait un accent de
force, de charme et d'amour qui retentit encore en ce moment à mon oreille, hélas ! après six ans d'absence. »

Il fit ses études à Belley chez les Jésuites, voyagea un instant en Italie, puis vint à Paris regarder les derniers jours de
l'Empire. Pendant ce séjour, il a entendu déjà la voix de la
poésie ; mais cette voix trompeuse l'a appelé vers la tragédie.
Talma s'est plus d'une fois senti ému en écoutant le jeune
poëte réciter un chant lyrique sur *Saül*, qui aspirait en vain
à passer pour un drame. Le sentiment dominant de la jeunesse de M. de Lamartine a été celui d'une révolte intérieure
contre le joug de l'Empire. Il se consolait par la contemplation de la nature et par la lecture. Deux écrivains surtout,
Châteaubriand et Mme de Staël, exercèrent sur lui une grande
influence : « Ces deux génies précurseurs, dit-il, m'apparurent et me consolèrent à mon entrée dans la vie. Staël et
Châteaubriand, ces deux noms remplissent bien du vide,

éclaïrent bien de l'ombre. Il furent pour nous comme deux protestations vivantes contre l'oppression de l'âme et du cœur, contre le dessèchement et l'avilissement du siècle ; ils furent l'aliment de nos toits solitaires, le pain caché de nos âmes refoulées, et il en est peu d'entre nous qui ne leur doivent ce qu'il est, ce qu'il fut, ce qu'il sera. »

Lamartine vit tomber l'Empire sans regret. Après sa chute, il entra dans les gardes du roi ; mais presqu'aussitôt après les cent jours, il quitta le service, et on le retrouve, dès le début de la Restauration, en relation avec de Bonald et Châteaubriand, et ouvrant une correspondance avec M. de Maistre, dont il se proclame le disciple.

On était en 1820, quand parut, sans nom d'auteur, un volume de vers sous ce titre modeste : *Méditations Poétiques*. Dans ces vers, qui n'étaient pas destinés au public, l'auteur avait épanché son âme. Un ami découvrit par hasard le manuscrit, il en lut quelques vers avec étonnement, continua avec intérêt, et, plein d'enthousiasme à la fin de cette lecture, déclara au poëte qu'il avait fait une œuvre destinée à renouveler la poésie au XIXᵉ siècle, et qu'il fallait publier immédiatement ce recueil. Le poëte fit quelque résistance. La publicité l'effrayait ; les soins à prendre pour la publication d'un ouvrage l'inquiétaient. On lui promit de l'affranchir de tout soin, et l'ami officieux emporta le manuscrit avec l'autorisation de le faire paraître, mais sans nom d'auteur. Le poëte qui refusait ainsi son nom à la renommée, c'était M. de Lamartine ; l'ami qui insistait pour la publication de ses vers, c'était M. de Genoude.

Quand les *Méditations* parurent, un long cri d'admiration et de sympathie s'éleva en France, et bientôt en Europe. Depuis le *Génie du Christianisme* aucun livre n'avait produit une plus vive et plus profonde impression. Trois causes contribuèrent à cet immense succès. D'abord le mérite de l'ouvrage : on admirait cette fraîcheur de pensée, cette pureté de sentiments, ce vers naturel, abondant et mélodieux, qui

semblait naître spontanément au cœur du poëte. Ensuite
M. de Lamartine, en exprimant ses propres pensées et ses
propres sentiments, se trouvait avoir exprimé, de la manière
la plus complète et la plus heureuse, les pensées et les sentiments religieux de l'époque. Il faisait en outre une de ces
révolutions poétiques qui frappent vivement les intelligences,
surtout quand elle les aident à sortir d'une littérature d'imitation pour les introduire dans une littérature plus vraie.

Cette révolution offre trois caractères principaux : 1º Il a
banni de la poésie les images du paganisme et tout le langage
de la mythologie. Il a dit de lui-même : « Avant moi il fallait
avoir un dictionnaire mythologique sous son chevet, si l'on
voulait rêver des vers. Je suis le premier qui ai fait descendre
la poésie du Parnasse et qui ai donné à ce qu'on appelle la
muse, au lieu d'une lyre à sept cordes de convention, les
fibres mêmes du cœur de l'homme. » 2º Il a ramené la poésie
au sein de la nature. Mais la nature au milieu de laquelle il
se place n'est point coquette et élégante comme celle de Delille, déserte et vide comme celle de St Lambert, misanthro-
pique comme celle de Jean-Jacques qui haïssait les hommes,
en pleurant devant la pervenche. C'est une nature à laquelle
rien ne manque, une nature habitée par l'homme et remplie
par Dieu et faisant monter vers son auteur un hymne de reconnaissance et d'amour. 3º Un nouveau sentiment anime ses
vers : l'amour chrétien. Ce n'est pas la passion ardente et em-
portée, comme elle l'est dans Catulle ; voluptueuse et épicurienne, comme elle l'est dans Horace et nos poëtes du XVIIIe
siècle ; naïve et soupirant sans cesse ses douleurs, comme
dans Tibulle. L'amour chrétien est une union mystérieuse
des âmes, avec des élans vers le ciel, comme devant trouver
là seulement la satisfaction de deux cœurs. Cet amour est,
par conséquent, accompagné de mélancolie, non pas de ces
mélancolies des anciens qui rappelaient au milieu des joies
des banquets la pensée de la mort, afin de s'exciter à jouir
promptement d'une vie si courte. Non, la mélancolie de
M. de Lamartine, comme celle de Châteaubriand, n'a rien de

pareil : c'est le désenchantement des choses qui passent, mêlé à l'espérance des choses qui demeurent. Parfois, il est vrai, il vient à céder, comme dans la méditation sur le *Lac*, à un enivrement du cœur voulant faire descendre l'éternité dans le moment qui passe et l'infini dans un sentiment borné. Mais ces ivresses d'un moment font bientôt place, dans le cœur chrétien, à un sentiment plus élevé : le poëte des méditations finit toujours par aspirer au ciel.

Quoique les *Méditations* soient séparées en morceaux qui n'ont pour la plupart aucune liaison apparente entre eux, elles forment cependant un ensemble par la succession naturelle des sentiments qui s'élèvent dans l'âme du poëte. On y retrouve l'homme avec la mobilité de son esprit et les variations de son cœur. Tantôt le bien triomphe, tantôt le mal, mais plus souvent le bien ; et c'est à lui que demeure en définitive la victoire. Le découragement y a son heure ; l'entraînement des passions, la sienne ; le doute s'y lève un doigt sur les lèvres ; l'orgueil, ce vieil ennemi de l'homme, s'y glisse à son tour ; mais la foi, l'espérance, la charité, ces trois sœurs divines, finissent toujours par ramener vers Dieu l'âme du poëte.

Les aspirations religieuses, littéraires et politiques de M. de Lamartine ne sont pas équivoques. Une de ses méditations, intitulée le *Génie*, est adressée à M. de Bonald, à l'homme de la Restauration ; une autre sur Dieu, à M. de Lamennais, cet intrépide catholique, qui a tant changé depuis ; un *Dithyrambe* sur la poésie sacrée est adressé à M. de Genoude, à l'occasion de sa nouvelle traduction de la *Bible* ; la méditation sur la philosophie, au marquis de la Maisonfort. Toutes ses affections, toutes ses sympathies sont du côté de l'école religieuse et monarchique. Quand un grand deuil ou une grande joie viennent visiter la maison royale qu'il aime, le poëte a des chants qui s'attristent ou se réjouissent avec elle. C'est ainsi qu'une de ses méditations est consacrée à chanter la naissance du duc de Bordeaux, l'*Enfant du Miracle*, comme il le nomme lui-même, qui vient consoler la patrie inclinée sur la tombe du duc de Berry.

La Restauration ne fit pas attendre au talent la récompense qui lui était due. Trois jours après la publication du premier volume des *Méditations*, il reçut sa nomination de secrétaire d'ambassade, attaché à la légation de Florence, et Louis XVIII lui envoya l'édition des *Classiques* de Didot.

Entre les deux volumes dont se composèrent les *Méditations*, M. de Lamartine publia un poëme philosophique : la *Mort de Socrate*. Ce morceau ne vaut pas les *Méditations* : l'érudition nuit à l'inspiration ; les gradations manquent souvent et les transitions toujours. Quelquefois aussi la langue poétique de M. de Lamartine s'obscurcit sous les ténèbres de la métaphysique qu'il prête à Socrate.

Les *Nouvelles Méditations poétiques* continuèrent les premières ; seulement le sentiment qui y règne est plus passionné et souvent moins pur. Il en a écrit quelques-unes au milieu des dissipations de la jeunesse, et ses vers ne sont plus alors animés de l'enthousiasme chrétien. Le chant de Sapho faisant ses adieux aux filles de Lesbos, avant de se précipiter du rocher de Leucade, date de cette époque. La forme, quoique toujours belle, a déjà moins de fraîcheur, et la versification paraît un peu négligée. C'est dans les *Nouvelles Méditations* qu'on rencontre pourtant l'*Ode à Napoléon*, dans laquelle le poëte élève très-haut son vol, en méditant sur cette vie où les revers furent aussi grands que les victoires. Il idéalise Napoléon et lui attribue des proportions plus qu'humaines. Il s'est repenti plus tard d'avoir amnistié ses fautes au nom de ce génie qui est un devoir de plus, et non une excuse pour ceux à qui Dieu l'accorde « La dernière strophe de cette pièce, dit il, est un sacrifice immoral à ce qu'on appelle la gloire. »

Le second volume des *Méditations* se terminait par le *Dernier chant de Child-Harold*, poëme dédié à la fois à la Grèce qui essayait de ressusciter, et à la mémoire de lord Byron qui venait de mourir en lui portant secours. Dans ce chant se trouvent des vers éloquents sur la décadence de l'Italie, qui parurent à un officier napolitain, le colonel Pépé, une offense à son pays. Il provoqua le poëte qui sortit grièvement blessé de ce duel.

Les *Harmonies* furent la dernière composition que M. de Lamartine publia sous la Restauration. Les *Harmonies* ont surtout un caractère philosophique et religieux ; elles sondent les grands mystères de notre nature ; elles essayent de pénétrer l'homme, l'univers et Dieu. A la fin de la plupart de ces pièces, quelquefois au commencement, le poëte précipite l'âme dans la prière, comme pour la sauver du doute : *Jehovah*, l'*Hymne à la Douleur*, l'*Hymne à la Mort*, *Pourquoi mon âme est-elle triste ? Novissima verba*, sont l'expression la plus complète de cet ordre de pensées et de sentiments.

Quelques-unes de ces pièces portent aussi l'empreinte des questions qui passionnèrent l'époque ; telle est l'*Invocation à la Grèce*. C'est un souvenir de ces psaumes, si communs dans l'Écriture, où le peuple israélite semble provoquer Dieu à le secourir, en lui remontrant que les nations infidèles douteront de sa puissance, s'il ne protège point un peuple dévoué à son culte. Cette ode n'a rien de remarquable. M. de Lamartine réussit tout autrement dans la poésie personnelle, qui est son genre. Le sacre de Charles X lui inspira aussi un chant ; et dans la belle ode *aux Chrétiens dans les temps d'épreuves*, on retrouve un retentissement des sentiments qu'excita la loi du sacrilége ; il se prononce contre l'opinion de ceux qui veulent charger la loi humaine de la vengeance divine.

Un mois avant la publication des *Harmonies*, c'est-à-dire au 1er avril 1830, M. de Lamartine, élu par l'Académie française à la place laissée vacante par M. le comte Daru, prononçait son discours de réception. Le poëte venait de perdre sa mère ; sa douleur filiale déborda au début de son discours, en ces termes : « Aucun des jours d'une longue vie ne peut » rendre à l'homme ce que lui enlève ce jour fatal où, » dans les yeux de ses amis, il lit ce qu'aucune bouche n'ose-

» rait lui prononcer : tu n'as plus de mère! Toutes les déli-
» cieuses mémoires du passé, toutes les tendres espérances
» de l'avenir s'évanouissent à ce mot; il étend sur sa vie une
» ombre de mort, un voile de deuil que la gloire elle-même
» ne pourrait plus soulever. Ces joies, ces succès, ces cou-
» ronnes, qu'en fera-t-il? Il ne peut plus les rapporter qu'à
» un tombeau. »

C'était la première épreuve qui vint frapper M. de Lamartine. Dans le monde littéraire tout lui souriait, ses concurrents mêmes étaient ses amis. Victor Hugo échangeait avec
lui des épîtres pleines de mélodieuses sympathies. Casimir
Delavigne, quoique dans un autre camp, ne lui témoignait
pas moins de sympathie ni d'admiration, quand les deux
poëtes venaient à engager en beaux vers une de ces polémiques courtoises, où l'un défendait la liberté, l'autre la religion, ces muses habituelles de leurs chants. — Dans la diplomatie, il avait fait son chemin ; il allait partir comme
chargé d'affaires pour la Grèce, quand la révolution de Juillet
éclata. C'est probablement à ses fonctions politiques que Cu-
vier faisait allusion dans sa réponse, quand il disait :« Chacun
de nous a sans doute à remplir des devoirs respectables
envers son prince, envers son pays ; mais ceux à qui le ciel
a accordé l'heureux don du génie, ont des devoirs qui, sans
contrarier les premiers, sont, j'ose le dire, d'un ordre autrement relevé. C'est à l'humanité tout entière et aux siècles à
venir qu'ils en doivent le compte. » Le poëte allait, pour la
politique, oublier sa devise :

Aimer, prier, chanter, voilà toute ma vie.

Cependant il reprendra sa lyre de temps en temps.

§ II — VICTOR HUGO
Odes

Pendant que M. de Lamartine élevait si haut le genre qu'il
avait créé et que nous avons nommé la poésie *personnelle*,

un enfant que, dès les premières années de la Restauration,
M. de Châteaubriand appelait « l'enfant sublime, » croissait
pour la poésie. Il était né dans la seconde année du XIXᵉ siècle ; il avait donc treize ans seulement en 1815. Il était fils
d'une vendéenne, Sophie Trébuchet, et d'un général de l'empire. Sa mère avait été une brigande royaliste à la manière de
Mᵐᵉ de la Rochejacquelin; son père était un des volontaires de
la république, rallié à l'empire. Sa mère suivait son père dans
ses campagnes, et à l'âge de sept ans, le jeune Hugo avait
déjà fait une Odyssée à travers l'Italie et la France. Alors il
revint à Paris avec sa mère et ses deux frères, et son éducation commença. Il habitait avec sa famille dans le vieux
couvent des Feuillantines, situé à Paris, au fond du faubourg
St-Jacques : là il allait prendre ses leçons dans un pavillon
habité par un hôte mystérieux, dont sa mère ne lui parlait
qu'avec un doigt sur les lèvres. C'était le général Lahorie
qui, compromis dans le procès du général Moreau, et traqué
par la police impériale, avait demandé un asile à Mᵐᵉ Hugo.
Pendant deux ans, elle cacha son hôte ; mais enfin en 1811,
la retraite du général Lahorie fut dénoncée, on l'arrêta, on
le jeta dans une prison, où il rencontra le général Mallet,
avec lequel il conspira le renversement de l'empire, et dont
il partagea le sort dans la plaine de Grenelle. A partir de ce
jour-là, Victor Hugo n'eut plus que de la colère contre l'empire ; et plus tard ses vers payèrent la dette de ressentiment
qu'il avait contractée. Ce fut vraisemblablement l'arrestation
du général Lahorie sous son propre toit qui détermina le général Hugo, alors majordome du palais à Madrid, à appeler
sa femme et ses enfants en Espagne. Jusqu'à la fin de 1812,
V. Hugo habita cette poétique contrée qui devait souvent
plus tard se mirer dans ses vers. Il avait dix ans, et il était
déjà sensible à cette influence de la nature, du climat, des
mœurs, des monuments, à ce rayonnement de toutes choses
sur l'âme du poète.

Quand la première restauration s'accomplit, V. Hugo, ren-
tré en France vers 1813, partagea la joie et l'enthousiasme

vendéen de sa mère ; mais ce rétablissement de la paix dans
le monde devait profondément troubler la paix de sa famille.
Les dissentiments déjà anciens qui existaient entre son père
et sa mère s'aigrirent, et l'incompatibilité des opinions amena
une rupture qui devint une séparation judiciaire. Pendant
les Cent-Jours, le général Hugo enleva ses enfants à leur
mère, et plaça les deux plus jeunes, Eugène et Victor, dans
une institution préparatoire à l'Ecole Polytechnique. V. Hugo,
en étudiant à regret les mathématiques, se livrait avec enthousiasme à la poésie qui lui était apparue sous le beau ciel
de l'Espagne, et que depuis ce temps il n'avait cessé de cultiver en secret. En 1816, c'est-à-dire à quatorze ans, il avait
composé une tragédie d'allusion pour célébrer l'heureux
retour de Louis XVIII. C'était *Artamène*. Elle ne fut ni jouée
ni publiée ; mais deux passages dignes d'être remarqués,
même parmi les poésies postérieures de V. Hugo, en ont été
détachés : ce sont la *Parabole du riche et du pauvre*, et
l'élégie de la *Canadienne*.

En 1817, V. Hugo concourut pour le prix proposé par
l'Académie. Les concurrents avaient à célébrer les *Avantages
de l'Etude* Si l'on en croyait un biographe de V. Hugo, celui-
ci aurait dû se contenter de l'accessit, à cause de deux vers
dans lesquels il s'accusait de n'avoir que quinze ans.

> Moi qui fuyant toujours les cités et les cours,
> De trois lustres à peine ai vu finir le cours.

L'Académie frappée de la gravité et de la beauté de la
pièce, ne put, dit-on, prendre cette indication que comme une
plaisanterie irrévérencieuse et fit descendre le poète au second rang.

Ce ne fut que deux ans plus tard, en 1819, que V. Hugo
acheva ses études. Son père, après une longue résistance, lui
permit enfin de suivre sa vocation pour la poésie. Sa première
pièce fut celle du souvenir et du regret. Les malheurs de cette
royauté qu'avait tendrement aimée sa mère et qu'il aimait,
les crimes de cette révolution sanglante, se levèrent devant

lui : la pitié et l'indignation dictèrent ses premiers vers.
L'ode religieuse, morale et politique, voilà quelle fut la première manifestation du talent de V. Hugo. La poésie personnelle, qui est presque exclusivement la forme du talent de
M. de Lamartine, tient peu de place au début, dans les
œuvres de V. Hugo. Son genre, c'est la poésie politique,
la poésie monarchique ; il chantait les jeunes filles de Ver-
dun, l'infortuné Louis XVII, les martyrs de Quiberon,
enfin toutes les grandes infortunes de la révolution ;
c'étaient tour à tour des élégies gémissantes ou des odes
indignées. Il était le poëte des Bourbons ; quand on vantait
trop haut devant leurs partisans les chansons pleines de sel
de Béranger ou les hymnes que C. Delavigne consacrait à la
liberté, les deux noms et les vers qui venaient naturellement
sur les lèvres de la jeunesse royaliste, comme des repré-
sailles, étaient ceux de Lamartine et de V. Hugo.

Rien, dans la première manière du poëte, ne sentait l'innovation systématique. La nouveauté, s'il y en avait, était dans
le mouvement de la poésie, dans la vivacité de l'expression,
et non dans les changements apportés à la prosodie, dans une
réforme du mécanisme du vers. Le talent de M. V. Hugo ne
se montre pas dans ces premiers vers de sa jeunesse avec
toute sa perfection. Le vol de la pensée n'est pas toujours
soutenu, la versification n'est pas toujours correcte ; mais il
y a de l'élan, de la sève, de l'éclat, et le sentiment poétique
s'y trouve à un très haut degré. On admire même alors dans
ses *Odes* des stances entières d'une fraîcheur de sentiment,
d'une beauté de rhythme qu'il n'a pas surpassées depuis.
Ainsi dans la pièce où il peint l'arrivée de l'âme de Louis XVII
au ciel, quoi de plus touchant que l'espèce d'hymne dialogué
que chantent avec la jeune âme les chœurs des anges qui lui
souhaitent la bienvenue en le saluant du nom de roi :

> Où donc ai-je régné ? demandait la jeune ombre ;
> Je suis un prisonnier, je ne suis pas un roi ;
> Hier je m'endormis au fond d'une tour sombre.
> Où donc ai-je régné ? Seigneur dites-le moi !

Hélas ! mon père est mort d'une mort bien amère ;
Ses bourreaux, ô mon Dieu, m'ont abreuvé de fiel.
Je suis un orphelin ; je viens chercher ma mère
Qu'en mes rêves j'ai vue au ciel !

Il raconte alors les douleurs qu'il a endurées dans la prison du Temple, et Dieu le console en ces termes :

Viens ! ton Seigneur lui-même eut ses couleurs divines,
Et mon fils, comme toi, roi couronné d'épines,
Porta le sceptre du roseau !

En 1820 le jeune poëte pleura la mort du duc de Berry. Quand la naissance du duc de Bordeaux venait, le 29 septembre 1820, consoler le parti royaliste, la voix de V. Hugo s'élevait, en même temps que celle de Lamartine, pour célébrer cet événement, dans des strophes pleines de mouvement et de vie.

Ces diverses pièces de vers avaient fait grandir la réputation de V. Hugo. A peine au sortir de l'adolescence, à vingt ans, il arrivait à la renommée par une route qu'il trouvait encore trop longue, quelque rapide qu'elle fût, car ce n'était qu'au prix de succès littéraires éclatants qu'il pouvait obtenir la main de la femme aimée qu'on éloignait de lui. Ce fut dans ces angoisses de la lutte qu'il écrivit deux romans étranges, *Bug-Jargal* et *Han d'Islande*, qui révélaient une tendance vers l'atroce et l'horrible que ses vers n'auraient point laissé soupçonner. Un biographe, M. de Sainte-Beuve, assure que *Han d'Islande* était un roman allégorique, destiné à n'être compris que par une personne, celle-là précisément que le poëte ne pouvait plus voir. D'après cette explication, *Ethel*, emprisonnée dans une tour, c'était la femme aimée ! *Ordener*, V. Hugo lui même avec l'ardeur d'un premier amour ; le hideux *Han d'Islande*, c'était l'obstacle. Quoi qu'il en soit, ces deux romans offraient un mélange du beau et du laid, qui annonce que dès lors s'agitaient dans l'esprit de M V. Hugo les idées qui devaient plus tard se systématiser et devenir sa poétique.

C'est dans l'année 1822 que Han d'Islande, c'est-à-dire l'obstacle, fut vaincu ; V. Hugo dont la fortune était meilleure, put épouser celle qu'il aimait. Il venait de fonder un journal, *Le Conservateur Littéraire*, et le roi Louis XVIII lui avait accordé une pension dans les circonstances les plus honorables pour le roi et pour le poëte. Le jeune Delon, ami d'enfance de V. Hugo, avait été condamné à mort comme complice de la conspiration de Saumur. V. Hugo écrivit à la mère du jeune homme, afin de lui offrir pour son fils un asile. La lettre ouverte à la poste fut mise sous les yeux du roi, et celui-ci punit le jeune poëte en lui donnant la première pension vacante.

Quand V. Hugo fut marié, sa maison devint le centre de réunion de toute une jeunesse qui éprouvait un goût passionné pour les choses de l'esprit. Là venaient A. Soumet, Sainte-Beuve, de Vigny, Emile et Antony Deschamps et autres. On commençait déjà à s'entretenir de la nécessité de donner une direction à la littérature ; mais on ne produisait pas sur l'esprit public tout l'effet qu'on aurait voulu produire ; et il est facile d'apercevoir, en 1823, dans les vers de V. Hugo des traces de découragement Il intitule une des pièces de vers qu'il publia à cette époque, *Le dernier Chant*, comme s'il disait adieu à la poésie, et il se plaint de l'inutilité de ses efforts : ce découragement ne dura pas, Dieu merci.

En Février 1824, V. Hugo commença à exposer quelques idées nouvelles sur la littérature, à l'occasion des discussions qui, depuis le livre de l'*Allemagne*, de Mme de Staël, s'étaient élevées sur le genre classique et le genre romantique. Il parlait de la nécessité de donner à une époque une littérature qui fût son expression propre, tout en insistant sur la nécessité de respecter les règles éternelles du goût et le génie de notre langue ; il se présentait donc comme un conciliateur, plutôt que comme un novateur. Cette seconde phase de sa vie littéraire dura jusqu'en 1826 ; et quand Louis XVIII mourut, le poëte exprimait encore dans une belle ode consacrée à sa mémoire les idées et les sentiments qui l'avaient inspiré autrefois. Nous le retrouverons plus tard dans une troisième phase, faisant des tentatives pour changer complètement la littérature.

§ III. — CASIMIR DELAVIGNE

Les Messéniennes

Si V. Hugo chanta les joies de la France royaliste après la Restauration, CASIMIR DELAVIGNE chanta les douleurs de la France humiliée par l'étranger. Né en 1793, il avait 22 ans à cette époque funeste de notre histoire. Les premières *Messéniennes* ne furent point l'œuvre de l'esprit de parti : c'étaient les gémissements de la France qui retentissaient dans les vers d'un de ses plus jeunes enfants. Les trois premières, destinées à déplorer la bataille de Waterloo, la dévastation du Musée, et à proclamer le besoin de s'unir après le départ des étrangers, sont animées du même esprit. La quatrième et la cinquième *Messéniennes* dont la vie et la mort de Jeanne-d'Arc ont formé le sujet, sont comme un heureux prolongement de la même inspiration poétique qui va chercher dans l'histoire une occasion de plus de maudire l'Angleterre, en relevant le bûcher de Jeanne-d'Arc devant la France indignée. Ces élégies nationales sont pleines de sentiments honnêtes et patriotiques.

Le succès des premières *Messéniennes* fut aussi grand, dans son genre, que le succès des premières *Méditations*. Comme Lamartine, C. Delavigne, inconnu la veille, se trouva avoir atteint d'un seul pas la célébrité. Parmi ses admirateurs il faut citer le roi Louis XVIII qui applaudit à ses vers patriotiques, et l'auteur dut à ses heureux débuts l'emploi de bibliothécaire de la Chancellerie. C'était au *Voyage du jeune Anacharsis*, par Barthélemy, que C. Delavigne, comme il en avertit lui-même ses lecteurs, avait emprunté ce titre de *Messéniennes*, par allusion aux malheurs de la Messénie écrasée sous le joug de Sparte.

Les malheurs et les revers de la France avaient inspiré les premières *Messéniennes* et elles avaient répondu à un mouvement général d'opinion. Les secondes répondirent à un mouvement d'opinion moins général, moins profond surtout, mais très-ardent et très-vif : nous voulons parler de celui qui se manifesta en faveur de la Grèce. Ces poésies ont quelque chose de factice, malgré leur riche et brillante versification. Ce sont d'harmonieux souvenirs de l'antiquité classique qui font vibrer la lyre d'un écrivain lettré, et non les accents naturels d'un interprète de la Grèce nouvelle. Sauf la sixième *Messénienne,* dédiée à la Grèce chrétienne et dans laquelle l'auteur a développé en beaux vers un récit touchant emprunté au voyage de M. de Pouqueville, et si l'on excepte encore la dernière partie de la neuvième *Messénienne,* où le poëte, après avoir mis en scène Tyrtée, retrouve de l'inspiration, en exprimant des sentiments qu'il éprouve réellement devant un brillant fait d'armes de Canaris, les *Messéniennes* n'offrent guère que des beautés de forme et plaisent surtout par la versification.

C'est à cette date qu'il faut placer le mouvement qui se fit dans l'esprit de C. Delavigne vers les idées d'opposition au gouvernement : il devient le poëte de l'école libérale. Partant, il perd sa place de bibliothécaire à la Chancellerie ; mais il est aussitôt nommé par le duc d'Orléans bibliothécaire du Palais-Royal. Dans plus d'un endroit de ses ouvrages, il se loue d'avoir gardé son indépendance envers le pouvoir ; il la garda soigneusement en effet. A l'époque de sa nomination à l'Académie, Louis XVIII voulut lui donner une pension. Il répondit par un refus délicatement tourné en compliment : il priait Sa Majesté de permettre qu'il conservât son indépendance, afin de pouvoir la louer avec désintéressement.

Casimir Delavigne salua dans ses vers la révolution de Naples et celle d'Espagne, comme il avait salué la délivrance de la Grèce. Chacune des pièces qu'il publiait était l'écho des idées de l'époque, et il y avait là une cause puissante de succès. Ainsi, quand la mort de l'Empereur livra sa mémoire à la poésie, C. Delavigne aborda ce grand sujet, et on trouve dans sa *Messénienne* l'objet d'une curieuse étude littéraire et en même temps une indication précieuse de l'esprit du temps. La forme est empruntée à Shakespeare : c'est le songe de la dernière nuit de Richard III, transporté sous la tente de Napoléon ; seulement les victimes qui apparurent au premier, sont remplacées par des victoires, Arcole, les Pyramides, Waterloo, qui se lèvent devant le second. Le poëte tire de beaux effets littéraires du contraste de la fortune passée du conquérant avec sa fortune présente. Mais le cachet particulier de cette *Messénienne*, c'est l'empreinte du libéralisme de l'époque. Que viennent dire les trois batailles sœurs à Napoléon endormi sous sa tente? Toutes trois viennent lui reprocher d'avoir violé la loi, d'avoir détrôné la liberté.

Presque toutes les pièces de C. Delavigne sont marquées du même caractère. Dans le *Voyageur*, Messénienne où la pointe de l'épigramme se montre à côté des larmes de l'élégie, il fait le tour de l'Europe, sans trouver nulle part la liberté. Dans les Messéniennes composées pendant le voyage qu'il fit à Rome pour sa santé, il évoqua partout le vieil esprit républicain de l'antiquité. Quand le général Foy meurt, C. Delavigne lui consacre une Messénienne toute remplie des émotions et des passions du moment, et dans laquelle il adresse à la « jeunesse ardente et pure » les flatteries qu'il s'est félicité de n'avoir jamais offertes aux rois.

Ainsi, par ses opinions politiques, il appartenait à l'opposition, tandis que par ses opinions philosophiques, il se rapprochait de l'Ecole du XVIIIe siècle. Il insistait particulièrement sur les souvenirs et sur les faits que cette école a continué d'exploiter contre le christianisme : Galilée en prison, la Saint-Barthélemy, les noms de quelques papes qui ont payé un fâcheux tribut à la nature humaine.... Les rares Epîtres de C. Delavigne sont un reflet élégant, spirituel, mais un peu décoloré de celles de Voltaire. Ses poésies légères sont complètement païennes ; on y retrouve les idées, les senti-

ments des anciens, avec la morale de leurs poëtes, traduite
en français :

Alors que ma froide paupière
Pressera mes yeux à jamais,
O Naïs, pour faveur dernière,
Couronne-moi de myrtes frais.

Poésie fausse, car on ne voit nulle part ces agonies couron-
nées de myrtes qui, la coupe à la main, abandonnent la vie
dans un banquet.

§ IV. — BÉRANGER

Chansons

Béranger fut l'ennemi le plus dangereux de la Restauration.
Il avait, dans le *Roi d'Yvetot*, blâmé l'empire, condamné la
guerre, désiré la paix. Quand la Restauration vient répondre
au vœu du poëte, en rendant la paix à la France, que fait-il?
Il ne chante plus le *Roi d'Yvetot*; il devient tout-à-coup bel-
liqueux, la chanson guerrière naît sous sa plume et la gloire
dans ses rimes heurte sans cesse la victoire. Ses chants parlent au mécontentement d'un nombreux parti qui troubla les
premiers jours de la Restauration, le parti militaire. Il nour-
rit leurs souvenirs, il échauffe leurs regrets : les aigles, le
drapeau tricolore, le grand Empereur, voilà les images qui
reviennent à chaque instant dans ses vers!

A son retour, la monarchie des Bourbons s'appuya sur le
principe religieux. Alors Béranger dirigea contre le catholicisme ses attaques les plus vives. Il tourna ses croyances en
ridicule et accusa ses vertus d'hypocrisie. Au Dieu de St-Louis
il opposa le Dieu des bonnes gens ; aux vertus chrétiennes il
substitua des vertus trempées de vin de Champagne. Par ces
poésies il parlait au parti Voltairien.

La royauté trouvait encore sa force dans un principe politique presque aussi ancien que la société : l'hérédité. Béran-

ger dirigea ses attaques sur ce point encore. Il excite les gaulois à briser leurs fers ; il chante Spartacus après avoir chanté César ; Lafayette devient son héros après l'Empereur : il est le Tyrtée des prolétaires. Alors son vers qui tout-à-l'heure chancelait sur les débris des flacons brisés ou bien courtisait Lisette et Frétillon, devient austère et farouche. On dirait un nouveau Junéval tonnant contre les vices des grands, lui qui les vantait sous la mansarde, comme de joyeux passe-temps. Dans cette partie de ses ouvrages, Béranger répond à la démocratie.

Ainsi Béranger a attaqué la Restauration par trois points à la fois : cela explique les contradictions qu'on trouve dans ses poésies et le succès immense qu'il obtint.

Sous le rapport de la forme, il serait difficile de classer d'une manière méthodique les compositions de Béranger : cependant presque toutes peuvent être ramenées à quatre grands types. Il a deux manières d'être sérieux et passionné, deux manières d'être gai et satirique.

Le premier de ces types, c'est ce qu'on pourrait appeler l'*Ode philosophique*. Le poëte met en vers, énergiquement frappés et ciselés avec art, les lieux communs de la philososophie du XVIIIe siècle, sur Dieu, la Nature, la Providence et la Société. Dans la révision de toutes les perfections de la Divinité, il n'en est qu'une qu'il lui laisse complètement, la patience. Dieu est une sorte d'être inerte, indifférent, d'une inaltérable complaisance, qui n'a ni volonté, ni lois, ni justice. La composition de l'auteur, où se révèle le mieux sa philosophie, c'est *le Dieu des bonnes gens*.

Il a une seconde manière d'être sérieux, c'est la mélancolie : il est mélancolique à la manière des païens. La pensée de la mort est mêlée aux plaisirs et vient surgir tout-à-coup au milieu des roses trop passagères. A peine une vague pensée d'immortalité vient-elle luire à la fin de quelques unes de ces compositions ; et encore quelle immortalité ! Ces caractères se rencontrent dans une pièce intitulée *La bonne vieille*, où le poëte, voyant dans l'avenir sa maîtresse vieillie

13

lui survivre, recommande sa mémoire à son long et doux souvenir. Ils se retrouvent aussi dans la pièce intitulée le *Temps*, dialogue poétique entre le Dieu mythologique qui moissonne nos années et un couple heureux qui le supplie d'épargner ses amours.

La gaieté de Béranger, comme sa gravité, a deux types : le premier, c'est le *genre burlesque*, appliqué aux idées morales et religieuses. Il excelle à travestir en images bouffonnes les idées les plus sublimes, triste mérite que les modernes ont emprunté à Lucien. Dieu lui-même, dont Newton ne parlait jamais sans une marque extérieure de respect, devient l'objet des quolibets de cette muse effrontée qui le chansonne dans le *Bon Dieu à sa fenêtre*, comme le *Soliveau* de la monarchie universelle, comme le *Roi d'Yvetot* de la création. On comprend qu'après avoir traité Dieu avec cette familiarité, Béranger se gêne peu avec ses saints, encore moins avec ses ministres terrestres. L'Ange gardien, cette sainte et pure croyance, lui fournit le sujet d'une chanson obscène ; le *Jour des Morts*, dernier culte de ceux qui n'ont plus de religion, lui inspire une parodie écrite en éclats de rire, en face des tombeaux ; le culte des saints, le dévouement du sacerdoce sont l'objet de ses quolibets bachiques. Il a poussé l'esprit de dénigrement et de parodie jusqu'à salir deux types vénérables et jusque-là vénérés, dans la morale populaire, la grand-mère et la nourrice.

Le second type dans lequel aime à s'exprimer la gaieté de Béranger, c'est une sorte de parodie élogieuse des idées antisociales. Tous les caractères qui lui plaisent et qu'il loue sont en dehors de la société. Telles sont les Frétillon, les Camille, les Lisette et la grande famille de ces filles de bonne humeur qui ont rejeté la pudeur par haine de l'hypocrisie. Il y a encore un type viril qui revient sans cesse dans ses chansons, mais qui ne se trouve nulle part plus complètement dessiné que dans le *Petit homme gris*. Ce petit homme est en guerre avec tout le monde, mais il se moque de tout le monde, de la mort comme du reste. C'est le moi humain arrivé au dernier degré de la vanité ; seulement il ricane, au lieu de déclamer.

C'est sous cette quadruple forme que Béranger poursuivit la guerre qu'il avait déclarée à la Restauration. L'appel à la révolte ne cessa de retentir dans ses chansons pendant 18 ans. On doit toutefois chercher des circonstances atténuantes aux torts de Béranger, dans les passions contemporaines et dans les fautes du gouvernement. D'ailleurs la chanson a toujours été en France une arme politique, dont se sont servis tous les partis.

Comme poëte, il a un mérite véritable par la variété des tons qu'il sait prendre, le fini qu'il donne souvent à ses petits tableaux et l'art avec lequel il cisèle sa pensée dans des vers qui saisissent et restent dans la mémoire. Mais il excelle surtout dans ces petites satires politiques qui roulent sur un fond d'idées assez général et assez durable pour que le sel dont elles sont remplies ne perde pas sa saveur. Il y a une vingtaine de chansons de cette espèce, à la tête desquelles il faut placer le *Roi d'Yvetot*, le *Sénateur*, le *Ventru*, qui sont de véritables chefs-d'œuvre de composition et de style.

§ V. — DE QUELQUES AUTRES POETES DE LA RESTAURATION

Lamartine, V. Hugo, C. Delavigne, et Béranger furent tous quatre des poëtes lyriques. Il semble que ce genre de composition qui demande une inspiration vive, mais de courte durée, convienne mieux à cette époque d'activité intellectuelle et de vives émotions. Les poëtes pouvaient ainsi répondre plus promptement au sentiment public. Il arriva plus d'une fois à ces quatre esprits, tout séparés qu'ils fussent, de se rencontrer dans le même courant d'idées. C'est ainsi que le mouvement d'opinion en faveur de la Grèce fut propagé à la fois par eux. Tous les quatre aussi concoururent au progrès du Bonapartisme poétique, les uns en louant, les autres même en blâmant.

D'autres poëtes, avec un retentissement moins grand, mais

avec des qualités réelles, commencent en même temps à
paraître. Alfred de Vigny compose peu et lentement, mais
il a le sentiment de la perfection, et ses productions offrent
ce fini que l'étude seule peut imprimer. Il est de race noble
et militaire. Elevé dans un château de la Beauce par son
vieux père, son esprit s'est ouvert en écoutant des récits
héroïques ; « j'aimai toujours à écouter, dit-il, et quand j'étais
enfant, je pris de bonne heure ce goût sur les genoux blessés
de mon vieux père. »

Alfred de Vigny réussit dans des genres différents. Dans
une description d'une remarquable énergie il peint ainsi le
déluge :

> Tous les vents mugissaient, les montagnes tremblèrent ;
> Des fleuves arrêtés les vagues reculèrent ;
> Et du sombre horizon dépassant la hauteur,
> Des vengeances de Dieu l'immense exécuteur,
> L'Océan apparut bouillonnant et superbe,
> Entraînant les forêts comme le sable et l'herbe ;
> De la plaine inondée envahissant le fond,
> Il se couche en vainqueur dans le désert profond,
> Apportant avec lui, comme de grands trophées,
> Les débris inconnus des villes étouffées ;
> Et là bientôt plus calme en son accroissement
> Semble dans ses travaux s'arrêter un moment,
> Et se plaire à mêler, à briser sous son onde
> Les membres arrachés au cadavre du monde.

En même temps dans *Eloa*, une de ses plus gracieuses
compositions, son pinceau tout-à-l'heure si énergique s'amol-
lit pour peindre avec les plus douces couleurs un portrait de
femme, celui de *Doloreda*.

> Oh ! jamais dans Madrid un noble cavalier
> Ne verra tant de grâce à plus d'art s'allier ;
> Jamais pour plus d'attraits, lorsque la nuit commence
> N'a frémi la guitare et langui la romance ;
> Jamais dans une église on ne vit plus beaux yeux
> Des grains du chapelet se tourner vers les cieux ;

Sur les mille degrés du vaste amphithéâtre
Jamais on n'admira plus belles mains d'albâtre,
Sous la mantille noire et ses paillettes d'or,
Applaudissant de loin l'adroit Torréador.

A. Soumet, qui consacre en même temps ses veilles au théâtre, écrit dans une langue pleine de nombre et d'harmonie des poésies dont l'accent pur et mélodieux rappelle les élégies d'André Chénier. Guiraud réussit dans le même genre et montre une sensibilité naïve et délicate dans ses élégies savoyardes. Une jeune muse, Mlle Delphine Gay, alors dans toute la fleur de la jeunesse et de l'enthousiasme, charme en même temps les oreilles et les yeux. Mesdames Dufresny, Tastu, Desbordes-Valmore écrivent des vers ingénieux. Andrieux, Étienne, Viennet continuent la tradition de la poésie légère qui remonte à Voltaire, modèle incomparable de ce genre. Briffaut lit, aux applaudissements des salons, ses contes et ses dialogues assaisonnés d'esprit, d'enjouement et de finesse, et inspirés par cette philosophie du monde qui cache une réflexion sensée derrière un mot heureux et glisse une leçon entre deux sourires. Baour-Lormian, Perceval, Grandmaison, Campenon, déjà connus avant la Restauration, continuent à écrire. Ducis a vécu assez pour voir s'accomplir la Restauration, l'objet de ses vœux et meurt en 1816.

La poésie a fleuri ainsi sous la Restauration autant qu'à aucune époque. La tendance la plus générale de cette poésie, c'est de quitter le convenu, la routine, pour quelque chose de plus naturel et de plus vrai, de rapprocher la littérature de l'homme et de la société moderne.

CHAPITRE III.

Révolution tentée dans la Littérature Dramatique.

La révolution littéraire, préparée depuis longtemps, éclata sous la Restauration. Il se forma une école nouvelle, qu'on appelle l'école romantique, et dont M. Victor Hugo fut le chef. Nous avons parlé de ces soirées littéraires qui se tenaient chez le jeune poëte ; c'est dans les longs entretiens de ces soirées que naquit l'idée de la réforme, surtout de la réforme du théâtre. Les représentations des principales pièces de théâtre de Shakspeare que les auteurs anglais donnèrent à Paris, vers 1826, confirmèrent cette idée par la profonde impression (qu'elles produisirent sur l'esprit du poëte et celui de ses amis. Il publia sa nouvelle poétique dans la préface de son Cromwell. Il y disait que la littérature avait été lyrique à son début, épique à son milieu, et qu'elle était dramatique de nos jours : axiome contestable ! Il y disait encore que l'antiquité n'avait étudié la nature que sous une de ses faces, le beau : autre axiome contestable, car le laid et le grotesque existent dans bien des personnages des poëtes anciens, et notamment dans Aristophane.

La Restauration avait déjà vu beaucoup de productions dramatiques. Deux pièces de Soumet, *Clytemnestre* et *Saül*, avaient été, par une coïncidence bien rare, jouées le même jour, l'une aux Français, l'autre à l'Odéon. Le *Saint-Louis* d'ANCELOT avait obtenu un grand succès. GUIRAUD avait fait les *Machabées* ; LE BRUN *Marie-Stuart*. Mais le poëte dramatique par excellence de cette époque fut C. DELAVIGNE. Les *Vêpres Siciliennes*, jouées en 1819, eurent un succès prodigieux. On raconte que le machiniste qui avait fait entendre le grand coup de cloche des Vêpres, s'expliquait les transports de l'auditoire, en disant : *cela a été si bien sonné !* Il est plus vrai de dire que cet ouvrage de circonstance correspondait à un sentiment général ; la première représentation coïncidait avec le départ des armées étrangères, de sorte que, dans la protestation des Siciliens contre le joug de la France, les Français applaudissaient les sentiments que leur avait inspirés à eux-mêmes la présence des armées étrangères sur le sol de la patrie.

Les *Vêpres Siciliennes* ont mis sur la scène un sujet historique bien connu ; le *Paria*, représenté en 1821, est une tragédie philosophique, dans laquelle l'auteur se proposait de montrer les injustices qui résultent de l'inégalité des castes. Le public y vit une allusion à l'inégalité des conditions, comme il avait vu dans les *Vêpres Siciliennes* une allusion au départ des armées étrangères.

Le *Paria* nous transporte dans l'Inde ; la scène se passe dans un bois sacré près de Bénarès.

Idamore qui s'est élevé par ses talents et son courage au premier rang des guerriers, n'est par sa naissance qu'un misérable paria. Il a eu l'audace d'aimer Néala, la fille du grand-prêtre Akébar. Celui-ci le fait venir et lui offre la main de Néala, car il ignore sa naissance et ne voit en lui qu'un guerrier magnanime. Mais l'infortuné ne peut dissimuler à sa fiancée qu'il est un de ces misérables que l'on proscrit. Néala recule d'épouvante à la vue d'un paria ; mais à la fin, son amour se résigne à supporter l'enfer dans l'autre vie et l'infamie sur cette terre, plutôt que d'abandonner celui qu'elle aime. Cependant elle est bien triste et ses compagnes augmentent encore sa douleur par leurs félicitations. Tout-à-coup, un vieillard paraît, il demande Idamore ; c'est Zarès, son père, qui est à sa recherche depuis de longues années. Il conjure, il supplie avec larmes son fils de revenir habiter avec lui les forêts, témoins de son enfance. Idamore désire auparavant revoir Néala qu'il espère entraîner avec eux ; et en attendant, Zarès se cache dans les bois de peur d'être aperçu par les Brahmes. En ce moment, on appelle Idamore au temple ; le grand-prêtre va consacrer son union avec Néala, quand un brahme s'écrie :

> Un paria s'est glissé parmi nous !

On amène le malheureux ; Akébar commande qu'on l'immole. Idamore s'écrie :

> Immolez donc le fils avec le père !.....

A ces mots, le grand-prêtre, honteux de son erreur et rempli d'indignation, ordonne au conseil des vieillards de s'assembler et de prononcer sur le sort des deux parias. Idamore est condamné à mourir, mais on lui accorde la grâce de son père. Après l'exécution, l'infortunée Néala s'approche de Zarès et dit au grand-prêtre :

> Je m'immole avec lui pour pleurer ce que j'aime.

Le grand-prêtre maudit Néala ; Zarès l'embrasse et s'éloigne soutenu par elle, tandis qu'Akébar, la tête appuyée sur la statue de Brahma, reste plongé dans sa douleur.

Cette tragédie contient des chœurs comme ceux d'Esther et d'Athalie ; elle offre un grand intérêt et est écrite d'un bout à l'autre dans un style enchanteur. Tout le monde connaît ce morceau :

> Il est sur ce rivage une race flétrie,
> Une race étrangère au sein de sa patrie,
> Sans abri protecteur, sans temple hospitalier,
> Abominable, impie, horrible au peuple entier,
> Les Parias ; le jour à regret les éclaire,
> La terre sur son sein les porte avec colère,
> Et Dieu les retrancha du nombre des humains,
> Quand l'univers créé s'échappa de ses mains.
> L'Indien, sous les feux d'un soleil sans nuage,
> Fuit la source limpide où se peint leur image,
> Les doux fruits que leur main de l'arbre a détachés,
> Ou que d'un souffle impur leur haleine a touchés.

D'un seul de leurs regards a-t-il reçu l'atteinte,
Il se plonge neuf fois dans les flots d'une eau sainte.
Il dispose à son gré de leur sang odieux ;
Trop au-dessous des lois, leurs jours sont à ses yeux
Comme ceux du reptile ou des monstres immondes
Que le limon du Gange enfante sous ses ondes.
Profanant la beauté, si jamais leur amour
Arrache à sa faiblesse un coupable retour,
Anathème sur elle, infamie et misère !
Morte pour sa tribu, maudite par son père,
Promise après la mort au céleste courroux,
Un exil éternel la livre à son époux.

En 1829, C. Delavigne fit représenter une troisième tragédie, intitulée *Marino Faliero*, qui réussit aussi bien que
les précédentes, succès auquel la politique contribua également un peu, car l'aristocratie n'est pas ménagée dans cette
pièce.

Marino Faliero nous montre la fin tragique de l'un des
doges les plus illustres de Venise. La scène se passe en 1355.
Marino, qui est octogénaire, a une jeune femme, nommée
Helena, que Steno, noble Vénitien, a outragée, en écrivant
contre elle des lignes infamantes. Marino a demandé vengeance au tribunal des *Dix*. Le tribunal n'a condamné Steno
qu'à un mois de prison. Le doge indigné conçoit le projet
de détruire l'orgueilleuse aristocratie de Venise et forme un
complot avec des gondoliers et des condottieri, tandis que
son neveu Fernando qui se bat en duel pour Helena, reçoit
un coup mortel de la main de Steno. Les conjurés doivent
assassiner les nobles, le lendemain matin, au moment que
la cloche de St-Marc les appellera au Sénat. Mais l'un d'eux,
le sculpteur Bertran, court avertir Lioni, son bienfaiteur,
membre du conseil des *Dix*, qu'il y va de sa vie, s'il sort le
lendemain. Lioni conduit immédiatement Bertran chez le
doge pour qu'il l'interroge. A la manière dont le doge pro-
cède à l'interrogatoire, Lioni conçoit des soupçons que con-
firme un entretien qu'il a avec Helena Il sort sans laisser

rien paraître ; mais un moment après, le doge est arrêté et condamné à mort par les *Dix*. C'est en vain que le peuple crie : Faliero, Faliero, grâce, grâce ! la sentence s'exécute sous les yeux de l'infortunée Helena.

Si C. Delavigne savait exprimer les passions violentes du cœur humain, il savait aussi observer ses ridicules, et les deux meilleures pièces qu'il donna à la scène, sous la Restauration, furent deux comédies : les *Comédiens* et l'*École des Vieillards*.

Dans la première, il peignit avec talent l'intérieur du théâtre et les émotions d'un poëte dramatique qui entre dans cette carrière si séduisante en perspective, mais qui a bien ses obstacles, ses déceptions et ses ennuis.

Dans la seconde, il fit voir les résultats d'une de ces mésalliances formées par l'amour d'un vieillard et le calcul d'une jeune fille ou plutôt de ses parents. Dans cette comédie le vieillard, nommé Danville, a un cœur jeune, un esprit vif, un caractère aimable, un extérieur agréable même, malgré ses soixante ans. La jeune femme, avec ses vingt ans, a de son côté un cœur droit, un bon sens précoce, un dévouement filial. Eh bien, malgré les bonnes qualités de l'un et de l'autre, la jeune femme, entraînée par une mère imprudente, commet de graves étourderies, et consomme en un an la moitié de la fortune de son mari. Heureusement que le repentir vient à temps pour sauver l'autre moitié et mettre son honneur à l'abri de nouveaux dangers.

Dans les premières années de la Restauration, on peut dire que ce fut la comédie surtout qui soutint le théâtre. Cela se comprend ; il n'y avait guère que le public lettré qui s'intéressât à la tragédie, à moins qu'elle ne répondît par les allusions qu'elle renfermait, à une opinion du moment. La comédie, au contraire, était restée à la portée de tout le monde ; elle avait pour elle tout le public. Après C. Delavigne, on peut citer plusieurs auteurs qui réussirent dans ce genre. PICARD qui finissait, composa quelques pièces intéressantes avec le concours de M. MAZÈRE qui commençait d'une manière brillante. C'est à cette collaboration que furent dûs *Les Trois Quartiers*, pièce où se reflétaient les mœurs des trois genres de société qu'on trouvait alors à Paris : l'aristocratie nobiliaire du faubourg St-Germain, l'aristocratie financière de la chaussée d'Antin, la bourgeoisie de la rue St-Denis, trois types agréablement personnifiés dans trois jeunes femmes, amies de pension, avant d'être jetées, par la diversité de leurs fortunes, dans les sphères différentes de la vie sociale de cette époque. C. Bonjour fit représenter avec succès *La Mère rivale* et le *Mari à bonnes fortunes* ; Andrieux, *la Comédienne* et le *Manteau*. Désaugiers, une de ces intelligences faciles et prodigues qui croient perdre tout l'esprit qu'elles ne jettent point par les fenêtres, et qui a écrit des chansons remplies de sel et d'entrain, donna au théâtre français deux comédies agréables, *Les deux Voisines* et l'*Homme aux précautions*. M. Empis eut aussi plusieurs succès dans la comédie de ménage. Mais quand on cherche l'expression la plus exacte de la comédie pendant la Restauration, il faut aller droit à M. Scribe.

Pendant la plus grande partie de la Restauration, M. Scribe se renferma dans cette comédie réduite et entrecoupée de couplets, qui a toujours plu à l'esprit français, et qu'on appelle le vaudeville. Ce ne fut que vers la fin de cette période qu'il aborda la grande comédie ; le *Mariage d'argent* ne fut joué qu'en 1829. M. Scribe a réussi d'abord parce qu'il a beaucoup d'esprit et une entente parfaite de la scène, mais aussi parce qu'il a le talent de l'à-propos. Au commencement de la Restauration, il y avait un vif enthousiasme pour la gloire militaire de l'empire. M. Scribe encombra ses pièces de vieux soldats et de jeunes colonels ; et tout l'effectif de la grande armée défila dans son répertoire. L'aristocratie d'argent naissait à cette époque ; M. Sribe caressa les goûts et chatouilla la vanité de cette aristocratie par le vaudeville financier, où le sentiment est tempéré par l'esprit de calcul, où les inspirations de la nature sont toujours vaincues par les conventions sociales. Cette tendance devint presque un

système dans le théâtre de M. Scribe. Il écrivit, dans la
donnée du *Mariage de raison*, une suite de petites comédies
paradoxales, dans lesquelles, intervertissant le thème de
de l'ancien théâtre , il donne l'avantage à la prose sur la
poésie, aux intérêts sur les affections, à l'argent sur l'amour.
Enfin il déploya une qualité qui contribua beaucoup à ses
succès. Nous vivons dans un pays qui, depuis soixante ans,
a vu tant de choses merveilleuses, au moins singulières,
qu'il y a dans les esprits un secret penchant pour les situations difficiles, compliquées. Or M. Scribe a le rare talent de
savoir se créer dans ses pièces des difficultés en apparence
insurmontables, et de trouver ensuite une issue. Il réussirait
sans peine à traverser le pont formé d'un seul cheveu sur
lequel l'Alcoran fait passer les âmes des morts. Mais il
plaisait surtout par son esprit, dont il abuse : il est toujours
derrière ses personnages, leur soufflant des épigrammes,
leur prêtant des bons mots contre tout le monde, souvent
contre eux-mêmes. Placez les personnages de M. Scribe
près de ceux de Molière, et vous verrez la différence. Chez
Molière, la nature parle, comme elle parle chez elle ; la
la niaiserie est niaise ; la grossièreté, grossière ; l'esprit,
spirituel ; la raison, sensée. Chez M. Scribe, tout le monde
est spirituel ; les bêtes elles-mêmes ont de l'esprit.

La comédie florissait donc, tandis que la tragédie végétait.
Un seul homme prolongeait son déclin ; cet homme était
Talma. Bien des années auparavant, Mme de Staël, dont l'âme
sympathique était si vivement touchée du talent, exprimait
dans son livre de l'*Allemagne* l'admiration que lui inspirait
cet artiste, et elle émettait le vœu que les poëtes fissent
dans leurs pièces ce que Talma faisait sur la scène. L'âge et
l'étude avaient perfectionné encore le talent de cet acteur.
Placé au milieu de circonstances extraordinaires qui l'avaient
fait vivre dans l'intimité d'une république et d'un empereur,
il avait profité, dans l'intérêt de son art, du privilège de la
double position. Talma racontait souvent qu'il avait appris
à représenter les républicains de Rome, un soir qu'il se

trouvait avec les républicains de la Gironde. « Dès ce moment, disait-il, j'acquis une lumière nouvelle, j'entrevis mon art régénéré ; je travaillai à devenir, non plus un mannequin monté sur des échasses pour être à la hauteur du Capitole, tel qu'il apparaît en rhétorique aux écoliers, mais un romain réel. » Si les Girondins avaient été les maîtres de Talma dans l'art de représenter les hommes de la république, Napoléon avait connu Talma avant la campagne d'Italie, et du temps où on l'appelait encore le petit Bonaparte ; quand le petit Bonaparte fut devenu le grand empereur, il continua à recevoir Talma. C'est à cette école que celui-ci apprit cette brièveté de paroles, cette autorité de gestes qu'il porta sur la scène. Tout en profitant des modèles vivants qu'il avait eus sous les yeux, Talma n'avait point oublié les enseignements qu'il pouvait trouver dans les livres. Il étudiait ses rôles dans Plutarque et dans Tacite ; il allait chercher des poses et apprendre à porter la toge et le casque dans les salles du musée; à tel point qu'un jour, après une représentation de *Manlius*, il reçut du peintre David cet éloge: « A ton entrée en scène, j'ai cru voir marcher une statue antique. » Talma se perfectionnait de plus en plus. Sylla, Léonidas, Charles VI furent ses derniers et ses plus beaux rôles. Il avait tellement la passion de son art qu'il l'étudia pour ainsi dire, jusque sur son lit de mort ; il cherchait sur son visage les convulsions du délire. « Je les ai notées là, disait-il, en se frappant le front ; quand je remonterai sur la scène, je les reproduirai dans la démence de Charles VI. » Puis il reprit avec un morne découragement : « Jamais je ne remonterai sur la scène ; je suis condamné à mourir.» En effet il succomba quelques jours après (1826).

Avec Talma s'en allait la tragédie antique. Alors l'école nouvelle s'empare de la scène. Deux hommes très-différents par la nature de leur talent, tous deux jeunes et hardis, V. Hugo et A. Dumas, voulant trancher la question, firent représenter, dans l'hiver de 1829 à 1830, un drame en vers et un drame en prose, *Hernani* et *Henri III*. Ce fut toute une affaire. L'école classique tenta une sortie désespérée, dans les bureaux du *Constitutionnel* ; on signa une requête au roi de France, en faveur des règles d'Aristote. Le roi fut supplié d'intervenir pour empêcher le scandale littéraire de la représentation d'*Henri III*. Charles X répondit : « Messieurs, quand il s'agit de théâtre, je n'ai, comme tout bourgeois de Paris, que ma place au parterre. » *Henri III* fut donc joué et obtint un grand succès. Les premières représentations d'*Hernani* ressemblèrent à des batailles. Les brigades romantiques avaient pris position avec la résolution de traiter tout improbateur en ennemi. Un spectateur classique ayant osé désapprouver, une escouade d'admirateurs s'écria: « A la porte ! chassez-le ! » Le chef d'une autre escouade se levant avec indignation, « non, dit-il, ne le chassez pas ; tuez-le ! C'est un académicien ! » La passion était si vive, que ces choses se disaient sérieusement.

Maintenant que les passions sont apaisées il faut reconnaître qu'*Hernani*, avec ses beautés et ses défauts, était un ouvrage supérieur à ceux qui se succédaient depuis longtemps sur la scène. C'était une œuvre vivante qui avait du sang dans les veines, qui marchait, qui respirait. La pensée permanente de V. Hugo, la lutte de l'exception contre la règle, de l'individu contre la société, y est déjà, il est vrai ; mais avec une plus équitable appréciation des choses de ce monde: Hernani a la grandeur sauvage du bandit ; mais Charles-Quint le domine du haut de la majestueuse grandeur de l'Empereur. On n'est pas encore arrivé au temps où la majesté royale sera foulée aux pieds. Quand le bandit voudra croiser le fer avec l'empereur, qu'il trouve sous les fenêtres de *Dona Sol*, à l'heure du rendez-vous, Charles-Quint repoussera bien loin la pensée d'un duel impossible.

> Je suis votre seigneur le roi :
> Frappez, mais pas de duel ; vous m'assassinerez.

Cette lutte de l'Outlaw contre l'Empereur finira par le triomphe de Charles-Quint, qui courbera le rebelle sous la magnani-

mité de son pardon et lui laissera le bonheur avec *Dona Sol*.
Si Dona Sol, avec ce tour d'esprit romanesque, joint à cette
générosité de cœur qu'on trouve chez les femmes, préfère
le proscrit non seulement au vieux duc don Ruy-Gomez-de-
Sylva, son oncle, mais à l'Empereur lui-même, il faut se
rappeler qu'Hernani n'est pas un bandit ordinaire ; c'est un
de ces proscrits politiques qu'une pensée de vengeance et
le fanatisme de la piété filiale ont jetés en dehors des cadres
de la société. Ce n'est pas le crime que Dona Sol aime en
lui ; elle cède aux séductions du malheur unies à celles du
courage et à cet attrait de la grandeur mystérieuse, toujours si puissant sur l'imagination des femmes.

Don Ruy-Gomez est, pendant toute la première partie du
drame, le représentant des inspirations les plus élevées de
l'honneur espagnol et de la fierté féodale. V. Hugo a eu,
comme C. Delavigne, dans le personnage de Danville, l'art
de donner à l'amour d'un vieillard pour une jeune fille
un caractère touchant par la vérité et la profondeur de ce
sentiment. La scène dans laquelle le vieux duc, sommé par
Charles-Quint de livrer Hernani, devenu son hôte, répond
en montrant les portraits des Sylva, ses aïeux, se prolonge
beaucoup trop ; mais elle met en relief les sentiments de
loyauté du moyen-âge. Cette première partie du rôle de
Don Ruy est belle, mais la seconde est intolérable ; on ne
comprend pas que cet homme si grand et si généreux au
premier acte, soit devenu aussi atroce au dernier. Exiger
qu'Hernani qui, alors que le vieillard a refusé de le livrer,
lui a juré de mourir à son premier commandement, exiger,
dis-je, qu'il tienne ce serment, c'est aller déjà bien loin ;
mais venir en personne, comme un inexorable créancier,
lui présenter cette cédule de mort devant Dona Sol, le jour
même de leurs noces, refuser aux prières de la jeune
femme la vie de son mari, assister à la mort de ces deux
jeunes gens qui boivent, à la même coupe, le même poison,
c'est sortir du vrai. Ici commence à paraître le défaut do-

minant de V. Hugo, l'exagération, il force les caractères, les situations ; il exagère les effets de scène et de style.

Il y a aussi dans Hernani deux graves anachronismes de sentiments : la religion, qui était au xvie siècle si puissante encore sur les esprits et sur les cœurs, ne parait point parmi les mobiles qui dominent les personnages ; et, dans le monologue de Charles-Quint, l'auteur a placé une sorte d'hommage anticipé à la souveraineté populaire, à laquelle on songeait peu, à l'époque de cet empereur, mais dont on s'occupait beaucoup dans les parterres de 1829.

Avec ses défauts, le drame d'*Hernani* contenait assez de beautés pour réussir. Il mettait en présence et en lutte le sentiment de l'indépendance individuelle, le génie de la domination politique, l'amour poussé jusqu'au dévouement, la tradition de l'honneur féodal, dans une action semée de péripéties émouvantes, à l'aide d'une langue poétique énergique. En outre, la passion littéraire de toute une jeunesse lui vint en aide pendant les premières représentations, la victoire lui resta.

Le triomphe qu'il venait de remporter rompit, pour ce cœur affamé de popularité, les derniers liens qui l'attachaient encore à l'école monarchique. Ce divorce est clairement exprimé, en même temps que l'exaltation de la victoire, dans la préface qui précède la première édition d'*Hernani,* publiée en mars 1830. Non seulement il divorçait avec les opinions auxquelles il avait appartenu jusqu'en 1826, mais il les attaquait. Il dressait sa tente dans le camp du libéralisme, et la menace même fermentait dans les dernières paroles de cette préface. Voici d'où provenait sa colère. Il avait voulu faire représenter un drame composé quelques mois avant *Hernani,* et intitulé *Marion de Lorme.* La censure pensa qu'il pourrait y avoir de graves inconvénients à laisser représenter une pièce dans laquelle la royauté française jouait, sous les traits de Louis XIII, un rôle abject, où les esprits malveillants ne manqueraient pas de trouver un texte d'injustes allusions. Charles X, qui portait une véritable affection à V. Hugo, voulut, autant qu'il était en lui, réparer le dommage que cette décision apportait à ses intérêts, et lui fit annoncer qu'il avait donné l'ordre de doubler la pension dont il jouissait sur sa cassette. V. Hugo refusa avec un désintéressement qui préférait un succès littéraire à l'argent ; et par un calcul moins généreux, en présence des difficultés qui assaillaient la vieille royauté française, il se mettait en règle avec la popularité.

Il voulut porter la guerre à la fois sur tous les champs de bataille de la poésie. Il venait de remporter une victoire dans la poésie dramatique, il revint à la poésie lyrique avec un talent plus mâle et plus fier, mais que certaines théories commençaient à fausser. Les *Orientales* sont pleines de beautés du premier ordre, obscurcies par des défauts curieusement recherchés ; on voit que c'est à dessein, pour faire des niches à Boileau, qu'il enfreint les règles par l'étrangeté de sa prosodie et la bizarrerie de ses images. Un de ses défauts de prédilection, dans les *Orientales*, c'est d'amoindrir les grandes idées par la bassesse des expressions, et de relever la bassesse des idées par la pompe des images. S'agit-il de faire parler le Danube, le grand fleuve, il lui prêtera, vis-à-vis deux villes situées sur ses rives, un langage qui ne messiérait pas à un Orgon de comédie, gardant bourgeoisement deux Agnès, ses filles. C'est le nouveau symbole de V. Hugo, appliqué au style comme à la pensée : la dégradation de toute puissance, la réhabilitation de toute bassesse. L'écrivain traitait le Danube comme il devait traiter plus tard les rois ; plus tard il donnera la supériorité au bouffon Triboulet sur le roi que l'histoire a appelé le Père des lettres, et sans lequel Charles-Quint soumettait l'Europe à sa puissance.

Le champion le plus téméraire de la nouvelle école fut SAINTE-BEUVE. Il entreprit un important travail qui devait, selon lui, jeter un grand jour sur la marche à suivre par les écrivains modernes : c'est *le tableau historique et critique de la poésie française au XVIᵉ siècle*. A cette époque, comme on le sait, Ronsard et sa pléïade tentèrent une révolution dans la langue française et obtinrent une célébrité d'un demi-siècle, suivie

14

d'un long oubli. Leur intention était bonne ; ils avaient remarqué avec peine que la langue nationale, méprisée des
savants, était regardée comme un patois dont on pouvait se
servir dans les relations usuelles de la vie, mais qui demeu-
rait inapplicable aux choses intellectuelles. Ils voulaient donner à la France une langue plus parfaite ; mais ils choisirent
un mauvais moyen, c'était d'opérer une espèce de transmu-
tation de la langue française, de la rendre grecque et latine;
et ils firent un français qui ne pouvait être compris que des
latinistes et des hellénistes. Sainte-Beuve regrettait que Ronsard n'eût pu réussir et conseillait à la nouvelle école de
chercher dans ce poëte des effets de style, des coupes de
vers, des tours vieillis. Puis joignant l'exemple au précepte,
il publia, sous le pseudonyme de Joseph de Lorme, des poésies
empreintes de ce désenchantement prématuré de toutes
.choses, qui ronge les Werther et les René. On entendit une
invocation au suicide, une hymne à la phthisie. Il y eut des
gens naïfs qui pleurèrent sur la mort de Joseph de Lorme.
Les classiques seuls eurent la cruauté d'en rire, et ce nouveau genre de poésie qu'on introduisait dans la littérature,
ils l'appelèrent méchamment « la poésie poitrinaire. » De Lamartine a dit des poésies de Joseph de Lorme :

> Ces vers où l'hyperbole, effort de la faiblesse,
> Enfle d'un sens forcé le vide ou la mollesse;
> Ces vers, fruits imparfaits d'un arbre trop hâté,
> Qui les laisse tomber au souffle de l'été.

Quand un homme de talent se trompe, ses erreurs deviennent contagieuses ; la poésie poitrinaire fit de nombreuses
victimes. Dans la jeunesse ce fut un ton ; la pâleur devint le
symbole obligé du génie, l'embonpoint chez un poëte romantique eût été un signe de réprobation. Il y avait quelque
chose de vulgaire et de prosaïque à se bien porter. Cela
n'empêchera pas plus tard celui qui a donné ce ton, d'aspirer à la renommée et à la fortune, de prendre le temps
comme il vient, les hommes comme ils sont, et de mener

une assez douce vie, au sein des travaux d'une critique fine, ingénieuse et peu enthousiaste, qui effeuille les couronnes qu'elle a jadis tressées. C'est ainsi que l'auteur de Werther fut l'homme le plus calme, le plus positif que la terre ait jamais porté.

Les rédacteurs du *Globe* défendirent la langue française contre M. Sainte-Beuve, tout en adoptant une réforme modérée. Il y avait des hommes de talent et d'avenir dans la nouvelle école. M. Alfred de Musset commençait à paraître, tout pétillant de jeunesse, et capricieux comme la fantaisie. MM. Antony et Emile Deschamps faisaient leurs premiers vers. M. Mérimée, ce fin observateur, marquait sa place par ses nouvelles. M. de Vigny publiait *Cinq-Mars*, roman historique, où l'idéal est fondu, avec un assez grand succès, à la réalité. Par la perfection étudiée de son style, M. de Vigny se distinguait de l'école nouvelle, à laquelle il tenait par les allures indépendantes de son talent. Mais tous ces écrivains ont reconnu la royauté de V. Hugo.

CHAPITRE IV.

De l'Histoire sous la Restauration

L'histoire est une des gloires littéraires les plus éclatantes
de la Restauration. L'école monarchique et catholique ne produisit pas de grands historiens ; les quatre écrivains les plus
éminents qui la représentèrent ne tournèrent point leurs
efforts de ce côté. M. de Châteaubriand, ce peintre puissant
qui aurait pu présenter les tableaux de l'histoire de France
d'une manière si colorée et si dramatique, et qui, en particulier, eût retracé la révolution française avec l'autorité d'un
témoin oculaire, n'aborda l'histoire que par aperçus : les
luttes de la politique et les affaires du gouvernement l'absor-
bèrent tout entier. M. de Bonald avait un esprit trop systématique pour se plier aux tons et aux couleurs différentes
qu'exige chaque époque historique ; il consuma sa vie dans
la polémique soulevée par les questions à l'ordre du jour, et
dans les débats de la philosophie. Joseph de Maistre consacra ses dernières années à son grand ouvrage *Les Soirées de
Saint-Pétersbourg* ; et M. de Lamennais appliqua toutes les
forces de son esprit aux questions théologiques et à la philosophie religieuse Les ouvrages historiques de cette époque
furent écrits soit par des hommes de l'école rationaliste, soit
par des hommes de la révolution.

Quand on cherche à classer les divers genres auxquels on
peut ramener les principales compositions historiques qui
parurent de 1815 à 1830, on trouve que ces genres sont au
nombre de trois. Un certain nombre d'historiens crurent que
l'histoire devait être purement et simplement la description
fidèle et dramatique du passé, sans que l'historien indiquât

la marche générale de l'humanité ; c'est l'histoire qu'on a nommée *descriptive*. M. DE BARANTE, en publiant son histoire des ducs de Bourgogne, donna le modèle de ce genre. D'autres crurent au contraire que l'écrivain doit s'attacher principalement à montrer le développement général de l'humanité, à travers les faits individuels. Cette école, qui jeta un grand éclat, porta moins son attention sur les questions chronologiques et les questions de fait, débrouillées par les travaux antérieurs que sur les questions sociales, les questions de mœurs, la formation et les luttes des classes, la naissance et le développement des institutions ; c'est ce qu'on a appelé l'histoire *philosophique*. MM. de Sismondi, Guizot, Thierry, furent les chefs de cette école, à laquelle se rattacha aussi Mme de Staël. Enfin il y eut une classe d'écrivains qui retracèrent l'histoire, en partant de ce principe que les évènements ont quelque chose d'inévitable, et que l'histoire est un drame fatal dont il est impossible de modifier la marche et de changer le dénouement. MM. Thiers et Mignet furent les chefs les plus éminents et les moins excessifs de l'école fataliste.

A côté de ces trois écoles et sous leur influence parurent un grand nombre d'historiens.

M. DAUNOU poursuivit l'*Histoire littéraire de la France* avec cette puissance de travail et cette richesse d'érudition qui rappelaient la savante congrégation à laquelle il avait appartenu.

M. VILLEMAIN écrivit une histoire de Cromwell, recommandable à la fois par le style, la clarté de l'exposition et l'intérêt dramatique du récit.

M. MICHAUD publia une grande *Histoire des Croisades* pour laquelle il avait entrepris un voyage en Orient avec M. Poujoulat.

M. DE SÉGUR composa l'*Histoire de la campagne de Russie*, écrite avec cette effrayante vérité de couleurs et cette-

émotion dramatique qu'un français, témoin de ce grand désastre, pouvait seul mettre dans ce lamentable tableau. Ce M. de Ségur est le fils de celui qui a fait une histoire universelle, ayant eu de la vogue autrefois et dédaignée à bon droit aujourd'hui, car elle joint l'inexactitude à la platitude.

Au même temps, M. DE ST-AULAIRE publiait son *Histoire de la Fronde* ; M. DE SALVANDY, son *Histoire de Pologne, avant et depuis Sobieski*, ouvrage consciencieux, écrit d'un style noble ; et M. DE LACRETELLE, son *Histoire de la Révolution française*, témoignage contemporain, fidèle et coloré dans le récit.

En présentant cette nomenclature sommaire des principaux ouvrages historiques de la Restauration, nous devons indiquer d'une manière spéciale les écrivains qui exercèrent une influence prépondérante sur les idées de leur époque. On peut les diviser en deux catégories : ceux qui écrivirent sur l'histoire générale, ceux qui écrivirent sur l'histoire de la révolution en particulier.

Parmi les premiers, il faut placer MM. Guizot, Thierry et Sismondi. M. THIERRY, dans ses *Lettres sur l'histoire de France*, ouvrage plein d'érudition, rétablit, dans les annales de nos premiers siècles, les points de vue négligés ou inaperçus par les anciens historiens ; et dans son *Histoire de la conquête d'Angleterre*, il éclaira d'un jour nouveau ce curieux et brillant épisode. Martyr de l'étude, M. Thierry perdit la vue sur ce champ de bataille qui a aussi ses blessés et ses morts. M. DE SISMONDI entreprit une *Histoire de France* complète et sur une grande échelle : il s'est arrêté aux Bourbons, à Henri IV. Le défaut commun de ces deux historiens, c'est d'étudier trop l'histoire au point de vue des classes moyennes ; de même que les historiens d'autrefois étudiaient trop l'histoire au point de vue de la royauté, du clergé et de la noblesse. Il faut faire à chacun sa part en ce monde, et n'avoir point de préférences exclusives, quand on est historien surtout. M. de Sismondi, en particulier, doit être lu avec précaution, quand il s'agit de questions religieuses, et qu'il juge la conduite des papes ; les idées du xviiie siècle qui dominent son esprit, le rendent involontairement partial.

La grande influence historique sous la Restauration fut, sans contredit, celle de M. Guizot ; l'enseignement l'avait préparé à cette tâche ; la part qu'il prit aux affaires, dans les premières années de la Restauration, avait ajouté à sa perspicacité naturelle les lumières acquises de l'expérience. Il avait vingt-sept ans quand il quitta l'étude de l'histoire pour la pratique du gouvernement, trente-deux ans quand il abandonna les affaires pour retourner à l'histoire.

Son influence sur les esprits s'exerça de deux manières, par l'enseignement oral et l'enseignement écrit. Il développa dans son cours de la Sorbonne l'histoire du gouvernement représentatif dans les divers États de l'Europe, depuis la chute de l'empire romain. C'était le temps où les luttes engagées sur les principes de cette forme de gouvernement, occupaient et passionnaient l'opinion publique. M. Guizot appartenait alors à l'opposition, ainsi que MM. Cousin et Villemain, ses collègues. Leurs leçons, données au nom de l'État, étaient autant de batailles livrées au gouvernement. Celui-ci s'alarma ; effrayé du mouvement qui se faisait dans les idées, il voulut l'arrêter et, en octobre 1822, ces trois cours furent suspendus.

L'interruption du cours d'histoire moderne, en ôtant à M. Guizot la publicité de la chaire professorale, lui laissait celle de la presse ; il en usa. Ce fut alors qu'il entreprit deux grandes publications historiques, la *Collection des Mémoires relatifs à l'histoire de la révolution d'Angleterre,* et la *Collection des Mémoires relatifs à l'ancienne Histoire de France.*

Il y avait dans le choix du sujet de la première publication un hasard d'à-propos qui devint funeste au gouvernement.

Déjà quelques esprits avaient mis en avant l'idée d'un parallèle entre les révolutions d'Angleterre et de France, entre les Bourbons et les Stuarts. Ce mouvement d'opinion trouva, dans la publication de ces mémoires, un aliment nouveau. Il y avait des ressemblances extérieures qui furent avidement saisies : Charles Ier périssant sur l'échafaud, comme Louis XVI ; Charles II remontant sur le trône et y mourant, comme Louis XVIII ; Charles X, roi pieux, auquel on destinait le rôle de Jacques II. Ces espèces de mirages historiques sont redoutables, ils poussent aux révolutions.

La seconde collection n'offrait pas le même inconvénient de circonstances. Elle ouvrait les sources de notre histoire nationale, et rendait accessibles au commun des lecteurs des documents précieux , connus jusque-là des savants seulement.

M. Guizot publiait en outre les deux premiers volumes d'une *Histoire de la Révolution d'Angleterre*, que la révolution de 1830 ne lui laissa pas le temps d'achever, mais qu'il a complétés depuis, et un *Essai sur l'Histoire de France*.

Il avait reparu dans sa chaire, le 18 Avril 1828, au milieu des vifs applaudissements de son auditoire ; MM. Villemain et Cousin reparaissaient en même temps, après six ans d'interruption. M. Guizot avait choisi pour sujet de son cours l'*Histoire de la Civilisation en Europe*, depuis la chute de l'empire romain jusqu'à la révolution française. Il étudia successivement le régime féodal, le gouvernement de l'Église, les communes et la royauté, quatre éléments qui ont contribué à la formation de la civilisation moderne.

Tandis que M. Guizot écrivait l'histoire générale, ce fut une femme, Mme de Staël qui, la première, écrivit sur notre révolution. Son ouvrage intitulé *Considérations sur la Révolution française* contient de grandes vérités et des erreurs. On y remarque surtout un enthousiasme filial qui lui dicte souvent des jugements partiaux ; la raison est toujours du côté de son père et de ses amis politiques, tous les torts pour ses adversaires : partialité excusable dans la vie ordinaire, mais qui l'est moins, quand on sort de la famille, et qu'on s'adresse au public.

Le livre de Mme de Staël était le témoignage d'un contemporain qui avait été spectateur et acteur ; mais bientôt d'autres écrivains devaient écrire l'histoire de la révolution française, non plus avec des impressions, mais avec un esprit de système, résultat de leurs méditations.

Quatre années après la mort de Mme de Staël, deux jeunes hommes inconnus arrivaient à Paris, en quittant la ville d'Aix, où ils s'étaient liés d'une étroite amitié. Ils arrivaient aussi riches qu'Alexandre partant pour la conquête du Monde. Ces deux jeunes hommes étaient MM Thiers et Mignet.

On était en 1823. M. THIERS avait 26 ans. Il apportait une lettre de recommandation pour Manuel, qui venait d'être expulsé de la chambre et qui apparaissait aux jeunes imaginations comme un héros, et presque un martyr. Manuel accueillit avec bienveillance M. Thiers, l'introduisit chez Lafitte et auprès des principaux chefs de l'opposition. On pouvait dire du jeune provençal ce que le père de Mirabeau disait de son fils : « Il a le don terrible de la familiarité. » Cela le mit tout de suite à son aise et aida beaucoup à sa fortune. Bientôt admis dans la rédaction du *Constitutionnel*, on remarqua le tour vif et naturel de son style, l'abondance de ses idées et le caractère agressif de sa polémique. Vers le même temps il entreprit d'écrire l'histoire de la révolution française.

C'est une histoire fataliste, où toutes les phases de la révolution sont considérées comme nécessaires ; et, en le lisant, on est tenté, tant il vous entraîne, de croire que, dans cette révolution, chaque chose est venue en son temps, chaque homme en son heure, que les crimes ont eu eux-mêmes leur nécessité. Jusqu'à lui Robespierre et Danton avaient été des monstres odieux ; il les fait grandir dans l'opinion des hommes, sinon dans leur estime. Bientôt d'autres iront plus loin et les réhabiliteront complétement.

Mais, sauf ce défaut, c'est un récit naturel, plein de clarté, toujours intéressant et dramatique. L'historien fit son histoire autant avec les hommes qu'avec des livres ; admis et recherché dans les salons de l'opposition, il rencontrait là les survivants des luttes révolutionnaires et, avec ce don de la causerie qu'il poussait déjà très-loin, il s'appropriait leurs souvenirs.

Il y a dans son livre une partie qu'il faut louer à part : c'est celle où il raconte les campagnes d'Italie. Il les avait retrouvées dans les souvenirs des généraux, et il y fait assister ses lecteurs. Jamais, depuis César, on n'avait décrit la guerre d'une manière plus lucide.

Dès que le livre de M. Thiers fut connu, il obtint un grand succès. Le sujet excitait naturellement l'intérêt ; le rare talent de l'auteur l'augmentait ; enfin l'enthousiasme qu'il respire pour la révolution, lui valut une grande popularité auprès des partis opposés à la Restauration. En racontant une révolution, il contribuait à en préparer une dans l'avenir.

Cependant l'éditeur, se défiant d'un nom nouveau, avait exigé que l'ouvrage portât, avant le nom de M. Thiers, celui d'un assez médiocre rédacteur de résumés historiques, M. Bodin, aujourd'hui profondément oublié. Ce fut sous ce patronage que, par une sorte de décision du sort, le nom de M. Thiers fit son avénement dans le monde. Au second volume, le nom de M. Bodin disparut ; M. Thiers n'avait plus besoin de caution devant les libraires, ni de tuteur devant le public.

Tandis que M. Thiers décrivait les faits de la révolution, M. MIGNET en systématisait les principes ; on l'a surnommé, pour sa concision, le Salluste français.

Pour M. Mignet, comme pour M. Thiers, toutes les phases de la révolution ont eu lieu d'après une loi nécessaire, et toutes ses journées, même les plus sanglantes, sont excusables ; car il fallait avant tout sauver la révolution.

M. Michelet se distingue entre tous les historiens que nous venons de nommer, en ce qu'il a cherché à réunir le double mérite des aperçus philosophiques et d'un récit dramatique : quoiqu'il ait commencé à écrire sous la restauration, comme c'est sous le gouvernement de Juillet surtout qu'il a joué un rôle brillant, nous parlerons de lui, en traitant de la littérature de cette époque.

CHAPITRE V.

De la Philosophie sous la Restauration.

M. Royer-Collard, en descendant de sa chaire, l'avait léguée au plus éminent de ses élèves, à M. Cousin. Il avait vingt-six ans, l'âge de la verve et de l'initiative. C'était un penseur hardi, un orateur éloquent, un écrivain plein de chaleur et d'élévation ; il y avait de plus une secrète attraction dans son geste, dans sa voix, dans son ton ; il prenait souvent un air mystérieux et inspiré ; ses idées s'emparaient de son auditoire, parce qu'il en paraissait lui-même possédé. Il semblait, surtout, dans les premières années de son enseignement, que les voiles qui cachent la vérité pure aux regards des hommes, allaient se déchirer, et qu'on entrerait enfin dans le sanctuaire. Prenant la philosophie où M. Royer-Collard l'avait laissée, il trouva le système de Reid, la philosophie du *sens commun*, ayant reçu à peu près tous les développements qu'elle pouvait recevoir, et il s'y arrêta peu de temps. Bientôt il se jeta dans la philosophie allemande de Kant et y précipita son auditoire avec lui. Ce n'est que plus tard qu'il commença à développer une doctrine qui lui était propre, et qui est connue sous le nom d'*Eclectisme*. . . .

Le mot *Eclectisme* vient d'un mot grec qui signifie *choisir*. L'éclectisme est un choix éclairé et impartial par lequel on prend ce qu'il y a de vrai dans les différents systèmes, pour en former un corps de science définitive.

Tous les systèmes de philosophie peuvent, selon M. Cousin, se réduire à quatre : le *sensualisme*, qui fait dériver toutes nos idées des sens, toutes nos connaissances de la sensation et qui conduit à la morale de l'intérêt ou du plaisir ; l'*idéa-*

lisme qui n'admet que l'existence de nos idées, et nie celle des objets extérieurs, nous enfermant ainsi en nous-mêmes, avec défense d'en sortir, sous peine de nous perdre dans un monde d'illusions ; le *scepticisme*, né du conflit des deux systèmes précédents et désespérant à la vue de leurs erreurs qu'ils se reprochent mutuellement, de jamais parvenir à la vérité ou du moins d'avoir la certitude qu'on la possède ; enfin le *mysticisme*, succédant à son tour au scepticisme, parce que l'esprit de l'homme ne peut pas trouver de repos dans le doute, et qu'il éprouve un besoin de croire irrésistible ; mais comme c'est la réflexion qui avait égaré les autres philosophes, le mysticisme s'en abstient et ne se fie qu'à la spontanéité de la pensée.

Or il faudra étudier ces quatre systèmes avec les différentes modifications qu'ils ont subies dans le cours des âges, leur emprunter ce qu'ils ont de bon, en laissant de côté ce qu'ils ont de mauvais, et puis, quand on aura amassé tous ces matériaux, débris des vieux monuments démolis par l'éclectisme, il faudra élever un édifice nouveau, à l'ombre duquel viendront se reposer les générations futures.

Une fois ce plan adopté, le chef de l'école éclectique se mit en campagne avec une foule de jeunes et vaillants disciples ; on fouilla les archives philosophiques de tous les pays et de tous les temps, et tous rapportaient à la ruche le suc des systèmes qu'ils avaient recueilli. Le maître en composa une sorte de miel philosophique dont Platon, Descartes, Reid et Kant ont fourni les principaux ingrédients, une sorte de spiritualisme modéré, sans originalité et sans profondeur, mais à la portée même des esprits les plus vulgaires, et donnant satisfaction aux besoins intellectuels et moraux de l'époque.

Le succès de l'éclectisme fut d'autant plus grand qu'il se mit de l'opposition et se fit libéral. Comment la jeunesse pouvait-elle résister, par exemple, à la tirade suivante, prononcée pendant le cours de l'année de 1817 :

« Sorti du sein des tempêtes, nourri dans le berceau d'une

révolution, élevé sous la mâle discipline du génie de la guerre, le XIXᵉ siècle ne peut en vérité contempler son image et retrouver ses instincts dans une philosophie née à l'ombre des délices de Versailles, admirablement faite pour la décrépitude d'une monarchie arbitraire, mais non pour la vie laborieuse d'une jeune liberté environnée de périls. » Ce qui signifie que le sensualisme est fait pour les monarchies absolues, et le spiritualisme pour les états libres ; M. Cousin oubliait que le spiritualisme chrétien a été la philosophie du siècle de Louis XIV.

En 1822 son cours fut suspendu. L'intervalle de six ans qui s'écoula jusqu'à l'année 1828 où il fut repris, se trouva rempli par des travaux importants. Il s'était donné la tâche de faire connaître par des traductions ou des éditions nouvelles annotées tous les grands monuments philosophiques du passé. Une édition complète de Descartes, une traduction de Platon, une édition de Proclus occupèrent les moments du célèbre professeur.

Quand il reparut dans sa chaire, il choisit pour sujet de ses leçons l'histoire détaillée de l'école sensualiste au XVIIIᵉ siècle ; mais il esquissa auparavant une histoire générale de la philosophie. La révolution de 1830 ne lui permit pas de remplir son programme, car elle fit du professeur un homme d'État, (chose à jamais regrettable !) Il eut le temps seulement, dans l'année 1829, d'exposer et d'apprécier le système de Locke, le père du sensualisme moderne ; mais il s'était proposé d'en faire autant pour les plus célèbres disciples du philosophe anglais. Au reste, si la révolution de 1830 priva le public des éloquentes leçons du philosophe, elle fit de l'éclectisme la philosophie officielle de l'État, qui fut enseignée dans toutes les chaires, par ordre supérieur. Mais chaque professeur eut son éclectisme particulier, et pencha davantage vers tel ou tel système, suivant ses lectures et son caractère. L'éclectisme fut vivement attaqué par les différentes écoles philosophiques, il a résisté à leurs attaques ; mais aimant la paix, et espérant qu'il serait plus tranquille sous un autre nom, il a pris celui de spiritualisme.

Il fut un temps où l'on disait que les trois premiers prosateurs de la langue française, au XIXe siècle, étaient G. Sand, Cousin et de La Mennais. Nous pensons que l'opinion publique n'a pas changé relativement au célèbre philosophe. Il avait retrouvé, dit-on, le secret de cette belle langue que l'on parlait et que l'on écrivait sous Louis XIV, dont les termes sont exacts, nobles, ni techniques, ni abstraits, dont les phrases ont de la largeur et de l'aisance, où le jugement modère l'imagination, et où la mesure se joint à l'abondance.

Le traité philosophique intitulé : *du Vrai, du Beau et du Bien*, est celui peut-être auquel M. Cousin a donné le plus de soins, celui qu'il préférait à ses autres ouvrages, comme écrivain et comme philosophe. Il contient sa théorie sur la raison humaine, théorie qu'il retouchait pour ainsi dire à chaque nouvelle édition, pour la mettre tout-à-fait d'accord avec le christianisme.

Il a laissé aussi des *Fragments philosophiques* sur Abélard, sur Xénophane et autres, qui sont des modèles parfaits de critique et de philologie. Ses biographies de Mme de Longueville, de Sablé et de Chevreuse n'ont pas un mérite égal : le récit des faits est trop souvent coupé par des disssertations qui auraient dû être rejetées à la fin, parmi les notes explicatives.

M. Cousin tient une si grande place dans l'école éclectique qu'au premier coup d'œil on l'aperçoit seul; mais, au second, on aperçoit un homme qui, après avoir été son élève, devint maître à son tour : nous voulons parler de Théodore JOUFFROY. On retrouve dans sa vie ce caractère de tristesse et de mélancolie qui frappe dans sa physionomie. C'était une âme souffrante, tourmentée de ce besoin de connaître qui est un des titres de noblesse de la race humaine, mais qui devient un de ses supplices, quand il est poussé trop loin.

Né le 17 Juillet 1796, dans la Franche-Comté, il n'avait, au début de la Restauration, que 19 ans, ce qui explique qu'il n'ait pas disputé le premier rang à M. Cousin qui, ayant 25 ans, prit les devants et se saisit du premier rôle qu'il conserva jusqu'au bout. Il subit même quelque temps l'ascendant de M. Cousin, croyant qu'il allait dire le dernier mot de la philosophie.

En arrivant à Paris et en entrant à l'Ecole normale, Jouffroy, qui avait été élevé par des parents chrétiens, avait encore toutes ses croyances ; mais peu à peu il avait perdu la foi, et quand il s'aperçut du vide qui s'était fait en lui, il fut saisi d'épouvante. Mais il faut l'entendre raconter lui-même le drame terrible qui eut lieu dans son cœur à cette occasion.

« Je n'oublierai jamais la soirée de Décembre où le voile qui me dérobait à moi-même ma propre incrédulité fut déchiré. J'entends encore mes pas dans cette chambre étroite où, longtemps avant l'heure du sommeil, j'avais coutume de me promener ; je vois encore cette lune à demi-voilée par les nuages, qui en éclairait par intervalles les froids carreaux. Les heures de la nuit s'écoulaient et je ne m'en apercevais pas ; je suivais avec anxiété ma pensée qui, de couche en couche, descendait vers le fond de ma conscience, et, dissipant, l'une après l'autre, toutes les illusions qui m'en avaient jusque-là dérobé la vue, m'en rendait, d'un moment à l'autre, les détours plus visibles. En vain je m'attachais à ces croyances dernières comme un naufragé aux débris de son navire ; en vain, épouvanté du vide inconnu dans lequel j'allais flotter, je me rejetais pour la dernière fois avec elle vers mon enfance, ma famille, mon pays, tout ce qui m'était cher et sacré ; l'inflexible courant de ma pensée était plus fort : parents, famille, souvenirs, croyances, il m'obligeait à tout laisser ; l'examen se poursuivait plus obstiné et plus sévère à mesure qu'il s'approchait du terme, et il ne s'arrêta que quand il l'eut atteint. Je sus alors qu'au fond de moi-même il n'y avait plus rien qui fût debout, que tout ce que j'avais cru sur moi-même, sur Dieu et sur ma destinée en cette vie et dans l'autre, je ne le croyais plus, puisque je rejetais l'autorité qui me l'avait fait croire ; je ne pouvais plus l'admettre, je le rejetais. Ce moment fut affreux, et quand, le matin, je me jetai épuisé sur mon lit, il me sembla sentir ma première vie, si vivante et si pleine, s'éteindre, et derrière moi s'en ouvrir une autre sombre et dépeuplée, où désormais j'allais vivre seul, seul avec ma fatale pensée qui venait de m'y exiler et que j'étais tenté de maudire. »

Jouffroy prit alors la résolution de résoudre le grand *problème de la destinée humaine* par les seules forces de la raison, et il passa à observer son âme le reste de sa vie qui s'usa promptement dans ce rude labeur de la pensée. Pendant ces recherches, non seulement il resta éloigné du christianisme, mais même il l'attaqua à plusieurs reprises, notamment dans un article intitulé : *Comment les dogmes finissent.* Il publia cet article en 1824; il était encore jeune alors. Bientôt les désillusions philosophiques firent réfléchir le penseur sincère, et, sur la fin de sa vie, il disait que la conquête du monde était réservée au christianisme ; et en attendant, le christianisme fit la conquête de son âme, à son lit de mort. (1842)

Jouffroy a traduit en français les œuvres de Thomas Reid et les *Esquisses de philosophie morale* de Dugald Stewart, les deux principaux chefs de l'école écossaise : il a fait précéder ces traductions de deux préfaces remarquables, qui pourraient passer elles mêmes pour des ouvrages.

On a encore de lui des *Mélanges philosophiques*, un *Cours d'Esthétique* et un *Cours de droit naturel.* Ce dernier ouvrage est son chef-d'œuvre. Il y passe en revue tous les systèmes de morale, les expose avec la plus grande clarté et les réfute d'une manière tout-à-fait victorieuse. On est surpris de la sagacité avec laquelle il découvre les sophismes à leur origine et les suit dans leurs détours, sans jamais les perdre de vue. C'est un des livres dont la lecture est la plus attachante et la plus saine. Mais il est fâcheux qu'il manque de style. En Allemagne cela n'aurait pas d'importance ;

15

chez nous on tient plus à la forme qu'au fond, même en fait de philosophie.

Quand on parle du spiritualisme de l'époque de la Restauration, il est impossible d'oublier Maine de Biran (1766-1824). Royer-Collard a dit de lui : « Il est notre maître à tous. » Et il l'était en effet par la profondeur et l'invention ; personne n'a creusé plus avant l'idée de *force*, et n'a mieux étudié la *volonté*. M. Cousin, qui a publié une partie de ses œuvres et a subi son influence sur plusieurs points, l'a proclamé « le premier métaphysicien de notre temps. » Il y avait chez Maine de Biran, tous les vendredis, un cercle d'hommes versés dans les sciences philosophiques ; et les étrangers, voués à cette science, qui venaient à Paris, sollicitaient l'honneur d'être admis à ces réunions.

L'éclectisme n'avait pas la prétention de donner au monde une philosophie nouvelle. Il n'en fut pas de même de M. DE LA MENNAIS. Dans le second volume de l'*Essai sur l'Indifférence*, qui parut en 1821, il proposa un nouveau système de philosophie. Repoussant la certitude de la conscience, celle des sens et celle de la raison, il n'admettait comme source unique de nos connaissances, comme unique motif de croire, que le témoignage des hommes, l'autorité ; et il proclamait que l'Eglise était l'organe et l'interprète de cette autorité. Ce système souleva les polémiques les plus vives et finit par être condamné par la cour de Rome elle-même, qui a toujours reconnu les droits incontestables de la raison, en dehors des vérités révélées.

Sous la Restauration le scepticisme et le sensualisme se tinrent dans l'arrière-plan du tableau. La lutte était engagée entre l'école catholique et l'école éclectique : celle-ci défendant le principe de la souveraineté de la raison, et celle-là accusant le *rationalisme* de secouer le joug de toute autorité et d'être hostile au christianisme. Pendant ce temps, les vieilles doctrines du XVIIIe siècle conservaient leur empire sur certains esprits et on réimprimait les anciens ouvrages.

Du mois de Février 1817 au mois de Décembre 1824, on publia trente-un mille six cents exemplaires des œuvres complètes de Voltaire, formant ensemble un million cinq cent quatre-vingt dix-huit mille volumes. Les ouvrages les plus mauvais de cet écrivain furent publiés à part sous le titre de *Voltaire des Chaumières*. On réimprimait en même temps les romans de Pigault-Lebrun qui répandaient, par un enseignement vivant, dramatique, la morale sensuelle, et popularisaient l'esprit de scepticisme. En 1828, un physiologiste, Broussais, leva hardiment l'étendard du matérialisme. Sauf ces déplorables exceptions, la philosophie jeta un vif éclat pendant la Restauration, ainsi que la poésie ; et ces deux grandes puissances intellectuelles n'eurent pas moins de succès que l'histoire aux yeux des contemporains. La postérité, plus froide et plus impartiale, considère au contraire que les travaux historiques de cette époque l'emportent de beaucoup sur les autres par leur perfection et leur importance.

CHAPITRE VI.

De la Presse, de la Tribune, du Pamphlet et des Salons sous la Restauration.

En écrivant l'histoire littéraire de la Restauration, on ne peut non plus laisser de côté la presse et la tribune, ces deux formes sous lesquelles l'esprit humain se manifesta également avec puissance durant cette période de quinze ans.

Jamais le journal ne joua un plus grand rôle. C'est à la fin de cette époque qu'on appela la presse un quatrième pouvoir dans l'État. On ne saurait imaginer aujourd'hui avec quelle impatience on attendait un numéro des journaux les plus influents. On peut dire que les trois écoles dont nous avons parlé arrivèrent à leur plus haute expression : la première, l'école catholique, dans le *Conservateur* et dans le *Journal des Débats* ; la seconde, l'école nationale, dans le *Globe* ; la troisième, l'école Voltairienne, à la fin de la Restauration, dans le *National*. Chacun de ces journaux eut son style : on remarquait dans les feuilles légitimistes une couleur chevaleresque, de la sensibilité, de l'éclat, qualités propres à l'ancienne noblesse française, et une politesse dont elle a été toujours le plus parfait modèle. Les journaux de l'école intermédiaire avaient quelque chose de dogmatique et de grave comme la raison ; leur style aspirait à la profondeur et leur phrase prenait quelquefois les allures dédaigneuses de la supériorité. Le *National*, principal organe du troisième parti, fut écrit d'un style véhément et incisif ; l'invective et la raillerie furent ses armes souvent heureuses. CHATEAUBRIAND écrivait dans le *Conservateur*, DE LAMENNAIS dans le *Globe*, Armand CARREL dans le *National*. Auprès d'eux combattaient de jeunes écrivains pleins d'idées, dont quelques-uns sont devenus depuis des hommes considérables, tels que MM. Guizot, de Barante, Villemain, Cousin et Thiers. Louis XVIII lui-même ne dédaignait pas de développer sa pensée royale dans des articles clandestinement envoyés aux journaux.

La Tribune faisait encore plus d'effet que la Presse. Au début il y eut d'abord une grande inexpérience parmi ceux qui abordèrent les questions politiques : sauf quelques exceptions, les premières chambres bégayèrent la langue de la tribune plutôt qu'elles ne la parlèrent. Peu à peu cependant les talents se formèrent et un assez grand nombre d'hommes se distinguèrent dans ces luttes où les questions les plus élevées de droit, de morale et d'histoire étaient traitées.

Rien de plus intéressant à suivre qu'un duel de paroles entre Benjamin CONSTANT, cet esprit fin et matois, et M. DE VILLÈLE, si simple dans la forme, mais d'une raison droite dont l'orateur anglais CANNING disait : « C'est une grande lumière qui brille à peu de frais, » et à qui C. Périer criait souvent quand les discussions se fourvoyaient : « M. de Villèle, montez à la tribune et rétablissez la question. »

ROYER-COLLARD, quoiqu'il lût à demi ses discours, produisait de grands effets par l'autorité de ses pensées transcendantes, de sa parole accentuée, de son geste magistral qui semblait buriner des arrêts pour la postérité. On eût dit un maître professant la politique pour des disciples plutôt qu'un orateur discutant avec des collègues.

MANUEL ébranlait les nerfs par une faconde retentissante qui arrivait facilement à la déclamation.

C. PÉRIER, avec son geste hautain, sa parole stridente, sa haute mine, sa passion politique, annonçait déjà l'homme d'État plus occupé de sa pensée que de son discours. Cependant, quel que fût le talent de ceux dont nous venons de parler, trois hommes seulement offrirent à cette époque une heureuse réunion des dons divers qui font l'orateur : c'étaient MM. Laisné, De Serre, et le général Foy.

M. Laisné se manifesta le premier ; il avait commencé à paraître à la fin du règne de Bonaparte. C'était lui qui avait rédigé cette adresse du Corps Législatif où retentissait le cri de la France épuisée et implorant la paix, à la lecture de laquelle Napoléon irrité s'écria : « M. Laisné est un méchant homme et un factieux ! » C'était des profondeurs de son âme qu'il tirait son éloquence, il éprouvait l'émotion qu'il voulait inspirer. Chez lui la physionomie, le geste, la pose, le regard, la voix, tout parlait, et on éprouvait comme un choc électrique au contact de sa parole.

M. De Serre produisit des émotions non moins profondes dans les assemblées de la Restauration. Il s'indignait en voyant qu'on tournait contre la monarchie les libertés qu'elle avait accordées à la nation. Dans ces occasions, son éloquence qui avait quelque chose de fébrile, s'élevait aux plus grands accents. Malgré un débit un peu difficile, l'indignation le faisait orateur.

Le Général Foy n'avait pas l'inspiration, comme MM. de Serre et Laisné. Il n'était pas né, il était devenu orateur. C'était un ami ardent des libertés nouvelles qu'il défendit souvent avec véhémence contre le parti rétrograde. Il fut à cause de cela plus populaire que les autres. Un de ses plus beaux discours est celui qu'il prononça à l'occasion de l'indemnité d'un milliard que le gouvernement proposait d'accorder aux familles des émigrés. Il s'y opposa en vain, la loi passa. Il succomba en 1825 dans tout l'éclat de son talent et de sa renommée. On lui fit des funérailles magnifiques, et la France, par un élan spontané, vota une souscription d'un million pour sa famille.

Dans ces années de la Restauration, le pamphlet fut aussi une forme de la littérature politique. Paul-Louis Courier fut le roi du pamphlet, comme Béranger, de la chanson ; et ces deux rois donnèrent bien du mal au roi de France ; ils frappèrent de rudes coups et enfoncèrent l'épée bien avant.

Paul-Louis Courier, né à Paris, le 4 Janvier 1772, avait puisé ses rancunes contre l'aristocratie dans des souvenirs de famille ; son père, riche bourgeois, homme d'esprit et de littérature, avait été obligé de quitter Paris pour éviter la vengeance d'un grand seigneur dont il avait séduit la femme. Paul-Louis, par suite de cet accident, fut élevé en Touraine. Son éducation fut surtout littéraire ; il avait peu de goût pour la science. Dès son enfance, il étudiait avec passion les classiques grecs ; il disait qu'il donnerait toutes les vérités d'Euclide pour une page d'Isocrate. Cet écrivain, idolâtre de la forme, avouait lui-même qu'il n'avait guère lu l'histoire qu'à cause du style des historiens.

La révolution qui remua si vivement tous les cœurs dans un sens ou dans un autre, laissa le sien assez calme. Il se montra très médiocre soldat pendant les guerres de la république ; aussi obtint-il peu d'avancement. Sous le Directoire et le Consulat, il est aux armées d'Italie, faisant la guerre plutôt en lettré, en antiquaire et en artiste qu'en soldat, toujours à la recherche des manuscrits, pleurant, comme un compatriote de Praxitèle, sur les bas-reliefs écornés, et envoyant à ses amis, au lieu de bulletins militaires, l'oraison funèbre des statues mutilées. Sous l'Empire il fit la guerre sans grand enthousiasme ; il ne voyait que le mauvais côté de la gloire, et eût fait de l'opposition à Napoléon, si c'eût été possible ; mais force lui fut d'enterrer ses épigrammes dans ses lettres.

Paul-Louis prétendait que l'art militaire n'était point un art, et que c'était le hasard tout seul qui gagnait les batailles. Il faisait profession de ne pas croire aux grands hommes ni à la gloire. En face de l'Empire il se posait en philosophe, ami de l'humanité. Quand vint la Restauration, il changea de rôle ; l'homme de la paix se sentit saisi, comme Béranger, d'un enthousiasme rétroactif pour la gloire. Il commença alors contre la Restauration une guerre qui lui fit un mal

incroyable, dans une série de pamphlets signés P.-L.-C.
Vigneron. C'était une tracasserie perpétuelle au sujet de tous
les actes du gouvernement ; sous sa plume mordante, mais
spirituelle, les plus petits faits devenaient des évènements.
Un curé exhortait-il les filles d'un village à ne point aller à la
danse, ou les paysans à ne point hanter le cabaret, les
épigrammes de Courier sonnaient le tocsin pour annoncer
l'arrivée de l'inquisition en France. Un maire lui déplaisait-il,
une affaire de village devenait tout de suite une affaire d'État ;
il criait à la tyrannie. C'étaient les peintures les plus pathétiques, les mouvements les plus éloquents, les apostrophes
les plus émouvantes, car il avait un goût particulier pour
l'apostrophe. Le plus fameux de ces pamphlets est le *Simple
discours* adressé aux membres du conseil de la commune de
Veretz, à l'occasion d'une souscription proposée par le ministre de l'intérieur, pour l'acquisition de Chambord, qu'on
voulait offrir, comme don national, au duc de Bordeaux.
Courier fut poursuivi pour cet écrit et condamné à deux
mois de prison. Il s'en réjouit comme d'une ovation. « Tout
le monde est pour moi, écrivait-il à sa femme. Je puis dire
que je suis bien avec le public. L'homme qui a fait de jolies
chansons (Béranger) disait l'autre jour : — A la place de
M Courier, je ne donnerais pas ces deux mois de prison pour
cent mille francs. »

Le 10 Avril 1825, on trouva Courier assassiné dans un bois
qui lui appartenait ; il était percé de plusieurs balles. Son
garde particulier, soupçonné d'avoir commis le crime, fut
mis en jugement. mais acquitté. Un grand mystère continua
à planer sur cette mort pendant cinq ans, et l'esprit de parti,
qui est implacable, ne manqua pas d'attribuer l'assassinat à
des motifs politiques. Mais, en 1830, un nouveau procès fit
apparaître la vérité : il devint clair pour tous que cette
mort n'était point une vengeance politique, mais le fait de
domestiques grossiers qui avaient à se plaindre d'un maître
dur et difficile.

Tous les écrivains politiques qui se rattachaient par des liens étroits aux trois grandes écoles de la Restauration, trouvaient à Paris des centres d'action dans des salons alors célèbres, sur lesquels ils exerçaient une grande influence et qui, à leur tour, réagissaient sur les écrivains, en faisant pénétrer les opinions de la société dans le monde des idées. Les rôles se distribuaient pour les campagnes que l'on avait à faire, et les salons gagnèrent plus d'une victoire en faveur des causes qui préoccupaient alors l'opinion: La Grèce leur dut en grande partie sa délivrance, plus d'une amazone employa pour elle le glaive de la parole. On ne saurait dire combien la vie intellectuelle, qui débordait alors dans ces soirées spirituelles et brillantes, animait cette génération si longtemps sevrée de toutes les libertés, même de celles de la conversation. L'orateur, après le discours qui avait remué l'une des deux chambres, le publiciste après la brochure qui avait été l'événement de la journée, l'auteur dramatique heureux la veille au théâtre, le poëte dont les méditations, les odes ou les chansons avaient ému les âmes et parlé aux passions, trouvaient le soir leur succès écrit sur les lèvres des plus gracieuses femmes de Paris. Il arrivait parfois que, dans ces salons, les opinions se trouvaient un peu mêlées, Alors du choc des idées jaillissait l'épigramme avec ce tour vif, imprévu, que lui donne l'esprit français. Un soir M. de Laborde, député et écrivain de l'opposition, que les traditions de la famille semblaient devoir rattacher à la royauté, s'égare dans un salon de la droite : « quel rôle prétendez-vous donc jouer dans la troupe révolutionnaire ? » lui demanda une femme de sa connaissance, — « dans tout mélodrame il faut un niais, » reprend la maîtresse de la maison.

Le plus célèbre et le plus influent de tous ces salons, celui de Mme de Staël, ne fut ouvert qu'un moment ; la mort ferma trop tôt ce salon européen, neutralisé par l'amour des lettres et l'attrait de cette femme illustre chez qui tous les pays, comme toutes les opinions, se rencontraient, pour écouter une conversation qu'un poëte a comparée à une ode sans fin.

Mais d'autres asiles demeurèrent ouverts aux lettres, à la philosophie, à la politique. Mme RÉCAMIER que des revers de fortune avaient obligée d'aller habiter une petite cellule à l'Abbaye-aux-Bois, hérita du salon de Mme de Staël, dont elle avait été la constante et fidèle amie. Cette femme accomplie, dont le sens et l'esprit égalaient la beauté, attira dans son modeste réduit les hommes les plus éminents de la Restauration et les opinions les plus opposées. « C'était, dit la duchesse d'Abrantès, un spectacle vraiment aussi remarquable qu'aucune rareté de Paris, de voir, dans une espace de dix pieds sur vingt, toutes les opinions se donner la main. Le vicomte de Châteaubriand racontait à Benjamin Constant les merveilles inconnues de l'Amérique. Mathieu de Montmorency, avec cette politesse chevaleresque de tout ce qui porte son nom, était aussi respectueusement attentif pour Mme Bernadotte, allant régner en Suède, qu'il l'aurait été pour Adelaïde de Savoie, fille d'Humbert aux *blanches mains,* cette veuve de Louis-le-Gros qui avait épousé un de ses ancêtres. »

Le salon de Mme DE DURAS, qui a donné une idée de son talent par la petite nouvelle d'*Ourika,* était une sorte de temple voué par l'amitié à la gloire de M. de Châteaubriand. Chez Mme la princesse DE LA TRÉMOUILLE, on rencontrait les hommes et les idées royalistes les plus avancées : là dominait M. de Bonald, à l'air austère, à la parole magistrale. On y trouvait M. Ferrand, auteur d'un panégygique de Mme Élisabeth et dont la réputation ne s'est pas soutenue ; et M. de Feletz, esprit charmant qui causait encore mieux dans un salon que dans un journal. Ce salon était quelquefois visité par M. de Lamartine.

La jeune duchesse DE BROGLIE, fille de Mme de Staël, et Mme DE ST-AULAIRE, deux amies, ouvraient leurs salons surtout aux écrivains libéraux et rationalistes : là commencèrent à briller MM. le duc de Broglie, de Barante, Guizot, Villemain, Cousin, Sismondi, de Rémusat, les yeux attachés

sur un avenir qui leur a appartenu dix-huit ans et qui leur
a échappé un peu par leur faute.

Sur la rive droite de la Seine, les salons de C. Périer et
plus encore ceux de Laffitte réunissaient les hommes de
l'opposition la plus avancée, avec un peu de mélange : là se
rencontraient le général Foy, Benjamin Constant, P. L. Courier,
Manuel, Béranger, C. Delavigne.

Les salons ont exercé une influence universelle depuis
deux ou trois siècles, dans notre pays ; là s'agitent les plus
grandes comme les plus petites questions, là se préparent
les solutions de tous les problèmes qui intéressent l'humanité et que mûrissent ensuite le philosophe, l'artiste et
l'homme d'État. Malheureusement l'histoire ne peut tenir
un registre de toutes ces conversations où s'élaborent les
idées, sources des actions ; autrement nous aurions le secret
de bien des choses qui nous échappent.

Il est une réflexion qui se présente à celui qui a parcouru
l'histoire littéraire de la Restauration ; il n'est pas nécessaire
d'y être resté longtemps pour être frappé d'un caractère qui
la distingue au suprême degré : c'est son caractère politique.
Il semble que les écrivains les plus distingués de cette époque
se soient entendus et concertés afin de défendre les conquêtes de la révolution française contre un gouvernement
qu'on accusait de vouloir rétrograder jusqu'au delà de 1789.
La poésie, sous la forme de l'ode ou de la chanson, l'attaquait au moyen de l'enthousiasme et du ridicule. La philosophie qui aurait dû peut-être, dans des cours publics, se
contenter de démontrer l'existence de la liberté morale de
l'homme, revendiquait d'une manière vague et partant plus
dangereuse pour l'État, une liberté politique dont elle insinuait que la France était privée surtout depuis la rentrée des
Bourbons. L'histoire faisait à chaque instant les mêmes

insinuations, et choisissait des sujets qui pussent fournir des
allusions hostiles au pouvoir ; c'étaient autant de mines sou-
terraines par lesquelles on avançait sous la place qu'on voulait détruire. La presse, plus audacieuse et plus acharnée,
lui livrait dans le même temps des assauts répétés qui
étaient repoussés avec peine, tandis que la tribune la foudroyait
de ses véhémentes invectives.

Si l'on compare notre siècle littéraire aux trois siècles
précédents, on sera encore plus frappé de ce rôle politique
de la littérature contemporaine. Sous Louis XIV on ne voit
rien de pareil, et cela se comprend bien ; celui qui disait :
« L'État c'est moi ! » n'aurait permis à personne d'attaquer
et de blâmer les actes de son gouvernement. L'auteur du
Télémaque, soupçonné d'avoir eu une intention de ce genre,
encourut, à cause de cela, la disgrâce du souverain.

Dans le XVIIIe siècle, trois grandes puissances littéraires,
Voltaire, Rousseau et Montesquieu, agirent sur l'opinion publique. MONTESQUIEU propagea les idées du gouvernement
représentatif, dont la grande Bretagne lui avait fourni le
modèle. J. J. ROUSSEAU alla plus loin, et sema dans ses écrits
les principes du gouvernement républicain. Les théories de
l'un et de l'autre reçurent plus tard leur application, et
furent transformées en constitutions. Mais ces écrivains se
tenant dans les généralités, n'étaient pas occupés à harceler
continuellement le pouvoir, à incriminer chacun de ses actes
et à lui livrer des combats dans le but de le renverser.
Quant à VOLTAIRE, on sait qu'il trouvait tout bien dans la
monarchie absolue de Louis XIV et de Louis XV. Il n'y aurait
que la littérature du XVIe siècle qui pourrait offrir quelque
analogie avec celle de la Restauration. Elle prit plusieurs
fois la forme de la polémique, soit religieuse, soit politique ;
l'exaltation des partis était telle qu'il eût été étonnant qu'elle
ne se manifestât pas dans des écrits passionnés, satiriques,
ou dans la chaire chrétienne, la seule tribune qui existât
alors. Mais tous les écrivains du siècle ne se déchaînèrent
pas ainsi ; la philosophie resta calme avec Montaigne et

Charron ; la poésie chanta les plaisirs avec Marot ou s'occupa de réforme littéraire avec Ronsard. L'histoire qui écrivait encore en latin, n'avait pas la prétention de passionner
le public en faveur de l'autorité ou de la liberté. Le XIXᵉ
siècle seul nous présente le spectacle d'une foule d'écrivains
enregimentés pour ainsi dire contre le pouvoir, et ayant tous
pris pour mot d'ordre : *liberté !* bien que ce ne fût pas aux
autels de la même liberté qu'ils sacrifiassent.

C'est à l'historien politique de juger si cette conjuration
était nécessaire pour sauver les conquêtes de la révolution.
Dans l'affirmative, il faudrait louer, outre le génie ou le
talent des écrivains, l'esprit de patriotisme qui les animait et
les retenait sous le même drapeau. Ce serait ensuite au moraliste d'apprécier la légitimité des moyers qu'ils ont employés
pour venir à bout du gouvernement qu'ils n'aimaient pas.

CHAPITRE VII.

Le monde intellectuel après 1830. — Deux écoles. — La Critique

Nous avons déjà signalé l'existence de deux écoles, l'école classique et l'école romantique : la première imitant l'art grec et romain, renouvelé par le XVIIᵉ siècle dans les chefs-d'œuvre de la littérature de Louis XIV ; la seconde prétendant ne s'inspirer que de la nature et de la liberté, et reconnaissant pour ses parrains J.-J. Rousseau, Bernardin-de-Saint-Pierre, Mᵐᵉ de Staël et Châteaubriand. M. Sainte-Beuve avait publié le manifeste de la nouvelle école, vers les dernières années de la Restauration, dans son *Tableau de la poésie française.* Il voulut joindre l'exemple au précepte, et composa à cet effet les *Poésies de Joseph Delorme,* les *Consolations* et les *Pensées d'Août.* Joseph Delorme est un soi-disant missionnaire apostolique qui aurait laissé sa confession posthume entre les mains de M. Sainte-Beuve ; or, il faut se défier de ces confessions faites hors du confessional, parce qu'elles disent trop ou trop peu, trop pour la morale et trop peu pour la sincérité. Les *Consolations,* qui parurent en 1830, expriment l'état d'une âme revenue des erreurs et fatiguée des plaisirs de la jeunesse et trouvant le repos dans les pensées religieuses qui seules peuvent remplir le vide du cœur. On sent dans ces vers la présence de l'ami chrétien (M. Victor Hugo) qui l'aidait à monter vers la source de toute consolation. Les *Pensées d'Août* ont une sorte de demi-teinte ; on n'y trouve plus l'indiscrétion naïve des premiers aveux, ni l'effusion des seconds ; il y a là un homme nouveau qui ne tient guère au passé, et qui ne sait pas encore trop ce qu'il sera dans l'avenir. Nous savons tous maintenaut, encore une fois, qu'il est devenu un critique fin, spirituel, mais peut-être un peu malin : libre à un critique d'apprécier, comme il l'entendra, les œuvres d'un écrivain ; mais derrière l'écrivain, c'est-à-dire l'homme de la vie idéale, gardons-nous bien d'évoquer sans nécessité l'homme de la vie réelle ; respectons aussi la correspondance intime, et surtout celle des femmes, de peur d'être accusés de faire des cancans littéraires. Ceux qui ont lu les charmantes *Causeries du Lundi* ont dû dire tous : « C'est extrêmement intéressant, mais M Sainte-Beuve ne va-t-il pas quelquefois trop loin ? »

Tandis que M. Sainte-Beuve se portait comme le champion de la littérature romantique, M. J. JANIN, rédacteur du feuilleton littéraire dans le journal des *Débats,* soutenait la cause de la littérature *facile,* c'est-à-dire sa propre cause, contre M. Nisard, qui défendait la littérature *difficile* : en d'autres termes, c'étaient le *Livre* et le *Journal* qui se disputaient l'influence sur le public. M. Nisard a fait deux bons livres, les *Poëtes de la décadence latine* et l'*Histoire de la littérature française.* Malgré cela, le journal a eu gain de cause contre lui. Pourquoi? Parce que M. Nisard a exagéré en repoussant toute littérature qui n'est pas classique, et il a dégoûté la jeunesse des livres sérieux. Mais il faut regretter sa défaite, car le journal a absorbé des esprits de premier ordre déjà oubliés depuis longtemps, et qui auraient passé à la postérité s'ils avaient mis leur esprit dans un livre ; et puis l'esprit d'un livre est toujours plus substantiel et profite davantage au lecteur.

M. Janin a bien eu toutes les qualités et tous les défauts de la littérature facile : avec un esprit sensé et ingénieux, des opinions souvent paradoxales ; avec une abondance intarissable d'idées, une foule de choses étrangères au sujet ; avec un style brillant, une sorte de miroitement qui fatigue vite l'esprit et les yeux. Aussi, quand il a essayé depuis de faire un livre de ses feuilletons, on a senti combien il était difficile que l'enfant gâté devînt un homme sérieux. Mais pour bien comprendre cet écrivain, il faut encore lire trois romans de genre par lesquels il a débuté : l'*Ane mort et la Femme guillotinée*, triste cauchemar où le sang et les larmes se mêlent au rire ; *Barnave*, livre qui n'est composé que d'épisodes, où l'on rencontre le supplice des filles de Séjan, à côté de la première représentation du *Mariage de Figaro*, et le *Chemin de Traverse*, ouvrage du même genre que le précédent et inférieur comme talent.

Tandis que M. Jules Janin faisait de la critique de journaliste, M. Saint-Marc Girardin faisait de la critique de professeur. Ces deux sortes de critiques ont ordinairement un air magistral ; mais ces deux maîtres aimables ont su plaire à la jeunesse du temps — peut-être pas du reste à la même jeunesse ; car il y en a une qui fréquente la Sorbonne et une autre qui puise son instruction ailleurs. Ceux qui étaient de la première, se rappelleront toujours cette séance où M. Saint-Marc Girardin monta dans sa chaire, tenant une lettre à la main : « Messieurs, dit-il, je viens de recevoir cette lettre d'un théologien allemand, et il la lut tout haut. Le théologien disait dans sa lettre qu'il avait éprouvé un grand désappointement en assistant aux cours de lettres de la Sorbonne, où l'on parlait beaucoup pour ne rien dire. « Il a peut-être raison, dit le professeur, quoiqu'il ne soit pas très poli. Eh bien, Messieurs, afin de me présenter devant vous dorénavant avec un cours plus sérieux, je vous demande six mois de congé. » Il tint parole, il revint avec son *Cours de littérature dramatique* qui eut un immense succès, et un succès mérité, car il y a beaucoup de bon sens et beaucoup d'esprit dans cet ouvrage.

M. Philarète Chasles, autre critique distingué, à la même époque, initiait ses lecteurs à la connaissance profonde et vraie des littératures et des sociétés étrangères. Il a servi par là la cause de l'humanité ; car mieux les peuples s'apprécieront, plus vite disparaîtront les antipathies nationales ; nous ne sommes plus, Dieu merci, au temps où Voltaire appelait Skaspeare un barbare, et où l'on s'imaginait que tous les penseurs allemands étaient des cerveaux creux.

Nous n'en avons pas fini avec la critique ; car, chez nous il y a plus de critiques que d'artistes : mais chapeau bas ! comme disait Mme de Sévigné, voici venir le roi des critiques, M. Gustave PLANCHE qui, du haut de son trône, dans la *Revue des Deux-Mondes*, attaquait la royauté de V. Hugo, et changeait toutes les places dans l'empire des lettres A voir son extérieur, on n'eût jamais dit que cet homme-là avait du goût : cependant c'était l'oracle du temps ! suivant lui, Châteaubriand n'a jamais écrit un beau livre ; suivant lui, le style de M. Guizot n'est pas un style ; il donne des leçons de critique à M. Villemain et raye Alfred de Musset de la liste des poëtes du XIXe siècle. Mais il élève jusqu'aux astres les poëmes de M. de Sainte-Beuve, et fait l'apologie de la moralité des romans de G. Sand. On ne sera pas surpris d'un pareil éloge, quand on saura que pour lui *moralité* est synonyme d'intelligence. Cependant il a rendu de grands services à la littérature, en la retenant sur la pente où elle était entraînée vers l'amour exclusif des beautés *plastiques*, et en la rappelant au culte de *l'idéal*. Il n'a pas converti, il est vrai, le coryphée de la poésie plastique, M. Théophile Gautier, qui a toujours continué d'exprimer avec une sorte d'affectation les formes physiques et extérieures, en n'ayant pas l'air de croire que le corps de l'homme recouvre un cœur et une âme.

On ne doit pas oublier, parmi les critiques de cette époque, un homme qui fut aimé de la jeunesse qui s'appelait elle-même *libérale* et que la police appelait *turbulente*. Elle se pressait à ses leçons ainsi qu'à celles de M. Michelet.

M. Edgar QUINET soutint, comme on le sait, avec l'historien, une lutte ardente et opiniâtre contre les Jésuites ; et le collège de France s'était converti en une arène, où l'on en venait quelquefois aux voies de fait. En littérature,

16

M. Edgar Quinet joua le rôle de conciliateur : « La guerre,
» dit-il, qu'on a instituée entre les écoles modernes n'est
» rien qu'une guerre civile. Racine, Molière et Shakspeare,
» Voltaire et Goethe, Corneille et Caldéron sont frères. Il faut
» donc élever, agrandir nos théories pour les y tous ad-
» mettre. » Ce système, poussé trop loin, ne serait pas de la
conciliation, mais de la confusion ; il ne favoriserait pas la
liberté, mais la licence. Son auteur plaidait probablement
pour lui-même, en le soutenant , car nul ne s'est enivré
plus que lui aux festins de Balthazar. Il ne craignait point,
par exemple, « de faire agenouiller les cathédrales devant le
sépulcre de Notre-Seigneur, et de montrer les villes peignant
sur leurs épaules, avec un peigne d'or, leur chevelure de
blondes colonnes, tandis que les tours dansaient une ronde
étrange avec les montagnes, au bruit du tonnerre qui servait
d'orchestre, et que le néant, le vide et l'éternité poursui-
vaient un dialogue incompréhensible. » Qu'on lise son poëme
d'*Ahasverus*, on en verra bien d'autres.

M. de Châteaubriand, qui avait donné le premier l'exemple
de la grande critique, *dans son Génie du Christianisme*, exerça
une nouvelle influence sur les idées littéraires de ce temps par
son *Essai sur la littérature Anglaise*. Il a modifié un peu ses
opinions; il avait, dit-il, trop observé Le Dante et Shakspeare
avec la lunette classique qui l'avait empêché de saisir l'ensemble. Son admiration s'est accrue pour ces grands génies ;
mais il déplore l'imitation prétentieuse et maladroite qu'on en
a faite, en courant de préférence vers leurs bizarreries, comme
ces courtisans d'Alexandre qui ne pouvant atteindre à son génie, affectaient de porter, comme lui, la tête penchée sur l'é-
paule droite. Il voit venir de loin l'école *réaliste*, cette école
ennemie de *l'idéal*, imitatrice servile de la *nature*, et qui ne
semble pas entendre ces paroles que Dieu a dites à l'homme :
« Je te donne une nature grossière et pauvre, il est vrai ;
mais je te donne en même temps le génie et la liberté pour
la rendre belle et riche. »

Après avoir passé en revue les différentes théories de l'art, qui se sont produites dans cette période, nous allons étudier les différentes branches de la littérature, qui ont été plus ou moins dominées par ces théories.

CHAPITRE VIII

De la Poésie sous le Gouvernement de Juillet

Après la révolution de 1830, M. de Lamartine fit son voyage d'Orient ; mais le poëte des *Méditations*, si admirable quand le sentiment seul animait ses poésies, se perd dans le vague en voulant dogmatiser aux lieux mêmes où vécut et mourut le Sauveur des hommes. Il eut le malheur, comme on le sait, de perdre sa fille pendant ce voyage lointain et de rapporter un cercueil dans la patrie. Voici quelques-unes des strophes qui lui furent inspirées à cette époque par sa douleur.

I.

C'était le seul anneau de ma chaîne brisée,
Le seul coin pur et bleu dans tout mon horizon.
Pour que son nom sonnât plus doux dans la maison,
D'un nom mélodieux nous l'avions baptisée.
C'était mon univers, mon mouvement, mon bruit,
La voix qui m'enchantait dans toutes mes demeures,
Le charme ou le souci de mes yeux, de mes heures,
    Mon matin, mon soir et ma nuit ;

II.

Le miroir où mon cœur s'aimait dans son image,
Le plus pur de mes jours sur ce front arrêté,
Un rayon permanent de ma félicité ;
Tous tes dons rassemblés, Seigneur, sur un visage ;
Doux fardeau qu'à mon cou sa mère suspendait,
Yeux où brillaient mes yeux, âme à mon sein ravie,
Voix où vibrait ma voix, vie où vivait ma vie,
    Ciel vivant qui me regardait !

III.

Eh bien, prends, assouvis, implacable justice,
D'agonie et de mort ce besoin immortel.
Moi-même je l'étends sur son funèbre autel !
Si je l'ai tout vidé, brise enfin mon calice !
Ma fille ! mon enfant ! mon souffle ! la voilà !
La voilà ! j'ai coupé seulement ces deux tresses
Dont elle m'enchaînait hier dans ses caresses,
Et je n'ai gardé que cela !

A son retour, il publia *Jocelyn*, sorte d'épopée familière où il a retracé les combats intérieurs d'un jeune lévite, destiné au sacerdoce, contre l'amour séduisant d'une jeune femme, nommée *Laurence*. Après leur séparation, Jocelyn devint curé d'un petit village des Alpes, et Laurence se rendit dans la capitale, où sa position fut assez équivoque. Ils se revirent deux fois : la première dans une église de Paris où Laurence faisait une quête de charité ; et leur impression mutuelle fut telle que la cérémonie en fut troublée. La seconde rencontre fut encore plus triste. On vint avertir Jocelyn qu'une grande dame, se rendant de France en Italie, était tombée malade dans un village voisin de celui dont il était le pasteur, et qu'elle réclamait les secours de la religion. Jocelyn reconnut Laurence dans la grande dame. Il reçut ses dernières confidences et rendit lui-même à la terre sa dépouille mortelle. Ce dénouement est très touchant et a fait verser bien des larmes. Jamais peut-être aussi ce grand peintre n'avait poussé plus loin le sentiment du paysage que dans *Jocelyn* : la description du presbytère est un des plus jolis tableaux de la littérature moderne.

La *Chute d'un ange* suivit *Jocelyn*. Ce poëme, sorte d'épopée surhumaine, est intitulée ainsi, parce qu'il s'agit d'un ange qui, épris d'une jeune fille de la terre, renonce pour elle au séjour céleste. L'action se passe dans ces temps antédiluviens, où les arbres et les animaux avaient une grandeur colossale ; et M. de Lamartine a fait ses héros proportionnés au reste de la création. Ce poëme ne fut pas goûté du public, et, pour la première fois, l'auteur éprouva un échec ; on lui appliqua même le titre de son livre.

Jocelyn, la *Chute d'un ange* et le *Voyage en Orient* ont été condamnés par l'Eglise : cela devrait être un avertissement pour la poésie de ne pas toucher à la théologie ; il est très facile de s'égarer, en ces matières-là, même avec les meilleures intentions. La censure de Rome et la critique du public dégoûtèrent l'auteur de la poésie, et il se livra tout entier à la politique. N'oublions pas, toutefois, qu'il a fait depuis un roman poétique, *Raphaël*. C'est lui-même, dit-on, qu'il a peint sous les traits de Raphaël ; et Julie, l'héroïne du roman, ne serait autre qu'*Elvire*, la femme aimée des *Méditations*.

A. Soumet qui s'était éloigné de la scène après 1830, afin de se consacrer à la poésie épique, ne fut pas plus heureux que Lamartine dans ce genre difficile. *Sa Divine Épopée* est une œuvre d'une conception hardie : il chante la rédemption de l'enfer et veut donner le mot de tous les problèmes divins et humains qui tourmentent certaines intelligences. Mais le chrétien s'est, à son insu, éloigné de l'orthodoxie sur plusieurs points importants, tandis que l'homme de talent s'épuisait en vain à vouloir rivaliser avec le génie du Dante et de Milton.

V. Hugo continua de cultiver la poésie lyrique, en même temps qu'il travaillait pour le théâtre. Il avait conquis la plénitude de sa langue poétique dans les *Orientales* sous la Restauration : il publia, après 1830, les *Feuilles d'Automne*, les *Chants du crépuscule*, et les *Voix intérieures*. Dans les *Feuilles d'Automne*, l'auteur, qui est arrivé au point culminant de la vie, s'arrête un moment avant de commencer la descente des années ; il regarde autour de lui et derrière lui, et il chante ce qu'il a vu et ce qu'il a senti. « Le charme de ce volume, dit M. Nettement, c'est d'avoir été écrit par un mari, par un père, par un amant de la nature, qui est un grand poëte, avec la vivacité de ses impressions réelles,

l'énergie vivante de ses souvenirs. » Jamais on n'avait peint
les charmes de l'enfance d'une manière aussi gracieuse,
aussi touchante ; écoutons le poëte lui-même un instant :

> Lorsque l'enfant paraît, le cercle de famille
> Applaudit à grands cris ; son doux regard qui brille
> Fait briller tous les yeux,
> Et les plus tristes fronts, les plus souillés peut-être,
> Se dérident souvent à voir l'enfant paraître
> Innocent et joyeux.
>
> Soit que Juin ait verdi mon seuil, ou que Novembre
> Fasse autour d'un grand feu, vacillant dans la chambre,
> Les chaises se toucher,
> Quand l'enfant vient, la joie arrive et nous éclaire ;
> On rit, on se récrée, on l'appelle et sa mère
> Tremble à le voir marcher.
>
> La nuit, quand l'homme dort, quand l'esprit rêve, à l'heure
> Où l'on entend gémir, comme une voix qui pleure,
> L'onde entre les roseaux,
> Si l'aube tout-à-coup luit là bas comme un phare,
> Sa clarté dans les champs éveille une fanfare
> De cloches et d'oiseaux.
>
> Enfant, vous êtes l'aube et mon âme est la plaine
> Qui des plus douces fleurs embaume son haleine,
> Quand vous la respirez ;
> Mon âme est la forêt dont les sombres ramures
> S'emplissent pour vous seul de suaves murmures
> Et de rayons dorés.
>
> Car vos beaux yeux sont pleins de douceurs infinies,
> Car vos petites mains joyeuses et bénies,
> N'ont point fait mal encor ;
> Jamais vos jeunes pas n'ont touché notre fange
> Tête sacrée, enfant aux cheveux blonds, bel ange
> A l'auréole d'or !

Pour rendre compte de l'esprit qui a soufflé au poëte les

Chants du crépuscule, il suffit de citer quelques lignes jetées, comme une préface, en tête de ce volume : « Tout aujourd'hui, dans les idées comme dans les choses, est à l'état de crépuscule. .... nous avons exprimé dans ce recueil cet état crépusculaire de l'âme et de la société, dans le siècle où nous vivons. »

Les mêmes idées reviennent dans ces vers du prélude :

> Seigneur, est-ce vraiment l'aube qu'on voit éclore ?
> Oh ! l'anxiété croît de moment en moment !
> N'y voit-on déjà plus ? n'y voit-on pas encore ?
> Est-ce la fin, Seigneur, ou le commencement ?

Mais n'en pourrait-on pas dire autant, ô poëte, de toutes les grandes époques ! Est-ce que l'humanité n'est pas, comme la nature, soumise à des changements continuels ? Donc il y a toujours une fin pour les choses qui s'en vont et un commencement pour celles qui arrivent : ce spectacle du reste porte à la mélancolie, et il est difficile qu'il n'arrache point au poëte des accents qui ne sont pas encore des regrets et pas encore des espérances ! Puis comme un pareil état ne peut pas durer toujours, pour se délasser de regarder ces ombres fugitives du dehors, le poëte se replie sur lui-même et se contemple dans son cœur, dans son génie ; de là de nouvelles poésies, de là *les Voix intérieures*.

Notre-Dame de Paris, publiée en 1833, bien qu'elle soit écrite en prose, est soi-disant un poëme, une épopée dans laquelle M. Victor Hugo a voulu représenter le moyen-âge. Les deux héros principaux de ce poëme sont *Esmeralda*, jeune Bohémienne, dont la mort forme le dénouement, et *Quasimodo*, le sonneur de cloches de Notre-Dame, son intrépide défenseur qui est aussi laid que l'Esmeralda est jolie. Un poëte, un prêtre et un gentilhomme, mêlés à l'action sont forts maltraités par l'auteur. On admire à la fin la lutte de la pauvre mère qui est folle, contre le guet auquel elle dispute en vain sa fille.

Comment parler de celui qui fut peut-être le plus grand poëte lyrique de cette période, si, par poésie, on entend ces sons qui viennent des profondeurs de l'âme, ces cris qui sortent des abîmes du cœur ! Alfred de Musset avait, par nature, tout ce qu'il faut pour être un grand poëte : imagination féconde, sensibilité vive, esprit et bon sens : il aurait pu être supérieur à Horace, s'il était né par exemple 200 ans plus tôt, mais l'éducation du siècle a détérioré cette belle plante que la nature avait formée avec tant de soin. Il était très indépendant dans la maturité de son talent, et il a spirituellement exprimé cet état d'indépendance, quand il a dit :

Mon verre n'est pas grand, mais je bois dans mon verre.

Par malheur, il ne fut pas assez lui-même à son début : il se fit, comme c'était la manie à cette époque, l'imitateur de Lord Byron, et il fut tout à la fois sceptique et cynique. Plus tard le dégoût des orgies des sens et de l'esprit releva un peu cette noble tête vers le ciel, et lui arracha, dans *Rolla* surtout, des regrets sublimes pour les choses divines que Voltaire a détruites, selon lui ; mais il les aurait trouvées toujours profondément enracinées dans les âmes chrétiennes, s'il eût connu, s'il eût aimé surtout quelqu'une de ces âmes-là.

Les quatre pièces intitulées *Nuits*, sont l'expression la plus pure et la plus noble de son génie lyrique. « *La Nuit de Mai* et celle d'*Octobre* sont les premières, dit Sainte-Beuve, pour le jet et l'intarissable veine de la poésie. . . . . . Mais les deux *Nuits de Décembre* et d'*Août* sont délicieuses encore, cette dernière par le mouvement et le sentiment, l'autre par la grâce et la souplesse du tour. Toutes les quatre, elles forment dans leur ensemble une œuvre qu'un même sentiment anime. . . . . »

On a de lui encore des contes, des proverbes et de petites comédies qui l'ont fait goûter de ceux que ces poésies auraient peut-être éloignés. L'esprit est prodigué dans ces petites pièces charmantes, où l'on n'a pas heureusement à déplorer, comme dans les poésies, l'abus des plus beaux dons de l'intelligence.

Il est un nom qui vient se présenter parmi ceux des maîtres de cette époque, soit que l'on parle de poésie lyrique ou de poésie satirique, c'est celui de Béranger. Il garda d'abord le silence sous le gouvernement de Juillet ; puis, quand il vit que la politique tournait au socialisme, il fit des chansons socialistes, pour conserver sa popularité. Mais quand il vit le socialisme presque maître du gouvernement en 1848, il en eut peur, et Diogène rentra dans son tonneau. Châteaubriand qui alla le voir, comme un autre Alexandre, lui dit : « Eh bien, votre République, vous l'avez ? — Oui, répondit Béranger, mais j'aimerais mieux encore la rêver que de l'avoir. »

Si Béranger garda un demi-silence, après la révolution de 1830, il n'en fut pas de même d'Auguste Barbier, qui s'arma du fouet de la satire dans ses *Iambes*. Ces petites pièces frappèrent l'imagination par leur énergie et leur véhémence. Il y en a quatre : la *Curée*, l'*Idole*, la *Popularité* et *Melpomène*.

La *Curée* était consacrée à glorifier la multitude et à flétrir ces hommes du lendemain qui viennent partager le butin, sans avoir pris part au combat. L'*Idole* était une audacieuse protestation contre l'apothéose de Napoléon, à laquelle avaient concouru presque tous les grands poètes de l'époque. La *Popularité* était une satire véhémente de ces hommes politiques qui recherchent la faveur populaire, et lui sacrifient le devoir et leur conscience. Enfin *Melpomène* est une censure éloquente des pièces immorales qui, à cette époque, déshonoraient la scène.

Les satires d'Aug. Barbier sont loin de ressembler à celles de Boileau ; elles en diffèrent notamment par le mètre. La satire classique est en vers hexamètres, tandis que les *Iambes* ont alternativement des vers de douze et de huit pieds, ce qui leur donne beaucoup de verve et d'animation.

A l'encontre d'Aug. Barbier, qui avait attaqué avec une

indignation de Juvénal, ce qu'il regardait comme les quatre vices principaux de son temps, un provençal, nommé BARTHÉLEMY, se donna la mission d'attaquer périodiquement, tous les mois, avec une colère factice, un des abus, une des fautes du gouvernement de Juillet. Mais la *Némésis*, car c'était sous ce nom que paraissaient les satires politiques de Barthélemy, gagnée, on ne sait par quels moyens, s'adoucit tout-à-coup et se tut.

Quand on parle de la satire, il serait injuste d'oublier M. VIENNET, de l'Académie française, ce vieillard presque centenaire qui a conservé si longtemps, grâce à une certaine sagesse philosophique, la force et la santé du corps, la force et la santé de l'esprit, *Mens sana in corpore sano*. Ses satires et ses fables, toutes dictées par l'à-propos sont pleines de finesse et de bonhomie ; mais elle manquent peut-être de ces traits généraux qui font que certains ouvrages sont contemporains de tous les siècles.

Au milieu de ces hommes de talent il faut placer une femme célèbre, Mᵐᵉ Emile de GIRARDIN. Fille d'une mère poète, elle fut poète elle-même, dès l'âge de 15 ans. Son talent était un mélange de vigueur virile avec une sensibilité de *femme du monde*, plus affectée des choses de la société que des spectacles de la nature, puis une versification facile avec infiniment d'esprit.

Elle a eu trois manières, trois formes poétiques distinctes, selon M. Sainte-Beuve. La première forme, régulière, classique, élégante, peut se rapporter à Soumet : on la rencontre dans toutes les élégies qu'elle composa sous la Restauration *(Ourika, Natalie, etc)*. La seconde forme plus libre plus romantique, où Musset intervient, date de *Napoline* (1834), ce poème dont l'héroïne se croit fille de Napoléon. La troisième forme enfin se manifeste dans sa tragédie de *Cléopâtre* (1847), où elle ose au besoin tout ce que se permet en versification le drame moderne.

Parmi ses élégies, on distingue *Madeleine*, la Madeleine de l'Evangile. On raconte qu'à son lit de mort elle pria M. de Lamartine, son ami, de vouloir bien mettre la dernière main à ce poëme ; mais le grand poëte se récusa, alléguant son insuffisance ; ce qui le fit accuser, ajoute-t-on, d'ingratitude dans le testament même de Mme de Girardin.

On sait qu'elle a fait aussi des contes charmants, des comédies très spirituelles, auxquelles nous reviendrons ; mais où elle a dépensé le plus d'esprit, c'est dans *Les lettres du vicomte De Launay*. Ces lettres, publiées dans la *Presse*, peignent admirablement les dehors de la société parisienne de cette époque et laissent souvent deviner le dessous et le fond des choses.

Quand Mme de Girardin fut enlevée avant l'heure (1855), sa mort inspira un hymne de deuil à une autre femme, plus poëte peut-être par la nature, Mme DESBORDES-VALMORE : écoutons comment elle parle de la précocité de sa rivale !

> Son enfance éclata par un cri de victoire.
> Lisant à livre ouvert où d'autres épelaient,
> Elle chantait sa mère, elle appelait la *gloire*,
> Elle enivrait la foule.... et les femmes tremblaient.

Le cœur de Mme Valmore était encore supérieur à son talent. « Elle était la plus étrangère aux vanités de l'amour-propre, dit Sainte-Beuve. Elle accueillait chaque louange avec étonnement, avec reconnaissance ; je n'ai jamais vu de talent aussi vrai qui ressemblât davantage à l'humilité même. Elle aimait les femmes poëtes, celles qui sont dignes de ce nom ; elle les louait volontiers, elle les préférait à elle, et cela non pas seulement tout haut, mais aussi tout bas, sincèrement. »

Une autre muse de cette époque, Mme Collet a remporté plusieurs fois le prix de poésie décerné par l'Académie Française, grâce, dit on, à M. Cousin qui faisait pencher la balance en sa faveur : c'est probablement que le philosophe trouvait plus de raison et de bon sens dans ses vers que dans les autres. On la connait encore par la correspondance qu'elle entretenait avec Béranger, correspondance dont la publication lui a été reprochée comme une indiscrétion et lui a attiré quelques désagréments judiciaires. On voit dans les lettres de Béranger qu'il faisait cas du talent de son amie ; il a l'air cependant de trouver que ses vers sont faits trop facilement et trop vite. Le vers français, dit-il, veut être travaillé, et les femmes n'ont pas la patience nécessaire pour cela.

On ne peut non plus passer sous silence Elisa Mercœur, la Muse Nantaise, dont on trouve des morceaux dans les recueils destinés à orner la mémoire des jeunes personnes. Elle fut trop flattée d'abord, trop délaissée ensuite. L'amour de la gloire l'avait enivrée, et à son réveil elle céda aux perfides conseils de l'indigence : peut-être croyait-elle que le suicide est un moyen aussi d'aller à l'immortalité, car elle avait dans le caractère quelque chose des Werther et des Chatterton.

E. Mercœur nous rappelle une autre victime de la poésie. Hégésippe Moreau, né en 1810 à Provins, mourait le 20 Décembre 1838 à l'hôpital. C'est un vrai poëte par le cœur, par l'imagination et par le style ; il serait devenu un des premiers, s'il eût vécu. Mais la misère, une misère pleine de fierté, l'a tué. Pourquoi aussi compter sur la poésie, quand on a sous les yeux tant d'exemples de poëtes qui sont morts de faim ? Il faut avoir une profession qui fasse vivre d'abord, et alors on pourra avec bien plus de liberté consacrer à la muse ses loisirs.

Tandis qu'Hégésippe Moreau faisait une si triste fin, son compatriote Pierre Dupont avait un immense succès avec ses chansons, succès qui date de la chanson des *Bœufs* :

J'ai deux grands bœufs dans mon étable,
Deux grands bœufs blancs marqués de roux, etc.

Il faisait lui-même les airs de ses chansons et les chantait mieux qu'un chanteur de profession.

En général la fortune n'accorde pas ses faveurs aux poëtes; elle leur refuse souvent le pain quotidien, et elle leur refuse une autre chose dont ils ont autant de besoin, la gloire. M. Alfred DE VIGNY, touché de ce triste sort auxquels ils sont condamnés, et n'ayant peut-être pas lui-même contentement parfait, car, il faut le dire, les poëtes ont plus de désirs que les autres hommes, conçut dis-je, l'idée d'un ouvrage où un poëte, atteint de mélancolie, appelle auprès de lui un médecin qui lui donne quelques prescriptions propres à le guérir. Le malade se nomme *Stello*, le médecin, le *Docteur Noir*. Celui-ci raconte successivement au poëte la mort de *Gilbert*, sous la monarchie absolue, celle de *Chatterton*, dans une monarchie représentative, et enfin le supplice d'*André Chénier*, envoyé à l'échafaud, sous la République, par Robespierre. Il donne ensuite à Stello une ordonnance dans laquelle il lui recommande, entre autres choses, de séparer la vie poétique de la vie politique, d'accomplir sa mission seul, libre, et dégagé de l'influence des *associations*, pour ne pas dire des coteries, et enfin d'avoir toujours présentes à la pensée les images de Gilbert, de Chatterton et d'André Chénier. Dans son dernier chapitre, l'auteur a pris soin de nous avertir que ces deux personnages n'étaient que deux abstractions : Stello, c'est le *sentiment*; le Docteur Noir, le *raisonnement* ! A notre avis, on aurait tort d'en tirer la conclusion générale que le raisonnement est toujours le médecin du sentiment ; mais, dans le cas particulier, quand c'est le sentiment poétique qui rend quelqu'un malade, il est bon d'appeler le raisonnement à son secours : pauvres poëtes, un peu plus de raison, nous vous en conjurons, dans votre propre intérêt ! — Mais, dites-vous, si nous en avions davantage, nous ne serions plus poëtes ! — Nous ne le croyons pas, car nous connaissons de grands poëtes qui joignirent le sentiment de la réalité à celui de l'idéal : qu'il nous suffise de vous citer deux noms que vous aimez bien, Virgile et Goethe, le poëte courtisan d'Auguste, le poëte premier ministre d'un prince allemand.

— Mais pourquoi la société nous repousse-t-elle ? — Elle ne vous repousse pas ; elle vous dit d'attendre seulement, pour qu'elle puisse distinguer les vrais poëtes parmi cette foule de gens qui font des vers. Mettez-vous en état d'attendre, et pour cela, *ayez une profession !*

CHAPITRE IX.

Du théâtre après 1830.

§ I. — V. HUGO ET PONSARD.

Un auteur a dit que si l'on pouvait assister au travail des idées, dans ce laboratoire qu'on appelle l'intelligence, on verrait que toute la science des ignorants et la moitié de celle des demi-savants vient des théâtres et des journaux. C'est pourquoi les théâtres, ainsi que les journaux, devraient bien conserver toujours la dignité et la sincérité qui conviennent aux instituteurs du genre humain. Mais il n'en fut pas ainsi après la révolution de 1830, surtout pour les théâtres ; il y eut là un débordement de toutes les idées malsaines qui couvaient depuis longtemps dans des têtes mal organisées ; et le torrent ne put être refoulé qu'après cinq ans de ravages.

Un type dramatique qui s'appela *Vautrin* dans le roman, et au théâtre *Robert-Macaire*, est la personnification de la tendance littéraire de cette époque. Robert-Macaire, c'est le vice qui persiffle la société en la souillant, c'est le crime qui a le mot pour rire, au milieu du vol et du meurtre. Mais ce n'est pas là qu'il faut chercher l'histoire de l'art dramatique.

M. Victor HUGO, encouragé par le succès d'*Hernani*, donna successivement au théâtre *Marion de Lorme*, le *Roi s'amuse*, *Marie Tudor*, *Angelo*, *Lucrèce Borgia*, *Ruy-Blas* et les *Burgraves*. Dans toutes ces pièces l'auteur a eu pour but de rabaisser ce qui est grand et d'élever ce qui est petit. Ce système se trouvait en harmonie avec les passions politiques et sociales du temps ; mais on ne saurait dire, si, en le suivant, il subissait lui-même l'influence de ces passions ou s'il cherchait seulement un moyen de succès. — *Marion de Lorme* est une courtisane suivant l'histoire ; c'est une femme d'un dévouement sublime d'après le drame. — *Marie Tudor* fut une reine vertueuse, suivant l'histoire ; d'après le drame, ce n'est qu'une courtisane. L'histoire nous montre dans François Ier, le roi armé chevalier par Bayard, après la victoire de Marignan, le chevalier écrivant à sa mère, après la bataille de Pavie : « Madame, tout est perdu fors l'honneur », enfin le protecteur des lettres et des arts ; le dramaturge ne trouve en lui qu'un roi dépravé, qui, pour s'amuser, fait verser des larmes de sang à un malheureux père dont il vole la fille. — *Angelo* est une seconde réhabilitation dramatique de la courtisane. — *Ruy Blas*, le valet aimé de la reine d'Espagne et devenu son premier ministre, rabaisse jusqu'à sa condition celle qui l'élève presque jusqu'au trône. — Dans *Lucrèce Borgia*, le caractère sacré de la mère est à chaque instant exposé aux outrages les plus grossiers, de la part du fils même de Lucrèce, qui ignore, il est vrai, sa naissance.

Mais écoutons le poète lui-même se justifier en quelque sorte de cette accusation d'immoralité, en alléguant des raisons d'art : « Quelle est la pensée intime dans le *Roi s'amuse ?* La voici. Prenez la difformité physique la plus hideuse, (il s'agit ici de Triboulet, le bouffon de François Ier) éclairez de tous côtés, par le jour sinistre des *contrastes*, cette misérable créature ; et puis jetez-lui une âme, et mettez dans cette âme le sentiment le plus pur qui soit donné à l'homme....... le sentiment paternel ; l'être difforme deviendra beau. — Qu'est-ce que *Lucrèce Borgia ?* Prenez la difformité morale la plus hideuse ; placez-la où elle ressort le mieux, dans le cœur d'une femme...... et maintenant mêlez à toute cette difformité morale un sentiment pur, le plus pur que la femme puisse éprouver, le sentiment maternel... et le monstre intéressera, et le monstre fera pleurer, et cette créature qui faisait peur fera pitié, et cette âme

17

difforme deviendra presque belle à vos yeux...... La maternité purifiant la difformité morale, voilà *Lucrèce Borgia.* »

Mais on n'admit pas les explications de l'auteur, même au point de vue de l'art, on trouva les contrastes excessifs. On blàmait en outre les invraisemblances fréquentes des situations, la fantaisie et les inconséquences des caractères et le lyrisme du style s'exhalant en longues tirades qui suspendent continuellement l'action, tout en reconnaissant que le poëte a su donner la vie à la plupart de ces êtres fantastiques qui sortent, sous sa main créatrice, du sein du chaos.

Les conseils et les avertissements ne manquèrent pas à l'auteur de ces drames ; mais il n'écoutait rien. Un jour, après la représentation de *Ruy Blas*, un de ses amis lui dit qu'il y avait dans cette pièce des choses qu'il était impossible d'accepter. « Et quelles sont ces choses, dit-il ? » L'ami indiqua l'intrigue inconvenante de la reine et du valet. « Mon cher, reprit le poëte, j'ai voulu qu'il y eût dans cette pièce des choses hors de la portée de votre regard, je vois que j'ai réussi. » De son côté le gouvernement, dont les avertissements étaient méprisés, avait interdit la représentation de la pièce le *Roi s'amuse.* L'auteur répondit à l'arrêté du Ministre de l'Intérieur par une lettre menaçante, dans laquelle il insinuait que les portes du théâtre qui lui étaient fermées, pourraient lui être rouvertes par une révolution. Il fallait que le public lui-même se prononçât pour le convaincre que son système était mauvais. Cela arriva dans l'année 1843, à l'occasion des *Burgraves*, pièce qui tomba, malgré tous les efforts que firent les amis de l'auteur : il a renoncé au théâtre depuis ce temps-là !

Les excès du drame moderne provoquèrent une réaction, qui éclata après les *Burgraves* en 1843, mais qui datait de plus loin. Dès 1838, la tragédie classique des grands maîtres du XVIIe siècle avait reparu, admirablement interprétée par une jeune fille de dix-sept ans. Plus tard, Mlle Rachel prêta son talent au drame moderne ; mais, à l'époque dont nous parlons, elle mettait sa gloire à ne représenter que les

princesses de Racine et les héroïnes de Corneille... Les
circonstances étaient donc favorables pour l'avènement nouveau d'une tragédie classique ; et la *Lucrèce* de Ponsard,
sujet tout romain, traité avec une certaine simplicité
cornélienne, excita l'enthousiasme du public ; on regarda
cette pièce comme un chef-d'œuvre. Trois ans après, la
critique ayant trouvé des défauts dans *Lucrèce*, et le public
n'ayant plus l'enthousiasme de la réaction, on accueillit froidement *Agnès de Méranie*, seconde production du même
auteur ; mais on fut injuste envers elle. Le caractère
d'Agnès est une création touchante, et l'on ne trouverait
dans Lucrèce aucun passage qui pût soutenir la comparaison
avec les vers dans lesquels Agnès souhaite une condition
obscure, où on lui laisserait celui qu'elle aime :

Philippe, mon seigneur, chère âme de ma vie,
Va ! c'est bien à toi seul que je me sacrifie !
Que n'es-tu, comme moi, de ces humbles esprits
Qui bornent tous leurs vœux sur des êtres chéris,
Et sont reconnaissants aux honneurs de ce monde
De ne pas visiter leur retraite profonde !
Nous partirions ensemble. Il est dans mon Tyrol,
Des bords hospitaliers plus que ce triste sol.
O mes bois, mes vallons, ma campagne connue,
Comme je guiderais chez vous sa bienvenue !
Immenses horizons, de quel geste orgueilleux
Je lui déroulerais vos tableaux merveilleux !
Et quel bonheur d'entendre, à son bras suspendue,
La lointaine chanson tant de fois entendue !
— Hélas ! ce n'est qu'un rêve !....
Que vais-je imaginer ! un manoir d'Allemagne,
Les chants tyroliens, la paix de la campagne,
Toute cette innocence et toutes ces candeurs,
A lui qui tomberait du faîte des grandeurs !....

Ponsard, découragé par la chute d'Agnès, renonça au rôle
de chef de la réaction classique et composa *Charlotte Corday*,
d'après les Girondins de M. de Lamartine ; mais ce drame

froid et faux fut peu goûté. Il chercha ensuite dans *Horace et Lydie* à réveiller le sensualisme de la philosophie épicurienne et n'eut guère plus de succès. Plus tard, il rentra dans son genre véritable et y retrouva des triomphes.

A l'exemple de Ponsard, M. Latour-de-Saint-Ybars fit une tragédie classique, empruntée aussi à l'histoire romaine, et sa *Virginie* obtint, comme Lucrèce, un succès dont elle n'était pas indigne, mais qu'elle dut surtout au talent magique de Mlle Rachel.

§ II. — Alfred DE VIGNY et Alexandre DUMAS

Alfred de Vigny ne donna à la scène que deux pièces originales : la *Maréchale d'Ancre* et *Chatterton*, sujets qui lui ont été fournis par ses deux romans. Le premier de ces drames offre des beautés de dialogue et quelques situations pathétiques, mais il ne tient pas assez compte de l'histoire. Suivant l'histoire, le maréchal d'Ancre fut tué d'un coup de pistolet par Vitry, capitaine des gardes ; selon le drame, Concini périt dans un duel. D'après l'histoire, la Maréchale d'Ancre fut brûlée comme sorcière, après la mort de son mari ; dans le drame, elle est jugée, condamnée et exécutée pendant que son mari vit et jouit de la toute-puissance d'un premier ministre, ce qui est le comble de l'invraisemblance.

Le drame de *Chatterton* est l'analyse psychologique d'une maladie de l'âme, de cette mélancolie qui provient d'un génie incompris. On reprocha au poëte d'avoir par son drame contribué à surexciter cette fièvre morale qui poussa au suicide tant de jeunes hommes de cette époque. Il aurait peut-être mieux valu, en effet, rendre ridicules les Werther, les Réné et les Chatterton, que de les rendre intéressants. Mais l'auteur était un peu atteint lui-même de la maladie et un malade aime à parler de son mal. Il s'imagina, après ces deux pièces, que son talent ne l'appelait pas au théâtre, et il rentra comme on dit alors, dans sa tour d'ivoire.

Quelle différence entre lui et Alexandre Dumas, cet enfant prodigue, qui a tant dépensé d'esprit et d'imagination, mais qu'on accuse d'avoir manqué trop souvent de réflexion ! Jamais celui-ci ne s'est découragé : ses cent volumes sont là pour le prouver ! il était en même temps romancier, poëte, auteur tragique, auteur comique, voyageur, journaliste, historien, et même quelquefois homme politique : est-ce qu'il pouvait approfondir quelque chose ? Il était homme de plaisir aussi, épicurien, vivant surtout par les sens, est-ce qu'il pouvait descendre jusqu'au fond des cœurs et s'élever jusqu'à l'idéal spiritualiste d'Alfred de Vigny ? Ce grand enfant a gâté le public, mais le public l'a gâté aussi et le public et lui, disons le mot, se sont perdus ensemble. Il a donné une mauvaise santé morale à ses contemporains qu'il a élevés avec des friandises ; et ses contemporains, en lui demandant de produire continuellement pour leurs plaisirs, ont étiolé de bonne heure son génie.

Dès les premiers mois de l'année 1829, A. DUMAS avait débuté au Théâtre-Français par une pièce historique en prose : *Henri III et sa cour*. L'année suivante, il donna à l'Odéon la *trilogie de Christine*, en vers, avec prologue et épilogue. Nous citerons ici l'appréciation que M. Demogeot a faite de ces pièces dans son *Histoire de la littérature française*. « Henri III était un assez faible essai. Ce drame n'avait d'historique que le costume, les noms, des anecdotes, quelques détails de mœurs. Une intrigue des plus minces s'encadrait dans un vaste appareil de scènes ambitieuses.... Le caractère d'Henri III qui ne se rattachait qu'épisodiquement à l'intrigue, était le seul qui fût saisi avec vérité. La *trilogie de Christine*, conçue dans le même esprit, était travaillée avec plus d'art. La partie du milieu, le meurtre de Monaldeschi, offre un intérêt dramatique. Mais déjà dans cette pièce on sentait l'absence de tout élan poétique, de toute affection morale. C'est aux nerfs des spectateurs qu'en veut le poëte....... Du reste, l'auteur montrait déjà cette profonde entente de la scène, cette science de l'effet que nul ne possède mieux que lui, et grâce à laquelle l'art devient facilement une lucrative industrie. »

On a de lui encore, *Mademoiselle de Belle-Isle*, *Un mariage sous Louis XV*, dans lesquelles il a déployé un grand talent de mise en scène et peint des situations attachantes. On conduit la jeunesse à la représentation de ces drames ; mais on ne lui en permettrait pas la lecture. Il ne nous appartient pas de relever cette contradiction dans laquelle tombent beaucoup de familles, et nous préférons nous arrêter à un talent plus pur, dont nous pouvons analyser les pièces.

§ III. — C. Delavigne et Scribe.

Casimir Delavigne, après 1830, essaya de concilier les idées classiques et les idées romantiques, d'unir Racine à Shakspeare. *Louis XI*, les *Enfants d'Edouard*, la *Fille du Cid*, furent l'expression de cette tentative.

Louis XI est un des chefs-d'œuvre de Casimir Delavigne. La scène se passe au château de Plessis-les-Tours, où s'est enfermé le vieux roi. L'action commence par un entretien entre Philippe de Commines, historien de Louis, et Coitier, son médecin, qui déplorent la ruine de la maison de Nemours. Un seul des fils de Nemours a échappé, il vit à la cour de Bourgogne. Commines, qui a hérité des biens des Armagnacs, n'attend que la mort de Louis pour restituer à l'orphelin le bien de ses pères, en lui donnant pour épouse sa fille Marie, que Nemours aime et dont il est aimé.

Deux personnages illustres arrivent en ce moment à la cour de France, c'est Nemours lui-même, ambassadeur de Charles de Bourgogne, sous le nom de comte de Rethel et François de Paule, que Louis a mandé pour qu'il fasse un miracle en sa faveur, en prolongeant ses jours.

Louis a donné à Commines l'ordre de traiter avec l'ambassadeur de Charles ; Commines n'a pu rien gagner sur ce jeune homme qui vient surtout pour venger le meurtre des siens. L'offre même de la main de Marie n'a pu le désarmer.

Louis croit qu'il sera plus heureux. On introduit **Nemours** devant lui. Celui-ci jette le gant de défi aux pieds du roi, le dauphin le relève. Mais Louis préfère la paix et subit les conditions que lui impose le duc de Bourgogne.

Le vieux roi a une peur affreuse de mourir. Pour s'égayer un peu, il a fait ordonner aux paysans du village de s'amuser, de danser ; il assiste à leurs jeux et il est redevenu gai parce qu'une paysanne lui a dit qu'il vivrait cent ans. Mais son bonheur est bientôt empoisonné ; les mêmes paysans qui ont crié vive le roi ! se sont mis ensuite à crier vive le dauphin ! Il faut que celui-ci parte le lendemain. Une autre idée le préoccupe. Il avait remarqué que Marie était émue à la vue de l'ambassadeur, et il avait deviné tout de suite........ Il interroge la candide jeune fille et arrache d'elle son secret par d'hypocrites paroles. Il dissimule quelque temps ; mais des dépêches annoncent que Charles de Bourgogne est vaincu devant Nancy et il livre Nemours à Tristan, son grand prévôt.

Coitier, ancien ami des Nemours, s'intéresse au dernier descendant de cette famille infortunée. Il l'a amené dans la chambre à coucher du roi. Là il lui propose de sauver sa vie, en se rendant utile, en aidant à conquérir la Bourgogne : Nemours refuse. Coitier lui donne une clef qui doit lui rendre la liberté et le quitte. Nemours, au lieu de fuir, se cache derrière les rideaux. Louis entre dans sa chambre et demande Nemours. Coitier dit qu'il s'est échappé. Le roi dans un premier mouvement condamne Coitier à la peine de mort ; mais celui-ci ne s'effraie pas, parce qu'il sait que le roi ne peut se passer de son médecin.

François de Paule est enfin introduit devant Louis XI. Le roi se précipite aux pieds du saint ; il lui demande dix ans, puis vingt ans, puis un miracle entier. Le saint lui répond :

> Vous seul, quand tout périt, vous seriez éternel !
> Roi, Dieu ne le veut pas, ...

Le saint lui conseille de songer à son âme, et Louis se

confesse, dans l'espoir de guérir ; mais il excuse ses fautes et
ne veut pas les réparer. François de Paule s'éloigne, et
Louis s'agenouillant devant son chapeau adresse cette
prière à une des vierges de plomb qui y sont attachées :

> Notre-Dame d'Embrun, tu sais, vierge adorable,
> Qu'à bonne intention je reste inexorable.
> A Dieu fais comprendre aujourd'hui
> Que, pour son plus grand avantage,
> Je dois conserver sans partage
> Un pouvoir qui me vient de lui.
> La justice des rois veut être satisfaite ;
> Ils ont, en punissant, droit à votre merci,
> Que votre volonté soit faite,
> Dieu clément, et la mienne aussi !

Comme il se relevait, Nemours fait luire un poignard à
ses yeux. Louis demande grâce. Nemours jette le poignard
et lui laisse la vie, comme une vengeance ; puis il s'élance
par la porte de l'appartement de Coitier. Mais lui et son
protecteur sont bientôt arrêtés.

Les impressions éprouvées par Louis XI l'ont conduit à
l'agonie. Les courtisans se tournent déjà vers le dauphin ;
mais le roi revient à lui, ce qui fit dire au comte du Lude :
« Un roi qui flotte ainsi compromet tout le monde. » Louis
demande Coitier. Celui-ci en reprochant à Louis la prison
d'où l'on vient de le tirer lui rappelle Nemours dont le souvenir était effacé dans son esprit et il tue ainsi son ami.

> Qu'il meure ou tu mourras. . . . . .

dit Louis en se tournant vers Tristan. Peu de temps après
le roi expire, en pardonnant à Nemours ; mais il était trop
tard : Tristan avait exécuté l'ordre.

Les *Enfants d'Edouard* sont une pièce tout-à-fait historique.
Edouard IV, roi d'Angleterre, avait laissé deux enfants,
Edouard et Richard, âgés l'un de quatorze ans et l'autre de
douze. Leur oncle, le duc de Glocester, nommé aussi Richard,

était, pendant la minorité du fils aîné d'Edouard, régent du royaume. Mais ce prince, ambitieux et cruel, aspirait au trône. Il commença par se débarrasser des hommes influents qui auraient pu s'opposer à ses desseins. Hastings et Rivers sont ses premières victimes : Rivers est l'oncle maternel des jeunes princes, le frère de lady Gray, devenue la reine ; Hastings a eu le tort de reculer devant les crimes de Glocester qui dit de lui :

> . . . . Il avait des scrupules
> Dont sa fin guérira quelques esprits crédules.
> Le jour où quand je marche, on me laisse en chemin,
> Ce jour pour mon ami n'a pas de lendemain.

Pour faire périr ses deux neveux, il veut les réunir à la tour de Londres, sous le prétexte du couronnement d'Edouard. Ce malheureux enfant y est déjà depuis quelques jours. La reine est avertie par Buckingam, ami de Glocester d'abord, mais devenu son ennemi par peur ; et elle se retire avec son jeune fils Richard à l'abbaye de Westminster.

Il faut à Richard un instrument docile pour commettre le crime qui l'élèvera sur le trône. Il croit le rencontrer dans Tyrrel, monstre qui n'a jamais eu que des vices et qui, dit-il, aimerait mieux périr que d'avoir des vertus. Tyrrel s'est ruiné quatre fois : Glocester refait sa fortune, à condition qu'il lui appartiendra. Le marché conclu, il s'agit d'attirer la reine avec son jeune fils à la tour de Londres ; car, si Glocester tue Edouard et que Richard lui échappe, il y aura une guerre civile, dont les résultats sont douteux. Il détermine Edouard à écrire à sa mère pour la prier de venir à la Tour avec son frère ; Buckingam est chargé du message.

Glocester n'est pas encore cependant décidé au crime ; il veut auparavant éprouver Edouard. Si le jeune prince est d'un caractère faible et veut le laisser régner sous son nom, il l'épargnera. L'épreuve est funeste au malheureux enfant, car il montre un caractère décidé. Il veut, dit-il, venger sa famille, son père, son oncle Clarence, qu'une main invisible a frappés. Sa mère et son frère arrivent sur ces entrefaites. Elisabeth se plaint qu'on égorge les amis de ses enfants. Glocester insulte la reine. Edouard se précipite sur lui en disant :

> La veuve d'Edouard ! La reine ! Chapeau bas !

et il joint le geste à la parole.

Glocester congédie tout le monde, et conduit les enfants à leur appartement, où il les remet entre les mains de Tyrrel. Elisabeth pleine de sombres pressentiments se jette à ses genoux, et demande la vie de ses enfants ; mais le monstre est inflexible.

La Tour est devenue une prison pour les jeunes princes. Tous les deux montrent un caractère bien différent. Edouard est mélancolique, Richard, toujours gai. Il cherche à consoler son frère par ses gentillesses. Il gagne même le cœur de Tyrrel, qui a été père autrefois et qui croit revoir son enfant dans l'aimable Richard. Aussi lorsque Glocester vient réclamer de lui l'exécution du marché, il demande grâce. Il introduit même la reine auprès de ses fils, après le départ du tyran. Cette mère infortunée leur apprend que Glocester est nommé roi et elle engage Edouard à fléchir, mais le jeune prince ne le veut pas.

Cependant Tyrrel qui sort d'une orgie, vient la séparer de ses enfants. Ceux-ci trouvent un billet de Buckingam qui les avertit que lui et ses amis songent à les délivrer et qu'ils entendront sous leurs fenêtres le vieil air national des anglais, comme le signal de leur délivrance. Dans la nuit en effet on entend cet air, ils se croient sauvés. Au même instant la porte s'ouvre. C'est Glocester accompagné de deux assassins : « Achevez, » leur dit-il. A ce mot les deux assassins courent vers les enfants, qui se renversent sur le lit en poussant un cri horrible.

Nous n'analyserons pas *La fille du Cid*, pour épargner à nos lecteurs une impression désagréable, car hélas ! de Chimène et du Cid, de ceux que nous avions bien aimés, (grâce à Corneille) l'une est morte et l'autre est devenu vieux. Il nous semble que les héros devraient toujours rester jeunes. Par conséquent, au lieu d'aller avec C. Delavigne pleurer sur le tombeau de Chimène et assister à la mort du Cid, il vaut mieux garder nos illusions littéraires et relire une fois de plus la magnifique tragédie où nous les avons vus dans l'éclat de la jeunesse, quand nous souhaitions si vivement le succès de leurs amours.

C. Delavigne a été encore moins bien inspiré, selon nous, dans la comédie du *Conseiller Rapporteur*, pièce immorale qui forme une exception dans son théâtre : il lui fallut subir aussi l'influence de l'époque.

Et que devint, dira-t-on, le grand vaudevilliste de la Restauration sous le nouveau gouvernement? Il fit des comédies; mais son talent sembla décroître dans ce genre. Le *Verre d'eau*, *la Chaîne*, *Bertrand et Raton*, eurent un grand succès ; mais on n'y trouve pas ce qui doit distinguer la grande comédie, un vaste tableau de mœurs et de caractères. Il continua à peindre l'extérieur des hommes et des choses, comme dans ses vaudevilles, et même avec moins de finesse. Il continua à chercher le petit côté des grandes choses, en semant toujours l'esprit à pleines mains, de manière à vous en fatiguer.

Sous le rapport moral, on remarque une sorte de contradiction dans ses comédies : son dieu est le succès, l'argent surtout, et cependant il se moque principalement des parvenus. Il répondait en cela à un sentiment général qui, après 1830, se manifesta contre l'aristocratie d'argent. En se moquant d'elle, la démocratie se dédommageait de ses ambitions déçues, et l'ancienne aristocratie se vengeait de ses espérances détruites.

CHAPITRE X.

Du Roman après 1830.

Le roman tient une grande place dans notre littérature, depuis la révolution de 1830 ; et il en devait être ainsi. Beaucoup d'idées et de sentiments fermentaient à cette époque ; beaucoup de questions philosophiques, morales et sociales agitaient le monde : des esprits d'élite sentirent naître en eux l'ambition de diriger les autres au milieu des courants divers qui les entraînaient en sens souvent opposés. Or, pour exercer cette influence, quel était le moyen le plus puissant ? Celui qui permettrait d'agir sur le plus grand nombre possible, le roman. Le roman se produisit d'abord sous la forme du livre, mais il ne se répandit pas encore assez sous cette forme ; et pour s'adresser à un plus grand nombre, il prit, en 1836, la forme du feuilleton ; et depuis ce temps-là, il est devenu l'instituteur le plus accrédité du public !

Cependant tous les romanciers ne firent pas du roman un moyen d'action ; il en est pour lesquels ce fut simplement une œuvre d'art, un miroir chargé de reproduire le monde réel, tel qu'il était ; une analyse détaillée de toutes les fibres du cœur humain, ainsi qu'une description exacte de la nature physique, cette scène changeante sur laquelle l'homme, être changeant lui-même, joue successivement chacun des rôles que lui donnent ses caprices et ses passions. De là deux écoles, une école *réaliste* et une école *idéaliste* : Balzac est à la tête de la première et Georges Sand à la tête de la seconde.

BALZAC a révélé lui-même son système, en répondant à

un critique qui lui reprochait un de ses personnages :
« Apprenez, dit-il, que l'auteur ne discute nulle part en
son nom ; il voit une chose, il la décrit ; il trouve un sentiment, il le traduit ; il accepte les faits comme ils sont,
les met en place et suit son plan. . . . » Donc Balzac ne se
donne pas comme un philosophe ; c'est seulement un peintre ou plutôt une lanterne magique qui reproduit les objets
qu'on place devant elle. Cependant on remarque en lui une
certaine prédilection pour les natures méchantes et fortes :
tel est son *Vautrin*, ce géant satanique exposant avec une
supériorité de raison l'algèbre du crime à des pygmées de
vertu qui s'inclinent devant lui ; tel est encore son *Grandet*,
ce type d'une avarice funeste à lui-même et aux siens, mais
écrasant tous ceux qui l'entourent de sa supériorité intellectuelle. Quant à l'existence et à la puissance de la vertu, il
affectait de n'y pas croire. Il n'est pas étonnant alors qu'il
appelât sa *Ménagerie* les personnages auxquels il avait
donné la vie dans de telles dispositions. Et cependant cet
homme avait une nature bienveillante et un caractère facile ;
et par lui-même il prouvait que l'humanité vaut mieux
qu'il ne le pensait.

Mme Sand s'est faite romancier également avec des dispositions malveillantes contre la société. Elle venait de rompre
brusquement une union mal assortie, et on ne doit pas
supposer qu'elle n'avait pas le droit pour elle. Mais parce
qu'on ne s'est pas trouvé bien dans le mariage et dans la
famille, faut-il pour cela vouloir détruire le mariage et la
famille, où la plupart trouvent le bonheur qui est compatible
avec la condition humaine ? Le monde réel ne plaisant pas
à Mme Sand, elle a rêvé, cela va sans dire, un monde idéal ;
elle a fait plus, elle a créé un monde idéal. Son monde est
séduisant, parce qu'on y jouit d'une certaine indépendance
poétique ; son monde est séduisant encore parce qu'il fait
de la nature physique une sorte d'Eden nouveau, où l'homme
appelle les fleurs du nom de sœurs et les oiseaux du nom de
frères, et où la nature peut donner ce que les hommes

refusent. Rien n'est plus délicieux que ce monde tel qu'il apparaît à travers le prisme de son imagination ; et cette magie du style, si l'on n'y prenait garde, nous porterait à croire que la nature a donné le bonheur aux autres êtres, tandis qu'elle l'a refusé à l'homme.

Elle n'est pas moins dangereuse dans les portraits de ses héros et de ses héroïnes, parce qu'elle a le talent aussi de les faire passer pour des êtres supérieurs aux yeux de ceux qui n'ont pas l'expérience de la vie et des principes arrêtés, tandis qu'ils ne sont le plus souvent que des êtres bizarres.

Qu'est-ce, par exemple, que son *Bénédict* ? Un jeune homme demi-citadin, demi-campagnard, qui n'est plus du village et qui n'est pas encore de la ville, rêveur inoccupé, inutile aux autres, à charge à lui-même. On ne voit malheureusement que trop aujourd'hui à la campagne de ces êtres hybrides. Or, M. de Lauzac, l'homme bien élevé, l'homme qui occupe un rang et remplit des fonctions utiles, est sacrifié à ce *Bénédict* par Valentine. Cette femme-là a vraiment bien du goût et du bon sens ! Qu'est-ce encore que *Jacques* ? Un héros vieilli qui s'est marié à une jeune fille de seize ans et qui, pour laisser sa femme libre, se tue avec l'espérance de retourner à Dieu.

Dans *Lélia*, Trenmor, le sage Trenmor, qui donne des leçons sublimes à un prêtre, sort des galères où il avait été mis pour avoir volé ; et Leone-Leoni, autre héros de Mme Sand, qui est d'une supériorité incontestable dans le vice, mériterait bien de l'y remplacer.

Et la plupart de ses héroïnes ne valent pas mieux ; elles ont presque toutes un défaut commun, c'est que ce ne sont plus des femmes : elles ont quelque chose de viril qui leur ôte ce qui fait la supériorité de la femme, la douceur et la délicatesse. Les femmes qui manient l'aiguille et mènent une vie paisible auprès du foyer domestique seront toujours préférées à ces amazones qui manient le pistolet et le poignard et mènent militairement leurs aventures. Elles ont aussi leurs défauts particuliers ; c'est une *Sylvia* qui raisonne continuellement, qui analyse toutes les idées de sa tête, et tous les sentiments de son cœur ; c'est une *Lélia* dont l'orgueil ne voit dans les institutions humaines les plus respectables que des choses de convention dignes de pitié. Mais leurs défauts sont poétisés et transformés en vertus par une des plumes les plus éloquentes du siècle, et les passions trouvent là leur apothéose.

A partir de 1838, cette fougue d'un génie passionné diminua ; l'auteur fit alors des romans socialistes ; empruntant les idées à de la Mennais et à Pierre Leroux, elle leur donnait un corps et les montrait à l'œuvre : *Le Compagnon du tour de France*, *Spiridion*, le *Meunier d'Angibault* appartiennent à la période de son apostolat politique.

Puis vinrent de charmantes idylles, la *Mare au diable*, *François le Champi*, la *Petite Fadette*, que l'auteur composa, dans son Berry, où elle était allée chercher le repos et des inspirations d'un nouveau genre.

Bien d'autres œuvres sont sorties encore de cette source intarissable, mais il n'entre pas dans notre plan d'en parler ici.

Mme Sand avait quitté son pays avec un jeune homme nommé J. Sandeau, qui est devenu lui-même un des romanciers les plus célèbres de notre temps, et qui a mérité, par l'élévation de son talent, que l'Académie Française fasse une exception en sa faveur, en recevant un romancier dans son sein. Un caractère le distingue et se retrouve dans presque tous ses romans : c'est qu'il fait toujours revenir ses héros vers la réalité, après leur avoir fait faire une course passionnée vers l'idéal. On trouve là une réaction morale et littéraire digne d'observation.

Le roman changea de caractère, quand la presse à bon marché multiplia le nombre des lecteurs ; il cessa d'être un livre et devint un feuilleton quotidien. Alors M. Alexandre DUMAS publia, presque simultanément, la *Dame de Monsoreau* dans le *Constitutionnel*, la *Reine Margot* dans la *Presse*, et dans le *Journal des Débats*, son roman privilégié, le *Comte de*

Monte-Cristo, auquel le public avait préféré *les trois Mousque-taires*, roman publié dans le *Siècle*.

M. Alexandre Dumas n'était ni un homme de passion, ni un homme de parti : c'était une nature d'artiste, insouciante, mobile et dominée par la fantaisie. Aussi le même homme qui se montrait révolutionnaire dans *Antony*, était-il un des familiers du jeune duc d'Orléans, qui périt si malheureusement d'une chute de voiture.

Artiste fécond, il invente avec la plus grande facilité les situations dramatiques ; il a un récit plein de verve et de saillies ; son style est naturel et prompt. Mais on peut lui reprocher l'invraisemblance des situations et le caractère forcé de ses personnages, qu'il met presque tous aux prises avec la société, pour leur donner l'avantage sur elle. On a dit d'eux que ce sont des caractères sans peur et sans scrupules, des poignets vigoureux, de beaux joueurs qui se font place dans le monde à la pointe de l'épée et de l'esprit : tels sont Saint-Mégrin dans *Henri III*, d'Artagnan dans les *Mousquetaires*, Bussy dans la *Dame de Monsereau* ; et ce type devint dans le *Comte de Monte-Cristo*, Edmond Dantès, cet homme supérieur à la société tout entière, et à qui, comme il le dit lui-même, « Dieu n'a rien à refuser. »

Comme Alexandre Dumas, Frédéric Soulié, a beaucoup écrit, quoiqu'il ait eu une vie assez courte. Cet homme portait dans son cœur quelque chose d'amer et de violent qu'on retrouve dans ses ouvrages ; il croyait d'ailleurs qu'il faut des excitants pour intéresser le public qui sans cela laisserait mourir de faim les auteurs. Il fit dans ce but les *Mémoires du Diable*, et plusieurs autres romans, tous chargés de couleurs sombres et de figures fantastiques.

Dans les *Mémoires du Diable*, on voit une suite de tableaux où il a peint le cynisme et l'hypocrisie se partageant l'empire du monde. F. Soulié a dit quelque part : « Il en est du vice comme de la peste : il a ses miasmes qui corrompent l'air moral, c'est ce que vous appelez le mauvais exemple. » Or le vice qu'on dépeint dans des romans, de manière à intéresser en sa faveur, est mille fois plus pernicieux encore. Il est constant même que les récits de crimes que nous font les journaux quotidiens, ont éveillé des appétits criminels chez des âmes naturellement perverses. L'auteur des *Mémoires du Diable* avait bien la conscience de l'influence funeste que la littérature de ce genre exerce sur les mœurs ; le héros satanique de son livre dit en propres termes : « Les mauvaises idées sont bien plus subversives de votre morale humaine et servent bien mieux mes intérêts de diable, que les mauvaises actions. Je donnerais tous les crimes d'un siècle pour une mauvaise idée. » Le diable, pour mettre sa théorie en pratique, fait d'un personnage qu'il a sous sa main, un homme de lettres.

Frédéric Soulié s'était tellement aventuré dans son dernier roman, qui paraissait par feuilletons, selon l'usage, que tous ses lecteurs se demandaient comment il se tirerait d'affaire. La mort vint le délivrer des embarras d'un dénouement, mais elle fit quelque chose de mieux encore pour lui, car elle le ramena à des sentiments religieux. M. Alex. Dumas, son rival, prononça sur sa tombe quelques paroles où la critique se mêlait aux regrets ; mais il avait parfaitement raison, quand il disait que F. Soulié était une intelligence qui n'était jamais éclairée de tous les côtés à la fois.

Eugène Sue publia des romans dès les premières années de la révolution de 1830, et il eut des succès avec la *Salamandre*, roman philosophique, si l'on peut appeler de ce nom un sensualisme grossier ; avec *Latréaumont*, roman historique, où il prétendait que la conspiration du chevalier de Rohan, qui voulait livrer Quillebœuf aux Hollandais, sous Louis XIV, était une conspiration républicaine. Plus tard, il devint un réformateur socialiste dans les *Mystères de Paris* et le *Juif-Errant*.

Dans le premier de ces romans, l'auteur, mécontent de la société, telle qu'elle est organisée, présentait le tableau exagéré de ses misères, dans les bas-fonds où règnent le vice et le crime, et amnistiait les coupables au nom de la fatalité. Dans le second, il annonçait une nouvelle société, où il n'y aurait plus qu'une responsabilité collective et sociale, et où l'on trouverait la satisfaction de toutes les passions, la réalisation du bonheur universel : on reconnaît là les idées du *Fouriérisme*. George Sand attaquait la société, dans ses premiers romans, par une protestation individuelle ; Eugène Sue l'attaque, au contraire, au nom des intérêts et des passions de la multitude.

Quel vertige s'était emparé des esprits à cette époque, où le sol tremblait déjà sous nos pas ! L'aristocratie et la bourgeoisie lisaient, avec autant d'avidité que les classes populaires, ces romans dirigés contre leur prépondérance sociale ; et c'étaient deux journaux, dévoués à la monarchie de Juillet, le *Journal des Débats* et le *Constitutionnel*, qui les publiaient dans leurs colonnes.

CHAPITRE XI

Histoire

Après la chute de la Restauration, M. DE CHATEAUBRIAND qui avait contribué à la renverser, chercha à la relever ou du moins à la venger par des pamphlets. En même temps il travaillait, à ses heures, à ses *Mémoires d'Outre-Tombe*, où il satisfaisait ses sympathies et ses antipathies littéraires ou politiques, et se dressait sur un piédestal en marbre une statue en or, comme au premier homme du siècle ; il a montré là tant d'orgueil, que tous, amis ou ennemis, ont rejeté le livre sans avoir le courage d'aller jusqu'au bout. Mais un ouvrage plus sérieux, les *Études Historiques*, vint prouver combien il aurait été un grand historien, s'il se fût consacré exclusivement à ce genre.

Cet ouvrage renferme six études, précédées d'une préface. Dans cette préface qui comprend à elle seule la cinquième partie du volume, il passe en revue un grand nombre d'historiens français ou étrangers. Les quatre premières études sont un récit de la chute de l'Empire romain ; dans les deux dernières il décrit les mœurs des chrétiens, celles des païens et celles des peuples barbares. Il serait curieux de le comparer avec Bossuet et Montesquieu, pour ce qui concerne la chute de l'Empire romain, et avec Tacite pour ce qui concerne les mœurs des barbares. Nous nous contenterons ici d'indiquer la principale différence qui existe entre lui et Bossuet. Aux yeux de Bossuet, tout ce qui se fait sur la terre est un moyen et non un but ; on ne fait que passer par la cité terrestre pour aller à la cité de Dieu qui seule est éternelle. L'idée de progrès n'était pas même énoncée dans ce système qui rend assez indifférent à nos destinées actuelles. Châteaubriand admet le progrès, et propose à l'humanité un double but : améliorer de plus en plus son sort sur la terre, et en même temps assurer le salut de l'homme dans une autre vie. On trouve dans cet ouvrage des vues originales et des morceaux d'un style remarquable ; il est bien à regretter qu'il ne soit qu'une ébauche en plusieurs endroits, on l'aurait placé probablement à côté des grands monuments de la philosophie de l'histoire.

Augustin THIERRY avait déjà publié deux ouvrages d'une haute importance sous la Restauration : l'*Histoire de la Conquête d'Angleterre par les Normands*, en 1825, et les *Lettres sur l'Histoire de France*, en 1827. Il a raconté comment il avait senti naître sa vocation pour l'histoire, par la lecture des *Martyrs* de Châteaubriand : « L'impression que fit sur moi, dit-il, le chant de guerre des Francs eut quelque chose d'électrique. Je quittai la place où j'étais assis, et marchant d'un bout à l'autre de la salle, je répétai à haute voix, en faisant sonner mes pas sur le pavé :

« Pharamond ! Pharamond ! nous avons combattu avec » l'épée !... »

M. de Châteaubriand, à son tour, a loué M. Augustin Thierry dans la préface de ses *Études Historiques* : « Les *Lettres* de M. Thierry sur l'*Histoire de France*, ouvrage excellent, rendent à un temps défiguré par notre ancienne école son véritable caractère. » Il le félicite ensuite d'avoir modifié quelques-unes de ses opinions dans sa *belle* et *savante Histoire de la Conquête d'Angleterre* : « On ne saurait trop déplorer, dit-il, l'excès de travail qui a privé M. Thierry de la vue. Espérons qu'il dictera longtemps à ses amis pour ses admirateurs (au nombre desquels je demande la première place), les pages de nos annales : l'histoire aura son Homère comme la poésie. »

Les lettres sur l'Histoire de France sont au nombre de vingt-cinq. Dans les cinq premières, l'auteur juge la méthode et les procédés des historiens qui l'ont précédé, entre

autres, Velly, Mezeray, Daniel et Anquetil. La sixième lettre
est sur le caractère des Franks, des Burgondes et des Visi-
goths. Les deux suivantes parlent de l'état des Gaulois après
la conquête. La neuvième fixe la véritable époque de l'établissement de la monarchie française. La dixième traite des
différents partages de la monarchie ; la suivante, du démem-
brement de l'empire de Karl le grand ; la douzième de l'ex-
pulsion de la seconde dynastie franke. Toutes les autres sont
consacrées à l'histoire de cette grande révolution connue
sous le nom d'affranchissement des communes ; l'historien y
retrace d'une manière dramatique les destinées des communes du Mans, de Cambrai, de Noyon, de Beauvais, de Saint-
Quentin, de Laon, d'Amiens, de Soissons, de Sens, de Reims
et de Vézelay.

Il serait superflu d'indiquer le *sujet de l'Histoire de la conquête d'Angleterre* : disons seulement que nulle part l'auteur
n'a déployé plus d'art et mis en œuvre, avec plus de talent
littéraire, les matériaux rassemblés avec une rare érudition.
Il est impossible de lire sans une impression profonde ce tableau des misères accumulées par la conquête sur la nation
conquise ; ce qui a fait dire à un critique qu'il s'était fait
l'avocat des vaincus, au lieu d'être un juge impartial entre
eux et les vainqueurs. Partout, du reste, M. Augustin Thierry
a témoigné de la sympathie pour les vaincus, au rebours de
M. Thiers qui réserve toujours la sienne pour les vainqueurs,
et la première disposition est préférable à la seconde. Néanmoins les vainqueurs sont quelquefois les exécuteurs des
desseins de la providence et contribuent par leurs succès
aux progrès de l'humanité, en remplaçant des nations aviles
et moribondes par d'autres nations pleines de vie et de vertu ;
les vainqueurs ont droit alors non seulement à l'indulgence,
mais à l'admiration des hommes.

Le succès de l'histoire de la conquête d'Angleterre fut
grand, mais chèrement acheté ; car l'auteur était devenu
presque aveugle. Il employa vainement tous les remèdes de
la science ; il eut recours ensuite aux voyages, et essayait

encore de lire, dans les lignes des monuments, la physionomie des siècles dont il avait écrit l'histoire : « Telles sont, dit-
il, les dernières notions que m'ait procurées le sens de la vue :
un an après, cette jouissance si bornée et pourtant si vive
pour moi, ne m'était plus permise ; tout le reste de la vision
avait disparu. » Ce malheur vint le frapper au commencement
de l'année 1826. Il ne déserta pas pour cela le champ de bataille de la science qui, comme il l'a dit, a aussi ses morts
et ses blessés. Un écrivain, depuis célèbre et bien jeune alors,
Armand Carrel, devint l'œil avec lequel il lut, la main avec
laquelle il écrivit, en attendant que le secrétaire devînt un
éloquent publiciste.

Il entreprit alors de retracer les origines germaniques de
notre histoire, tandis que son frère, M. Amédée Thierry en
exposait les origines celtiques et donnait le tableau des mi-
grations gauloises et celui de la Gaule sous l'administration
romaine. Châteaubriand a dit de l'un et de l'autre, après
avoir étudié les mêmes sujets : « Il était dans la destinée des
deux frères de m'instruire et de me décourager. » Mais à la
cécité vint s'ajouter une maladie nerveuse de la nature la
plus grave chez M. Augustin Thierry, et il fut contraint de
s'avouer vaincu et de quitter Paris en 1828.

La révolution de 1830 fut accueillie avec bonheur par
cet historien, qui y voyait la réalisation de son idéal, c'est-
à-dire l'avènement du gouvernement du tiers-état, de la
bourgeoisie. Son infirmité ne lui permit pas d'entrer au pouvoir avec ses amis ; mais il poursuivit sa carrière d'historien
avec plus de sérénité qu'auparavant. Dans ses travaux antérieurs, il avait toujours voulu voir l'origine des discordes
politiques de son temps dans la diversité des races qui cou-
vraient le sol de la France ; il modifia ses opinions à cet égard
et reconnut dans son ouvrage qui a pour titre *Considérations
sur l'Histoire de France*, qu'à partir du douzième siècle, la
distinction primitive des conquérants et des vaincus avait
disparu.

Cet ouvrage servit en quelque sorte de préface aux *Récits*

Mérovingiens. Ces récits, empruntés pour le fond à Grégoire de Tours, se présentent sous la forme la plus attrayante et la plus attachante ; mais on ne peut s'empêcher de dire en les lisant : c'est malheureux qu'on ait ainsi mêlé le roman à l'histoire. Il ne faudrait pas croire du reste que ce soit à la manière de Walter-Scott, qui donne la plus grande place au roman ; non, M. Augustin Thierry donne au contraire la plus grande place à l'histoire. Il ne faudrait pas non plus entendre par là qu'il a créé des personnages et des événements imaginaires ; mais il arrange les événements à sa façon, et il fait parler et agir les personnages suivant ses conjectures. Or, cela suffit pour que ce ne soit plus de l'histoire pure et vraie. Une chose dont nous blâmerions encore M. Augustin Thierry, c'est de n'avoir pas rapporté tout crûment, qu'on nous passe l'expression, les faits merveilleux de ces temps-là, comme l'a fait Tite-Live, par exemple, pour les prodiges opérés à Rome, et d'avoir voulu philosopher à leur occasion. En désillusionnant ainsi les lecteurs, la couleur locale y perd.

Le dernier ouvrage de M. Augustin Thierry fut l'*Essai sur l'Histoire du Tiers-État*. Il avait conduit cet ouvrage important jusqu'à la fin du règne de Louis XIV, lorsque la révolution de février 1848 éclata. Cette révolution le surprit et le découragea. Il avait rêvé le gouvernement de la bourgeoisie ou du tiers-état, comme étant le meilleur gouvernement ; le voyant renversé avec le roi Louis-Philippe, il cessa d'écrire. « Par cette révolution, dit-il, l'histoire de France paraissait bouleversée autant que l'était la France elle-même. J'ai suspendu mon travail dans un découragement facile à comprendre, et l'histoire que j'avais conduite jusqu'à la fin du règne de Louis XIV est restée à ce point. » A qui la faute? A l'historien qui avait adopté un faux système. Cet ouvrage a encore le tort de scinder l'histoire de France, en ne montrant qu'un des éléments politiques qui ont concouru au développement et au progrès de nos institutions.

M. Thierry a déploré quelque part l'entrée aux affaires de nos grands historiens après la chute de la Restauration. Il nous semble qu'on ne doit pas le regretter pour M. Thiers. Les dix années qu'il passa dans les affaires, depuis 1830 jusqu'a 1840, ne furent pas perdues ; l'expérience de l'homme d'État acheva de mûrir le génie de l'historien. Étant sorti définitivement du ministère, à l'occasion de la question d'Orient, il retrouva des loisirs et entreprit d'écrire l'*Histoire du Consulat et de l'Empire.*

On a dit que M. THIERS avait pour Napoléon Ier une faiblesse de cœur ; il est facile de s'en apercevoir pour tous ceux qui n'éprouvent pas la même faiblesse : on sent un certain penchant à exagérer les grandes actions et à atténuer les torts et les fautes ; le génie a de grands attraits pour M. Thiers surtout quand il est heureux ! Mais cette réserve faite, quel beau monument ! « Il est impossible, dit A. Nettement, d'exposer, dans un style plus naturel et plus alerte, avec plus de pénétration, de lucidité, avec une connaissance plus profonde des matières et une étude plus complète des documents les plus curieux et les plus secrets, le développement de la politique intérieure et extérieure du Consulat et de l'Empire. » M. Thiers excelle surtout, à notre avis, dans l'exposition des questions de finance et dans le récit des campagnes de Napoléon. Il en est qui lui reprochent d'avoir intercalé des dissertations dans son histoire : ceux-là oublient que c'est un devoir pour l'historien de raisonner sur les causes et les résultats des faits, et qu'en sa qualité de juge, il doit rendre des arrêts motivés.

M. Thiers, après avoir assigné aux autres historiens, anciens ou modernes, une de ces qualités supérieures qui font les grands écrivains, à l'un l'éloquence, à l'autre l'énergie, etc., semble s'attribuer à lui-même *l'intelligence.* Personne, certes, ne le contredira ; car jamais homme n'a montré une intelligence plus nette de toutes les questions, au point qu'il pourrait instruire les hommes spéciaux eux-mêmes, chacun dans sa partie.

Louis XIV a dit : « Il y a deux hommes en moi. » M. Mi-

CHELET pourrait en dire autant ; on trouve en lui en effet deux hommes tout-à-fait opposés. L'un est un patient explorateur des textes, des documents ; l'autre un métaphysicien allemand, cherchant à symboliser tout. Il nous semble voir le premier de ces deux hommes courbé sur les parchemins au milieu de nos archives, cherchant brin à brin la poussière des siècles passés ; et ensuite, le second debout, vêtu en magicien, ordonnant à cette poussière de s'animer et de revivre avec un corps et une âme.

Ce fut à l'âge de vingt ans que M. Michelet écrivit ses premiers livres. Il avait enseigné la philosophie d'abord, et à ce titre, il fit une traduction de Reid, philosophe écossais. Ayant quitté la philosophie pour l'histoire, il publia, en 1835, une traduction de Vico, en même temps que le *Précis de l'histoire moderne*. Après vinrent l'*Introduction à l'histoire universelle*, l'*Histoire romaine*, les *Mémoires de Luther* et l'*Histoire de France*.

L'*Introduction à l'Histoire universelle* est celui de ses ouvrages où M. Michelet a exposé sa théorie de la philosophie de l'histoire de la manière la plus complète et la plus claire. Selon lui, l'histoire est le récit de la lutte de l'homme contre la nature, de l'esprit contre la matière, de la liberté contre la fatalité. En descendant le cours des âges, l'homme gagne du terrain de plus en plus ; mais pas également sur tous les points du globe. Si l'on part de l'Inde, que l'on passe successivement par la Perse, l'Egypte, la Judée, la Grèce, Rome, on remarque que la fatalité seule existe sur les bords du Gange; la liberté existe déjà dans la Perse et l'Egypte, mais elle est la plus faible ; et elle émigre de ce pays avec les Hébreux, ce petit peuple chez lequel la fatalité est vaincue et détrônée. La liberté remporte aussi la victoire dans la Grèce ; mais la Grèce est exclusive, ainsi que la Judée : tout est barbare aux yeux des Grecs, comme tout est profane aux yeux des Juifs. Le peuple romain a été, au contraire, le peuple initiateur par excellence ; Rome païenne a initié le monde ancien à la civilisation grecque ; et plus tard Rome chrétienne a initié le monde nouveau à la civilisation chrétienne : M. Michelet arrivait ainsi aux mêmes conclusions que Bossuet, dans cette première phase de sa carrière.

Si M. Michelet fût resté toujours dans le moyen-âge qui semblait être son patrimoine d'historien, tant il s'y établit à son aise, le christianisme aurait toujours eu ses sympathies. Mais dans la seconde moitié du gouvernement de Juillet, une lutte s'éleva entre une partie de l'université et le clergé, M. Michelet se fit chef de parti, attaqua les jésuites dans sa chaire du collége de France, rédigea contre eux un manifeste avec M. Edgard Quinet, écrivit tout seul ce livre étrange, *le Prêtre, la Femme et la Famille*, qu'on n'avoue pas facilement avoir lu, et montra plus tard, dans son *Histoire de la Révolution Française*, une haine furibonde contre le catholicisme et la royauté. Il va jusqu'à dire que « dans son moment le plus féroce, la révolution craignit d'aggraver la mort et qu'elle adoucit le supplice, tandis que l'église du moyen-âge s'épuisa en inventions pour augmenter les souffrances, pour les rendre poignantes, pénétrantes, et qu'elle pleura de ne pouvoir en faire endurer davantage. » Mais pardonnons-lui ces excès, parce qu'il est dans sa nature d'être fasciné par tous les spectacles historiques : il a été fasciné par le spectacle des croisades ; il l'est maintenant par les mélodrames de la révolution ; il croit les avoir vus et il les raconte avec intérêt et passion. Il s'est fait peuple et il hait tout ce qui n'est pas peuple. Louis XVI est pour lui « le législateur idiot. » Il montre la reine Antoinette « s'essayant à repousser la haine publique d'un regard ferme et méprisant, triste effort qui n'embellit pas. » Ce ne sont pas seulement les rois, mais les hommes supérieurs qui l'offusquent : Mirabeau, Danton, Robespierre, Camille Desmoulins, lui pèsent, parce que ce sont presque des rois. Mais revenons sur nos pas, vers les premiers ouvrages de M. Michelet : on aime à se reporter vers un doux et beau printemps, au milieu d'un triste automne.

Son *Histoire Romaine* est son chef-d'œuvre ; il a écrit des choses neuves sur Rome, après Bossuet et Montesquieu. Deux livres surtout de cette histoire sont hors de pair, celui dans lequel il retrouve l'histoire de la ville éternelle dans ses monuments, et celui dans lequel il développe la suite des guerres puniques : jamais on n'avait peint si bien la terrible figure d'Annibal. Mais il a eu tort, avec l'école allemande, de supprimer les rois de Rome et de ne les regarder que comme des mythes.

On pourrait apprendre l'histoire romaine avec M. Michelet, mais on ne pourrait pas apprendre avec lui l'histoire de France, parce qu'on ne sait comment se frayer une route à travers cette forêt d'idées et de faits, et parce qu'on est constamment ébloui par la poésie qui déborde de cette imagination luxuriante. Il plaît infiniment à la jeunesse à cause de cette confusion vague et de cet éclat éblouissant. On l'aime moins dans l'âge mûr, cependant il a des pages qu'on ne peut jamais oublier. Rien de plus saisissant par exemple que le tableau de la France, où il dessine les physionomies provinciales et explique les destinées des populations avec celles des territoires ; rien de plus religieux que les belles pages qu'il a écrites sur Saint-Louis, ce type sublime du roi de France ; rien de plus profond que le caractère qu'il a tracé de Louis XI, et rien de plus brillant que son épopée de Jeanne-d'Arc. Son esprit est un miroir à mille facettes qui reflète tout ce qui passe devant lui avec ses caractères propres ; mais malheureusement ce miroir s'obscurcit, quand il approche des temps modernes.

M. Michelet ne travailla pas seul à la réhabilitation de la révolution Française. Déjà M. Bucher, dans l'introduction de son *Histoire parlementaire*, avait présenté une apologie de Robespierre, en rattachant le développement de la démocratie de 93 au développement des idées chrétiennes. Mais le style, sans chaleur et sans éclat, de M. Bucher, avait concouru avec le débit nécessairement restreint d'une collection très volumineuse à empêcher ses idées de se répandre. Il n'en fut pas de même de celles de deux écrivains plus distingués, M. de Lamartine et Louis Blanc.

M. de Lamartine absorba quelque temps l'attention publique par son *Histoire des Girondins*. On peut l'apprécier comme œuvre d'art et comme livre historique. Sous le premier point de vue, elle est dramatique et pittoresque; l'imagination du poëte a revêtu le spectacle des évènements et le portrait des personnages des plus brillantes couleurs, ce qui a fait dire à M. de Châteaubriand qu'il avait doré la guillotine ; et son cœur s'est enthousiasmé successivement pour Louis XVI, Danton, Robespierre et les principaux acteurs de ce grand drame. Avec son immense talent, il a fait passer ses sentiments dans la majeure partie de ses lecteurs et a diminué la terreur dont les échos s'étaient prolongés jusqu'à nous.

Comme livre historique, l'histoire des Girondins manque de deux qualités essentielles : l'étude patiente et la science exacte des faits, d'une part ; la rectitude et la justesse des appréciations, d'autre part. Le catalogue des erreurs de fait, commises par M. de Lamartine, remplirait un volume ; et il en est qui sont vraiment par trop grossières. Ainsi il montre Marie-Antoinette à côté de Marie-Thérèse, sa mère, quand celle-ci présenta son fils aux Hongrois, quoique Marie-Antoinette ne soit née que quatorze ans après. Ainsi il fait mourir sur l'échafaud l'avocat Target, qui mourut dans son lit, en 1807, sous l'Empire. Ainsi il montre Couthon, au sein de l'assemblée législative, puisant ses inspirations dans les yeux de Robespierre, à côté duquel il le place, quand Robespierre n'a ni siégé ni pu siéger dans la Législative, puisqu'il avait fait partie de la Constituante. Il a commis une foule d'erreurs sur Danton, sur Mme Roland et sur Charlotte-Corday. On ne doit pas être moins en garde contre ses appréciations, car il lui arrive souvent de juger différemment dans le même livre, le même homme et le même fait. Ce livre, destiné à flatter les passions populaires non satisfaites sous le gouvernement de Louis Philippe, et peut-être à servir l'ambition politique de l'auteur, obtint ce double résultat, dans la révolution de 1848.

A la même époque, L. BLANC, plus jeune que M. de Lamartine et plus ardent que lui, écrivait l'*Histoire de dix ans de règne*, dans laquelle il racontait les faits qui s'étaient écoulés depuis 1830 jusqu'à 1840, mais non à l'avantage du gouvernement actuel, blâmant ses actes, incriminant ses intentions, lui prêtant même des crimes ; car si l'on ne connaissait pas l'honnêteté du roi Louis Philippe, on serait tenté, en lisant la mort du dernier prince de Condé, qui fut trouvé pendu à l'espagnolette de sa fenêtre, de croire que ce roi fut, sinon l'instigateur, au moins le complice d'un meurtre, sous le prétexte que le duc d'Aumale, son fils, institué le légataire universel du prince, devait en profiter.

Louis Blanc avait deux aspirations qui apparaissent à chaque instant dans son histoire, une aspiration politique vers la république, à cause de laquelle il a dénigré en toute circonstance la monarchie française, et une aspiration socialiste qui amenait sans cesse sous sa plume le nom de fraternité, et qui l'a rendu injuste aussi avec le catholicisme qu'il regarde comme l'ennemi de cette fraternité vague qu'il rêvait, et qu'il n'a pu défluir dans ses discours du Luxembourg, quand il eut une fois sa république socialiste.

CHAPITRE XII.

De l'Éloquence

§ I. — ÉLOQUENCE PARLEMENTAIRE

Parmi les orateurs parlementaires de la monarchie de Juillet, il y a cinq noms qui appellent principalement l'attention : ce sont ceux de MM. Guizot, Thiers, Berryer, Lamartine et Montalembert.

MM. Guizot et Thiers avaient en politique deux tendances opposées, celui-ci ayant du penchant pour la démocratie et voulant le gouvernement représentatif, celui-là préférant le le gouvernement personnel, et se défiant de la démocratie. Ils ont, en servant tous les deux la royauté de Juillet, à l'établissement de laquelle ils avaient contribué, manifesté cet esprit différent qui les a souvent divisés dans les conseils, et appelés à la tribune pour se combattre.

« M Guizot, dit Nettement, portait écrit sur son front le sentiment de sa supériorité. Ce sentiment éclatait dans l'autorité de son geste, dans la solennité de sa pose, dans l'accent de sa voix grave et profonde, dans le tour de sa pensée à à la fois élevée et sentencieuse. . . . Lorsqu'on voyait paraître à la tribune cette figure pâle et méditative, sur le front de laquelle l'étude et la réflexion avaient tracé leurs austères sillons, on éprouvait cette émotion de curiosité et d'intérêt que fait toujours naître, dans les grandes réunions d'hommes, la présence de la supériorité. »

Cet orateur subjuguait ceux qui comme lui mettaient le pouvoir au-dessus de la liberté ; il provoquait avec audace et irritait par sa raideur les députés de l'opposition. Ne redoutant point les incidents de la lutte, il avait les qualités qui font qu'on y brille, le sang-froid, la présence d'esprit, la répartie vive.

Jamais ces qualités ne brillèrent plus en lui que dans cette fameuse séance de 1843 où, en sa qualité de président du conseil des Ministres, il demandait que l'assemblée infligeât un blâme à ceux de ses membres qui étaient allés à Londres faire une visite au comte de Chambord, l'héritier de la branche aînée, condamné à l'exil par la révolution de 1830. M. Guizot était allé lui-même jadis, pendant les Cent-Jours, trouver, à Gand, le roi Louis XVIII, pour se mettre à ses pieds et lui porter des conseils. Ses ennemis politiques lui rappelèrent avec des cris, au milieu d'un affreux désordre, ce voyage qu'il avait fait aussi auprès d'un prince chassé de France. Pendant plus d'une heure, ils éclatèrent contre lui, en interruptions injurieuses et en apostrophes outrageantes. M. Guizot resta à la tribune inébranlable comme un roc battu par des vagues furieuses, au milieu de l'océan ; il reprit vingt fois avec une opiniâtreté invincible sa phrase vingt fois interrompue, et enfin, d'une voix tonnante, avec des yeux qui lançaient des éclairs d'indignation et de colère, il s'écria : » Vous aurez beau accumuler vos injures, jamais elles ne s'élèveront jusqu'à la hauteur de mes dédains. »

Il avait des dédains même pour l'éloge, car il y avait en lui du Caton. Quand il était professeur à la Sorbonne, il priait son auditoire de s'abstenir des manifestations sympathiques. On le louait dans l'assemblée, après la fameuse séance dont nous venons de parler, de son courage intrépide : Il répondit que ce n'était pas lui qu'il fallait louer, mais celui dont il était le ministre, qui avait couru bien d'autres dangers, faisant ainsi allusion aux attentats de Fieschi et autres contre le roi Louis-Philippe.

A la dernière élection de députés qui eut lieu sous ce règne, M. Guizot prononça devant les électeurs de l'arrondissement de Lisieux un discours simple et magnifique où il se défendit contre l'accusation de corruption que répétaient sans

cesse les journaux de l'opposition ; et quand il prononça ces
paroles : « Je vous le demande, Messieurs, vous sentez-vous
corrompus ? » il excita une hilarité générale qui eut son
écho le lendemain dans toute la France.

Ce grand homme vit aujourd'hui dans la retraite, auprès
de la ville de Lisieux, consacrant encore à l'étude les dernières heures de la vie la mieux remplie.

M. Thiers, au moment où la révolution de 1830 éclata,
dirigeait le National, avec MM. Mignet et Carrel, et était à
l'avant-garde de l'opposition qui venait de renverser un trône.
Cependant il fut un des premiers à accueillir la pensée de
le relever en faveur de la branche cadette de la maison de
Bourbon. Au début de ce gouvernement il remplit des fonctions importantes et difficiles dans les finances et fut envoyé à la Chambre des Députés par le collège d'Aix. Il y entra sous le ministère de M. Laffite, encore plein d'idées révolutionnaires.

Un témoin oculaire nous a dépeint sa première apparition
à la tribune : « M. Thiers, dans ses débuts oratoires, développa la politique révolutionnaire, et essaya de retrouver
à la tribune la tradition de ces formidables tribuns de la
première révolution dont il avait évoqué les images dans son
histoire. La nature ne lui avait rien donné pour remplir ce
rôle. Sa stature exiguë, sa voix grêle, son attitude familière
et négligée ne prêtaient point à l'emphase des idées et du
style. L'autorité qu'il acquit plus tard lui manquait au début
de sa carrière. . . . . Il était évident qu'il jouait un rôle à la
tribune, et ce rôle, il le savait mal. Le naturel qui débordait
en lui ne pouvait se prêter à cette emphase qui lui était
antipathique : il était faux, guindé, hors de sa nature, il
échoua complétement. »

Le ministère Laffitte tomba bientôt et fit place au ministère de Casimir Périer. M. Thiers, qui avait été indigné des
excès commis par la populace dans le sac de Saint-Germain-
l'Auxerrois et la démolition de l'Archevêché, changea d'idées
et de programme et monta à la tribune pour combattre ses

anciens amis ; alors on vit et on entendit un tout autre homme : une causerie animée pleine d'idées, de faits et d'arguments, un bon sens spirituel, lumineux, éloquent, éclairé par une étude approfondie des questions, un débit simple et naturel, un geste vif, voilà le talent nouveau qui se produisait à la tribune.

Nous ne le suivrons pas dans toutes les luttes parlementaires auxquelles il prit part, soit pour attaquer, soit pour justifier le gouvernement ; qu'il nous suffise de dire ici que la plus solennelle et la plus dramatique fut celle qui eut lieu entre lui et M. Guizot, à l'occasion de la question d'Orient, quand la France, donnant raison au Pacha d'Egypte contre la Turquie, vit l'Europe tout entière prendre parti pour cette dernière puissance. M. Thiers, alors premier ministre, avait envoyé M. Guizot comme ambassadeur à Londres, et M. Guizot ayant échoué dans ses négociations avait donné sa démission et était revenu pour combattre M. Thiers à la tribune. De part et d'autre des récriminations amères se mêlèrent à la discussion des graves intérêts qui s'agitaient en ce moment. M. Guizot prétendant que la France s'était trop avancée, disait éloquemment que si on l'engageait plus avant, « on la p'acerait entre une faiblesse et une folie. » Et il avait raison, la guerre contre l'Europe eût été une folie. M. Thiers qui ne voulait pas que la France cédât, répondait avec un profond accent de tristesse : « si les choses se passent ainsi, j'ai la douleur d'être obligé de le dire, le gouvernement que j'aime sera venu pour amoindrir mon pays. » Et la réponse de M. Thiers était motivée par le sentiment de la France d'alors qui accusait le gouvernement d'avoir abaissé et humilié le pays, surtout par ses obséquieuses complaisances envers l'Angleterre.

Ces deux hommes d'État ne cessèrent depuis de se combattre, autant que dura le gouvernement de Juillet. M. Guizot qui tint le gouvernail de l'État jusqu'au moment du naufrage, était sans cesse accusé par M. Thiers, de ne pas donner assez de voiles au navire, et de refuser toute espèce de concessions à l'opinion publique. M. Guizot répondait que la concession de la veille servait à arracher celle du lendemain, et reprochait à son antagoniste de jouer avec le feu, au risque d'allumer l'incendie. L'histoire politique est là pour juger leurs systèmes politiques ; quant à l'histoire littéraire, il est impossible qu'elle ait deux opinions sur leur admirable éloquence.

« Tandis que ces deux éminents orateurs, a dit M. Nettement, se disputaient à la tribune la direction des destinées du gouvernement de Juillet, auquel ils étaient dévoués, en signalant chacun à son point de vue, un des deux grands écueils qui pouvaient le faire sombrer, un homme à qui ses opinions hautement avouées imposaient, sous ce gouvernement, le rôle toujours si difficile d'une opposition systématique, conquérait la plus grande renommée oratoire. »

Il s'agit ici de M. Berryer qui s'était déjà rendu célèbre au barreau, et qui était entré dans les assemblées du gouvernement de Juillet sans antécédents politiques. Dès qu'il y parut, il eut les sympathies de tous, même de ceux qui étaient les plus opposés à ses opinions, et il les dut autant à la loyauté de son caractère qu'à la beauté de son talent, et peut-être aussi parce que le parti auquel il appartenait n'inquiétait personne : on estime facilement les morts !

La nature avait fait beaucoup pour lui : elle lui avait donné une voix puissante et vibrante, un geste impérieux, un front large avec une noble tête, une physionomie mobile et expressive, un regard vif et assuré. Quand cette figure imposante apparaissait à la tribune, les derniers bruits d'un auditoire tumultueux expiraient et le silence se faisait avant que l'orateur eût commencé à parler.

Mais, disons-le, ses discours qui faisaient tant d'impression sur ses auditeurs, paraissaient déjà moins beaux aux lecteurs du lendemain, et ne sont aujourd'hui dans beaucoup d'endroits que les déclamations pompeuses d'un avocat qui n'est pas persuadé. Il n'en peut être autrement ; car il attaquait presque toujours le gouvernement de Juillet, au nom de la liberté, lui, l'homme du droit divin ; il lui reprochait ses contradictions, mais il ne pouvait au dedans de lui-même blâmer des actes qui avaient pour but d'affermir le pouvoir.

Cependant il y a eu beaucoup d'occasions où il ne s'est pas trouvé dans cette fausse position, et où son éloquence n'exprimait que les sentiments vrais et profonds d'un légitimiste, c'est-à-dire de l'un de ces hommes au caractère chevaleresque, pleins de regrets pour le passé, et prêts à sacrifier la dernière goutte de leur sang pour l'espérance même la plus vague. Ce qui distingue les hommes de ce parti, c'est un grand enthousiasme pour leur principe d'abord, et ensuite un enthousiasme non moins vif pour la personne dans laquelle le principe est incarné. Or, M. Berryer a toujours dû ses plus beaux succès oratoires à ce double sentiment de foi et d'amour. C'est ce que l'on vit dans la séance où il réclamait le maintien de l'anniversaire du 21 Janvier. « Au jour du jugement, dit-il aux interrupteurs, il fut permis de parler des vertus de Louis XVI ; je ne vois pas que la Convention ait interrompu les défenseurs du roi ! » C'est ce que l'on vit encore, le jour où il défendait M. de Châteaubriand pour avoir dit dans une brochure, en s'adressant à la duchesse de Berry : « Madame, votre fils est mon roi ! » Berryer ne put retenir ses larmes en lisant quelques pages touchantes du publiciste sur la majesté de l'enfance et les désolations de l'exil ; ses larmes ont trahi le secret de son éloquence qui était encore plus dans son cœur que dans sa tête.

M. DE LAMARTINE a influé aussi par la parole sur les destinées de son pays ; car c'est lui qui a jeté dans le précipice d'une révolution la royauté de Juillet par les fameux discours des banquets ; il s'en allait agitant la France, et l'excitant par le fouet de l'éloquence, jusqu'à ce que le coursier eût prit le mors aux dents. Il eut ensuite bien de la peine à l'arrêter ; mais au milieu des circonstances périlleuses où nous avait placés la révolution de 1848, il déploya toutes les ressources d'un grand talent et toute l'énergie d'un indomptable courage. On sait comment sur les degrés de l'Hôtel-de-

Ville il résista, au péril de sa vie, à une multitude égarée par de mauvaises passions, et lui fit rejeter le drapeau rouge dont la vue effrayait déja la France. Il put dire en conséquence, quelques jours après, devant l'Assemblée Nationale, où on lui reprochait d'avoir attiré la foudre sur nous, qu'il l'avait attirée à la manière du paratonnerre.

Si l'on compare l'éloquence de M. de Lamartine avec celle des trois orateurs précédents, on trouvera chez lui plus d'imagination et de poésie ; mais il leur est inférieur sous les autres rapports. Il n'avait pas d'abord l'éloquence propre aux affaires que ceux-là possédaient au suprême degré, sans doute parce qu'ils avaient manié longtemps les affaires de l'Etat, ou bien acquis cette expérience non moins utile que donne le barreau. Dans les questions politiques, ils l'emportent encore sur lui ; ils avaient des principes, ce qui donne à l'éloquence de la force et du nerf. M. de Lamartine n'avait que des aspirations vagues vers la liberté, sans un programme d'opposition ou de gouvernement. Il tenait à conserver son indépendance, ce qui est louable sans doute, mais pourvu que ce soit jusqu'à une certaine limite, celle qu'imposent l'honneur et la conscience ; autrement il ne se formerait pas de partis, ou plutôt il y en aurait presque autant que d'individus. Au reste, cette indépendance tenait à un noble désintéressement, et on n'a jamais pu accuser M. de Lamartine de s'être lancé dans la carrière de l'éloquence pour gagner un portefeuille. Au contraire, il aida plus d'une fois de sa parole des ministres dont l'héritage était peut-être convoité par d'autres ; il se distingua, surtout sous ce rapport, en défendant M. Molé contre la coalition.

Tandis que MM. Guizot et Thiers, tous deux amis de la royauté de 1830, voulaient la conduire dans des voies différentes, que M. Berryer pleurait sur les ruines d'une antique monarchie, M. de MONTALEMBERT défendait les intérêts catholiques de sa voix éloquente.

Disciple et ami de M. de la Mennais, il avait rédigé avec lui et Lacordaire le journal l'*Avenir* ; il l'avait accompagné dans son voyage à Rome, mais s'était séparé de lui, pour ne pas encourir les censures de l'Église.

La première fois qu'il avait paru dans l'enceinte de la Chambre des Pairs où il devait siéger un jour, ce fut comme prévenu d'avoir ouvert, sans autorisation, une école libre, et son premier discours fut un plaidoyer en faveur de la liberté d'enseignement. Quand l'âge légal lui eut permis de prendre part aux discussions de la Chambre, il se constitua l'avocat de cette cause, et réclama avec persévérance cette liberté, toutes les fois que l'occasion s'en présenta.

« Ce fut un spectacle plein d'intérêt, dit Nettement, lorsqu'on vit se lever, au milieu de la Chambre des Pairs, composée presque exclusivement des débris de tous les régimes, d'hommes blanchis dans les affaires, rompus à la politique, et chez qui l'expérience avait éteint l'enthousiasme, ce jeune homme ardent, enthousiaste, impétueux, qui venait troubler, par l'accent d'une voix passionnée, le calme décent, la réserve élégante et la convenance expérimentée et pleine de savoir comme de savoir-vivre, mais un peu froide, des discussions habituelles. »

Ce fut surtout dans les sessions de 1844 et de 1845 que M. de Montalembert livra ses grandes batailles pour la liberté de l'enseignement et la liberté religieuse, et il n'eut point affaire à de médiocres adversaires : M. Guizot, avec sa haute raison ; M. Villemain, avec sa rhétorique ingénieuse et fine ; M. Cousin, avec sa parole vive, tels furent les antagonistes qu'il rencontra. Mais il soutint la lutte avec la vaillance des preux chevaliers du moyen-âge, s'appuyant d'un côté sur l'article de la Charte qui promettait la liberté d'enseignement ; de l'autre sur les principes antérieurs et supérieurs à toute charte qui mettent la liberté religieuse au nombre des droits les plus sacrés. Il avait la même devise que ces polonais qui résistèrent à Catherine II : « *Nous qui aimons la liberté plus que tout au monde, et la religion catholique plus encore que la liberté.* » Il était fidèle à cette devise, lorsqu'il attaquait les libertés de l'église gallicane, et que, s'adressant au garde des sceaux, il le défiait de trouver, parmi les quatre-vingts évêques de France, cinq prélats qui y adhèrent publiquement.

Ce fut en 1848 et 1849, que M. de Montalembert prononça ses deux plus beaux discours, à l'occasion du Sunderbund en Suisse, et des affaires de Rome : ce sont des chefs-d'œuvre où l'émotion religieuse éclate continuellement en cris de douleur et d'indignation, où les accents prophétiques se mêlent aux malédictions vengeresses. On se rappelle avec quelle vivacité il s'élançait à la tribune après M. Victor Hugo ; et quand il avait terminé son discours, il le cherchait du regard sur les bancs de l'assemblée pour qu'il vînt lui répondre ; mais presque toujours son adversaire avait disparu.

§ II. — DE L'ÉLOQUENCE RELIGIEUSE.

Ce fut M. de Quélen, archevêque de Paris, qui donna l'impulsion à l'éloquence religieuse, en fondant les conférences de Notre-Dame, en 1836.

L'abbé LACORDAIRE venait de faire, dans la chapelle du collège Stanislas, des conférences qui avaient attiré les hommes supérieurs, charmés de voir se manifester un talent d'un genre tout nouveau, qui paraissait exciter vivement la sympathie de la jeunesse. Parmi les auditeurs enthousiastes du jeune orateur se trouvait Frédéric Ozanam : il se rendit avec plusieurs autres jeunes gens chez M. de Quélen et lui demanda, au nom de la jeunesse chrétienne, d'appeler M. Lacordaire à prêcher à Notre-Dame, et le prélat accueillit favorablement la demande.

Lacordaire fit une révolution dans l'éloquence de la chaire : cette révolution était nécessaire pour prendre les âmes dans le filet de la parole divine. La plupart de ses auditeurs ne croyaient pas ; s'il leur eût fait des instructions sur les vérités de la foi, ou sur les règles de la morale chrétienne, dans la forme ordinaire du sermon, il les aurait laissés dans leur indifférence ou leur dédain. Mais s'étant trouvé dans le même état qu'eux, il les prenait au point d'où il était parti lui-même pour arriver au catholicisme, il les conduisait par les routes qu'il avait suivies; et chaque fois, parmi ses jeunes auditeurs, il s'en trouvait un assez grand nombre qui étant venus souriant et curieux, s'en retournaient tout pensifs le long des quais : ils étaient convertis !

Un de ses auditeurs a dit de lui : « Quand cet ambassadeur du christianisme auprès des générations nouvelles paraît dans la chaire, il s'établit bientôt un courant sympathique entre lui et son auditoire. Son geste expressif, sa voix vibrante, son débit dramatique, l'accent de ses paroles où l'on sent palpiter son cœur et où se réfléchissent les mouvements rapides de son intelligence, l'expression mobile et puissante de sa physionomie où tout est vie, enthousiasme et conviction, le frémissement de tout son être le mettent aussitôt en communication avec l'assemblée, qui réagit sur lui comme il agit sur elle. . . . . . »

Mais il plaisait à la jeunesse peut-être autant pour ses défauts que pour ses qualités : il avait une hardiesse d'idées, une audace dans l'expression qui donnaient le vertige aux gens graves et sérieux, et qui électrisaient les jeunes esprits et les cœurs jeunes, s'imaginant à chaque instant qu'un monde nouveau allait s'ouvrir devant eux. Il les charmait encore par cet amour ardent de la liberté qui l'entraînait quelquefois si loin que l'Etat et le Clergé en étaient inquiets. Aussi, à la fin du carême de 1836, M. de Quélen pensa que la retraite et l'étude calmeraient l'effervescence de l'orateur ; et ce ne fut qu'en 1843, après un intervalle de sept ans, que le père Lacordaire, dans la plénitude de son talent, reprit avec un succès nouveau ses conférences à Notre-Dame.

On pourrait citer de lui une foule de pages charmantes ; contentons-nous de celle où il montre l'influence de la jeune fille chrétienne dans la famille : « Quel est l'homme, à soixante ans, qui n'apprend pas de sa fille ! quel est l'homme qui, n'ayant pas connu Dieu dans la vie et dans la raison, et voyant sa jeune enfant s'agenouiller chaque soir devant l'invisible Majesté, ne soupçonne, à la naïveté de sa prière et de sa joie, à la paix de son cœur, quelque chose du mystère qui s'approche de lui par une si vive représentation ? O tendresse des voies de Dieu ! Notre mère nous apprenait son nom quand nous étions enfants ; l'épouse l'a redit, dans l'intimité nuptiale, à l'âme enivrée du jeune homme ; la fille le raconte au vieillard courbé par l'âge, et lui ramène dans ses jours de décadence, une révélation toute jeune et toute vierge ! Le ciel dira combien d'âmes ont été le fruit de cette dernière violence de la vérité ; combien, qui n'avaient rien vu et rien entendu, se sont éveillés du songe de l'erreur sur leur lit de mort et ont adoré de leur souffle expirant l'Eternel amour, se montrant à eux sous la forme angélique d'une fille bien-aimée. »

La chaire de Notre-Dame ne resta pas vide, pendant l'absence du père Lacordaire. Un ancien magistrat qui avait quitté le siècle, pour entrer dans l'ordre des Jésuites, M. de RAVIGNAN attirait chaque année à ses conférences un auditoire aussi nombreux. Le père de Ravignan n'avait pas autant de génie, ce qui le préserva des excès du père Lacordaire ; mais il avait une argumentation serrée et animée, avec quelque chose d'imprévu dans la manière de présenter ses preuves. Un jour il démontra l'immortalité de l'âme par le suicide, et le fit avec tant de succès que l'auditoire applaudit. L'homme de Dieu, aussi modeste qu'éloquent, frappa de ses deux mains sur la chaire, et lançant des regards perçants sur son auditoire, le pria avec l'accent dont on demande une grâce, de ne plus renouveler ces sortes de démonstrations. Lacordaire et Ravignan rendirent à la chaire chrétienne une popularité et une gloire qu'elle n'avait pas connues depuis Massillon.

La religion trouvait d'éloquents apologistes ailleurs encore que dans l'Église ; la Sorbonne elle-même entendait sous ses vieux murs des polémiques ardentes, qui suscitèrent plus d'un orage. M l'abbé DUPANLOUP y faisait avec éclat son cours d'éloquence sacrée, qui fut interrompu par la jeunesse libérale ; elle ne voulait pas souffrir que le professeur, parlât, selon sa conscience, de Voltaire, l'homme qui a parlé le plus librement de tout homme et de toute chose. M. Lenormand, suppléant M. Guizot dans la chaire d'histoire, vint confesser la vérité religieuse à laquelle il était récemment converti, vérité qui jaillit à chaque instant des faits historiques. C'était l'époque où MM. Michelet et Quinet attaquaient cette même vérité au collège de France. La jeunesse libérale, après avoir couvert ceux-ci de ses applaudissements, allait prodiguer ses huées à M. Lenormand. Mais un jour, au milieu du tumulte, on entendit une voix indignée réclamer, au nom de la liberté, le respect dû à la manifestation des opinions sincères : c'était la voix de Frédéric Ozanam !

F. Ozanam est un homme tout à la fois de science et d'action, ce qui est assez rare ; c'est de plus un homme de charité, tel qu'on en rencontre à peine un seul dans un siècle. Avant l'âge de vingt ans, il avait fondé la société de Saint-Vincent-de-Paul, pour répondre à un défi des Saints-Simoniens. Assistant à vingt ans à une leçon de Théodore Jouffroy, qui avait attaqué le catholicisme, à l'aide d'une citation inexacte, il écrivit une lettre au professeur pour faire appel à son savoir et à son honneur ; et Jouffroy eut la loyauté de rétracter publiquement son erreur.

Ozanam devint professeur à son tour. Dans les épreuves qu'il subit pour l'agrégation à la Faculté des lettres de Paris, il eut toujours la première place, quoique ses concurrents fussent eux-mêmes des hommes supérieurs. Il étonna ses juges par la profondeur de son érudition, non moins que par l'éclat de ses improvisations, et M. Cousin s'écria, en l'applaudissant : « M. Ozanam on n'est pas plus éloquent que cela ! » Il occupa quelques années la chaire de littérature étrangère à la Sorbonne, et travaillait à un grand ouvrage sur l'histoire de la civilisation chrétienne, quand la mort l'enleva prématurément aux lettres françaises, dont il serait devenu une des gloires les plus brillantes.

Si nous jetons un coup d'œil retrospectif sur la littérature de la monarchie de Juillet, comme nous l'avons fait pour la littérature de la Restauration, nous serons frappés d'un caractère tout particulier qui la distingue. Comme celle-là, elle est agressive envers le pouvoir ; mais son opposition n'est pas seulement politique, elle ne s'attaque pas seulement à une forme de gouvernement : c'est la société elle-même dont l'organisation lui déplaît, et qu'elle voudrait refaire à nouveau ; c'est la moralité, base de l'antique société, qu'elle voudrait remplacer par de nouvelles règles, ou même par une indépendance absolue. Ce caractère ne se rencontre pas sans doute chez tous les écrivains que nous avons passés en revue : les orateurs dont nous venons de parler, par exemple, étaient des hommes qui tenaient aux principes sociaux et moraux ; nos grands historiens aussi, loin d'être les fauteurs du socialisme, l'ont combattu, quand il s'est offert à eux. Mais les auteurs dramatiques et les romanciers qui exerçaient sur la multitude une influence beaucoup plus grande, ont cherché la popularité au détriment de l'ordre social et de la morale.

Il est un socialisme pratique qui travaille à améliorer le sort des masses ; nous approuvons ses efforts, nous applaudissons à ses succès ; chaque victoire qu'il remporte sur la misère humaine est pour nous un sujet de joie. Nous avons vu aussi plusieurs fois des théories écrites où l'on proposait d'une manière précise une nouvelle institution en faveur d'une des classes souffrantes de la société, et nous avons désiré avec tous les bons cœurs que cette institution se réalisât. Le gouvernement actuel marche, dit-on, à la tête de ce double socialisme et s'empresse d'exaucer les vœux de la charité, quand lui-même ne prend pas l'initiative, au point qu'on lui fait quelquefois le reproche d'aller trop loin dans cette voie. Il a raison de satisfaire des aspirations légitimes ; mais les écrivains auxquels nous faisons allusion, ont eu tort d'exciter parmi les masses des appétits insatiables, et de donner, par de vagues théories, des espérances mensongères,

propres seulement à enfanter des séditions et des guerres
civiles. 1848 a été témoin de leur victoire ; mais la France a
payé bien cher les frais de leur triomphe. Il est donc important, quand on lit les écrivains de cette période, de se tenir
en garde contre leurs systèmes et leurs paradoxes, d'autant
plus qu'ils ont su leur donner, par leur talent, une apparence
de vérité, et les rendre même assez séduisants pour nous
entraîner sur les écueils.

DISCOURS

Prononcé à la Distribution des Prix du Pensionnat de Mlles Lefeuvre et Hetzel.

MESDEMOISELLES,

Voici encore une année d'écoulée ! si nous la jugions, hélas ! par les épreuves cruelles qu'il nous a fallu traverser ; si nous rappelions les images sinistres d'un incendie (1) ce long séjour sous un toit hospitalier, mais étranger ; les inquiétudes auxquelles vos maîtresses ont été en proie pendant cette année tout entière, nous vous affligerions, nous troublerions la joie et le bonheur de cette fête. Nous ne nous appesantirons donc pas sur ces tristes souvenirs. Cependant vos maîtresses éprouvent le besoin de dire et de répéter ici combien elles ont trouvé de consolations dans les témoignages de votre amitié si touchante, et dans l'intérêt si bienveillant de vos familles. Vos larmes leur ont assez prouvé combien vous preniez de part à leur malheur ; tous ces parents accourus auprès d'elles témoignaient assez que le malheur ne les avait pas frappées seules. Et parmi tant de preuves d'attachement, qui pourrait jamais oublier les généreux sentiments de ces jeunes étrangères ! Elles avaient tout perdu, elles pleuraient en secret des objets qui leur étaient précieux à plus d'un titre ; mais elles voulaient paraître gaies et

---

(1) Cet incendie eut lieu la même année dans la rue Séry ou était alors le Pensionnat.

souriantes devant leurs maîtresses pour tâcher de les consoler. O nobles cœurs ! nous n'oublierons jamais tant de délicatesse et d'abnégation !

Mais aussi aucun sacrifice n'a coûté à vos maîtresses pour
vous réunir promptement autour d'elles. Si elles n'ont pu
vous rendre la vie de pension aussi agréable qu'auparavant ;
si vous avez eu à souffrir des inconvénients d'une habitation
trop petite, elles ont souffert davantage elles-mêmes de l'idée
que vous n'aviez pas le bien-être quelles auraient désiré vous
procurer. Aujourd'hui elles remercient vos familles de ce
qu'elles ont su apprécier les nécessités d'une position qu'elles
vous auraient épargnée, si elles l'avaient pu, à quelque prix
que ce fût.

Enfin, grâce à leur activité, aucune interruption n'a eu
lieu dans vos études ; vous êtes venues reprendre aussitôt
le cours habituel de vos travaux ; je dirais, sans exagération,
le cours de vos plaisirs. Car nous le savons, l'étude est pour
beaucoup d'entre vous un plaisir qu'elles n'échangeraient
pas contre bien d'autres. Aussi nous avons été, cette année,
les témoins bienheureux de progrès marqués, de succès nombreux dont vous avez sans doute avant tous le profit et l'honneur, mais qui nous réjouissent profondément, maîtres et
maîtresses, et dont nous sommes fiers, comme on doit l'être,
quand on a réussi dans une œuvre où l'on a mis son cœur
tout entier.

Persévérez, Mesdemoiselles, dans cette bonne voie ; ins-
truisez-vous, tandis que vous le pouvez. La femme a besoin
aujourd'hui d'instruction. Loin de nous la pensée de faire de
vous des femmes savantes, de ces femmes qui, à les entendre
connaissent tout, excepté la modestie, et que nous ne crai-
gnons plus, grâce à Molière et grâce à Dieu. Non : nous
voulons faire de vous des femmes éclairées, c'est-à-dire
des femmes qui soient en état de comprendre ce qui se dit,
ce qui se passe autour d'elles, et qui ne soient pas des barbares au milieu de familles civilisées. Nous voulons plus,
nous voulons des femmes qui tiennent dignement la place

que Dieu leur a marquée sur la terre. Aujourd'hui les hommes reçoivent une instruction étendue ; il faut que la femme, la compagne de l'homme, ne soit pas au-dessous de lui. Non qu'elle doive posséder des connaissances aussi variées, aussi approfondies : cela n'est point nécessaire pour maintenir cette égalité si précieuse dans la famille. Mais qu'elle ait seulement une idée des sciences, qu'elle ne soit étrangère à aucune des beautés de la littérature et des arts, et alors, quoique sachant moins, elle suppléera à ce qui lui manque par la vivacité de son esprit et de son imagination, et elle saura donner un tour agréable même aux choses les plus sérieuses : à l'homme la force, mais à la femme la grâce de l'esprit, comme celle du corps !

Ce n'est pas tout : un rôle grand, saint, presque divin, est échu à la femme dans nos sociétés chrétiennes ; et disons-le, c'est en lui confiant cette mission que le christianisme a civilisé le monde. La femme, comme mère, donne l'éducation première : elle commence à former l'homme intellectuel et moral ; elle met dans son esprit et dans son cœur les premières idées et les premiers sentiments ; or les sentiments qui durent toujours, les sentiments qui pénètrent l'âme et rayonnent dans tout l'extérieur, et surtout sur le visage de l'homme jusqu'au dernier souffle de sa vie, sont ceux qui naissent entre les bras d'une mère, sous ses regards caressants, quand elle épanche son cœur dans celui de son enfant. Et alors même que son ouvrage est altéré plus tard par des mains étrangères, les premières impressions reparaissent un jour ou l'autre sous toutes les autres, par ce qu'elles ont pénétré plus avant. Oui, la mère fait la famille ; mais la famille est le noyau de la patrie et de l'humanité ; c'est de la famille que sortent le poëte, l'artiste ; c'est d'elle surtout que sortent l'homme de cœur et l'homme de bien qui pèsent encore plus dans les destinées des nations. Écoutez un homme qui est tout à la fois le plus grand caractère et le plus grand poëte de notre France : Lamartine vous dira que c'est aux pieds de sa mère qu'il entendit sa lyre s'éveiller et, rendre ses premiers sons, tandis qu'elle lui parlait de Dieu et de la vertu, en lui expliquant les saintes images de la Bible ! Écoutez le plus grand héros de notre siècle et peut-être de tous les siècles : « c'est à ma mère, dit-il, que je dois d'être monté si haut ! » Il était alors sur le premier trône de l'univers ! O mères de famille ! que votre mission est sublime ! Mais pour une telle œuvre, combien ne faut-il pas d'intelligence, de sagesse, de perfection dans l'ouvrier ! Il faut qu'il soit exempt d'erreurs et de préjugés, sous peine de fausser l'intelligence et même le cœur de l'enfant, car une erreur engendre souvent un vice ; il faut qu'il ait des idées justes sur toutes choses, car l'enfant interroge sa mère sur tout ce qu'il voit, sur tout ce qu'il pressent déjà avec un instinct divin. Eh bien ! une mère éclairée posera les fondements d'un esprit droit, d'une bonne volonté ; elle formera un bon, un grand caractère ; et un homme digne de ce nom sortira de ses mains. O mères de famille ! c'est de vous que le ciel attend ses saints et la terre ses héros !

Un autre rôle très important est encore dévolu à la femme : c'est elle qui préside à la conversation, cette école journalière où, sans morgue et sans pédantisme, s'agitent les plus grandes comme les plus petites questions, où se préparent les solutions de tous les problèmes qui intéressent l'humanité, et que mûriront ensuite le philosophe, l'artiste et l'homme d'État. La femme exerce là un empire incontesté ; elle commande à tous ces ouvriers de la pensée. Voyez-vous comme sous sa baguette magique jaillissent des milliers d'idées ! Le penseur s'illumine, l'homme d'esprit pétille, l'artiste s'enthousiasme, l'homme de cœur sent croître son dévouement. Que de livres conçus, que de chefs-d'œuvre improvisés, que de grandes actions inspirées par un mot, un sourire, un regard de cette magicienne qui tient les rênes de la conversation ! L'homme le plus parfait ne les tiendrait pas d'une main aussi souple ; car, si la raison commande, elle n'est bien obéie que quand elle est parée par les grâces. Là encore, quand l'amour-propre ou l'esprit de parti a converti une arène pacifique en

un champ de bataille où se heurtent, se combattent les opinions opposées, la femme apparaît, comme l'ange de la paix ;
sa douceur et son tact exquis font cesser le combat et
renaître une bienveillance mutuelle. Mais pour que la femme
exerce cette mission délicate et difficile, pour que son empire produise, sans opposition, ces fruits de haute civilisation,
il faut qu'elle y soit préparée par une culture soignée des
facultés précieuses qu'elle a reçues de la nature.

Travaillons donc tous, parents et maîtres, à éclairer l'esprit
des jeunes personnes ; découvrons à leurs regards les différents horizons du monde intellectuel. Qu'elles montent vers
le ciel avec le poëte, sur les ailes de l'imagination, pour en
rapporter les grandes pensées, sources des bons sentiments
et des bonnes actions ; qu'elles apprennent, par les leçons
de l'histoire, à apprécier les hommes et les mobiles de leurs
actions, afin de connaître la terre après avoir entrevu le
ciel, et afin de ne pas éprouver plus tard trop de désillusions ;
qu'elles s'arrêtent quelques instants, avec le physicien et le
naturaliste, à contempler les merveilles du globe que nous
foulons aux pieds, et à sentir la présence de Dieu jusque
dans la fleur des champs, jusque dans le brin d'herbe de la
prairie ; enfin qu'un commerce fréquent avec les grands
écrivains leur fasse découvrir les secrets du style, charme
leur esprit de la vue du beau, de cette beauté qui n'est pas
passagère, mais durable comme la nature qu'elle dépeint,
éternelle comme le Dieu dont elle est un reflet.

Venez aussi, beaux-arts, venez embellir la vie de la
femme et la nôtre ! Que la musique, cette langue universelle,
fasse entendre, non seulement à ses oreilles, mais encore à
son cœur, ces voix mystérieuses de la nature et de l'âme,
voix qui endorment l'enfant dans son berceau, qui réveillent
le vieillard au bord de sa tombe ; voix qui nous ravissent,
soit aux pieds des autels, quand elles nous parlent de Dieu,
soit en présence de nos armées, quand elles redisent les
gloires de la patrie, soit auprès du foyer domestique, où elles
apportent la joie et nous font passer d'illusion en illusion.

Voyez-vous voler les doigts de la jeune fille sur cet instrument animé ! comme elle est émue ! comme on l'écoute avec recueillement ! comme les heures marchent vite dans ces plaisirs purs, plaisirs qu'on pourra goûter encore et demain et toujours !

Que le dessin et la peinture mettent aussi leur crayon et leur pinceau entre les mains de celles qui auront des loisirs ! Quel est donc cet objet auquel cette jeune fille semble attacher tant de prix, mais qu'elle cache soigneusement? c'est le portrait d'une mère adorée ! comme elle est heureuse de lui faire une surprise le jour de sa fête, ce jour qui est le plus beau de la vie d'un enfant ! Ouvrez cet album ; voyez ces sites pittoresques, ces scènes de la vie champêtre, ces fleurs qu'on dirait fraîchement cueillies, et dites si ce ne sont pas là les plus belles parures de la jeune fille, parures qui ne se faneront jamais et qui plus tard lui rappelleront tous les événements de sa jeunesse. Ah ! venez, beaux-arts, venez embellir son âme ! venez rendre meilleur encore son cœur déjà disposé aux doux et aux bons sentiments !

Alors quand la femme, qui est naturellement religieuse, sera de plus éclairée par les rayons du vrai et du beau, elle maintiendra au sein de la famille et de la société, avec toute l'autorité de l'intelligence et de la persuasion, et ces pensées du ciel qui guident l'humanité dans ses voies, et ces doux sentiments qui forment des liens mystérieux entre les âmes, et ces conversations délicates et nobles, d'où sont bannis le dénigrement et la médisance, conversations qui profitent à l'enfance et lui impriment de bonne heure un cachet particulier de distinction et de beauté morale.

Courage donc, maîtres et parents ; ne nous ralentissons pas dans l'accomplissement de l'œuvre qui nous a été confiée par la Providence. Courage aussi, jeunes élèves ; élevez-vous le plus haut que vous pourrez ; ne vous arrêtez pas à moitié route ; montez, montez toujours jusqu'au sommet de la montagne. Quand vous y serez parvenues, vous serez bien dédommagées. Vous apercevrez au loin sous vos pieds de riantes prairies, de fertiles campagnes, couvertes de fleurs et de fruits, et au-dessus de vos têtes, un ciel pur et serein. Puissions-nous n'être pas des guides insuffisants pour vous y conduire ! Du moins nous vous montrerons la route. Comme il nous sera doux alors de nous rappeler ces jours heureux durant lesquels nous vous aurons guidées vers les régions où l'on trouve la paix et le vrai bonheur !

Maintenant allez jouir des délassements dûs au travail, jusqu'au moment où nous pourrons, sous la direction de vos maîtresses bien-aimées, reprendre les études qui nous donnent de si chères espérances !

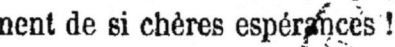

TABLE

HISTOIRE ABRÉGÉE DE LA LITTÉRATURE

PREMIÈRE PARTIE

POÉSIE

DEUXIÈME PARTIE

PROSE

HISTOIRE DE LA LITTÉRATURE

Durant la première moitié du XIXe siècle

Havre. — Imprimerie LEPELLETIER, rue Séry, près le boulevard impérial.

OUVRAGES DU MÊME AUTEUR